옥상에 내려앉은 꿈

옥상에 내려앉은 꿈

초판 1쇄 인쇄일	2022년 02월 10일
초판 1쇄 발행일	2022년 02월 17일

지은이	김정진 외
펴낸이	한선희
편집/디자인	우정민 우민지 김보선
마케팅	정찬용 정구형
영업관리	한선희 최정연
책임편집	우민지
인쇄처	으뜸사
펴낸곳	국학자료원 새미(주)
	등록일 2005 03 15 제251002005000008호
	경기도 고양시 일산동구 중앙로 1261번길 하이베라스 405호
	Tel 4424623 Fax 64993082
	www.kookhak.co.kr
	kookhak2001@hanmail.net

ISBN	979-11-6794-037-4 *03810
가격	18,000원

옥상에
내려앉은
꿈

prologue

  이번 창작집은 세명대학교에서 소설창작을 하는 교수와 학생들이 힘을 합쳐 이루어낸 세번째 프로젝트의 결실이다. 일년 동안 소위 글께나 쓰는 청년들과 함께 호흡하면서 그들에게 문학이란 무엇이고, 문학을 어떻게 하면 좋을까 하는 화두를 던져주고 같이 고민하면서 서사에 대한 질문과 고민을 나누었다.

  처음에는 순수소설과 대중소설의 성격과 구분에 대해 토론하기도 하고 작품의 경중을 따져 논쟁을 벌이기도 했다. 그러나 모든 유형의 텍스트에 나타나는 문학성을 조명하는 일이 문학 창작과 연구에 관한 중요한 일 중 하나이기 때문에 소설자체에 집중하여 작업을 진행했다. 그리고 논의 끝에 그것이 순수한 고전적 소설이든 혹은 대중적이고 더러 통속적인 소설이든지 간에 문학성에 중요하다는 결론을 이끌어냈다. 그 동안에 소설언어의 선택이나 인물 형상화 등에 대해서도 고민을 했다. 그러면서도 끊임없이 문학성에 대한 질문과 그에 대한 답 찾기를 반복해왔다. 문학성을 성찰한다는 것은 문학적 담론을 분석하고 문학이 유도해낸 문학적인 것으로서의 관행들을 형상화해내는 것이다. 즉각적인 이해보다는 표현된 문학 텍스트의 함축된 바를 깊고 넓게 파악하며 나아가 텍스트의 의미가 어떻게 만들어는지 그리고 어떻게 하여 문학적인 즐거움이 생겨나는지를 주목해야 하는 것이다.

이번 소설집의 성격은 현대 판타지를 통하여 인간과 삶에 대한 통찰의 측면에서 그 범주를 정하고 그에 따른 서술작업이 이루어진 점이 독특하다고 할 수 있다. 이전의 프로젝트에서 〈겨울판타지〉를 시점으로 하여 그 다음에는 〈다크판타지〉라는 카테고리로 소설집을 두 차례 출간한 바 있다. 전자에서는 겨울 이야기라는 존재가 신화적이고 설화적인 측면이 있다는 점을 집중하여 노정되었다. 후자에서는 선과 악의 대립에서 과연 악은 무엇이고 선은 무엇인가에 대한 상대적 세계관을 추리물이나 호러물의 측면에서 연출해보려고 노력하였다. 그리고 이번의 현대 판타지를 몽환적이면서 시대를 담아내는 스토리로 집필하여 〈옥상에 내려앉은 꿈〉이라는 타이틀로 기획되었다. 이 소설집 이후에는 웹소설이나 릴레이소설 등의 실험적인 작업을 부단히 지속하여 문단에서 주목받는 소설들을 발표할 계획이다.

소설은 소위 작가가 언어의 조탁을 통하여 만들어진 문학적 언어의 세계를 조직화시킨 일련의 전경이다. 때문에 소설의 언어는 언어의 패턴, 부분과 전체를 망라하여 파악해야 그 묘미를 알 수 있다. 그리고 그 상상력과 작가의 고민이 녹아 있는 소설은 일정하게 고착된 세계기 아니다. 사회는 끊임없이 변동하고 있으며 이에 따라 인간의 내면세계나 가치관 역시 하루가 다르게 변하고 있다. 소설은 밖으로는 사회현실 인간의 가치관 변화 내면의 갈등 등으로 압력을 받고 내적으로는 허구의 재구성과 창조적 방법론과 순수성 등에 압력을 받으며 변화하고 있다. 결국 소설은 완전히 굳은 문학장르가 아니다. 얼마든지 바뀌고 달라질 수 있다. 춘원과 염상섭의 시대가 가고 박경리, 박완서 그리고 이문열의 시대도 지나갔다. 오늘날 소설은 웹소설이 가장 인기 있는 시절을 구가하고 있고 또 다른 서사 형태가 나타날 것이다. 삶이 변하면 사회와 사람이 변하고 그에 따라 소설도 변한다. 그리고 작가들은 그 변화에 안테나의 주파수를 맞추게 된다. 우리도 역시 인간과 사회와 삶이 달라지는 모든 순간을 소설로 쓰는 프로젝트를 멈추지 않을 것이다.

시장의 측면에서 보면 소설시장은 지속적으로 위축되고 있다. 독자가 이 시장을 떠나가고 있는 것이다. 소설을 쓰는 것은 작자의 몫이고, 읽는 것은 독자의 영역이다. 아무도 읽지 않는다면 소설이 쓰여질 필요성이 없을 것이다. 이처럼 소설은 최소한의 사회적 조건이 있어야 성립되는 사회적 현상이며 존재물이다. 그렇다면 독자가 원하는 소설은 어떤 것이어야 하는가 하는 문제를 고민하는 우리는 늘 답을 찾을 것이다. 그 고민은 적어도 사람에 관련된 이야기일 수밖에 없다. 그러므로 소설이 무엇인가 하는 바는 문학이 무엇인가를 거쳐 인간이란 무엇인가의 질문으로 이어지게 된다. 그렇다면 인간이란 무엇인가. 인간은 어떻게 살아가고 무엇을 원하는가라는 질문에서 단서를 찾을 필요가 있다. 그리고 이 질문의 답이라고 유추되는 실마리를 잡기 위해 우리 집필진은 일상 속에서 혹은 꿈속에서 작가와 독자를 위한 소설을 쓰고 있다

제천 신월동에서

김정진 씀

contents

조 응 기

성냥팔이 소녀를 좋아했던 감성팔이 소년
이 자라 청년이 된 조응기. 열 다섯부터 글
을 쓰기 시작해 스물 여덟이 된 지금까지
감정 묘사를 가장 좋아하며, 환상적인 이
야기를 쓰고 싶어한다. 대중적인 표현이
아닌 독창적인 묘사를 대중이 아름답고 거
부감 없이 받아들일 수 있게 연구를 하고
지내며, 출간된 작품으로는 〈겨울 판타지〉
에 수록된 '눈의 여명'과 〈다크 판타지〉에
수록된 '선한 악마 씨'가 있다.

달을 욕망하는 별들의

별들의 전쟁. 밤이 찾아오면 하나의 달이 되기 위해 서로를 죽이고 영혼을 빼앗는 전쟁이다.

"2022년, 12월 20일. 식물인간상태가 되셨습니다."

이 전쟁에 참가할 수 있는 조건은 식물인간이 되는 방법밖에 없고, 그 상태가 된 수많은 이들 중 단 한 명만 달이 되어 이들의 위에 서거나 현실 세계로 돌아가는 걸 선택할 수 있게 된다.

'1년 만에 깨어나다.'

이따금 전해져 오는 식물인간상태였던 사람이 1년, 5년. 혹은 10년 단위로 깨어나는 그 기적 같은 소식은 이 전쟁에서 살아남은 유일한 인간이라는 이야기고, 기적을 벌인 대가로 수많은 타인의 영혼을 뜯어 먹어버린 사람이라는 소리였다.

'사람이 되고 싶어?'

낮이 되면 내 몸을 보고 오열하는 사람들을 보며 괴로움에 몸부림치고, 해가 지고 밤이 찾아오면 서로의 영혼을 게걸스럽게 먹어 치우기 위해 싸우는 영혼 세계에서 벗어나는 방법은.

'하늘에 닿아.'

그럼, 소원을 들어줄게. 라는 말을 끝으로 내 앞에서 멀어져 가는, 자신을 반신이라고 부르는 태초의 영혼을 향해 나아가 닿는 수단밖에 없었다.

"너, 신참이구나?"

이 세계는 질서를 따위라고 부를 정도로 취급하지 않았다. 존재하는 규칙이라고는 해가 뜨면 힘을 빼앗겨 싸울 수가 없는 휴전 상태가 되고, 달이 하늘을 뒤덮으면 영혼의 힘을 되찾아 싸울 뿐이었다.

"저번에 분명, 이번 신참은 내게 주기로 하지 않았나?"
"우리가 약속하면 지키는 그런 사이 좋은 관계였어요?"
"이게 뒤지려고 나한테 거짓말을 해?"

영혼의 힘은 혼 상태인 우리가 싸울 수 있는 유일한 수단이며, 생전에 간직하고 있었던 소망이 힘으로 발현되는 형식을 가지고 있다. 눈앞에서 나를 보며 풍선처럼 얼굴을 부풀려 커다란 입을 내게 들이밀려는 저 아이는 온전히 먹고 자라지 못해 탐식의 꿈을 꾸었고.

"그럼, 그냥 제가 먹을게요!"
"애새끼가 위아래도 모르고 등쳐먹으려고 하네?"
"예의를 논하는 것치고는 님도 애새끼 시절에 이랬을 거 같은데요."
"뭐?"

그 아이와 말다툼을 나누기 시작하는 저 아주머니는 뱀의 혀를 굴릴 정도로 남들을 자신의 세치 혀로 가지고 노는 소망을 하고 살아 뱀의 형태로 변할 수 있던 것이다.

"잠깐, 도망가지 마세요!"

"너 때문에 귀찮게 됐잖……!"

"아니, 아줌마 때문……."

저 둘을 보며 도망치는 나는, 우습게도 선행이 소망이었기에 이 세계에서는 약체로 손꼽혀 언제나 상황을 잘 모르는 신입을 연기하며 다닐 뿐이었다.

"소망을 이뤄준 원망기가 사실은 원망스럽기의 준말이 아닐까?"

수영해보고 싶다는 꿈을 가졌던 다리가 불편한 청년은 물을 다루는 능력을. 일평생 불을 적으로 두었던 소방관은 불을 연소하는 힘을 가졌는데, 어쭙잖은 능력인 선행은 굉장히 까다로웠다.

"형, 벌써 미친 거야?"

"살짝 소름이 돋았는데. 혹시 개그로 주변을 얼리는 능력이라도 되는 거니?"

벽에 등을 기댄 채로 혼잣말을 하던 걸 들은 걸까. 목소리가 들리지 않을 정도로 수많은 골목을 헤쳤는데 어느덧 내 옆에 와서 말을 걸고 있는 이들에 고른 숨을 내쉬자 그만 도망치라며 걸어오기 시작했다.

"제가 원래 적응력이 뛰어나다는 소리를 많이 들어요."

"이 미친 세상에 적응했다니. 쾌락에 절은 살인마라도 된다는 거니? 훈

훈하게 생겼는데 아쉽네."

"정신 나간 아줌마."

"죽고 싶니?"

주변을 얼리는 능력은 아주머니가 가지고 있는 거 아니냐며 되묻고 싶을 정도로 살인 예고 단 한마디만으로 소름이 돋아서 몸을 떨자, 먹잇감을 눈앞에 둔 뱀을 따라 하고 싶었는지 동공을 세로로 찢은 채로 혀를 날름거리는 모습에 주먹을 쥐었다 피며 긴장을 덜어냈다.

"밤이 늦었는데, 봐주실 생각은 없으신가요?"

"밤이니까 싸워야지 무슨 소리니? 너는 눈앞에 쓰러져 있는 영혼 안 먹을 거야?"

"싸움은 애들 정서에 좋지 않아요."

"내 아들 아니란다."

"미친 아줌마."

긴장을 덜어낸 행동이 별 의미가 없게도 눈을 치켜세우며 흥분 상태로 돌입하는 뱀을 쳐다본 나는, 어릴 적 보았던 동화의 한 장면을 떠올려 냈다.

'아가야, 혹시라도 뱀을 만난다면 등을 돌리지 마려무나.'

'왜요?'

'등을 돌리면 바로 덮쳐버리니까, 앞을 보면서 천천히 뒤로 빠져야 한단다.'

누구신지는 모르겠지만 이름 모를 성우 할머니에게 속마음으로 당신이 한 영혼을 살렸다고 감사를 보낸 나는, 양손을 들고 천천히 뒷걸음질을 쳤고.

"이게, 내가 진짜 뱀 대가리인 줄 아나!"

그 행동이 신호탄이라도 된 듯 몸을 비늘로 덮어 나를 향해 달려오는 짐승을 보며 뒤를 돌아 전심전력으로 달리기 시작했다.

"그렇게 요란하게 쫓으면 다른 영혼들이 볼 텐데요!"
"닥쳐!"

뱀이다, 짐승이다 했더니 정말 뱀 그 자체가 되어버린 모습에 소망 하나는 잘 이루어준 세상이라는 실없는 생각을 하던 찰나에, 고개를 뒤로 돌려보자 욕과 함께 날아오는 끔찍한 얼굴에 재빨리 몸을 돌려 샛길로 들어섰다.

"얼마나 먹방을 찍었으면, 그렇게 빠르십니까!"
"진짜 뒤졌어!"

평소에 가졌던 소망이 강하거나 관련된 업을 쌓았으면 영혼을 먹지 않아도 힘이 강한 상태로 시작하지만, 고작해야 뱀의 혀를 가지고 싶었을 아줌마가 가지고 있을 힘이 아니었기에 계속 입을 놀리던 나는 이상하게도 잘 쫓아오는 모습에 이어서 물었다.

"솔직하게 도망갈 시간 좀 주시죠!"
"응 안 되지. 도망쳐봤자 고양이 능력도 먹었고, 개 능력도 먹어서 금방 찾을 수 있다고!"

"소망이 돼지셨습니까!"

"이……!"

계속 말하면서 달리자 금방 벅차오는 숨에 말을 멈춰야 했음에도 계속 떠드는 건, 소란에 찾아올 주변 영혼들을 기다리고 있었던 것이었고. 삼 파전을 찍던 그 이상이 되던 사람이 많아져야 내 능력을 쓸 수 있기 때문 이었다.

"자, 잠깐. 유언을 남길 시간이라도!"

"뒤져!"

그렇게 골목을 계속해서 달리던 나는, 발밑에 그림자가 질 정도로 나를 따라온 아줌마에게 영화에서 적에게 베풀었던 작은 자비를 달라며 소리 를 쳤고.

찰나의 틈도 주지 않은 채로 나를 향해 입을 크게 벌리며 다가오는 아 주머니의 모습은 씨와 발이 떠오를 정도로 기괴했기에, 죽을 때면 주마등 이 스쳐 지나간다는 사람들의 말처럼 시간이 느리게 흘러가길 빌면서 최 대한 고개를 뒤로 젖히며 누우려던 나는.

"추해요. 아줌마."

끔찍한 비명을 내며 몸을 뒤틀기 시작한 아주머니를 넘어져서 바라보 다 그 뒤에서 조그맣게 들린 터프한 목소리에 숨을 헐떡였고, 몸부림을 치는 아주머니를 빠르게 제압하고 내 앞으로 걸어오는 여성을 마주 보 았다.

"먹으면서 자랄 바에, 가진 소망이나 키우시지. 그렇게까지 추하게 살아서 뭐 하겠다고."

"네년이, 네년이 뭘 안다고 지껄여!"

"네, 네. 맨날 듣는 소리 그만 듣고 싶으니까 그만 들어가세요."

저런 인물을 주연으로 내세우는 영화가 있다면 얼마나 화려하고 멋있을까, 싶을 정도로 권태로운 분위기를 자아내며 나타난 머리를 길게 묶은 여성이 칼을 들고 휘두르자 재빨리 도망가는 아주머니의 행동에 긴 숨을 내쉬며 긴장했다.

타인을 구해주는 행동으로 보았을 때는 좋은 사람인 것 같아 감사함을 표하고 싶었지만 새 먹이사슬일 수도 있었기에 조금이라도 경계할 수밖에 없었고.

빠르게 다가오는 손에 역시 이런 세상에는 선인 따위 없다고 생각하며 뒤로 구르려고 할 때 내 손목을 잡고 뛰자 나는 당황하며 말했다.

"왜, 왜 뛰는……!"

"하도 조용한 동네라 다들 알아서 덮치러 올 건데, 혹시 취향이……?"

"감사합니다!"

역시 아무리 좀비 아포칼립스처럼 더럽고 추악한 세상이어도 선의를 베푸는 좋은 사람들은 있다고 생각을 하며 몸에 균형을 맞춰 똑바로 뛰기 시작했고.

그녀가 멈출 때까지 따라 달려가자 아무도 찾아오지 않을 법한 새로운 공간에 무사 입성할 수 있었다.

"그래서, 무슨 던전인가요?"

"뒤질래? 내 집이다."

"세상은 무너졌는데, 이곳만 너무 깨끗해서 이질적인 나머지 던전인 줄 알았잖아요."

기계적인 웃음소리를 뱉으며 미친 세상에선 미친놈이 정상이라는 표현을 아냐며 물어보자, 헛소리 한 번 더 하면 아주머니를 위협하던 칼이 내 얼굴로 날리겠다는 표정을 보자 입을 다물었고. 그에 만족한 듯 그녀는 한숨을 내쉬며 소파에 앉았다.

"그래서, 능력이 뭐냐."

"······ 별 볼 일 없습니다만."

"뒤진다."

"선행입니다."

마주한 지 얼마 안 되었음에도 선함이 가득해 보이는 인물인 걸 알아차렸지만, 함부로 꺼내기엔 조심스러운 능력이었기에 숨기려고 했던 나는 강제로 오픈 마인드를 가진 사람이 되어버렸다.

"선행?"

분명 나는 말하기 싫어했는데 왜 듣도 보도 못한 능력이냐는 듯이 쳐다봐 상처를 주냐며 항의하고 싶었지만, 그녀는 손을 들어 올리며 내 말을 끊어내고 다시 말을 이었다.

"원래라면 여기까지 오는 동안 적어도 몇은 마주쳐야 했는데, 잠잠했던 걸 보면 대충 감이 오네."

"적이 그렇게 많은가요? 식물인간이 많은 줄은 몰랐는데."

"최초의 영혼이 지금까지 살아있는 거 보면, 감 안 와?"

"죄송합니다……."

혹시 이순신 장군님 계시냐며 물어보고 싶었지만, 바깥보다 유해진 분위기에 긴장을 너무 풀기에는 고마운 사람한테 예의가 아니었기에 진정하며 생각을 정리하기 시작했다.

식물인간이 됐다면 시대에 구애받지 않고 이 세상을 떠돈다는 이야기는 이미 들었었다. 그렇기에 적은 생각보다 많을 거고, 반대로 먹힌 숫자도 많기에 놀랄 정도로 과하게는 많지 않았다.

"쓸모 있는 것 같으면서도, 없는 것 같네. 능력이 뭐 이리 어중간해."

다만, 애초에 시즌 별로 돌아가는 전쟁도 아니었고 하늘에 닿을 수 있을 때까지 기다리면서 영혼을 찾고 있는 사람들도 가득했기에, 이따금 사람이 많은 지역은 있어서 내 주변이 그랬다는 뜻이었다.

"아까, 먹으면서 강해질 바에 소망을 키운다고 얘기하셨던 거 같은데."
"아는 게 뭐야? 힘도 없는 게."

나를 아프게 하는 사실들이 나를 계속 나를 덮쳐오자 입이 절로 말려들어갔고, 그녀는 한심한 눈으로 쳐다보다가 숨을 길게 내쉬면서 대답을 해주었다.

"살아생전의 소망이 이 세상에 힘으로 나타낸다는 건 알고 있지?"
"네. 그 정도는 알고 있습니다."
"힘을 키우는 방법은 서로를 먹는다는 방법도 있지만, 소망을 키우는 방법도 있어."
"정확히 어떤……?"

"이 세상을 떠돌면서 겪은 일들로 소망을 다루는 방법을 다양하게 알게 된다던가. 소망이 강해질 만한 일을 계속 겪는다든가 하는 방식으로."

그녀의 말은, 가족이 있는 사람들은 낮에 그들을 보며 염원을 키울 수도 있고. 능력을 계속 사용하다 보면 강해지거나 다루는 방법을 알게 된다는 이야기였다.

"이곳의 반쪽짜리 신이라는 분이 게임을 만든 거라고 하던데, 역시 규제라던가 규칙은 딱히 없는 것 같습니다만."

"그렇지. 도전하러 오는 것도 자유라고 했으니까. 물론 별 볼 일 없이 가면 식물인간에서 사망자로 변하겠지만."

설명을 듣던 중, 그 표본으로 부를 법한 예시가 떠올랐다.

하늘을 떠다니는 구름을 보며 자유를 갈망했던 지독히도 게으른 사람이 날 수 있는 능력을 얻어, 이곳에 오자마자 올라가 사라졌다는 일화와 감옥에서 오래 살아 빛을 갈망했던 사람이 빛의 속도로 올라갔다가 밤하늘의 별이 되었다는 이야기가.

"도전하려면 꽤 오래 걸리겠습니다. 왜 이런 룰을 만들었는지 모를 정도로 가능한 일인지 모르겠네요."

"실제로 식물인간에서 정신을 차린 사람이 있은 거 보면, 이긴 사람은 있다는 얘기겠지."

소원을 들어준다는 범주였기에, 이 세상의 왕이 되어서 살아가는 것도 가능했지만 태초의 영혼이 아직 왕인 걸 보면 모두 현실을 선택했다는 걸 알 수 있었다.

주제도 모르고 조금의 원망은 피어올랐지만 이해는 됐기에 이기적인 마음을 가라앉히며 들려오는 목소리에 집중했다.

"그리고 지금은 쉽게 도전하지도 못해. 왠지는 모르겠지만 한 명이 하늘로 날아가는 게 보이면 얄 짤 없이 죽으려 들어서."

"네? 무슨 수호자 같은 건가요?"

"그래."

상대는 최초의 영혼이면서 자칭 신이라 부를 정도로 까마득한 존재인데, 그 존재 바로 아래 등급으로 추정되는 강한 사람은 수호자 격으로 놓여 있다는 말에 정신이 아득해진 나는 두 손에 얼굴을 파묻었다.

"그래서 나는, 동료들을 모으기 위해 돌아다니는 거야."

"동료는 얼마나 있으신가요?"

"……없어."

순간 큰일 났다는 경각심이 머리를 스치고 지나갔다. 이곳에 얼마나 오래 있었는지도, 동료가 죽어 나갔을 수도 있는데 대화에 몰입해 섣부른 질문을 던졌다는 생각에 사과를 건넸다.

"뭘 생각을 하는 거야?"

"동료들이…… 다 돌아가신 거 아닌가요?"

"없었다고. 처음부터 아예 없었다고!"

"아."

다행히도 실례를 끼치지는 않았음에 긴장을 풀고 소파에 몸을 기대자, 혀를 찬 그녀가 고개를 저으며 말했다.

"이래서 문제야. 쓸만한 놈은 구해주면 죄다 약아빠지게 혼자 살아남겠다며 도망이나 가고, 믿을만한 놈들은 너처럼 허약해서 쓸 곳이 없잖아."

"때로는 사실도 욕이 될 수 있다는 말 아시나요?"

"이따위 세상에서 선행을 대체 어디에다 써먹는데?"

"그걸 지금부터 같이 알아가는 거죠!"

"나, 어쩐지 도망친 놈들이 이해가 가기 시작했어."

"두고 가지 마십쇼!"

풀어야 할 이야기가 조금은 풀려서 그런 걸까. 조금의 만담에 웃음을 흘리기 시작한 그녀의 모습에 졸였던 마음이 풀리는 게 느껴진 나는, 가슴을 쓸어내리며 물었다.

"성함이 어떻게 되시나요."

"조민화."

"전 장유영이에요."

"이런 세상에서 이름이 필요할까? 야, 너, 나 정도면 될 거 같은데."

"혹시 나이가 어떻게 되세요?"

"영혼 나이는 내가 더 많아."

"실제 나이는요?"

"많다면 많은 줄 알아."

문득, 그런 생각이 들었다. 이런 세상에 던져져서 혼자 얼마나 외로움을 태웠을까. 마음이 타 들어 가다 못해 재만 남아서 그 아픔의 흔적으로 남지 않았을까.

나는, 홀로 남아 괴로워하고 있을 사람을 생각하면, 아무것도 해줄 수 없을 내 모습이 미치도록 힘든데.

"일단은 잘 부탁한다."

"네, 잘 부탁드립니다."

그나마 위안을 한다면 서로에게 조금은 믿을 수 있는 사람이 생겨 현실에 나아갈 희망이 생겼다는 점이 아닐까 싶은 생각을 끝으로 상념을 마친 나는, 감사한 마음을 담아 대답을 건네며 손을 마주 잡았다.

*

이튿날이 밝았다. 자연스럽게 동행할 사람이 생겼지만 휴전 시간과 다름없는 아침은 동료도 건드리지 않는 게 불문율이었기에 짧은 묵례로 보내주려던 나는, 멀뚱히 쳐다보고 있는 그녀에게 질문을 건넸다.

"안 가시나요?"

"어딜."

그걸 나한테 물어보면 어떻게 대답을 해줘야 하나 싶은 되물음에 생각하는 사람의 자세를 취하자, 한숨 소리와 함께 말소리가 들려왔다.

"너 따라갈 거니까 앞장서."

"음. 재미없으실 텐데요."

"재미있는 사연이 어디 있다고."

틀린 말은 아니었기에 고개를 끄덕이는 행동으로 수긍을 하자, 먼저 문밖으로 나서는 모습을 뒤따라가며 생각했다.

모두가 재미없는 사연으로 들어오는 세계인 만큼 소중한 사람을 보러 가지 않는다는 건, 그만한 사연이 있을 거라는 그런 생각을.

"가깝네."

"네. 보통 다 주변에서 맴도니까요."

보통 영혼이 머무는 곳 근처에는 그들의 육체가 잠들어있다. 가족, 친구, 지인들이 살아 숨 쉬는 모습을 뒤로 두고 떠나기는 쉽지 않았기 때문이었다.

그래서 새로 정한 거점이어도 생각보다 멀지 않았음에 다행이라는 생각을 하며 집에 들어온 나는, 오늘도 슬퍼한 흔적이 선명하게 남아있는 얼굴을 쓸어내렸다.

"…… 여자친구?"

"네."

한겨울에 커튼 너머로 들어오는 햇빛처럼, 누워있는 연우에게 닿지 못한 온기에 한숨을 내쉬며 말했다.

"잠시, 혼자 있을 시간을 주실 수 있나요?"

"응, 미안."

사과하며 떠나는 그녀의 뒤로 괜찮다고 대답을 한 나는, 천천히 뒤를 돌아보며 말했다.

"날이 건조해."

사무친다는 표현 말고는 떠올릴 수 없을 정도로, 매일같이 보러 오는데도 괴로운 이 마음은 표현할 방법이 없었다.

"잠도 잘 못 자는데, 나 보겠다고 일찍 일어나서 신경 쓰던 피부도 조금은 상한 거 같아."

이럴 때는 들리지 않는다는 게 다행일까, 하는 생각이 들었다. 내 떨리는 숨소리 하나만으로도 안절부절못하며 달려오던 연우였기에 보이지도, 들리지도 않는다는 사실을 원망했던 나는 처음으로 쓸만한 점을 찾았다는 생각에 떨궈지는 눈물을 쳐다보며 헛웃음을 지었다.

"그러니까, 나 같은 사람 빨리 잊고."
"아⋯⋯."

아무도 챙겨주지 않는 나를 위해 매일같이 피곤한 몸을 이끌고 언제나처럼 이른 아침에 울리는 알림에 몸을 일으키는 연우를 바라보며 다급하게 말을 걸었다.

"유영이 보러 가야지."

하지만, 희한하게도 아침잠이 많아 일어나기도 힘들어했던 연우는 내 이름을 부르며 몸을 일으켰고.

"제발."

털어내라는 내 말을 듣지 못한 채로 몸을 뚫고 지나가자 힘이 풀려 쓰러져버린 나는, 주저앉은 채로 두 손에 얼굴을 묻으며 슬픔을 토했다.

'이제, 깨어나면 안 될까?'

정확히 언제부터였는지 기억이 나지 않았다. 눈을 뜨자마자 나를 덮쳐오는 이들에게서 도망치기만 해도 바빴고, 쓰러져있다고 기록이 된 날을 알아차렸을 때는 이미 한 달이 흘렀을 때였다.

'나, 외로움 많이 타는 거 알잖아.'

예쁘다는 말보다 보고 싶다는 말을 좋아할 정도로 외로움을 많이 타는 걸 알고 있던 내가 그 말을 들은 순간.

'자주, 해준다며.'

그저, 이런 세상 속에서라도 살아남아 보겠다는 다짐을 할 수밖에 없었다.

"…… 끝났어?"
"예."

감정을 추스를 새도 없이 슬픔의 흔적만 털어내고 연우를 뒤따라 나온 나는, 멋쩍은 표정을 지으며 눈을 돌리고 있는 그녀에게 말했다.

"가시죠."
"그래."

그녀를 데리고 올 필요가 없었음에도 데리고 온 이유는 단순했다. 조그마한 신뢰를 조금이나마 키울 수 있는 수단은 서로가 어떤 삶을 살았는지에 대한 이야기밖에 없었고, 그걸 확인할 방법은 우리들의 흔적이 가득한 곳에 들리는 것뿐이었으니까.

"예쁘지 않습니까?"

"응."

단지, 정신을 차리지 못하는 우리를 보며 오열하고 있는 소중한 이들의 모습을 보러 가기에 슬퍼하는 모습밖에 보여주지 못해서 서로가 민망한 상황이 오겠지만.

"여성분이 훨씬 아깝더라."

"그거, 너무하신 거 아닙니까."

"틀려?"

"똑똑하신 것 같은데, 박사 학위라도 있으신지."

결과적으로 서로에게 긍정적인 효과를 작용한다면, 지금과 같이 조금이나마 유쾌하게 풀어나가면 그만이었기에 홀린 웃음을 따라 울적함을 흘려보낼 수 있었다.

"집에는 안 가보셔도 괜찮으십니까?"

"응. 안 가."

거점으로 돌아가는 길에 예의상 집에 들르지 않아도 괜찮겠냐며 물어보았지만, 생각할 시간도 없이 바로 거절을 한 그녀의 행동에 의아함을 느꼈다.

"이유, 여쭤봐도 됩니까?"

"너랑은 달라서. 보면서 힘낼 깜냥이 없네."

눈에 넣어도 아프지 않을 두 동생이 있는데 보러 가면 힘이 떨어진다는 대답이 들려오자, 정말로 다르다고 생각하며 고개를 끄덕이며 수긍했다.

"마치, 캥거루 같습니다만."

"뭐, 우리 사이가 좋긴 하지."

"그 무시무시한 파괴력 말하는, 아 죄송합니다."

천성이 유쾌한 걸 어떡하냐며 대답하는 것으로 그녀를 진정시키려고 했지만, 유쾌함에 대한 횟수 제한 걸기 전에 조용히 하고 들어가라는 말이 들려오자 얌전히 들어갔다.

"일단, 장난은 여기까지 치고. 피차 마찬가지로 할 것도 없는데 전략이나 짜자."

"네."

"어제 대충 들은 거로 정리해봤는데, 선행 그거 타인이 원하는 걸 이뤄주는 거 맞아?"

"애매합니다."

"정확히 설명해봐."

그녀가 유추해내기 어려울 거라는 생각은 했다. 정작 나도 선행이라는 능력의 범주와 한계에 대해서 제대로 모르고 있을 만큼 제한이 애매했기 때문이었다.

"일단은 제가 지정하는 사람을 대상이 있어야 합니다. 표면적으로 드러난 제 능력⋯⋯."

"야."

나보다 오래 있었다고 했던 만큼 정보를 공유하면 더 확실하게 알려줄 수 있다는 생각에 혓바닥으로 춤사위를 벌이려던 나는.

"한국인은 세 줄 이상 싫어해."

요즘 말로 설명 충이라고 한다며 나를 황당하게 만들었고, 그 충격에서 벗어났을 때는 이미 야밤에 밖에서 개처럼 구르고 있었다.

"이, 이게 뭡니까!"
"백문불여일견. 몰라?"

모 만화에서나 봤었던 길게 늘어난 팔이 옆을 스쳐 지나가자, 소리를 빽 지르며 그녀에게 항의했지만 여유롭게 내 뒷덜미를 잡고 집어 던지며 대답하는 행동에 분개하며 외쳤다.

"옛날 말 쓰면 요즘 말로 꼰대라고 하는데 아십니까?"
"와, 존나 뒤끝."
"빌어먹을."

무력으로 이길 수도 없는데 언어구사력도 부족해 울기 시작하는 주먹을 토닥이자, 갑작스레 날아오는 책상에 이를 악물며 그녀를 쳐다보았다.

"오. 어떻게 했냐?"
"설명 싫어한다고 하시지 않았습니까!"
"이게 뒤지려고 말대답을 해?"
"와! 우리가 무슨 먹이사슬입니까?"
"아냐?"
"젠장."

누구는 눈 돌리면서 능력 발휘하기도 벅찬데 만담을 펼치면서 서너 명의 적을 쉽게도 베어 넘기는 그녀의 행동에 능력차별 반대를 외치려는 속마음을 억누르며 입을 열었다.

"특정 사람, 지정, 그 사람들에게 해당하는, 선행은 모두 가능합니다!"
"말을 왜 그렇게 더듬어. 힘들어?"
"괴물 아씨는 내 맘 몰라!"
"힘들 때는, 힘이 더 들게 해줘야 한다고 생각하지 않아?"

당장이라도 상대하는 사람들을 뒤로 흘려 보내줄 것만 같은 그녀의 물음에 있는 힘껏 고개를 저은 나는, 대충 주변 사람들의 능력과 성향 파악을 마치자 헐떡이는 숨을 고르며 말을 이었다.

"범주는, 상대가 바라는 걸 이루어준다는 정도. 요컨대."
"오. 쓸만하잖아?"

눈을 시뻘겋게 칠한 상태로 이성을 잃은 저 사람은 파괴에 대한 소망으로 가득 차 있으니, 우리를 제외한 주변 일대를 전부 파괴할 수 있다.

"대상이 우리가 포함된다면 배제하고, 조절해서 사용 가능합니다."
"그거, 사기 아니야? 내가 반신 녀석 죽여주는 걸 바라면 어떻게 되는데?"
"아쉽게도 제 능력의 잠재력은 거기까지 닿지 않아서 안 됩니다."
"제 음악에 흠뻑 빠져보……!"

그런 일이 가능했다면 진작에 거기까지 닿았을 거라며 대답한 나는, 계속해서 사물을 만들어 날리는 인물에게 파괴를 적용해 머리 위에서 생기는 사물이 부서져 떨어지게 했고. 이제는 공포의 음악회를 연주하려는 사람에게 수많은 사물을 선물해주었다.

"이렇게만 보면 진짜 괜찮은 능력인데, 왜 그렇게 약한 척해?"

"상대가 원하는 게 뭘지 어떻게 알고 막 씁니까. 알기 전까지는 조심해야죠."

"아. 협력해줄 수 있는 사람이 없으면 무용지물이란 소리네?"

"싸가지."

"선 넘네?"

아무튼 현재까지 알아낸 능력은 여기까지라며 대답한 나는 그녀의 뒤로 빠졌고, 내가 엎어놓은 곳을 잠시 바라보던 그녀가 나서려고 할 때.

"와. 오랜만에 대규모 전쟁이 일어나겠는걸?"

"여긴 우리 구역이 아니다. 정찰만 한다고 하지 않았나."

중력을 거스르기라도 하는지 옥상에 사뿐히 내려앉으며 여유롭게 말을 걸어오는 양산을 쓴 여성과 온몸에 털을 뒤덮은 채로 푸른 안광을 자랑하고 있는 남성이 그 뒤에 착지하며 나타났다.

"하지만, 약한 녀석들 구역 따위 지켜줄 필요 없잖아?"

"구역을 지켜주지 않으면 우리가 손봐야 할 장소가 많아질 텐데."

대화를 나누고 있는 모습에서 영혼을 한둘 먹은 게 아니라는 사실을 알았지만, 때마침 그녀의 능력의 한계를 같이 시험해보고 싶었던 나는 만담에 끼어들었다.

"다이어트 하실 필요가 있을 거 같은데요."

"응?"

잔챙이들은 파묻혔거나 도망을 갔으니 튜토리얼 보스를 상대하기 딱 좋은 시점이라고 생각하며 입을 놀리자, 무슨 꿍꿍이냐는 듯 쳐다보는 그녀에게 원래 혀로 곡예를 하는 게 취미였다고 설명하며 말을 이었다.

"멀쩡한 사람을 식사 취급하시는 걸 보면, 둘 다 짐승 같은데 혹시 연인이신지?"

"……."

"현란하긴 하네."

"민화 씨. 혹시 2대2 태그매치라고 들어보셨습니까."

뒷걸음질을 치며 물어보자 알만하다는 듯 쳐다보는 그녀의 눈빛에는 한심함이 담겨있었지만, 대한민국에서 자라난 건실한 28살 청년인 나는 수많은 욕을 견뎌왔기에 아무렇지도 않았다.

"어차피 우리처럼 빠르게 먹고 튀려는 애들 많을 테니까, 더 몰리기 전에 죽이자."

"그러지."

"어디, 짐승의 손에 맞아볼 테냐. 같은 저급한 대사는 진부합니다만."

"한 적도 없어!"

마지막 말을 신호탄으로 달려드는 수컷을 검을 일자로 세워 그녀가 막으며 경합을 나누기 시작했고, 무슨 가죽이 진검에 잘리지도 않냐는 생각을 하면서 나를 가리키는 우산의 끝을 보면서 도망을 쳤다.

"혹시, 저와 같은 쓸모없는 포지션이신지?"

"누굴 누구랑 비교해!"

이마에 사거리 마크가 생겼을 것 같다고 생각하면서 계속해서 가리키는 우산의 끝을 보며 능력을 파악해보려고 했지만, 가리킨 위치에서 뭐가 생기지도 않는 건지 그 전에 내가 벗어나서 사용을 못 하는 건지 구분이 가지 않았다.

"안 오면, 이쪽에서 갑니다!"
"잡을 수 있을 것 같아?"
"나보기가 역겨워 가실 때에는?"
"뭐?"
"말없이 고이 보내드리오리다!"

조민화. 그녀의 표정에서 거머리 같은 놈 떼어주라는 소망을 양산 든 여성에게 고이 보내주자, 그대로 날아가는 모습을 바라보다 뒤를 돌아 짐승에게 향했다.

"민화 씨! 도와드리겠습니다!"
"뭘 해도 안 잘려! 뭐든 해봐!"
"소용없다. 나는 신화 속에 나오는 늑대인간이기 때문에 인간들로는 상대가 안 된다!"
"어, 야!"

늑대인간이라는 말에 바로 약점을 알아챈 나는, 다급하게 나를 쳐다보는 그녀의 눈빛에 같은 걸 눈치챘다고 생각하며 바로 은으로 만들어진 검을 만드는 순간.

"병신아! 뭐 보라고!"

다시 들려오는 그녀의 목소리를 다 듣기도 전에 몸이 바닥에 짓눌렸다.

"와, 와. 소름 돋네."
"드디어 잡았네. 쥐새끼."

나를 누르고 있는 건 아무것도 없었다. 그럼에도 불구하고 땅바닥과 키스를 나누고 있는 건, 내 생각보다 멀리 날아간 양산 여성이 무슨 소망을 빌었는지는 모르겠지만 중력을 다루는 능력을 소유하고 있었기 때문이었다.

"어……쩐지. 너무 멀, 리 날아가더라."
"쥐새끼라 그런지, 눈앞에서 사라져주니까 바로 목을 들이밀더라고."
"내가 쥐면, 당신은 돼지?"
"마음껏 떠들어봐. 곧 죽을 텐데 열심히 찍찍거리렴."
"뭐……래. 민화 씨가 이기고 있는 거 안 보여?"
"응. 발차기 맞고 날아갔죠?"

그 말과 함께 건물이 부서지는 소리가 들려오자 눈만 굴려서 그 장소를 쳐다보았고, 여성의 말처럼 벽에서 먼지가 묻은 채로 나오고 있는 그녀가 보이자 입을 다물었다.

"왜. 입 더 안 놀려? 유일한 특기잖아. 죽기 전에 마음껏 써야지. 응?"

자신이 그런 배려심은 있는 여자라며 내 앞에 얼굴을 들이미는 모습에 눈을 감으며 천천히 대답했다.

"치워."

"응?"

"안구 테러니까 낯짝 치우라고."

뭉개진 발음으로 말을 하니 멋은 살지 않았지만, 그 뜻이 전해지기만 하면 됐기에 비웃음 소리와 함께 목소리가 높은 데서 나오자 눈을 뜬 나는.

"저년도 죽으면 같이 먹어주려 했는데, 됐어. 바로 먹어줄게."

"뭔가 착각을 하는 거 같은데."

나를 향해 달려오는 그녀를 보며 은으로 빚어진 검을 떠올렸고, 뒤따라 오던 짐승이 주먹을 들어 내리치려던 순간에 완성이 된 검을 잡은 그녀가 브레이크를 걸며 뒤를 돌며 일자로 휘둘렀다.

"저게 바로, 일자 양단."

"넌 이런 상황에서도 그딴 부끄러운 말이 나오냐?"

아니나 다를까, 약점을 알려준 짐승 씨는 한 번에 반으로 갈라져 죽어 버렸고. 무방비한 영혼 상태로 남아서 떠 있는 그 모습을 바라보던 여성 이 화를 내며 나를 쳐다보자 친히 조민화의 곁으로 날려 보내주었다.

"뭐, 뭐야!"

"…… 뭔데?"

호랑이 굴에서는 정신만 차리면 산다고 하지만, 악어의 입안에 들어간 상태로는 살 수가 없었기에 마음을 놓은 나는 갑작스레 벌어진 기행에 의 문을 표하는 그녀에게 대답해주었다.

"다 날아가 버렸으면 좋겠다는 생각 하셨죠?"

"심리학 전공이냐?"

"아뇨. 그냥 능력이 이렇다 보니 관찰을 잘할 뿐입니다."

아까 짐승을 상대할 때도 그렇고. 지금도 다 사라져버렸으면 좋겠다는 귀찮은 표정을 짓고 있었기에, 그 소망으로 여성을 날려 보냈다는 걸 알려주자 꺼림직하다는 걸 얼굴에 써놓은 그녀가 검을 들었다.

"사, 살려줘!"

"내가, 어쩌다가 저런 놈이랑 팀을 맺어서."

호쾌하게 내리쳐지는 궤적을 바라보던 나는, 회한이 가득 느껴지는 그녀의 말에 천천히 몸을 일으켜 몸을 털며 말했다.

"그래도, 조금은 쓸만하죠?"

"…… 참나."

놀라서 떨리는 몸으로 어깨를 들어 올리며 웃자 잠시 코웃음을 치던 그녀는, 방금 선보였던 검의 궤적만큼이나 호쾌하게 웃음을 터뜨렸다.

"고생했다."

"네. 민화 씨도."

서로 꼴은 말이 아니었지만, 덕담을 빠르게 주고받은 우리는 누가 영혼을 먹지 않게끔 전부 갈라버리며 자리를 빠르게 뜨기 시작했다.

*

"영혼을 먹으면 정확히 얼마나 강해지는지 아시나요?"

"그런 걸 왜 물어봐?"

말로 설명하는 것보다 직접적인 경험을 통해 내 능력을 유추하겠다는 의도로 나왔기에 전투 이후, 거점으로 빠르게 돌아와 휴식을 취하는 도중에 궁금했던 걸 물어보기 시작했다.

"설마 먹으려고 하는 건 아니지?"

"다른 길이 없었다면 고민은 했겠죠."

"난 죽어도 안 해."

"음. 저도 동의는 하지만 확답은 못 드리겠네요."

영혼을 먹으면 그 영혼의 힘이 들어온다고 하는데 단순히 거기서 끝이 나는 건지, 다른 내용이 있는지 물어보던 나는 의외로 강경하게 나오는 이유가 궁금해졌다.

"보통은 이런 세상이니까, 라는 이유로 빨리 강해지려고 하지 않아요?"

다른 길이 있다는 걸 몰랐을 때도 그런 행위를 저지르지 않겠다는 선택을 했고, 지금은 더욱 그럴 생각이 없어졌지만 살아가면 그만인 이런 세상에서 윤리를 찾는 사람은 몇 없었다.

"추궁 같은 의도는 아니고, 그냥 궁금해서요."

"…… 나 같은 사람을 먹어야만 한다고 생각해봐."

거듭되는 질문에 그녀가 내놓은 답안은 나와 똑같은 생각이었다. 사람을 먹어 치운다는 것만으로도 거부반응이 나오는데, 같은 처지에 놓인 사람을 건드리라는 건 할 수 없었다.

"아무튼 그래서 나는 안 먹는 거고, 내 팀원이라면 너도 하지 마."

"그럴 생각 없으니까 얼른 설명이나 해주시죠, 선생님."

굳이 암울할 필요가 없었기 때문에 분위기를 전환하고자 너스레를 떤 나는, 어이없게 쳐다보는 그녀에게 대답을 종용했다.

"간단해. 먹은 영혼이 가지고 있던 힘을 쓸 수 있고, 그 영혼이 가지고 있던 잠재력을 뺏어온다는 정도니까."

"생각보다 메리트가 크네요."

영화에서나 보던 콜로세움이 세워진 것도 아닌데 보이는 사람마다 능력 하나 뺏자고 달려드는 게 조금은 이해가 안 갔는데, 그 정도의 이점을 가지고 있다면 이해가 돼서 턱을 매만졌다.

"부러워?"

"음? 능력을 빨리 얻는다는 점은 부럽기는 하죠?"

"그래."

"네?"

갑자기 혼자 고개를 끄덕이며 나를 일으킨 그녀의 행동에 의문을 표하자, 의미심장한 웃음이라는 표현을 얼굴에 붙여주고 싶다는 생각이 들 만큼 불길한 표정을 짓는 모습에 손을 떨쳐내려고 할 때.

"자, 잠시만요!"

당황함에 울려 퍼지는 내 절규가 메아리칠 정도로 전력 질주를 하기 시작했다.

"아까, 아까도 이러더니. 또 왜 이러시는 건데요."
"그런 사람들이 부럽지 않을 정도로 키워주려고 그랬지."

이론보다는 실전이라며 넋 놓고 있던 나를 세상에 던져놓았던 아까의 상황이 떠올라 헐떡이며 묻자, 헛구역질 사이로 들려오는 그녀의 밝은 목소리에 언어체계를 잃어버렸다.

"…… 보통 다음 날에 굴리지 않나요? 약간 그래? 그럼, 기대해. 같은 느낌으로."
"편견이야. 고정관념이야. 그런 걸 가지고 부활해서 어떻게 살아가려 그래."
"다르거든요! 대중적으로 표현이 되는 거랑 편견을 동일 선상에 놓지 마세요!"
"끝까지 말꼬리 잡는 거 봐. 추하다, 추해."

소란을 만들어내며 데리고 온 의도는 알았지만 누가 봐도, 옆으로 보아도. 위에서 내려보더라도 나를 위한 명목보다는 굴리면서 괴롭히고자 하는 의도가 선명했기에 눈물을 떨구는 주먹을 진정시키며 말을 이었다.

"한국어 교사하시면 되게 잘하실 거 같은데. 이런 상황에서 써야 할 적합한 말은? 이런 느낌으로다가."
"평소에 머리가 잘 안 돌아가는구나? 벌써 말이 막힌 걸 보면."

평소와는 다르게 말장난이 먹히지를 않자 패배를 인정한 나는 두 손을 들어 올리며 쉴 시간이라도 달라고 했지만, 어림도 없다면서 거부를 한 그녀에게 이유를 물었다.

"넌 영혼이 지친다니? 휴식 같은 소리 집어치워 주렴. 나까지 멍청해지는 기분이잖아."

"때론 몸에 나쁜 게 영혼에는 좋다는 헛소리가 있잖아요. 마인드 다운이라고 생각해주십시오."

"그래. 헛소리잖아. 그리고 어차피 늦었으니까 준비해."

자그마한 소란에도 주변에 누가 있다면 득달같이 알아채고 달려드는 세상인데, 요란하게도 돌아다녔으니 모를 리가 없을 거라 생각했던 나는 머리를 짚으며 그녀의 뒤로 빠졌다.

"뭐해?"

"평소의 포지션을 취하는 거지 않습니까."

"난 안 나설 건데?"

"그럼 저도 도망칠 건데요?"

"쳐봐. 그럼 나도 널 칠 거니까."

"빌어먹을 동료애."

그러라고 있는 동료가 아니었음에도 철저하게 갑의 위치를 활용하는 그녀의 행동에 눈물을 머금으며 앞으로 나섰고, 꼴 좋다는 듯 웃음소리가 들려오자 집중하라는 태클을 건 나는 주변을 둘러보았다.

"안녕."

"하이, 하이!"

"뭐야, 뭐야. 두 명밖에 안 되네?"

"귀찮게 애새끼들까지 모였잖아."

"괜히 달려왔네."

모여도 늑대나 갯과 같은 짐승들이 모일 줄 알았는데, 두 발로 멀쩡히 걸어와 자기들끼리 떠들기 시작하는 연령대가 다양한 단체에 말을 걸었다.

"혹시 이 구역을 지키는 분들이신가요?"

"궁금해, 궁금해?"

"귀찮은데 빨리 죽이고 가자."

"영입 가능성도 배제할 수는 없으니, 물어나 보자고."

학예회라도 하려는지 신호등 삼색으로 색깔 맞춤을 한 아이들을 만류한 남성이 우리를 부르며 앞으로 나왔다.

"너희 우리 밑으로 들어올래?"

"저는 두더지가 아닙니다만."

"그게 뭔 소리야?"

"당신 밑에는 맨땅이 있는데요. 어떻게 들어갑니까?"

실없는 소리를 내뱉으며 다가오는 만큼 뒤로 빠져 경계를 하자 눈을 깜빡이던 그는 머리를 긁적이며 대답했다.

"혹시, 내가 엄청나게 싫어하는 아저씨 개그 하는 스타일?"

"뭐로 봐도 분위기를 풀려는 트렌디한 청년으로 보이지 않습니까?"

현재 이 상황에서 내가 제대로 할 수 있는 건 없었기에 거리를 둔 행동이었지만, 정말 싫은 듯 몸서리를 친 그가 걸음을 멈추자 따라 멈추며 대화에 집중했다.

"알았어. 그만 빠지고 대화나 하자고."
"그러죠."
"상당히 별로인데, 그냥 죽이지."
"죽여, 죽여!"

대화에 도움이 안 되는 말들은 거르며 동맹 제안을 하러 왔다는 그의 말에, 조민화에게서 들었던 설명을 떠올리며 물었다.

"볼품없는 구역 동맹이신가요? 아니면 목적의식이 있는 동맹이신가요?"

이 세상에는 크게 세 가지 동맹이 있다. 보스를 자칭하며 강한 사람과 협업을 맺어 신입들을 죽이면서 경험치를 늘리는 구역 동맹과 반신에 대항하기 위해 모이는 혁명군. 그리고 자신을 수호자 동맹이라고 소개하는 그처럼 반신에 접근하는 존재들을 막는 동맹이다.

"그 동맹의 목적은 뭐죠? 겉으로만 봐서는 좋은 취지는 아닌 거 같은데."
"응. 그렇지. 잘 봤네."

어떤 뜻으로 활동을 하는지에 대해서는 전혀 모르고 있었기에 부가설명을 듣고 내용을 정리하고자 물었다.

"그니까, 하늘에 닿으려고 하는 사람들을 막는 건 그 사람들이 경험치가 높은 몬스터기 때문이라는 거네요?"
"뭐. 비유하자면?"

"돌아다니면서 괜찮은 놈이 있으면 영입하거나 인원수로 찍어 눌러서 나눠 먹는다는 뜻이고요?"

"오, 너 요약 잘하는데?"

"당신은 말 같잖은 말 잘하네요."

그런 행동에 동참할 생각도 없지만, 행여나 좋다며 달려들면 협업을 하기도 전에 뒤에 있는 괴물에게 죽을 것을 알고 있었기에 거절을 하자 그의 뒤에서 웃음소리가 들려왔다.

"그러길래 그냥 죽이자 했잖아."

멍청해 보이는 게 도움 하나도 안 될 것 같다며 뒤에서 훈수를 두는 여성에게 산뜻한 표정을 지으며 예쁘게 자라난 가운뎃손가락을 자랑하자, 귀찮은 표정에서 단숨에 연쇄살인마의 가면을 뒤집어썼다.

"뭐. 이렇게 되면 협상 결렬이네. 아쉽게."

"제가 전생에 남자한테도 인기가 많기는 했는데, 그때마다 말하지만 남자 안 좋아합니다."

"하필이면 마음에 드는 놈이 나타났는데 말이야."

"진짜 미친 사람이네."

더는 대화가 이어지지 않을 모습이 보이자 일단 무력을 써서 기절을 시킨 후, 가벼운 고문을 통해 정보를 취합해야겠다는 희망 사항을 떠올렸지만 내 힘으로는 어림도 없어 뒤를 돌아보며 말했다.

"도망칩니다."

기대도 안 했는데 실망을 할 정도로 한심하다는 듯 쳐다보는 그녀의 눈빛에 조각만 한 자존심이 움직이는 게 느껴졌지만, 타오르는 생존 욕구는 일말의 자존심 따위 허락하지 않았다.

"말이 되는 소리를 해주세요. 서포터가 어떻게 딜러를 잡습니까."
"알았으니까 그만 징징거려."
"역시 민화 씨."

큰 단체에 속한 이들이었기에 그녀 혼자로는 무리일 수도 있겠지만, 장유영 실력 측정 테스트도 했으니 조민화 실력 테스트도 진행해야 수지타산이 맞는다는 생각하며 앞을 바라보았다.

"동료가 얼마나 강해서 그런 건지는 모르겠는데."

주변에 아지랑이가 보일 정도로 분노를 태우고 있는 여성에게 가던 눈길을 돌려, 여유롭게 웃으면서 말을 걸고 있는 그를 마주 보자 갑작스레 들리는 날카로운 소리에 뒤로 넘어졌다.

"우리를 상대로, 방심하면 안 되지."
"웃기고 있네. 말단 주제."

긴장하고 있었는데 옷이 휘날리는 걸 못 볼 정도로 빠르게 움직인 두 인영에 놀라 급하게 숨을 내쉰 나는, 물러서기도 전에 나를 발로 차버리는 그녀의 행동에 날아가 버렸고.

"민화 씨!"
"이쪽 말고 조무래기들 맡아!"

소리가 한 발짝 늦게 들릴 정도로 빠르게 무기를 주고받기 시작한 그녀의 말에, 하늘을 날아 내게로 뛰어내리는 여성을 피하며 알았다고 소리쳤다.

"시간 아깝게 하지 말고 빨리 죽어주지?"
"시간은 자연의 것이지, 당신의 것이 아닙니다만."
"아까부터 사람 열 받게 하는 재주가 있네?"
"그냥, 당신이 열이 잘 받는 재질로 만들어졌나 보죠."

온몸에 잿더미를 붙이고 다닐 때부터 알아본 광녀는 불을 다루는 능력을 보유하고 있었기에, 어차피 되지도 않는 근접전은 빠르게 포기해야겠다고 생각하며 간절히 외쳤다.

"부디, 싸우는 도중에도 제 마음을 알아주는 영재이기를!"
"무슨 개소리야!"
"이런 소리!"

처음으로 동료를 믿어보자고 생각하며 다가오는 광녀에게 두 손을 벌려 대상을 조민화로 지정해 상대를 날려 보내겠다는 소망을 빌자, 불길을 휘날리며 달려오던 속도의 배는 빠르게 반대로 날아갔다.

"나이스 어시스트!"
"다물어!"

군대에서도 이보다 전우애가 생기지는 않았다며 감동한 내가 외치자마자 부딪힌 몸을 일으키며 다시 달려오는 광녀를 본 나는, 전략을 바꿀 필요를 느꼈다.

"무지개 반사!"

"…… 이!"

분명 반동을 입으면서까지 날아가 벽에 부딪혔을 텐데 상처가 하나도 없다는 건, 자가치유와 같은 힘을 가지고 있거나 엄청 단단할 거라는 생각을 하며 광녀를 상대로 인식했고.

"아프잖아!"

굉장히 화를 내며 달려오는 모습에 찢어버리고 싶은 생각을 하고 있을 것 같아 앞에 분출하자, 발아래 땅부터 갈라지면서 광녀에게 닿아 피가 솟구치는 것으로 상처가 나는 것을 확인했다.

"인생 진짜 존나 불공평하네."

자가치유의 능력을 갖췄다는 걸 확인하는 대가로 휘둘러지는 발차기에 맞고 몇 바퀴 구른 나는, 주먹으로 한 대 쳤다고 트럭으로 박아버리는 광녀의 행동에 불평하며 일어났다.

"오랜만에 머리끝까지 화가 나!"

"머리부터 시뻘건 게 태생부터 화가 많으신 거 같은데요."

"닥쳐!"

몸에 폭탄이라도 부착된 듯 괴성을 지르며 달려오는 모습에 원초적인 공포를 느껴, 일직선으로 날아오는 불꽃 발차기를 뒤로 누우며 피했고 그대로 날아가 벽에 박힌 광녀를 보며 숨을 헐떡였다.

"진짜다. 진짜야 저건."

몸이 회복된다고 해서 아픈 게 안 느껴질 리가 없는데 태울 게 없어서 자기 몸까지 불사르며 달려드는 광녀의 모습에, 하필 상대가 각성한 미친년이라는 생각에 재빨리 자세를 취했다.

"아…… 파!"

"당신이 박았잖아!"

보통의 경우를 가져와서 싸움하기에는 동귀어진이 될 수 있다는 단점이 있었기에 공격을 최대한 흘려내는 방향으로 방식을 변경한 나는, 단순하게 일직선 공격을 해오는 광녀의 행동에 투우사로 빙의해 움직이기 시작했다.

"그만 좀 피해!"

"어림없는 소리!"

단순한 공격은 생각해서는 안 됐다. 싸움에 바쁜 조민화도 끽해봐야 날려버리고 싶다 정도가 당장의 한계일 거고, 그 이상은 내가 예측할 수 없다.

"뚜껑 열리게 하네!"

"뇌를 열어보고 싶긴 합니다!"

그렇다고 광녀로 대상을 지정하기에는 단순하게 찢어버리고 싶다, 같은 소망으로는 죽일 수가 없었기에 방법을 구상해내기 바빴다.

"오랜만에 싸울 맛이 나는 상대구만!"

"베어버리고 싶으니까 닥쳐!"

그렇게 지금은 한 끗 차이로 피해내고 있지만 이러다가 한 대라도 맞으면 위험하다고 생각하며, 들려오는 목소리에 번뜩이는 아이디어가 스친 순간.

"잡았다."

무게중심이 기울어지는 게 느껴지며 덮쳐오는 열기에 재빨리 윗옷을 집어 던지며 땅을 굴렀다.

"어딜 도망가!"
"잡히면 뒤지는데 어떻게 합니까 그럼!"

상당히 가까운 거리에서 나를 잡으려는 광녀를 계속 구르고 달리면서 피해내던 나는, 아까와는 다르게 몸에 화상을 입거나 뼈가 부러졌다고 느낄만한 타격을 허용하며 최대한 거리를 벌려냈고.

"조민화 씨!"

허공에서 검을 잡는 동작을 취하며 그녀를 간절히 부르자, 급하게 눈을 돌린 그녀가 내 모습을 본 후에 눈을 마주쳤고.

"베어!"

들려오는 목소리와 함께 나와 같은 동작을 취한 그녀가 검을 내려찍는 걸 보고, 있는 힘껏 허공을 잡은 두 손을 내리쳤다

"하, 하아."
"하, 후. 우와에엑."

이게 내가 만든 장관일까, 아니면 그녀의 소망이 이리 컸던 걸까. 내 앞과 그녀의 앞에 참격이 휩쓸고 지나간 거대한 상흔이 남아있는 모습을 보자 급하게 숨을 내쉬던 나는 놀라서 감탄하며 헛구역질을 했고.

"미친놈아……."

꽤 고전했는지 여태까지와는 달리 몸에 상흔이 많이 난 그녀 또한 숨을 헐떡이며 땅에 드러누웠다.

"진짜, 여기 온 모든 나날보다 오늘 하루가 더 힘들었어요."
"대단한 새끼."
"어째 날이 갈수록 취급이 너무하십니다."
"만난 지 하루 됐는데?"

원래부터 성격이 나빴다는 결론이 났다며 대답한 내 말에 웃음을 흘린 그녀는, 빨리 자리를 피하자며 일어나 내 앞으로 걸어왔다.

"다 죽여버리라고 하실 때는 언제고, 도망치시려는 겁니까."
"지친 상태에서 누구 마주치면 이길 자신은 있고?"
"아까는 영혼이 지치는 게 어디 있냐고…… 아악! 죄송합니다!"

조금의 거친 싸움 이후로 끈끈한 전우애라도 느꼈는지 조금은 친숙해 보이는 그녀에게 말을 걸자, 잡아 일으켜주던 팔을 있는 힘껏 잡아와 항복을 외쳤다.

"너는 맞아야 깨닫지."
"그래서 폭력은 죄라는 걸 못 느끼신 것 같습니다. 맞아보신 적이 없으신 것 같으니."

"응. 앞으로도 때리기만 할 건데?"

방금 후련한 싸움을 마쳤는데 왜 눈앞이 캄캄해지는 기분일까, 싶었던 나는 눈 감으면 보이는 게 내 미래였다고 장난을 치던 이를 떠올리며 웃음을 흘렸고.

"뭘 잘했다고."
"야박한 사람."

주먹을 들어 올리며 빤히 쳐다보자, 코웃음을 치며 쳐다보던 그녀는 내 말에 특유의 그 호쾌한 웃음소리를 내며 주먹을 맞부딪혀줬다.

"그러면, 우리도 때리기만 해도 돼?"

그렇게 화기애애한 찰나의 시간을 보내고 나서, 빠르게 상황을 정리하려고 했던 나와 그녀는 갑작스레 들려오는 낯익은 아이 목소리에 몸을 굳혔다.

"이제, 우리 시간이야."

그 말을 끝으로 세 명이었던 아이들의 머리 위로 수많은 아이가 떠오르는 모습을 보자, 아까의 생각을 철회했다.

"뛰어!"

학예회 수준이 아니라, 오케스트라 급 스케일이라고 생각을 바꾼 나는 별처럼 쏟아지는 아이들의 공격이 바닥을 무자비하게 내리치는 걸 보며 빠르게 달리기 시작했다.

"조무래기들 다 처리한 거 아니었어?!"

"갑자기 사라졌다가 나타난 걸 어떻게 합니까!"

당신이랑 다르게 한 명도 버겁다고 말하려 했지만, 포물선을 그리며 떨어지는 대포알처럼 날아온 아이들이 지면에 닿자마자 터지는 모습에 바닥에 엎드리기 바빴다.

"이 솜들은 뭐야!"

수백 명처럼 보였던 아이들은 인형이었는지 터지는 족족 솜을 사방에 퍼뜨리기 시작했다. 타일도 부수고 벽도 뚫고 들어가 터지는 인형에 반해 솜은 날아가 어딘가에 붙기만 해서 숨을 몰아쉬며 말했다.

"쟤 영혼 먹습니다!"

"뭐? 막아!"

내려오는 명령에 바로 움직이려고 했던 나는 일어나자마자 고꾸라지는 몸에 당황하며 원인을 찾았고, 내 몸에 붙어있는 솜과 연결된 줄을 보며 답을 떠올렸다.

"야! 몸이 안 움직여!"

"이 솜 떼어내야 합니다!"

저 아이들의 능력이 전부 인형을 다루는 건지는 모르겠지만 적어도 인형 놀이를 소망했던 바람직한 아이가 있다고 생각하며, 그녀를 대상으로 인식해 전부 사라져버리라고 떠올리자 주변 일대의 솜이 사라졌다.

"빨리 가요!"

안 그래도 강력해 보이는 능력을 사용하는 아이가 이기기 버거웠던 두 남녀를 먹어 치운다면 어떻게 될지 뻔했기에 그녀를 먼저 보내면서 따라 갔다.

"죽⋯⋯!"

불행히도 지켜보던 두 아이도 인형을 다루는 능력이었는지 팔을 휘둘러 수십 명의 인형을 날려 보냈고, 곡선을 그리며 날아오는 인형에 마지막 영혼을 섭취하고 있는 아이를 베려던 그녀가 급히 팔을 휘둘렀고.

"뭐라도 떠올려요!"

검 한 번 휘둘러 잡기에는 너무 많은 숫자였기에 몇 개를 베고 나서도 앞으로 향하고 있는 몸을 본 내가 소리를 지르자, 날리라고 소리치는 그 녀의 말에 빠르게 소망을 빌었다.

"계속 달려!"
"재미있다! 계속 놀자!"

아슬아슬하게 그녀에게 닿지 못하고 날아간 인형에 멈추지 말고 달리라고 말하자, 멈추려던 반동으로 넘어질 뻔한 그녀가 균형을 잡고 무릎을 굽히며 한 번에 날아갔다.

"죽어!"

날아오는 인형이 닿을 새도 없이 빠르게 날아간 그녀가 치켜세운 검을 내리쳐 다 먹어 치운 아이를 베려고 할 때.

"피해요!"

온몸을 불로 뒤덮은 아이가 뒤를 돌아보며 웃자 아이 앞에 수많은 인형이 생겨나 불이 붙으며 그 자리에서 터졌다.

"민화 씨!"

매캐한 연기를 싣고 오는 바람과 솜에 눈앞을 막으며 급하게 소리쳤지만, 들려오지 않는 목소리에 시야 확보를 하기 위해 달려갔다.

"지각한 사람은 혼나야지."

강인한 육체가 능력인 듯 보였어도 영혼은 피로가 누적되지 않는다는 걸 알았어도, 그 아픔은 그대로 전해져 본체의 신경이 훼손될 정도로 큰 타격을 입으면 죽는 세상이기에 목소리가 들리는 곳에 손을 뻗어.

"안 그래?"

나를 보며 환하게 웃고 있는 아이의 품에서 날아오는 인형 더미를 막았다.

"……."

벌치고는 너무 아픈 게 아니냐며 말을 하고 싶었으나, 온몸에서 느껴지는 격통에 자칫하면 빈사 상태가 되겠다는 생각을 하며 숨을 골랐다.

"어라. 살아있기를 바랐는데 살아있네. 새로 먹은 능력인가?"

"날 먹으면 생길 능력이지."

"불사의 능력인가? 아까는 선행이라더니, 너도 영혼 먹었구나?"

나를 먹고 생길 능력으로 더 놀 수 있어서 재미있겠다며 떠드는 아이의 뒤로 나머지 두 아이가 걸어왔고, 오래 가지고 놀고 싶다는 생각을 하고 있기를 바라며 녀석들을 지정해 살아남은 나는 헛웃음을 지으며 답했다.

"그게 중요할까?"

"으응, 아니. 어차피 먹을 거니까 상관없겠지."

"다행이네. 대화를 더 이어가기엔 친구가 걱정됐거든."

별똥별이 실제로 떨어지면 이런 느낌일까 싶을 정도로 아이가 오케스트라의 지휘자처럼 무수히 많은 인형을 하늘 높이 올려 내게로 떨어뜨리자.

"그럼, 친구끼리 사이좋게 내 안에서 놀게 해줄게!"

그 모습을 보고 손을 모아 세 아이를 지정한 나는, 소망을 떠올렸다.

"그래, 놀아줄게."

이 악단의 지휘자가 되고 싶다는 소망을.

"어?"

"뭐야?"

"말을 안 들어!"

손에 연결되는 수많은 가닥이 느껴지자 그대로 팔을 벌려, 한 점으로 모여 내게 날아오던 인형들을 허공에 흩뿌렸고 갑작스레 끊긴 줄에 놀라고 있는 녀석들을 향해 말했다.

"어른들을 놀렸으면, 벌을 받아야지."

비록 악랄한 방향이지만 똑똑한 녀석들도 결국에는 아이였기 때문일까, 수많은 능력을 얻어 힘을 키웠음에도 자신들을 쳐다보고 있는 인형에 당황하고 있는 모습에 삶의 교훈을 주기로 했다.

"혹시, 폭죽놀이 해봤니?"

다소 아픔이 담긴 체벌을 통한, 매가 약이라는 교훈을.

"야, 야! 오잖아!"

"어떻게 좀 해봐!"

"아, 안 움직인다니까!"

미치도록 활발하게 돌아가는 뇌가 내 한계를 말해주고 있어서 혹시라도 더 개체를 늘리면 어떻게 할지 고민을 하고 있었지만, 자신들의 몸에 인형들이 전부 들러붙을 때까지 당황만 한 녀석들의 행동에 오른손을 들어 올려.

"한 번쯤 해보고 싶었는데."

다급해져서 아무 능력이나 꺼내다 자신의 몸에 불을 붙인 아이의 모습에 손가락을 튕겼다.

"못난 어른의 꿈도 이루어줘서 고맙다."

순식간에 타들어 가는 인형은 연쇄 폭발을 일으키며 터지는 범위를 키워나갔고, 나를 터뜨리면 자기들도 위험할까 봐 녀석들이 떨어진 덕분에 안전한 위치에 있던 나는 얼굴을 가렸다.

밤하늘에 태양이 떠오르면 이런 느낌일까 싶을 정도로 감은 눈앞이 노을빛으로 채워졌다가 사라지자 눈을 깜빡이며 입을 열었다.

"근데, 이제 어떡하지."

아무리 영혼이 지치는 게 없다지만 온몸에서 느껴지는 열과 통증. 소리는 나지 않지만 삐걱거리는 머리는 뇌가 파업했다는 걸 알려주고 있었기에 드러눕고 싶어졌다.

"어떡하긴 뭘 어떡해."

하지만 소란을 듣고 또 몰려올 영혼들을 떠올리자 몸서리가 쳐졌고, 삼파전도 힘들었는데 그 이상은 도저히 안 된다는 생각을 하며 뒤로 돌아 평안히 잠들어있는 그녀를 들고 걸음을 옮겼다.

"오늘로써 확실히 깨달았다."

몸에 나쁜 건 영혼에도 나쁜 게 분명하다는 실없는 생각을 하면서, 현실 세계에서는 황혼이 드리우고 있을 잿빛 하늘을 바라보며 거점으로 향했다.

*

"어때?"

긴 머리를 늘어뜨린, 천진난만한 남자아이의 모습을 한 녀석이 의자에 앉아 발을 까딱이며 던지는 물음에 대답했다.

"둘 중 누구."

"누구겠어."

눈이 아프지도 않을까 싶은 새파란 벽으로 둘러싸인 공간에서, 수많은 모니터를 통해 여러 영상을 보고 있던 녀석이 한 화면을 크게 띄우면서 여성을 업고 걸어가고 있는 남성을 보여주었고.

"변수가 많아. 올라올 가능성은 충분해 보이고."

"그게 수호자의 생각?"

벽에 한쪽 어깨를 기대며 이어 말하자, 들려오는 말에 코웃음을 쳤다.

"목줄 묶인 개라고 하지."

"어쨌든 개도 집 지키는 개잖아."

수호자 별칭 잘 지어주지 않았냐며 물어오는 행동에 눈을 깜빡이며 쳐다보는 것으로 대답할 의사가 없음을 밝히자, 재미없다며 어깨를 늘어뜨렸다.

"예전처럼 푹 찌르면 나오던 재미가 없어졌단 말이지."

"싫으면 바꾸지 그러나."

"그러고 싶은데, 그럴 수가 없는걸."

"왜지?"

"그야, 너처럼 나랑 잘 맞는 변태도 없으니까."

아무리 미친 세상이라지만 너와 나처럼 살인에 미친 쾌락주의자도 없지 않냐며 너스레를 떠는 녀석의 행동에, 헛소리하지 말라고 대답하며 등을 돌려 바깥으로 나아갔다.

"연기, 해야지?"

"…… 알았다."

출입구로 걸어가던 중, 등 뒤에서 들려오는 목소리에 입술을 짓이기며 대답한 나는 얼굴에 한가득 웃음을 지어 뒤를 돌아 녀석을 쳐다봤고.

"응. 됐어, 가봐."

살리고 싶으면 앞으로도 비위 잘 맞추라고 말하면서 등을 돌리는 반신의 행동에 주먹을 쥐며 노려보던 나는, 숨을 고르며 생각했다.

우리 둘 다 살아나갈 수 없다면, 달이 떨어지는 순간만큼은 봐야겠다고.

방 승 혁

'의식 너머로'는 꿈이라는 몽환적인 소재를 중후하고 어두운 분위기로 이끌어나가는 소설이다. 장황하지만 몰입감을 갖는 공간묘사 위주의 문체로, 독자가 영화보듯이 읽어나갈 수 있게끔 하는 것을 추구한다.

의식 너머로

전등이 부단히 깜빡이는 지하철 안, 캐주얼한 차림의 한 30대 남성이 문 앞에 우두커니 서 있다. 그 말곤 아무도 없는 지하철, 빠르게 터널을 달려가는 엔진음만이 가득하다. 남성의 이름은 종혁, 그의 표정은 복잡한 듯 몽환적이다. 이윽고 정거장에 들어서며 속도를 늦추는 지하철이 이내 멈추고, 종혁의 앞에 있는 문만이 열린다. 그 안에서 나오는 사람은 그뿐이다. 지하철처럼 텅 빈 정거장, 종혁은 반듯하게 자른 머리를 쓸어넘긴다. 그리고 어깨에 멘 배낭을 고쳐 맴과 동시에 계단을 타고 올라간다.

종착역의 출입구로 올라선 그가 다다른 곳은 정거장이 있다기엔 매우 어색한, 어느 정겨운 동네 한복판. 기울어가는 태양에 비친 고즈넉한 분위기 아래 사람 하나 없이 빨래를 터는 소리, 개가 짖는 소리가 들려 온다.

'여기가 어디더라?'

그가 아주 어릴 때 살던 동네와 비슷하다. 빨간 벽돌과 구식 콘크리트로 지어진 7~80년대식 주택, 파란색 철문들, 그리고 길 끝자락마다 놓여 있는 잡다한 쓰레기까지. 그 모든 걸 보며 옛 동네에 대한 향수가 짙어진다. 그의 앞에 보이는 삼거리 가운데에 자리한 인형 가게, 발길을 재촉한다. 딸에게 줄 인형을 사야 한단 생각이 불현듯. 그가 딸이 좋아할 만한 조그만 곰 인형을 집어 배낭에 넣는 순간, 그의 주머니 속 핸드폰이 울린다. 수많은 숫자의 나열로 가득한 발신 번호로 걸려 온 전화를 받아 들리는 건 이상한 잡음뿐이다. 의아해하며 전화를 끊음과 동시에 가게 안의 불도 꺼진다. 동시에 언제 켜져 있었냐는 듯 핸드폰의 전원도 꺼져 있다. 그의 기분이 섬찟해진다.

"저기요? 저기요! 여기 불 나갔어요!"

사장을 부르는 그의 목소리에 대답하는 건 고요함 뿐이다. 그는 핸드폰 배터리를 찾고자 배낭 안에 손을 넣어 뒤적이지만, 방금 넣은 인형은 고사하고 작은 손전등 하나가 집힌다. 그는 손전등을 쥐고 스위치를 딸깍이며 불빛을 켜본다.

찌링-찌링-...

세차게 울린 현관 벨에 놀란 종혁, 불빛이 상점 현관문은 활짝 열린 채 조그만 현관 벨만이 울리고 있다. 누군가가 급히 나간 듯하다. 가게 문을 비춘 손전등의 불빛, 어느새 깊은 밤이 되어 있다. 누르스름한 가로등 불빛만이 어두운 골목을 군데군데 비추고 있다.

'내가 이렇게 오래 있었나?'

종혁은 얼른 나가 고요한 골목을 눈으로 샅샅이 헤집는다. 이내 그의 시선이 불 꺼진 집으로 가득한 가파른 오르막길을 향한다. 초등학교 때까지 살던 집이 위치한 오르막길과 닮았단 생각이 드는 순간, 어두운 옷을 입은 괴한이 어느 집 대문을 열고 들어가는 걸 본다. 자세히 보니 그 오르막길에 유일하게 불이 켜져 있는 집이다. 그가 부모님과 함께 살았던 그때 그 집이다.

"야!"

종혁은 눈에 쌍심지를 켜고 소리치며 오르막길로 달려간다. 계단이 없는 게 이상한 오르막길 50m를 힘든 줄도 모른 채. 그는 정체 모를 사람이 집에 들어가려 하는 걸 막아야 한다는 생각뿐이다. 삽시간에 도착한 그는 대문을 활짝 열고 계단 열여 개를 밟아 올라 현관문을 쾅쾅쾅 두들긴다.

"엄마!"

밤이 온 이후로 아무것도 들리지 않는 골목이지만, 집 안에서 어머니의 목소리마저 들리지 않자 심장이 죄어오는 듯하다. 그는 반쯤 고장 나 제대로 돌아가지 않는 문고리를 미친 듯이 돌려서 현관문을 연다.

끼이익!

집 안에 들이닥치듯이 들어가는 종혁. 밖에선 창문으로 휜했던 불빛이 언제 그랬냐는 듯 전부 꺼져 있다. 큰일이 났단 생각에 그는 신발을 벗을 생각도 못 한 채 얼른 부엌의 전등을 켠다. 그의 눈에 제일 먼저 들어 온 건 어머니의 방문 앞에 선 괴한. 그가 종혁을 향해 고개를 돌린다. 그보다 10cm는 더 넘어 보이는 키와 커다란 체구, 새까만 바람막이와 청바지를 입고 까만 캡 모자를 푹 눌러 쓴 채 얼굴의 반을 가리고 있는 괴한. 종혁을 향해 입꼬리를 싸악 올리며 방문을 닫는다. 마치 이미 들어갔다가 나온 듯이, 입이 귀에 걸릴 듯 괴랄한 미소를 지으며.

자신을 향한 괴한의 섬뜩함에 다리의 힘이 풀려 주저앉은 건 30대 중

반의 남성이 아닌, 열 살배기의 겁에 질린 소년이다. 소년 김종혁은 온몸을 파르르 떨며 괴한의 표정으로부터 눈을 떼지 못한 채 등으로 기어간다. 체구가 반으로 줄어들어서인지, 드러누워서 그런지 괴한의 체구는 소년에게 사람이 아닌 거인으로 보인다. 바들바들 떠는 소년의 눈에 괴한의 손에 들린 피 묻은 칼이 보이자,

"으아아아악!"

소년은 외마디 비명을 내지르며 도망친다. 비명은 금방 울음으로 바뀌고, 힘이 잔뜩 들어갔던 두 눈은 어느새 눈물을 쏟아내며 뺨을 적신다. 소년은 괴한으로부터 멀리 도망치고 있지만, 그의 정신은 이미 괴한의 칼에 난도질당하고 있다. 공포와 슬픔이 심장을 조여대는 동안, 갈기갈기 찢긴 정신의 빈자리로 이제 자신을 지켜 줄 사람은 아무도 없다는 생각이 머릿속을 가득 채운다. 그는 가로등 불빛이 있는 어디로든 달릴 뿐이다. 동네를 가득 메우는 소년의 울음을 찾아오는 묵직한 발소리, 다른 누구의 인기척도 사소한 소음도 없이 묵묵할 뿐. 그는 죽어라 뛰고 있지만 거대한 괴한의 발소리는 차분하고 더욱 명확해진다. 마치 땅과 하늘에서 울려오는 듯, 피할 수 없이 엄습해오는 죽음의 소리.

"악!"

종혁은 그만 발을 접질리며 넘어져 버렸고, 손에 들고 있었던 줄도 몰랐던 손전등이 건전지를 토해내며 그의 앞에서 구르고 있다. 그것을 집는 건 더 이상 소년이 아닌 서른다섯의 사내다. 30대 종혁이 건전지를 줍기 무섭게 그의 앞길을 비추던 가로등들이 하나둘씩 꺼져버린다. 아무것도

보이지 않는 새까만 칠흑, 이젠 동네가 아닌 저승과도 같이 느껴지게 된 골목. 거칠어진 숨으로 손전등에 건전지를 끼우기 바쁘지만, 땀에 젖은 손바닥에 그만 건전지 하나를 바닥에 떨군다.

뚜벅, 뚜벅.

괴한의 장화 소리가 골목을 메운다. 종혁이 놀라 돌아본 뒤쪽으로 가로등 아래 거대한 괴한이 우두커니 서 있다. 190cm를 넘었던 괴한의 키는 어느새 3m를 넘을 듯하다. 종혁이 괴물로 느끼기만 하던 게 아닌, 진짜 괴물이 되어버린 것이다. 모자를 푹 눌러 쓴 괴한의 하관만이 보이고, 서슬 퍼렇게 느껴지는 허연 이를 드러낸 채 섬찟한 웃음소리를 낸다. 곧이어 고개를 푹 숙이고 모자를 벗는 괴한, 그가 다시 고개를 들어 보이자 눈알 없이 새까만 두 눈구멍으로 종혁을 응시한다. 귀까지 찢어진 거대한 입을 씨익 웃으며, 눈알 없는 눈구멍을 부릅뜨며.

"씨... 씨발! 씨바알!"

패닉에 빠져 온몸을 버들버들 떠는 종혁이 상기된 얼굴로 연신 욕을 외치며 어떻게든 건전지를 손전등에 끼우려 하지만 도저히 들어가질 않는다. 괴한이 식칼에 묻은 피를 제 혀로 훔치며 걸어오고 있지만, 종혁이 할 수 있는 거라곤 고작 손전등을 다시 켜는 것뿐이다. 그는 핸드폰이라도 놈에게 던져야 한단 생각에, 메고 있었던 줄도 깜빡했던 배낭에 손을 쑤셔 넣는다. 그러자 배낭을 뒤지는 그의 손에 묵직한 무언가가 잡힌다. 그것을 꺼내 들어 보이자, 종혁의 오른손엔 웬 권총이 들려 있다. 흠이 잔뜩 나 있고, 6개의 총알이 실린더에 장전된 리볼버. 그는 그것을 단박에 알아본다. 초등학교에 막 들어갔을 때, 친구들에게 자랑하고자 몰래 아버지

바구니에서 훔쳐 나왔다가 잃어버린 권총 라이터. 분명 그것은 모형이며 방아쇠를 당겨 봐야 총구에서 라이터 불 밖에 안 나오는 어른용 장난감이다. 그러나 왠지 모르게, 종혁에게 있어 그 모형 리볼버가 어떤 것보다 더 믿음직하게 느껴진다. 그 자신조차도 이해가 안 되지만, 왜 이런 근본 없는 용기가 나는지 도저히 알 수가 없지만, 종혁은 그 권총 라이터를 괴한에게 겨눈다.

탕!

공이가 탄알을 치며 터진 화약의 폭음과 함께 총구는 연기를 살살 피워 올린다. 분명 총알이 나간 것이다. 그에게 다가오던 괴한이 어깨에 총을 맞고 주춤했으니까. 그는 분명히 이게 모형임을 누구보다 잘 알고 있다. 리볼버에 새겨진 문양만 봐도 어릴 적에 갖고 놀았던 그 총이다. 그는 총에 대한 30여 년 전 기억이 무섭도록 되살아나고 있는 것을 느낀다. 종혁은 혹시나 해서 실린더를 열어봤지만, 총알은 모두 들어 있다. 전부 실린더에 단단히 고정된 모조품이다. 무슨 이유에서건 총은 발사됐다. 아니, 오히려 발포하고도 꽉 찬 실린더를 보자 이상하게도 미덥기까지 하다. 몇 발이고 계속해서 마음만 먹으면 쏠 수 있다는 생각이 든다.

'마음만 먹으면…'

어둑한 골목 안에서 공포라는 오한에 떨던 종혁의 몸이 점차 진정된다. 머릿속을 어둑하게 채우던 안개가 걷히며 정신은 한층 또렷해지고, 가슴이 무언가에 의해 환하게 비춰지는 느낌이 든다. 괴한은 멈칫했다가도 다시 걸어오고 있지만, 이제까지 느꼈던 두려움이란 이름의 거대한 벽은 어쩌면 뛰어넘을 수 있는 담장이 아닐까 하는 생각이 든다. 그는 그 생각

을 믿어보기로 하며, 손전등을 켜고 괴한을 향해 그 불빛을 비춘다. 가로
등 불빛은 그냥 지나쳐오던 괴한이, 왜인지 그의 손전등만큼은 얼굴을 찡
그리며 눈부셔한다. 종혁은 이를 악물고 거친 숨을 몰아쉬며 괴한을 향해
계속해서 손전등을 비춘다. 그의 가슴에서 타오르는 열기가 번지기라도
하는 듯, 손전등의 빛은 더욱 강렬해진다. 눈부시게 타오르는 전등불에
괴한은 한쪽 팔로 얼굴을 가리며 다가온다. 점점 힘겨워하는 괴한, 빛은
종혁의 가슴에서 커지는 뜨겁고도 단단한 용기라는 이름의 불과 함께 더
욱 강렬해진다. 이에 괴한은 걸음을 멈추고 고개를 푹 숙이며 소리 없이
괴로워한다. 전등의 빛에 완전히 감싸진 괴한이 고통에 못 이긴 소리를
내더니, 그의 온몸을 드리웠던 어둠이 빠져나간다. 달아난 어둠에 따라
어느새 괴한의 체구는 본래의 크기로 돌아왔고, 그의 얼굴은 사람이 되어
있다. 섬찟하게 웃던 괴한의 얼굴이 당황감과 불안감으로 복잡해진 사이,
종혁은 방아쇠를 당긴다.

탕– 탕– 탕!

몸통에 두 방, 머리에 한 방을 맞은 괴한은 뒤로 꼬꾸라져 버린다. 그제
야 종혁은 총구를 내리고 제 몸을 지탱하던 두 다리의 힘을 푼다. 생사를
오가는 두려움에 떨어서였을까, 급격히 지쳐가는 정신과 쏟아져 오는 잠
에 그의 시야는 어둑해지고 만다.

삑– 삑– 삑–

종혁의 눈에 어느 천장이 보인다. 익숙하진 않지만 처음 본 건 아닌 거
같은 그런 천장, 그리고 병원에서나 들을 법한 기계음.

"...혁... 씨?..."

종혁은 누군가 자신을 부르는 걸 듣는다. 그 목소리의 주인공으로 보이는 어느 남성, 그러나 모든 것이 알아채기엔 너무나도 희미하다.

'뭐지?... 누구... 여긴...'

의문이 피어오르려던 순간, 종혁은 자신도 모르게 다시 어둠 속으로 의식을 맡긴다.

흐린 날 추적한 비가 내리는 오후, 살짝 안개가 낀 병원 주변의 흡연실에서 종혁은 라이터의 불을 켠다. 흡연석에 앉아 담배를 물고 양손을 가볍게 깍지끼어 다리를 쩍 벌린 채, 우두커니 몸을 앞으로 기울인 채. 표정은 추적대는 비가 자아내는 적적함과는 비교할 수 없을 정도로 무겁고 또 심란하다. 시선은 땅으로 꺼져있지만, 허공을 응시하고 있다. 물어 피는 담배의 연기가 폐와 입안을 공기와 함께 채워나가는 메케한 고통이 달콤할 정도로, 그는 굉장한 상심과 우울감에 빠져 있다. 그런 그의 시야 속에 종이 한 장이 들어온다. 빼곡히 써져 있는 글씨, 도장이 찍히고 사인이 적힌 문서.

"보세요."

그 문서를 내민 사람은 의사 가운을 입은 희끗희끗한 머리의 40대 남성, 송현이다. 문서를 받을 때까지 기다리겠다는 그의 결연한 태도에, 종혁은 그의 눈을 보면서 문서를 받고, 송현은 그제야 품 안에서 담배를 꺼내 불을 붙인다. 어려운 단어가 수없이 적혀져 있다. 비록 고등학교도 졸업 못 한 종혁이지만, 그는 단어들을 훑어보며 이것이 법률에 관한 내용임을 안다.

"이게 뭔지 아십니까?"

송현은 담배 연기를 크게 내뿜는다.

"동의서에요. 제가 단독적으로 진행할 치료과정이 실패할 경우, 제 직위와 의사면허를 정지하고, 이로 인해 발생할 모든 과실에 대한 책임을 저 혼자 온전히 지고 법적인 절차를 따르겠다는. 여기 원장한테 직접 받아왔습니다."

송현은 한숨을 땅이 꺼져라 내쉰다.

"나, 이 연구에 평생을 바쳤습니다. 그리고 여기에 내 미래도 바치고 있는 거고. 종혁 씨가 아니면 내 인생이 허사가 됩니다. 종혁 씨가 따님이 전부인 것처럼, 나도 이게 그래요. 언제 또 이거에 적합한 분을 찾을지 모릅니다. 그리고 종혁 씨보다 더 적합한 경우는 앞으로 못 찾을 거 같고요..."

송현은 반쯤 피다 만 담배를 떨어트리고 구둣발로 지르밟는다.

"...종혁 씨. 나도 모든 걸 걸었습니다."

진찰 음이 삑삑대는 병실 안, 커튼이 닫힌 환한 방 안에서 의사 가운을 입은 심송현이 서 있다. 그는 종혁의 동의를 받아 낸 그 날, 비가 추적하게 내리던 날을 회상하며 수십 번이고 다진 결의를 또 다진다. 두 구의 의료 침대, 각각 여고생과 30대 남성이 누워 있다. 둘 사이로 놓인 기계, 거기서 나온 가지각색의 다발들이 종혁과 서연의 신체 곳곳과 머리에 붙어 서로를 이어주고 있다. 송현은 종혁의 맥박과 뇌파를 지켜보고 있다. 종혁의 딸인 서연의 상태는 문제가 없고, 또 문제가 없을 것이다. 문제는 그 대상의 무의식 속에 들어가는 주체다. 타자의 정신세계에 들어가 있는 의식의 주체가 신체적, 정신적으로 가질 변화는 예측할 수 없다. 송현 그조차 뇌파의 변화와 종혁의 신체적 반응을 보고서, 그의 이론과 지식에 따라 대처하는 수밖에 없다.

달리 말해, 송현도 종혁이 무슨 일을 겪고 있을지 알지 못한다. 그저 종혁의 닫힌 눈꺼풀 밑으로 세차게 구르는 두 눈알과, 점점 그의 맥박과 뇌파가 이상 수치까지 아슬아슬하게 닿으려다 마는 것을 지켜볼 수 밖에.

"으으으윽...!"

반듯하게 누운 채 눈살을 찡긋대던 종혁이 얼굴을 찌푸리며 신음한다. 크게 변동 없던 그의 맥박과 뇌파의 불안정함이 비례하면서 요동치자, 송현은 다급히 주사기를 준비한다. 안정제를 뽑는 동안, 종혁의 신음이 더욱더 짙어진다.

"으으... 어... 으......"

그의 모습을 보는 순간 송현은 그가 깨고 있고, 그런데도 안정제를 주사하기에 적절한 순간이라 확신할 수 없다고 생각한다. 정량이라도 잘못 투여했다간 영영 그가 깨지 못하고 무의식 속에 갇혀버릴 수 있다. 그렇다고 깬다면 다시 들어갈 수 있을지, 또는 다발적인 후유증세를 보일지 모른다.

삐빅! 삐빅! 삐빅!

그렇게 생각하던 찰나, 종혁의 맥박이 미친 듯이 솟고 있다. 두뇌에 초래되는 과도한 정신적, 심리적 부담이 한계에 도달하고 있다. 송현은 재빨리 종현의 건강을 최우선으로 두고, 일단 그가 무리하지 않게 깨어나게 끔 하고자 한다.

"종혁 씨? 내 말 들려요? 종혁 씨?"

종혁의 눈꺼풀이 떨리며 뜰 듯 말 듯 살짝 떠진다. 고통스러운 듯 가누는 고개에 흰자만 겨우 보일 뿐이다. 송현은 신속히 각성제 정량을 주사기로 뽑아낸다. 맥박과 뇌파는 계속해서 위험 수치를 갱신하는 사이, 종혁의 침대 옆에 쪼그려 앉아 그 팔에 주삿바늘을 꽂는다.

삐빅— 삐빅— 삐빅—...

맥박이 돌아오고 뇌파는 안정권을 탄다. 종혁의 얼굴은 다시 편안해지고, 소리소문없이 잠들었다. 각성제는 조금도 투여되지 않았다. 안심이 든 송현은 고개를 푹 숙이고 안도의 한숨을 크게 내쉰다. 송현은 일어설 수가 없다. 다리에 힘이 풀려버렸다. 그는 양손으로 무릎을 딛고 팔심을 통해 일어난 뒤, 터덜터덜 걸어 조그만 의자에 풀썩 앉는다.

'하마터면...'

모든 게 허사가 될 뻔했다. 조금만 늦었어도 처음부터 다시 시도할 뻔했다. 종혁이 이렇게 서연의 무의식 속으로 들어가기까지 맞춘 모든 조건을 생각하면, 머리가 핑 돈다. 이런 살얼음판을 걸어 온 연구이지만, 가장 중요한 순간에 제 손으로 망치는 건 있을 수도 없는 일이다.

안정을 되찾은 송현은 금세 자신의 이론을 되짚는다. 그는 종혁이 서연의 의식을 향한 첫 단계를 밟은 것이라 예상한다. 앞으로 몇 단계를 거쳐야 할지는 알 수 없다. 다음 단계를 넘기자마자 서연의 무의식으로부터 튕겨 나가게 될지, 정신적 내성을 갖추어 더 잘해나가던지. 최악의 경우 아예 융화돼서 영원히 갇혀버릴 수도 있다. 어느 것도 확실하지 않다. 이론상으로만 존재해 온 영역을 오로지 종혁 혼자서 겪고 있기 때문에, 송현은 그저 기다릴 수밖에 없다.

선선하게 불어오는 바람, 화창한 날씨 아래에서 종혁은 차를 타고 바닷가의 외곽도로를 달리고 있다. 한적한 도로를 순탄하게 달리는 차 안에서 내다보는 동해의 풍경. 그런 종혁의 옆엔 그의 딸 서연이 타고 있다. 편안한 옷차림에 치렁치렁한 머리카락을 까슬한 모포 삼아 좌석의 깔개로 쓰고 있는, 올해 고등학생이 된 서연은 핸드폰 삼매경에 빠져 있다. 핸드폰을 보며 피식 웃는 서연에게,

"뭐가 그렇게 재밌어, 응?"

종혁은 웃으면서 물어본다. 서연은 아빠를 힐끗 보곤 다시 시선을 핸드폰에 고정한다. 핸드폰 게임에 빠져 있긴 하지만, 뭐가 어찌 됐건 딸이 싱글벙글 웃고 있으니 종혁의 입가에도 미소가 띄워진다.

"서연아, 바다가 코 앞인데 좀 보고 그래~"

종혁은 애정 어린 잔소리를 한다. 그리고 그런 그들을 뒷좌석의 종혁이 지켜보고 있다.

그는 이것이 자신의 기억임을 알고 있다. 좌석의 안착감과 햇빛의 따사로움이 느껴질 정도로 너무나 생생한 기억, 그 안에서 이 사고를 다시 체험하고 있는 것이다.

'뭐지? 내가 죽은 건가? 꿈인가?'

꿈이라기엔 너무 생생하고, 죽었다기엔 현실의 감각이 뚜렷하다. 종혁의 머릿 속은 복잡해져 가지만, 이 기억이 어떻게 흘러갈 것인지만은 알고 있다. 이 모든 건 그의 기억대로 흘러가고 있다. 운전석의 종혁이 저렇게 말하면 서연이가,

'아니~ 어차피 가면 볼 건데~'

라고 애교 어린 말대꾸를 할 것이다. 그러나 조수석의 서연은 아무 말도 없다. 그저 표정만 싱글댈 뿐이다. 이건 종혁의 기억과 다르다.

그가 괴리감을 느끼던 그때, 멀리서 중앙선을 넘나들어 달려오고 있는 트럭이 보인다. 그러나 운전석의 자신은 서연을 보며 말을 거느라 알아채지 못한다. 실제론 이렇지 않았다. 기억은 실제와 한참 다르게 흘러가기 시작한다.

"야, 야! 야! 앞에 차, 앞에 차, 봐! 앞에!"

허상인 걸 알면서도 너무나 현실적이라 그런 것일까, 트라우마가 도진 것일까. 종혁은 질겁한 얼굴로 다급히 운전석의 자신의 어깨를 친다. 그러나 변하는 건 없다. 그들에겐 종혁의 말이 들리지 않는 듯하다.

"야! 야, 앞에 트럭, 트럭! 야 이 미친 새끼야! 앞에 보라고!"

종혁은 미친 듯이 소리친다, 앞에 앉아 있는 자신의 어깨를 세차게 흔들며. 그러자 운전석의 자신이 종혁을 돌아본다. 알고 있다는 듯이, 그래서 어쩔 거냐는 듯한 표정으로.

뒷좌석의 종혁은 가망이 없음을 느낀다. 황망한 표정으로 서연이의 어깨를 잡아 부드럽게 흔든다.

"서연아...!"

종혁의 부름, 그리고 쏜살같이 그들에게 달려오는 트럭 앞에서 서연이 그를 본다. 그녀의 표정은 더 이상 웃고 있지 않다. 원망이 섞인, 마치 왜 그랬냐는 듯이, 그렇게 사고를 내서 딸내미 인생을 망쳤어야 했냐는 듯이 질색해 하는.

충격에 빠진 종혁. 피가 차갑게 붙는 것을, 이 모든 게 잘못되었음을 느낀다. 그의 멍해진 두 눈이 어느새 코앞에 다가온 트럭을 본다. 유리창이 깨지기 직전, 종혁은 양손으로 머리를 감싸며 두 눈을 질끈 감는다.

"아아아아아악!"

종혁의 정신이 차츰 돌아온다. 운전대에 박고 있던 머리를 든다. 그는 머리를 한 손으로 부여잡는다. 분명 뒷좌석에 있던 자신이 어느새 운전석에 앉아 있다. 자신이 왜 운전석에 앉아 있는지 의아하려 던 차, 아무도 없이 조수석 문만 열려 있는 옆자리를 보자,

"서, 서연아...!"

몽롱한 정신과 지친 몸을 이끌며, 딸의 이름을 힘겹게 말하며, 종혁은 안전벨트를 풀고 차 문을 열자마자 꼬꾸라진다.

"서연이... 서연아!"

그는 계속해서 서연이라 중얼대며, 힘겹게 일어나 범퍼를 부축 삼아 조수석으로 간다. 그의 딸은 없다. 종혁은 점점 절망에 빠진다.

"서연아... 서..."

메어오는 목으로 딸의 이름만 부르며 망연자실해 있는 종혁, 딸에 대한 죄책감과 스스로를 책망하는 감정에 휘말린다. 그는 그 와중에도 딸을 찾는단 일념으로 정신을 붙잡아 주변을 본다.

하늘조차 덮어버린 자욱한 안개, 그 안개 속에 그가 있는 곳은 외곽도로가 아닌, 음산한 소나무숲의 평탄한 길 한복판이다. 어느새 공간은 완전히 바뀌어 있다. 모든 것이 너무나 비정상적으로 흘러감에도, 그의 머릿속은 딸에 관한 생각으로 가득 찬 나머지 이것이 허상이라는 의심조차 할 수 없다.

"서연아!"

종혁의 외침을 먹어버린 듯이, 안개 속에서 메아리조차 돌아오지 않는다. 음산한 안개 숲의 차가운 바람이 그의 가슴을 쑤시는 듯하다. 종혁은 급히 핸드폰을 꺼내 딸에게 전화를 건다.

위이이이이잉-

멀지 않은 거리에서 침묵을 타고 들려오는 진동 소리. 그것은 도로 한복판에 놓인 하얀 핸드폰에서 나온 소리이다. 종혁은 귀에서 핸드폰을 내리고 달려간다. 분명 딸의 핸드폰이다. 그가 집자마자 수신화면이 꺼지고, 전원이 들어오지 않는다. 핸드폰을 향해 아래를 내려다보던 그의 시선이 바닥에 꽂힌다. 핏자국, 한두 방울의 핏자국이 있다. 그의 시선은 핏자국의 흔적을 따라 숲 한쪽으로 고정되는 순간,

사삭—

한 폭의 그림처럼 우두커니 멈춰 있는 풀숲에서 덤불 하나가 세차게 움직인다. 누군가가 지나간 것 같은 그 덤불, 마치 종혁을 부르는 듯하다.

"서연아!"

그의 목소리가 고요한 가운데 쩌렁쩌렁하게 울린다. 그는 도로에 놓인 핏자국을 따라 덤불을 헤쳐나간다.

"서연아?!"

핏자국은 숲에 들어서자마자 끊긴다.

"서연아! 아빠 여깄어, 서연아! 어딨어! 서연아!"

그 어느 인기척이나 발소리, 일말의 그림자조차 보이지 않는 음산한 숲은 메아리 외에 침묵만을 지킬 뿐이다.

"서연아...! 서연...!... 헉, 헉헉..."

미친 듯이 뛰다 지친 종혁은 손으로 무릎을 짚고 거친 숨을 몰아쉰다.

〈 흐히힉! 〉

그의 등 뒤로 들려오는 오싹한 웃음. 아주 가까운 거리에서 들리는 그 으스스한 단말마, 종혁의 등골이 서늘해진다.

그가 상기된 얼굴로 휙 돌아보자, 머리카락이 무릎까지 내려 온 한 소녀가 서 있다. 창백하다 못해 퍼렇기까지 한 피부와 다 해진 새까만 원피스, 푹 숙인 고개.

종혁은 그것이 사람이 아니라는 것을 본능적으로 느낀다. 그러나 애석하게도, 마음속 어딘가에서는 그것이 서연이이길 바란다.

"...서연아?"

그 조그만 마음을 움직여 애써 꺼낸 말, 아무 반응도 없다. 종혁은 배낭에서 손전등을 꺼내 켠다. 그리고 미동 하나 없는 소녀에게 전등빛을 비춰 본다.

그러자 비치는 순간에 맞춰 소녀는 고개를 든다. 턱을 쇄골까지 늘어트리며 치아도 없이 텅 빈 입구멍, 눈알 없이 새까맣고 커다란 두 눈구멍.

"으헉!"

온몸에 소름이 뻗어 나가며 놀라 나자빠진 종혁, 그만 손전등을 떨구고 만다. 기괴한 몰골의 소녀가 자신을 똑바로 쳐다본다. 그는 풀려버린 다리를 애써 일으키며, 배낭도 떨궈진 것을 모른 채 발이 닿는 데로 미친 듯이 달린다.

〈 흐히히힉! 히히힉! 〉

〈 아빠? 아빠? 아빠? 아빠? 아빠? 아빠? 아빠? 아빠? 아빠? 〉

그것이 입꼬리가 찢어지도록 마구 웃어대는 동시에 연신 아빠란 말만 반복한다. 마치 아빠라 부름으로써 그의 뜀박질을 멈추겠다는 듯이. 바람에 날리는 종잇장처럼 머리를 부산히 떨어대며 얼음에 미끄러지듯 그를 쫓고 있다.

분명 앞만 보고 달리고 있음에도, 종혁은 그것이 어떻게 쫓아오는 지가 보인다. 그러나 그런 걸 신경 쓸 겨를이 없다. 종혁은 점점 광기로 격양돼

가는 그것의 웃음이 숲 전체를 채워가는 걸 느낀다. 온 세상이 자신을 잡아먹으려는 듯, 등골을 차갑게 지지는 그 미칠 듯한 공포감으로부터 달아나고자 무작정 달린다.

미친듯이 뛰는 종혁의 눈 앞에 숲 한가운데의 허름한 창고가 보인다. 저것을 피할 방법은 저곳 뿐이라는 생각만이 든다. 그는 다리에 온 힘을 집중한다. 눈을 질끈 감으며, 양팔을 한껏 앞뒤로 휘저어대며. 그것의 기척이 뒤통수까지 왔을 때, 기어코 문고리를 잡아 열고 쏜살같이 들어간다.

쾅!

종혁은 얇은 철문이 부서질 듯 닫아버리자, 광소는 언제 그랬냐는 듯 멎어버린다. 그는 문고리를 잠근다. 거친 숨을 몰아쉬며 문을 바라보다가, 옆에 보이는 줄을 당겨 전구를 켠다. 창고 안이 누런 빛으로 환해지자 조금 안도감이 든다.

혹시 몰라 철문에 등을 기대고, 그의 오른쪽에 있는 측면 창문을 주시한 채 고요한 정적에 귀 기울인다.

사라졌다. 그 기괴하리만치 무서운 귀신의 소리가 감쪽같이 멎고, 바람소리에 스치는 솔잎의 사그작대는 소리만 들린다.

그제야 종혁은 꾹 참았던 숨을 몰아쉬면서, 고개를 푹 숙였다가 뒤통수로 문짝을 짓이기며 눈을 질끈 감는다. 그의 거친 숨이 잦아든다.

...투두두두두둥!... 투두두두두둥...

무언가에 시동이 걸리는 소리가 멀찍이서 들려온다. 흔한 차 엔진 소리가 아니다. 위협적이고도 들으면 들을수록 무시무시한 소리,

투타당!

전기톱 소리다. 기어코 전기톱에 시동이 걸렸다. 그리고 땅을 밟으며

다가오는 묵직한 발소리. 종혁은 재빨리 철문의 틈 사이로 내다본다. 자욱한 안개 속에서 모습을 드러내는 것은, 허름한 멜빵 청바지에 피처럼 시뻘건 내복을 입고, 크고 기괴한 광대 얼굴을 머리에 쓴 굉장히 뚱뚱한 거구의 살인마. 창고를 향해 저벅저벅 걸어오고 있다.

왜앵, 왱, 왜애애애앵-!

격양된 전기톱 소리와 함께 걸음에 속도를 높이는 살인마를 보자, 종혁은 놀라 문을 쿵 닫아 잠근다. 그리고 창고의 가장자리에 바싹 붙는다. 그가 벽에 너무 세게 부닥친 걸까, 그가 켰던 창고 내 전구가 흔들리면서 꺼져버린다. 서둘러 배낭을 찾지만 이미 메고 있지 않다는 걸 깨닫는다. 유일한 대응 수단인 권총마저 사라진 것이다. 영혼이 철렁 내려앉는 걸 느낀다.

"어디, 어딨어, 어디... 어디, 어... 이... 이, 씨..."

공포감에 턱까지 떨려 말조차 제대로 나오지 않는다. 개죽음이 눈앞에 닥쳤는데 아무것도 할 수 없다. 공포감에 눈물이 나올 것만 같다.

"이게 뭐야, 시발, 다 뭐냐고, 뭐..."

현실적으로 일어날 수 없는 일들이 계속해서 벌어지지만, 숨을 헐떡이며 떨리는 사지에 대한 감각이 너무 생생하다. 종혁은 혼란스럽다. 이것이 현실인지, 현실이 아닌지조차 구분할 수 없을 정도로.

아니, 이것이 현실이 아니란 생각조차 할 수가 없다. 점점 커지는 전기톱의 맹렬한 소리가 철문 앞에까지 다다르기 때문이다.

전기톱날이 거침없이 얇은 철문을 뚫고 들어 온다.

치지지지지지지익—

"아아아악!"

패닉에 빠진 종혁이 벽에 바짝 붙은 채 주저앉고야 만다. 식은땀을 뻘뻘 흘리며 어찌할 줄 모른 채 갇혀버리고 만 것이다. 그는 불안한 눈으로 창고 안을 둘러본다. 유일하게 있는 창문은 너무 높고 또 작다. 나갈 수가 없다. 주머니엔 핸드폰은 커녕 아무것도 없다. 외부로 전화할 수단도 없다. 권총이 있을 배낭도, 손전등도 없다. 대항할 수단조차 전무하다.

창고에서 나갈 곳도, 저 미친놈을 이길 방도도 없다. 전기톱에 난도질 당하는 철문이 불꽃을 토해내는 걸 보는 수밖에 없다.

"시발, 뭐냐고 이게... 이..."

극한의 상황의 연속이 그의 정신을 벼랑 끝으로 몰아붙인다. 미칠듯한 공포감에 벌벌 떨며 혼란스러워할 뿐이다. 도저히 말이 안 되는 상황이 너무나도 생생하게 그의 감각을 뒤덮고 있다. 이제 종혁에겐 다가 올 고통에 대한 공포만이 남았다. 저 전기톱에 죽는 것만은 피해야된다는 생각밖에 없다.

마구 떨리는 그의 눈동자가 불현듯 옆쪽 탁상에 고정된다. 탁상 위엔 장도리와 사냥용 칼이 놓여 있다.

'저거라면...'

불안에 떠는 종혁은 가쁜 숨을 몰아쉬며 두 흉기를 바라본다. 하나는 대항할 수단, 하나는 공포로부터 탈출할 가장 쉬운 수단이다. 장도리로는 승산이 없지만, 칼날은 자신의 머리에 박아넣으면 고통 없이 끝날 것이다. 그는 가장자리에 선 채 탁상에 손을 뻗는다. 닿질 않는다. 철문은 빠르게 걸레짝이 되어가고 있다. 시간이 없다. 그런데 다리는 굳어서 안 움직인다. 종혁은 심호흡을 빠르게 쉬며 탁상에 손을 뻗는다.

"악!"

탁상 쪽으로 꼬꾸라진다. 극한의 긴장감으로 다리에 쥐가 나 버렸다. 순간적으로 오른손을 탁상에 올려 겨우 몸을 지탱했다.

그런데 오른손의 감각이 이상하다. 손목이 120도가 넘게 꺾여 있고, 가운뎃손가락이 그 손등까지 꺾였다. 오른손과 그 손가락이 고무줄처럼 늘어난 것이다. 몸을 가눠 일어서자, 또 아무렇지 않게 되돌아온다. 종혁은 오른손을 가누며 그 다섯손가락을 펴고 굽어본다. 멀쩡하다. 전기톱 소리가 창고를 가득 메우는 것도 잊은 채, 그는 자신의 오른손에 집중한다. 그리고 그 중지 손가락을 왼손으로 붙잡고 뒤로 확 꺾어본다.

꺾어진다. 마치 고무처럼 다시 손등까지 꺾인다. 직전에 불안과 공포로 떨던 종혁은 당혹감에 휩싸인다. 그리고 불현듯 머릿 속에 이성의 목소리가 스친다.

'현실이 아니다.'

그는 손등까지 꺾여진 자신의 손가락을 보며 깨우친다.

"꿈이다."

비록 현실만큼이나 생생하지만, 이곳은 엄연히 꿈이다. 괴한, 왜곡된 교통사고의 기억, 소녀 귀신, 전기톱 살인까지, 모두 가짜다.

지금껏 가짜에 놀아났단 생각이 든다. 그러자 자신의 가슴 속에서 또

한 번 뜨거운 열기가 올라오는 걸 느낀다. 총으로 괴한을 쓰러트렸을 때처럼, 아니, 그보다 더 강렬하다. 가슴 속을 지피는 강렬한 열기는 단순히 이겨내겠단 의지보다는, 죽을만큼 무섭게 조롱당했다는 분노다.

이제 그에게 전기톱 소리는 매섭지 않다. 아니, 놈이 쳐들어오는 순간이 기다려진다. 그는 오른손으로 주먹을 꽈악 쥔다. 주먹이 버들버들 떨린다. 이내 종혁을 거칠게 장도리를 집는다.

쾅!

걸레짝이 된 철문을 뻥 차며 전기톱 살인마가 쳐들어왔다. 여전히 기괴한 광대 가면을 쓴 거구이지만, 종혁은 장도리를 든 채 당당히 마주하고 있다.

왱, 왱, 왜애애애앵─!

살인마는 전기톱의 굉음을 울려대며 그것을 양손으로 높이 들어 올린다.

빠각!

가면의 이마에 장도리가 꽂혀 깨져버린 채, 살인마는 반대편 벽에 부딪힌다. 종혁이 장도리로 온 힘을 다해 가격했기 때문이다. 충격이 큰 지 어지러워하는 살인마, 양손으로 잡던 전기톱을 왼손에만 쥐고 있다. 종혁은 그 가면의 이마에 꽂힌 장도리를 잡아 끈다. 깊숙이 꽂혀서 안에 걸려버린 해머부분, 휘청이는 살인마가 맥없이 그의 힘에 따라 이끌린다.

그는 창고 밖으로 살인마를 끌어낸다. 살인마는 질질 끌리지 않으려고 두 다리에 힘을 주지만 반항은 하지 못 한다. 자기보다 체중이 반 밖에 안 되는 사람한테 말이다.

종혁은 이내 창고 앞 흙바닥에 서고, 그 장도리를 놈의 가면에서 빼버린다. 정신을 돌아 온 살인마가 전기톱을 다시 들려하자, 종혁은 장도리를 팽개치고 오른주먹에 온 힘을 싣는다.

펀!

광대 가면의 왼뺨이 찌그러진 채 살인마는 나가떨어진다. 놈이 애써 두 발로 몸을 지탱하자, 종혁은 양손을 주먹쥐어 휘두른다.

빡! 빡! 빡!

오른 주먹, 왼 주먹, 그리고 오른 주먹. 치면 칠수록 분노를 담고, 분노를 담아 더욱 강해진다. 살인마는 나자빠지며 전기톱을 떨군다.

투극...

바닥에 몸뚱이가 팽개쳐진 살인마, 그리고 꺼져버린 전기톱. 놈은 그걸 향해 손을 뻗으며 일어서려 한다. 그러자 종혁은 놈에게 다가가 그 가면을 축구공차듯 킥을 날린다.

광대 가면은 맞은 대로 또 움푹 패인다. 살인마는 드러누웠지만, 종혁은 잠시의 틈도 줄 생각이 없다. 곧바로 놈의 가슴팍에 올라타서 멱살을 잡아 들어 올리고, 광대 가면에 얼굴을 바짝대고 눈을 홉뜨며 말한다.

"너, 저거 없인 아무것도 못 하지?"

웃고 있는 광대 가면에 그늘이 지고 싸늘함이 피어오르는 것을 종혁은 느낀다. 이윽고 그는

붙든 멱살을 팽개치고 마저 주먹을 갈긴다.

빡! 빡, 빡! 빡!

기괴하게 웃고 있는 광대 가면의 이목구비는 처참하게 찌그러져 간다.

종혁은 자신이 느꼈던 공포만큼, 미칠 듯한 두려움에 버들버들 떨었던 만큼의 분노를 힘에 싣는다.

그렇게 가면이 만신창이가 되자, 종혁은 주먹질을 멈추고 일어난다. 광대 가면이 고개를 떨군다. 그리고 종혁은 전기톱을 향해 걷는다.

투콰콰콰콰콰콰—

다시 매섭게 울리는 전기톱 소리, 그것이 종혁의 손에 닿자마자 켜졌다. 종혁의 분노를 대변하듯 시동이 걸려 있는 상태만으로도 주체할 수 없이 떨고 있다. 살인마의 가면이 그런 종혁과 전기톱을 보며 벌벌 떨고 있다. 침묵어린 비명, 종혁은 두려워 떠는 놈의 울음을 들을 수 있을 것만 같다.

왜앵! 왱! 왜애앵!

종혁은 살인마가 그랬듯 전기톱의 줄을 잡고 굉음을 더욱 증폭시킨다. 그리고 놈의 배를 향해 전기톱을 힘차게 쑤셔 넣는다.

그러자 살인마가 아닌 온 세상이 요동친다. 숲 전체를 지탱하는 땅을 흔드는 지진. 종혁의 눈에서 공간을 이루는 모든 것들이 불안정하게 떨리는 걸 보자, 전기톱을 놓고 복잡한 표정으로 이를 지켜본다. 나무껍질, 나뭇가지, 공기, 하늘, 구름이었던 것들이 마치 유리처럼 부분부분 금이 가다가 깨지고 있다.종혁이 밟고 있는 땅 위의 것들이 깨져가며 사라질 즈음, 땅바닥마저 충격에 깨진 유리처럼 지평선에서부터 산산이 조각나기 시작한다.

마침내 종혁이 밟고 있는 땅마저 깨져버리자, 살인마도 함께 유리처럼 산산조각난다. 그러나 종혁은 떨어지지 않고 있다. 빈 공허 속에서 안정적으로 그 자리에 서 있을 뿐이다.

이윽고, 점처럼 보이던 무언가가 그를 향해 쏜살같이 달려온다. 아주 기다란 공간이 빠르게 달려오는 지하철처럼 종혁을 삼킨다. 그리고 태풍

같이 몰아치는 듯한 공간의 비명이 점차 멎어들어간다.

나무 타일이 그가 밟고 있던 허공을 대신했다. 그의 양옆으로 닫혀 있는 문이 그를 바라보고, 천장에는 전들이 줄지어 있다. 그는 복도에 서 있다. 끝없는 복도를 따라 벽마다 붙어 있는 문들.

종혁은 양쪽에 무한히 나 있는 문들을 둘러본다. 이 공간이 무엇인지는 알 수 없지만, 그간에 느꼈던 불안감과 두려움은 이곳에선 느껴지지 않는다. 그는 끝없이 펼쳐진 공간을 보며 알아챈다. 출구는 복도가 아닌 문이라는 걸. 그저 자신이 열길 기다리고 있을 뿐이라는 걸. 종혁은 가장 먼저 자신의 오른손등이 닿는 문고리를 잡는다. 그리고 잠시 멈칫하다가, 이내 문고리를 돌려 연다.

모래밭 위에 미끄럼틀과 그네, 정글짐, 조그만 벤치가 있는 쉼터. 그가 보는 곳은 기억 한 켠을 건드리는 놀이터다. 아이들이 뛰어놀고 있다. 그 중에 어리디 어린 종혁도 있다. 사진조차 잃어버려 기억할 수 없던 어린 시절, 활발하게 뛰어다니는 개구쟁이가 있다. 그는 지금 추억을 보고 있다. 가슴에 불어오는 따스한 바람에 문 너머로 손을 뻗자, 어린 자신과 아이들이 구름처럼 흐려진다. 발을 디디려 하자 바닥이 없다. 종혁은 단념하고 문을 닫는다. 아직 열어야 할 문이 많기 때문이다.

종혁은 다음 문을 연다. 장례식장. 그의 얼굴에 돌던 화색이 빠르게 식어간다. 장례식장에서 울고 있는 소년, 한 중년남성의 영정사진 앞에서 울고 있는 소년. 그리고 어머니, 종혁의 어머니가 소년의 옆에 앉아 어깨를 안으며 달래고 있다. 그가 6살에 겪었던 일이다.

종혁은 떨리는 손으로 다음 문을 연다. 또 다른 장례식장, 또 울고 있는 소년. 또 다른 영정사진. 소년의 옆에 선 사람은 어느 노파, 종혁의 할머니다. 그리고 영정사진에 걸린 건 환한 웃음을 짓고 있는 어머니의 모습이다. 종혁은 벌려진 제 입술을 다물지 못하고 이내 중얼거린다.

"...엄마..."

그리고 소년이 고개를 돌려 종혁을 바라본다. 망연자실한, 희망이라곤 아무것도 없는 소년의 표정을 보자 종혁의 가슴이 철렁 내려앉는 걸 느낀다. 그 자신이 느끼던 이루 말할 수 없는 절망과 공허함이 다시 한번 그의 가슴을 쑤셔댄다. 종혁은 더 이상 어린 자신의 얼굴을 볼 수 없어 문을 닫는다.

종혁은 차례로 문과 문을 연다. 소년의 키가 커질수록 마음속에 박힌 가시도 자라간다. 약한 아이를 괴롭히고, 심기에 거슬린단 이유로 싸우길 반복하며 불려 간 교무실엔 늘 그의 외할머니가 있다. 막 나가는 손주를 향한 매질과 훈계, 소년은 더욱 더 엇나간다. 교복을 입고 사춘기가 시작되자, 가슴 속 가시는 걷잡을 수 없이 커지며 말뚝으로 변해가는 듯 하다. 담배를 물고 돈을 뜯으며 자기 눈에 거슬리는 놈들과 싸우기 바쁘다. 세상이 하지 말라는 것을 서슴없이 해대는 것이 인생의 유일한 낙으로 삼아, 멈출 줄 모르는 탈선에 거침없이 폭주하는 기차와 같다. 종혁은 그런 과거의 자신이 너무나도 부끄럽고, 보는 것만으로도 수치스러워 고개를 떨굴 수밖에, 이를 악물 수밖에 없다.

학창 시절의 기억을 볼 때마다 점차 문고리를 당겨 닫음에 분노가 서린다. 그리고 마침내, 친구들과 담배를 피우며 히히덕대는 제 모습에 결국 화를 터트린다.

"야!"

종혁은 문턱을 넘어 성큼성큼 그 기억이라는 공간에 발을 디딘다.

그러자 종혁이 다가가기 무섭게, 검은 옷의 군중이 그와 양아치 무리를 빠르게 가로지른다. 물밀듯이 들이닥쳐 온 군중은 삽시간에 중학생 종혁과 양아치무리, 그리고 골목을 지우고 교내 광경으로 덧칠한다. 그 군중을 비집고 들어가 얼굴을 빼지만, 어린 자신과 그 양아치 무리는 온데간데없다. 골목은 오로지 깔끔한 복도 벽만 떡 하니, 마치 아무것도 없었단 듯.

공간이 바뀐 것이다. 이곳은 학교 안이다. 검은 옷의 군중은 알고 보니 종혁의 학창시절 교복을 입은 수많은 학생이다. 종혁은 어느새 그 교복의 행렬에 낀 신세가 되어 있다. 익숙한 복도, 천장, 창문. 학생들의 행렬은 급식실을 향하고 있다. 종혁은 이곳이 중학교임을 깨닫는다. 그리고 그는 어느새 교복을 입은 중학생 종혁이 되어 있다. 그는 제 머리를 쓸어넘겨 본다. 중학생 시절 까끌까끌한 스포츠 머리다. 타임머신을 탄 듯 모든 게 생생하다. 중학교에서 맡았던, 이제 막 칠한 복도벽 페인트 냄새까지 나는 것만 같다.

그러나 모든 게 똑같진 않다. 그의 초등학교에서 본 칠판과 복도 난간의 화분, 그리고 서연의 학교에서 본 계단의 벽과 천장이 군데군데 섞여 있다.

마치, 서연이의 학교와 종혁의 학창 시절이 뒤섞인 듯한 인테리어. 학생들도 마찬가지다. 남학생들은 종혁의 학창 시절과 똑같지만, 드문드문 보이는 여학생들은 서연의 교복을 입고 있다.

종혁은 침착하게 주변을 둘러본다. 앞뒤로 서 있는 학생들은 멀뚱멀뚱 서 있거나 다른 애들과 대충 이야기할 뿐, 그에게 말을 걸거나 아는 체하지 않는다. 원래 그의 학창 시절은 이렇지 않았다. 급식을 먹을 땐 늘 앞뒤로 자기 무리를 꽉 채웠다.

그러나 이 공간에서는 누구도, 그 누구도 그를 신경쓰지 않는다. 향수 어린 광경과, 기억과는 다른 낯선 분위기에 종혁은 어색한 기색으로 주위를 두리번댄다.

"아, 늦었네."

작고 마른 친구가 불쑥 나타나 그의 옆에 선다. 다른 남학생들처럼 짧게 친 머리, 앳된 중학생의 느낌이 물씬 풍기는 마르고 키 작은 외양, 그의 향수를 자극한다. 종혁은 그가 누군지 기억해낸다. 중학생 때 다른 반에 건너건너 알고 지낸, 아주 친하진 않았지만 말은 나름 주고받았던, 평범하고 성격도 괜찮은 놈. 기억이 되살아날 무렵, 종혁은 그 친구의 명찰을 보며 이름을 기억해낸다.

이동수.

동수를 보며 종혁은 마치 자신이 그와 붙어 다니는, 평범한 가정의 평범한 학생이 된 느낌을 받는다.

그가 늘 어렴풋이 바라고 바라 왔던, 그런 평범한 학생이 되어 학교를 다녔으면 하던 그의 덧없는 바람이 반영된 상황임을 느낀다. 모든 게 난데없지만, 이유 모를 포근함에 기대게 된다.

자다 온 듯 피곤함과 귀찮음이 가득한 동수. 종혁은 그런 그를 보며 '동수의 친구'라는 자신의 역할을 느낀다. 보이지 않는 각본에 따르듯, 그는 스스럼없이 동수에게 말을 건다.

"야."

"어."

동수는 급식실 문을 빤히 바라보며 무심한 듯 종혁의 말에 귀 기울인다.

"이거 꿈이냐?"

"어."

당연하게 대답하는 동수. 종혁은 어안이 벙벙하다.

"이게 꿈이라고?"

"어."

재차 묻자 동수는 아예 질문을 다 듣기도 전에 대답한다.

"넌 뭔데."

"니 무의식."

역시나 대수롭지 않게 말하는 동수.

"너도 알잖아."

동수가 덧붙인다. 그러자 종혁은 이 무의식과 꿈에 대한 정보를 들은 것을 기억해낸다. 그것을 누구에게 들었던 것인 지 생각하려던 차,

"야야, 하지 마."

동수가 고개를 저으며 말한다. 종혁은 동수가 자신의 생각을 어느 정도 읽고 있다는 느낌을 받는다. 그리고, 동수의 그러한 반응을 보며 '하지 말아야 될 규칙'을 어렴풋이 알 것만 같다. 괜히 이곳에서 현실의 것을 깊이 생각해봐야 자신에게 좋을 게 없다는.

종혁이 대신 다른 질문을 던지려 하자,

"하지 마."

동수가 소리 없이 입모양으로 말한다. 사실 종혁은 '네가 내 무의식이라고?'라고 물으려던 차였다. 곧이어 제 앞열의 학생들이 종혁을 힐끗 돌아보고 만다. 아니, 동수를 제외한 모든 사람들이 차가운 시선을 잠깐 흘긴다. 종혁은 눈치챈다. 동수가 의연하고 자연스러운 척 자신을 도와주려 한다는 것을. 종혁은 괜히 다른 사람들을 자극하지 않기로 한다. 이전과 같이 두런두런한 군중 가운데에서, 그는 숨을 고르며 머리를 식힌다. 복잡한 상황에 꼬여버린 머릿속을 천천히 풀고, 정신을 가다듬는다.

"그래서?"

종혁은 목소리를 낮추어 동수에게만 겨우 들릴 정도로 말한다.

"찾아야지."

"뭘..."

종혁은 의문을 품자마자 깨닫는다.

"서연이...!"

그의 동공이 확장된다. 순간 모든 학생들이 마치 마네킹처럼 멈추고, 두런두런한 소란도 멎는다. 모든 것이 정적에 빠진 가운데, 종혁은 서연에 대한 생각에 그 정적을 눈치 채지 못 한다. 어떻게 돌아가는 지는 모르지만, 서연을 꼭 찾아야된다는 것만은 확실하다.

"서연이, 서연이 찾아야 돼..."

중얼거리는 종혁을 두고, 동수는 허공에 곁눈질을 한다. 그리고 무심한 척 줄을 나와 빠른 걸음으로 복도 계단에 간다. 뒤늦게 알아 챈 종혁은 그를 부른다.

"야, 야!"

그는 동수를 따라간다. 그러나 발걸음을 재촉한 동수는 밑 계단을 밟아 비상구 등이 켜진 철문을 열고 들어가 닫아버린다. 문이 닫히자마자 종혁이 문고리를 잡아보지만 굳게 잠겨 있다. 철문이 있는 곳은 밝은 대낮에도 유난히 어둑하다. 잠긴 문고리를 돌리는 소리가 끝나자, 종혁은 정적을 눈치챈다. 그리고 뒤돌아본다. 아무도 없다. 거짓말처럼 사라졌다. 전등도 꺼져 어둑하다. 그는 빠르게 계단을 올라와 둘러 본다. 급식실로 줄지어 서던 학생들은 온데간데없이, 중앙 복도는 흔적 하나 없이 텅 비었다. 어느새 그는 현재의 종혁으로 돌아왔다. 캐주얼한 옷차림, 그리고 배낭과 함께 말이다.

"이런 씨...!"

텅 빈 급식실과 복도에 위화감 어린 공포를 느낀 종혁, 배낭에서 손전등을 꺼내 켜고 발걸음을 재촉한다. 복도는 그의 발소리로 메워진다. 을씨년스레 변한 분위기 속에서도, 그의 머리는 서연이를 찾아야 된다고 강하게 소리친다. 학교, 서연이에게 익숙한 이곳이라면 분명 있을 지 모른다고.

서연을 찾아야 한다. 이 말도 안 되는 상황의 연속에서 유일하게 뚜렷한 목적이다. 왠진 모르지만, 서연을 찾기 위해 이 곳에 온 것만은 확실하다. 그는 두려운 감정을 이기고자 그 목적에 집중하기로 한다. 그가 있는

2층, 1학년의 교실이 즐비해 있다. 2학년인 서연이가 있을 층이 아니지만, 종혁은 혹시나 이 안에 서연이, 혹은 서연이를 찾는 데 도움이 될 누군가나 무언가가 있을까 하는 어렴풋한 희망에 2층 복도를 달려본다.

그러나 복도는 차갑게 어두운 밤하늘 아래 음산한 달빛만 비칠 뿐, 그 어느 곳에서도 불빛이 켜져 있거나 어떤 소리도 들리지 않는다. 그저 그가 신고 있는 워커화의 둔탁한 소리만이 가득 울릴 뿐이다.

텅 빈 한밤중의 학교, 오히려 자신이 내는 발소리마저 두려움을 자아낼 지경이다.

[푸르르!]

그가 지나치던 한 교실에서 둔탁한 콧김을 뿜는 짐승의 소리가 들린다. 종혁은 창문을 통해 어두운 교실 너머를 본다. 어둠 속에 실루엣, 그것은 화려한 뿔을 가진 거대한 사슴이다. 그것은 마치 박제된 동물처럼 아무런 미동도 없다가, 종혁의 빤한 눈길에 반응하듯 고개를 갸웃대며 움직인다. 그것은 그가 동물 다큐멘터리에서 봤었던 거대한 순록이다. 야생을 누벼야 할 순록이 어두운 교실 한복판에서 책상들 사이로 서 있다. 콧김을 뿜는 소리를 냈던 순록, 아무런 소리도 없이 빤히 종혁을 쳐다본다.

"뭐야?..."

종혁은 그 기이한 광경에 혼란스러움을 느끼고, 절대 당연할 리가 없는 상황에서 기인한 부자연스러운 분위기가 어딘가 모르게 공포스럽다. 그래서 그런 걸까, 순록의 눈빛이 유난히 공허하다. 살아 움직이지만 눈이 죽어 있다. 살아있지만 살아있지 않은 듯 하다. 괴이함을 느낀 종혁은 그 광경으로부터 뒷걸음질친다. 종혁은 그 순록이 있는 교실로부터 도망친다.

뭔가 잘못됐다는 생각을 자아내는 이 음산하고도 기이한 상황이 심리를 옥죄어 온다. 종혁은 애써 그 생각을 부정하고 서연을 찾는 데에 집중한다.

종혁은 윗 계단을 타고 3층에 오른다. 그러나 3층은 다름 아닌 3학년의 교실이 즐비해있다. 예상과 다르게 가는 공간이지만, 그는 실낱같은 희망을 잡고 3층 복도를 달리며 나지막이,

"서연아?"

딸을 부르는 그의 다정한 목소리가 복도를 울리자, 그 메아리는 종혁을 잡아먹을 듯이 음산하게 돌아온다. 곧이어 멀지 않은 교실에서 발랄한 웃음소리가 들려 온다. 여자아이들의 웃음소리, 한둘이 아니다. 서연이는 아니겠지만, 종혁은 그 교실 앞에 멈춰 서서 창문을 통해 바라본다.

책상도 의자도 없는 불 꺼진 교실에서, 10살 된 여자아이들 셋이 고무줄놀이를 하고 있다. 놀이에 푹 빠진 채 음산하고 적막한 학교 안에서 어울리지 않는 화사한 즐거움을 자아낸다. 순록에 이어 또 다른 모순된 상황을 마주한 종혁, 그럼에도 아이들 역시 사람일 테니 종혁은 그 교실의 미닫이문을 연다.

드르륵!

고무줄 삼매경에 빠져 있던 아이들이 웃음기가 채 가시지 않은 표정들로 종혁을 본다. 그는 아이들의 얼굴을 보며 아른한 기억을 떠올린다. 어머니가 돌아가시기 전까지 살았던 동네, 학교에서 그의 집까지의 길 중턱, 구멍가게를 낀 골목에서 놀던, 지금은 이름조차 까먹은 또래 여자아이들. 기억이 떠오른 종혁은 눈살을 찌푸리며 허공을 잠시 응시한다. 그

는 여자애들은 하나도 변한 게 없이 자신만 훌쩍 자라 나이를 먹었다.

"너네, 여기서 뭐해?"

종혁은 말을 걸어본다. 그러나 여자애들은 그냥 서로와 종혁을 번갈아보며 의아해할 뿐이다.

그는 어색한 분위기에 헛기침을 한 번 하고 돌아서려다가, 열린 미닫이문을 다시 잡고 아이들에게 물어본다.

"너네 혹시 누, 아니 언니 못 봤어? 고등학생이고, 머리 길고 안경 안쓰고..."

종혁은 최대한 아이들이 무서워하지 않는 톤으로 긴 머리를 제스처로 표현한다. 그러자 아이들은 대꾸도 않고 다시 서로를 보며 고무줄놀이 삼매경에 빠진다. 지나가는 아저씨를 신경 쓰지 않겠다는 듯이, 본 적도 없다는 듯이 아까처럼 즐겁게 웃으며 노는 아이들. 종혁은 포기한다. 미닫이문을 열어놓은 채 다시 달리면서 아이들의 웃음소리로부터 점차 멀어진다.

그는 중앙 복도를 손전등으로 비추고, 반대쪽 측면 계단을 향하는 동안 계속해서 서연을 부른다. 그리고 계단을 올라 4층에 다다른다. 이번에야말로 2학년의 교실만 있는 가장 위층. 이제 윗 계단엔 옥상으로 향하는 철문이 있다. 종혁은 이 4층에야말로 서연이 있으리라 확신하며, 2학년 교실이 즐비한 복도를 달리며 보다 크게 서연을 부른다.

"서연아!"

그리고 중앙 복도에 다 왔을 때, 그는 그 앞에 보이는 20m 거리의 교실에서 누군가가 나오는 걸 본다. 긴 생머리에 교복을 입은 소녀, 뒷모습이 서연과 비슷하다.

"... 서연아?"

종혁은 소녀를 향해 손전등을 비추지만 빛이 닿기엔 좀 멀다. 소녀는 그녀가 나온 교실 바로 옆에 있는 여자화장실에 들어간다.

드르륵— 쾅!...

문이 쾅 닫히자마자 종혁은 화장실을 향해 달려간다. 그리고 그 문 앞에 조심스레 다가가, 침을 삼키곤 두드려보기로 한다.

똑, 똑.

"서연아?"

... 똑, 똑.

조심스레 두드리며 꺼낸 조심스러운 부름. 그러나 화장실 안에서는 학교 전체와 마찬가지로 아무런 소리가 들리지 않는다.

똑, 똑.

"계세요?"

들어간 소녀가 혹시 서연이 아닐까 하는 생각에 말을 바꾼 종혁. 응답이 없다.

... 똑, 똑.

아무런 소리도 들리지 않는다. 계속된 정적에 종혁은 두려움을 느낀다. 이를 이겨내고자, 소녀를 마주하고자 문고리를 잡고 손에 힘을 준다.

드르륵—

그가 본 화장실 안, 교실이나 복도보다 훨씬 어둑하다. 문 반대편 벽에서 달빛을 받아 그 내부를 아주 희미하게 비추는 조그만 창문, 그 앞에 소녀가 서 있다. 그저 실루엣만 보여 창문을 보는 건지, 자신을 보는 건지 알 수 없다.

"서연아?"

화장실 안으로 종혁의 목소리가 울린다. 소녀는 그저 창문 앞에 가만히 서 있을 뿐이다. 마치 마네킹처럼.

종혁은 그 미동 하나 없이 서 있기만 한 소녀를 보면서 소름이 돋고, 등골이 서늘해진다. 소녀는 학교 어느 곳보다 어두운 화장실 안, 그 창문 앞에 마네킹처럼 서 있는 소녀. 얼굴도, 눈빛도 보이지 않지만 종혁은 소녀의 시선을 느낀다. 그 모습이 마네킹을 넘어 아예 보이지 않는 줄에 목이 매달린 듯 해 싸늘함마저 자아낸다. 그 공포스러운 분위기와 싸늘한 광경에 본능적인 공포를 느낀 종혁, 저건 서연이가 아님을 직감한다. 저게 사람인지조차 알 수 없다. 걷잡을 수 없이 커지는 불안과 공포라는 생각, 종혁은 죄여 오는 심장을 느끼며 굳을 거 같은 몸에 주어 화장실 미닫이문을 세차게 닫는다.

드르륵— 쾅!

쾅! 쾅! 쾅! 쾅! 쾅! 쾅! 쾅!

"흐억!"

닫히자마자 요동치는 문. 그것이 안에서 미친 듯이 두들긴다. 종혁은 놀라서 비명을 지르며 들고 있던 손전등을 떨군다. 손전등이 바닥을 구르는 동안, 종혁은 복도 벽에 몸을 바싹 붙인다. 그리고 재빨리 자신과 화장실 문 사이를 뒹구는 손전등을 떨리는 손으로 줍는다. 버들버들 떨리는 전등 빛에 비친 미닫이문, 보란 듯이 요동치며 아주 빠르게 쾅쾅 소리를 낸다. 적막한 학교 안을 가득 채우며.

"으어어악! 어어, 어어어! 어아아아아아!"

눈을 동그랗게 뜬 채 버들버들 떨며 화장실 문을 손전등으로 비추기만 하는 종혁은 공포에 질린 단말마만 낼뿐이다. 쾅쾅대는 문, 그리고 종혁의 비명이 복도를 쩌렁쩌렁하게 울린다. 금방이라도 손전등을 놓을 거 같아 두 손으로 잡으며 미닫이문을 비춘다. 마치, 한 순간이라도 빛을 저버리면 그 소녀인지 귀신인지 모를 것이 박차고 나올 것 같다. 한시라도 빨리 도망치고 싶지만, 그것이 뛰쳐나와 얼마나 소름 끼칠지 모를 몰골을 볼까 봐 함부로 갈 수도 없다. 게다가 다리도 말을 듣지 않는다. 공포에 굳어버린 두 다리는 벽에 기댄 종혁을 지탱할 뿐이다. 이미 그의 머릿속에서 '꿈'이라는 단어는 지워졌다. 모든 게 허상이라는 자각은 불안과 공포라는 무더기 속에 파묻혀버렸다.

그 때, 끼익- 퉁!

갑자기 옥상 철문이 대차게 열린다. 그리고 쾅쾅대는 화장실 문 너머로 들려오는 발걸음 소리, 한 두 명이 아니다. 불규칙하게 들려오는 군중의 발소리가 계단을 타고 4층으로 내려온다.

가지각색의, 다양하고도 해진 옷차림새의, 비틀거리며 종혁의 눈앞에 모습을 보이는 사람들. 넋 나간 듯, 술에 취한 주정뱅이 같은 몰골엔 살점이 뜯기고 뼈가 보인다. 그런 죽다 만 것들이 떼거지로 옥상에서 내려오는 걸 보자,

"어어어! 어어아아아 씨바아알!

종혁은 질겁하며 비명도 제대로 못 지른다. 그리고 살아야한단 본능이 미칠듯한 공포감을 이긴다. 일어나려다 오른발이 미끄러져 살짝 넘어질 뻔한 걸 양손으로 몸을 받치며 도망친다. 쾅쾅대는 화장실 문이 공포감을 더하는 가운데, 그는 좀비들을 피해 중앙 복도로 달린다. 반대쪽 측면 계단에서 역시 떼거지로 내려온다. 중앙계단 말고는 갈 데가 없다. 순간 종혁은 창문 바깥에 시선이 간다.

운동장 한가운데, 아까 전엔 보이지 않았던 걸로 기억하는 비상 발전기와, 그 바로 옆의 높은 전조등이 보인다. 그리고 그것에서 뻗어 나온 여러 케이블이 운동장 가장자리마다 경기장에서 볼법한 조명등으로 연결되어 있다. 그는 그 비상 발전기를 목적지로 정하고 급히 중앙계단을 탄다. 난간을 쥐고 내려가며 쿵쿵대는 그의 발소리가 계단을 메우고, 그 너머로 그것들의 앓는 듯한, 가래 끓는 괴성이 들려온다.

3층에 발을 딛자마자 들려오는 비명소리. 놈들의 괴성이 그 비명을 덮는다. 비명은 여자아이들의 것일까, 아니면 환청일까. 그의 정신이 죄여온다. 달리는 이 순간에도, 종혁은 아이들이 죽어가는 광경이 머릿속에서 그려지려 한다. 그는 애써 그 생각을 누르려고 한다. 그렇지 않으면 미칠 것 같아서.

동수가 내려 간 철문은 온데간데없이 1층으로 향하는 아랫 계단을 타고 내려간다. 마침내 1층 바닥을 밟고 중앙 현관문으로 달려간다. 그가 몇 발자국 달리자마자 그것들이 윗 계단에서 쏟아져 나온다. 양측 복도에서도 달려오던 중, 그는 닫힌 현관을 양손으로 대차게 연다. 그리고 바로 닫고선, 구석에 놓인 빗자루를 손잡이에 걸자마자 그것들이 현관에 다닥 대며 붙는다.

쿵! 쿵쿵! 쿵! 쿵!

현관과 창문의 유리가 두들겨지는 소리. 그는 뒤돌아 달리려다 발이 꼬일 뻔한 걸 겨우 넘기고 뜀박질에 박차를 가한다. 운동장을 향한 콘크리트 계단을 내려가는 동안, 그의 뒤로 유리들이 깨지는 소리가 연이어 들려온다. 계단을 다 타자마자, 뒤에서 연이어 울음소리가 들린다. 마치 달빛을 받아 미쳐버린 듯, 그것들이 밖에 나오자마자 온 몸을 파르르 떨며 자신을 향해 달려오는 광경이 선하다. 심지어 그는 뒤도 안 보고 있는 데도 말이다.

종혁은 발전기를 향해, 자신을 향한 미친 괴성들에 쫓기며 쏜살같이 달린다. 운동장의 모래가 밟힐 때마다 그의 등 뒤로 튀겨져 나간다. 마침내 비상 발전기를 붙잡고 뜀박질의 가속을 멈춘 종혁은, 스위치를 하나하나 빠르게 딸깍인다.

"악!"

제일 먼저 달려온 놈이 그의 팔뚝을 문다. 물린 팔을 휘둘러 놈을 뿌리치자마자 두 놈이 붙어서 다리와 어깨를 깨문다.

"으으으윽!"

종혁은 뿌리치지 않고 이를 꽉물며 마지막 스위치를 켠다. 그러자,
툭!
하고 터진 조명등에 그의 주위를 에워싸던 그것들이 단체로 소리를 지른다. 발전기가 케이블을 통해 운동장 가장자리마다 연결된 조명에서 빛

이 터져 나온 것이다. 마치 열기에 까무러친 듯 비틀대며 종혁에게서 달아난다.

그리고 발전기 옆 중앙 조명이 종혁을 비추자, 그에게 붙어 있던 서넛은 작열통에 허우적대며 바닥을 미친 듯이 뒹군다. 애써 중앙 조명등으로부터 달아나며 그 범위 바깥으로 도망친다. 그제야 종혁은 물린 부위를 손으로 감싸며,

"아으윽!"

쓰라린 신음을 뱉는다. 물린 고통이 너무나도 선명하다.

모든 게 가짜일 텐데도 그로부터 생긴 통증은 진짜와도 같다. 분명 자신을 해할 수 없다고 알고 있는데, 물린 부위마다 쓰라리다. 종혁은 찌푸린 눈으로 훤한 빛에 시각을 익히며 주위를 둘러본다.

얼마나 많은 숫자인 지는 알 수 없다. 최소 백여 명, 아니 200명은 돼보이는 피투성이 군중이 그를 원으로 둘러싸며 노려보고 있다. 놈들 모두 운동장 가장자리마다 놓인 훤한 조명등 아래에서 비틀대고 있다. 빛에 영향을 받은 건지, 미친 듯이 발작하던 움직임이 훨씬 무뎌져 어기적대고 있다. 그리고 종혁의 옆에서 그를 에워싸는 전조등의 범위 너머에서만 있을 뿐, 그 안으로 들어오려 하지 않는다.

가장 강렬한 중앙 전조등만큼은 어찌할 수 없는 것이다. 괴상한 신음을 내며 전조등 바깥에서 넋이 나간 채 어기적대는 그것들을 훑어본 종혁은 배낭에서 권총 라이터를 꺼낸다. 실린더를 열어 그 안에 모형 총알이 꽉 찬 채 단단히 고정돼있는 걸 확인, 다시 닫는다. 그리고 영화에서 보던 것처럼, 양손으로 권총을 겨누어 놈들 중 하나를 맞춘다.

탕!

소리와 함께 한 놈이 맥없이 쓰러진다. 뒤이어 그는 계속해서 방아쇠를 당기고, 총구는 라이터불 대신 화약 불을 터트린다.

탕! 탕! 탕! 탕!

6발이 넘도록 실린더는 계속해서 돌아가며 총알을 발사하고 있다. 종혁은 총알 하나하나에 자신의 가슴속 열기를 담아 쏜다. 총성이 그의 가슴을 불태우고, 그 열기가 총알에 실린다. 얼마든지 쏠 수 있는 권총 라이터, 발사될 리가 없는 그 총에 맞아 죽어가는 것들. 그러나 여전히 그것들의 맥없는 신음은 귓전을 통해 정신을 파고드는 죽음의 합주로 들려온다.

그러나 아무리 죽여도 좀처럼 숫자가 줄지 않는다. 너무 많다는 생각에 두려움이 솟는다. 그는 애써 그 생각을, 불안한 감정을 누르며 방아쇠를 당기지만 한 번 머릿속에 틔운 싹은 잡초처럼 끊임없이 자라고 또 자란다. 마침내 그 불안이란 잡초가 가슴에 닿자, 종혁은 점차 싸늘함을 느낀다. 그 싸늘함을 지우려 방아쇠를 되는대로 당긴다.

그때,

틱!

총알이 안 나간다.

틱! 틱, 틱!

아무리 당겨도 실린더만 돌아갈 뿐이다. 종혁은 얼른 실린더를 열어본다. 총알이 없다. 분명 단단히 고정돼있을 모형 총알이 단 한 발도 남아있지 않다.

"뭐, 뭐야..."

당황한 그의 얼굴, 실린더를 닫고 또 열어보길 두세 번 반복해도 기적은 일어나지 않는다. 다시 한번 총구를 겨누고 쏴봐도 총구는 아무것도 토해내지 않는다.

지직, 직…

전조등이 깜빡인다, 설상가상으로.

'안돼, 안돼, 안돼…'

전조등을 올려다보며 고개를 젓는 종혁의 얼굴이 하얀빛보다 더 하얗게 질린다. 그는 전조등에게 '꺼지면 안 돼'라고 되뇐다. 그러나 그의 불안감에서 틔운 싹은 점점 커지고 뚜렷해져 간다. 그는 그 감정을 이겨내려 전조등을 향해 더욱 강하게 되뇐다. 전조등의 빛은 사그라들고 강렬해지기를 반복하다,

팍!

터지고 만다. 꺼진 전조등을 바라보는 그의 눈동자에서 빛이 사그라들자, 그의 등골이 싸늘해진다. 그는 고개를 파르르 떨며 주위를 둘러본다.

팍! 팍! 팍, 팍!

나머지 조명등마저 하나둘씩 꺼져간다. 그럴수록 그의 표정은 비교도 안 되게 어두워진다. 마침내 모든 조명등이 빛을 잃자, 음산한 달빛이 비치는 운동장 아래 수많은 좀비 떼에 둘러싸인 종혁만이 남는다. 그것들은 여전히 굼뜨고 어기적대지만, 천천히 종혁을 향해 한 발씩 내딛고 있다. 종혁은 그것들이 사방에서 조금씩 좁혀 온다. 그저 주변을 둘러보며 떨 수밖에 없다. 그의 정신이 아득해지려고 하는 가운데, 그것들의 해괴한 몰골만큼은 시야에서 더욱 선명하다. 거리 감각까지 잃어버린 건지 놈

들과 그 사이의 땅이 용수철처럼 늘어지고 줄어들기까지 한다.

"허어악!"

패닉에 빠져 뒷걸음치다 그만 발전기에 발이 걸린다. 자빠진 종혁에게 놈들이 더욱 커 보인다. 그는 몇 분 안에 다가 올 극심한 고통의 시간이 상상된다. 그것들에 산 채로 잡아먹혀 천천히 죽어갈 것이란 상상이.

무너지는 정신을 애써 잡고 이성적인 판단을 하려고 한다. 현실같이 뚜렷하지만 분명 이 안은 꿈이라는 걸 그 스스로 자각하려 애쓴다. 그러나 그렇다 해서 지금 이 순간에 변화가 오는 건 아니다. 그것들은 아주 천천히 다가오고 있는 광경과, 그것들이 내는 소리가 점점 가까워지는 것, 그리고 모래밭에 닿은 팔이 까끌대는 감촉마저 선명하다. 너무 선명해서일까, 마음을 먹는다고 해서 마음대로 깨어날 수가 없다는 느낌을 받는다. 아니, 이 꿈이라는 공간 속에 갇혀 있다는 느낌이 맞다.

지금 이 순간 종혁이 느끼는 공포는 그가 딸을 찾고자 하는 갈망을 웃돌고 있다. 서연을 찾는 건 일치감치 포기한 상태다. 어떻게든 이 다가오는 잔인한 고통으로부터 벗어나야 된다. 그는 가쁜 숨을 몰아쉬며 두려움에 부릅뜬 눈으로 권총 라이터의 실린더를 연다.

한 발. 단 한 발의 총알이 실린더에 채워져 있다. 그 총알을 보자 종혁은 머리를 맞은 듯 정신이 얼얼하다.

권총을 보며 실린더를 닫는 그의 얼굴에 땀이 송길호 맺혀 있다. 한참을 망설이던 그는 관자놀이에 총구를 갖다 댄다.

착!

해머를 당기자 총알이 장전된 소리가 울린다. 종혁은 입을 꾹 다물고 코로 숨을 몰아쉬며 마음을 가다듬으려 한다. 이 한 발이면, 방아쇠 한 번만 당기면 모든 게 끝난다. 곧 다가 올 고통으로부터 해방될 유일한 탈출구. 그저 검지 손가락에 힘 한 번 주면 된다.

그러나 망설인다. 눈을 꾹 감고 이를 꽉물지만 손가락만큼은 힘을 줄수가 없다. 마치 자기 손이 자기 것이 아닌 것처럼, 총을 든 오른손에 힘이 실리질 않는다. 마음대로 죽을 수도 없어서일까, 괜히 울화가 치민다. 울화는 '이대로 당하기만 해선 안 된다'는 생각으로 변한다. 그는 억울함과 분노를 느낀다. 이대로 끝낼 수 없다는 생각이 강렬해지고, 그 생각의 끝이 서연이라는 단어에 닿자,

"아아아악!"

종혁은 자리를 박차고 일어나 권총을 땅바닥에 내팽개친다. 그리고 배낭에서 장도리를 꺼내 그 손잡이를 부숴 트릴 듯이 꽉 쥔다. 마치 하이에나 떼거지에 둘러싸여 포효하는 수사자처럼, 그는 좀비 떼를 바라보며 미친놈처럼 마구 소리를 지른다. 이글거리는 눈, 격렬한 숨결. 피부가 뜨거워짐을 느낀다.

"와 봐, 이 씨발놈들아아!"

그의 왼쪽 귀를 강타하는 강렬한 총성,
탕! 탕! 탕!
그에 맞춰 쓰러지는 세 놈. 종혁은 왼편을 바라본다. 자신의 옆에 서서 미군 제식 자동소총을 견착 하고 있는 남자, 그가 연기가 피어오르는 총구를 내리고 종혁을 바라본다. 종혁과 비슷한 키, 거뭇한 수염, 등에 또 다른 제식 자동소총을 멘 채 민무늬 티셔츠에 청바지를 입은 남자. 동수다. 동

수가 그와 비슷한 연배가 되어 있다. 30대를 훌쩍 넘겼음에도 길어진 얼굴에 앳된 모습이 남아 있다. 동수는 자신이 들던 소총을 던져준다. 얼떨결에 장도리를 떨구고 반사적으로 총을 받은 종혁, 그의 표정이 복잡하다.

"뭐해? 쏴."

눈으로 종혁을 위아래로 훑으며 등에 멘 자동소총을 쥐는 동수, 그의 목소리는 보다 낮아졌다. 마치 종혁이 알던 동수와 다른 어떤 30대의 목소리를 섞은 듯하다. 종혁은 어안이 벙벙하다.

"쏘라고?"

종혁은 영 엄두가 나지 않는다. 그는 한 번도 소총을 쏴 본 적이 없다. 중졸 학력으로 군 면제를 받았기 때문이다. 그러한 종혁의 태도에 동수는 답답하단 표정으로 입술에 침을 바르며 눈을 한 번 깜빡인다. 그리고 종혁에게 차분히 쏘아붙인다.

"니가 못 쏘면 내가 어떻게 쏘냐?"
"그야..."

종혁은 동수가 당연히 군필이라 생각했지만, 이내 그 생각 자체가 틀렸음을 인지한다. 동수는 종혁 자신의 무의식이다. 그 역시 진짜가 아니란 뜻이다.

"많이 봤잖아?!"

동수는 그 말과 함께 다시 소총을 겨누어 쏜다. 그리고 동수의 일침이 종혁의 머릿속을 울린다. 한 번도 총을 쏴 본 적이 없지만, 총을 쓰는 장면은 질리도록 봤다. 그는 영화 속에서 본 자동소총을 쓰는 장면을 떠올린다.

철컥!

자신도 모르게 노리쇠를 당긴 종혁. 분명 처음인데도 정말 익숙하게 해낸 스스로에 놀란다.

할 수 있다는 생각, 해낼 수 있다는 생각이 그의 가슴속에서 피어오른다.

탁!

하는 소리와 함께 익숙한 록 음악이 발치에서 들려온다. 어느새 둘 사이에 생긴 오디오를 동수가 발로 차서 키자, 종혁이 20대 때 즐겨 듣던 하드 록 팝송이 흘러나온다. 가사는 모르지만, 노래는 전주부터 종혁의 가슴에 불을 지핀다. 그는 이내 옆구리에 총을 끼고 좀비들을 향해 방아쇠를 당긴다.

좌에서 우로, 다시 우에서 좌로 갈기는 왕복 한 번에 스무 마리가 넘게 쓰러진다. 종혁은 이를 악물고 미간을 찌푸리며 쏴갈긴다. 전쟁영화에서 보던 그 장면 그대로, 총알을 토해내는 총의 반동에 양팔이 덜덜 떨리는 게 느껴진다.

틱!

총알이 끊기자 그는 탄창을 뺀다. 그러나 자신의 몸이나 동수를 보아도 다른 탄창이나 탄띠는 보이지 않는다. 종혁은 순간 당황하다가, 그냥 왼손에 든 탄창을 다시 총에 장착하고 노리쇠를 당긴다.

철컥!

그러자 묵직하게 장전된 총, 방아쇠를 당기자 언제 그랬냐는 듯 다시 총알을 퍼붓는다. 빈 탄창을 다시 끼우니까 발사되는 총, 그는 쏘면서도 헛웃음을 뱉는다.

동수와 종혁이 만들어내는 총구의 화염이 어두운 운동장 한가운데를 밝히고, 멈출 줄 모르는 총성은 록 음악을 헤치고 스산한 어둠을 찢어버린다. 이내 종혁은 다시 빈 탄창을 뺐다가 끼며 좀비들을 향해 파죽지세로 나아간다. 그리고 노리쇠를 당기자마자 눈앞의 좀비의 턱밑으로 총구를 대고 방아쇠를 당긴다. 뚫린 머리에서 피가 튀겨지는 사이, 그는 개머리판으로 바로 옆의 좀비를 후려친다. 한 번, 두 번 휘둘러 두 마리를 골로 보낸 후 그 너머에 있는 놈을 개머리판으로 온 힘을 다해 찍어버린다. 좀비 떼를 파고든 그는 코 앞의 그것들을 향해 시계방향으로 총알을 퍼붓고, 다가오는 한 놈의 복부를 발로 차서 머리를 쏜다. 그리고 뒤로 개머리판을 날려 어깨를 물려던 놈의 머리를 으스러트린다. 곧바로 오른손을 주먹 쥐고 한 놈의 면상을 찌그러트리고, 다시 그 주먹을 망치 삼아 바로 옆의 놈의 광대뼈를 박살 낸다. 오른쪽에서 오는 놈의 복부를 발로 차자 그 뒤에 있던 것들마저 반동을 받아 도미노처럼 쓰러진다. 그리고 서 있는 놈들도, 쓰러진 놈들도 골고루 총알을 먹여주며 총구가 녹아버리도록 쏴댄다.

틱!

철컥!

총알이 다 떨어지자 노리쇠를 당긴다. 이제는 탄창을 뺐다 끼지 않아도 총구가 총알을 토해낸다. 동수의 사격이 더해지며 어느새 그것들의 수는 눈에 띄게 줄어들고 시체가 운동장을 채우고 있다. 종혁은 왼손으로 소총의 손잡이를 쥐고 오른손엔 장도리를 든다. 왼손으론 총알을 퍼붓고, 오른손으론 다가오는 놈들을 장도리로 후려치고 내려친다. 총알이 바닥날 때마다 노리쇠에 장도리를 걸어 당긴다. 총의 반동을 고스란히 받아내는 왼팔과 장도리를 현란하게 휘두르는 오른손, 뒤에서 기습하는 놈은 팔꿈치로 쳐서 턱을 부숴버리고, 아직 기력이 남아 기어 오는 놈은 머리를 밟아버리자 참외처럼 으깨진다.

탕! 타타 타탕! 타타탕! 탕!...

총성이 멈춘다. 운동장 한가운데를 기점으로 즐비한 200여 구의 시체, 그들 사이로 피가 잔뜩 튀긴 채 서 있는 종혁. 등 뒤로 들려오는 나지막한 신음에 종혁은 뒤돌아 오른손의 장도리를 힘껏 날린다. 그러자 엉거주춤 일어난 마지막 한 놈이 이마에 장도리가 박힌 채 꼬꾸라진다. 그리고 락 음악의 반주가 끝을 맺어간다. 종혁은 노래의 재생을 끝낸 오디오를 보다, 그 옆에 서 있는 동수를 본다. 연기를 태우는 총구를 아래로 두고, 무뚝뚝한 눈으로 한쪽 입꼬리를 살짝 찌그러트려 미소를 짓는 동수의 표정을 보자, 종혁은 헛웃음을 치며 자신의 고개를 떨군다.

터걱.

긴장이 풀린 종혁의 왼손에서 소총이 바닥으로 떨궈진다. 그는 피 묻은 자신의 옷과, 피범벅이 된 장도리를 보며 복잡한 느낌을 갖는다. 가짜 같지만 가짜가 아닌 듯, 진짜 같지만 진짜가 아닌 이 광경. 감각을 혼란시키는 이 모든 상황과 상태. 종혁은 헛웃음을 멈추고 숨을 크게 고른 후에 다시 동수를 바라본다. 동수는 소총을 다시 메고 오디오를 한 손으로 든다.

'됐지?'

고개를 살짝 까딱이는 동수의 눈짓은 마치 그렇게 말하는 듯하다. 그는 말없이 종혁이 있는 방향의 반대편으로 걸어간다.

"야야, 잠깐!"

종혁이 다가가며 부르자, 동수는 이번엔 그를 무시하지 않는다. 걸음을 멈추고 돌아서 종혁을 마주 본다. 종혁은 그가 걸음을 멈출 거라 생각은 못 했는지, 살짝 당황한다.

"뭐 좀 묻자!"

동수는 말없이 그를 바라 볼뿐이다.

"이거 꿈이라매, 근데 왜 아픈 거야?"

종혁이 물린 팔을 어루만지며 묻는다. 동수는 눈썹을 살짝 추켜올리더니 호주머니에서 뭔가를 꺼낸다. 종혁이 즐겨 피는 담배, 그리고 라이터를 종혁에게 던져준다.

"펴 봐."

동수의 말에 종혁은 담뱃갑에서 한 까치를 꺼내 입에 문다. 잠시 이빨로 담배를 깨작인다. 입술의 위아래로 흔들리는 담배의 모습까지 그의 눈에 선명하다. 이내 불을 붙인다. 담배를 피워 깊게 들이마신 후 코와 입으로 연기를 내뿜는다. 고개를 들어 구름 낀 밤하늘을 보며 피우는 담배, 마치 지금의 모든 스트레스가 날아가는 듯 한 기분이다.

"좋지?"

동수가 묻는다. 종혁은 고개를 내려 그를 본다. 그리고 피식 웃으며 다시 한 모금을 빨아들인다. 그는 동수가 주는 위로의 선물이라 생각한다.

"진짜같지."

동수의 말이 종혁의 머릿 속 경종을 울린다. 종혁은 자신의 손에 들린 담배를 본다. 피어오르는 연기, 타오르는 담뱃불, 손가락 사이에 끼운 감촉. 모든 게 생생하다.

"공포영화 볼 때 왜 무서울까? 다 가짠데, 너한테 뭘 하는 것도 아닌데."

동수는 질문을 던진다. 종혁은 그 말에 눈쌀을 살짝 찌푸리며 허공을 잠시 응시한다. 그리곤 다시 동수를 보며,

"보니까."

라고 대답한다. 동수는 미세하게 고개를 끄덕인다.

공포영화에 놀라고 무서움을 느끼는 건 보고 있기 때문이다. 그것에 집중을 하고 보고 있기에, 눈은 그것이 진짜라고 믿는 것이다. 머리로는 가짜임을 알고 있어도 말이다.

하지만 모든 감각을 속인다면? 머리로는 아무리 허상이라 부르짖어도, 오감은 현실이고 진짜라고 믿을 수 밖에 없다. 게다가 공포영화로부터 눈과 귀를 막는 것마냥, 그 감각들에서 멀어지고 싶다고 멀어지는 게 아니다. 이런 지경에 이르면 머리는 몸에, 정신은 감각에 설득당하기 마련이다. 꿈 속에서는 모든 게 현실이라 자연히 믿어버리듯이 말이다.

"근데, 내가 꿈인 걸 알잖아. 왜 내맘대로 안 되는 거야?"

종혁은 풀리지 않은 실마리를 묻는다. 그러나 동수는 대답 대신 허공을

잠시 곁눈질하곤 다시 발걸음을 재촉한다.

"야, 야! 어디 가?!"

종혁은 답답한 마음에 소리친다. 동수는 운동장 너머 달빛도 없는 어둠 속으로 들어가며 그렇게 사라진다. 그때,

빠아아아앙−!

그의 오른편에서 귀가 째질 듯이 들려오는 기적소리, 그리고 열차가 바퀴를 굴리며 달려오는 소리. 이내 그의 시야에 강한 빛이 들어온다. 종혁은 눈을 찌푸리며 오른팔로 얼굴을 가린다. 그리고 들려오는 칙칙폭폭의 소리가 잦아든다.

치이이익−...

증기가 빠지는 소리. 운동장 후문 너머로 비치는 강렬한 빛. 종혁은 그것을 향해 다가가며 차차 빛에 눈이 익는다.

열차다. 후문 너머에 어두운 공간을 가로지르고 어딘가에서 나타난 증기기관 열차. 그 몸통이 끝없이 길다. 종혁이 후문을 나오자, 기다렸다는 듯이 열차 문이 열린다. 창문마다 따스하고도 노르스름한 빛이 새어 나오고, 열차의 머리 부분엔 전방의 어둠을 헤집어버릴 듯이 강렬한 빛을 내뿜는 조명이 켜져 있다. 종혁은 계단을 밟고 열차 문을 넘어간다.

문이 닫히며 출발하는 열차. 천천히 속도를 올리며 어둠 속을 뚫고 간다. 종혁이 있는 객실은 아무도 없지만, 노르스름한 차내 전등만큼은 포근하게 느껴진다. 열차가 달리는 속도는 끝을 모른다. 창문 바깥을 확인할 수 없을 정도로 아주 빠른 속도로 질주한다. 거침없이 달리는 열차에서 종혁은 진동을 느끼고 받침대로 몸을 지탱한다.

그리고 조종실 반대편으로 끝없는 열차칸이 있는 문을 본다. 멀찍이 보기만 해도 그가 있는 객실과는 다르다. 종혁은 천천히 빈 객실을 지나 다음 칸으로 넘어간다.

드르륵— 통.

객실을 뒤로하고 넘어온 종혁이 들어 간 공간은, 다름 아닌 끝없는 복도다. 그가 살인마의 배때지에 전기톱을 쑤셔 넣은 후, 이상한 학교에서 동수를 만나기 전에 있었던 공간. 그의 기억을 마주하는 수많은 문들이 양옆으로 나열된 공간. 달리는 열차 내부라는 건 여전한지, 간간히 덜컹이고 있다. 종혁은 숨을 가다듬은 후, 내키는 대로 아무 문 앞에 서 본다.

뚜벅— 뚜벅—

의사 가운 아래에 복도를 울리는 구둣소리. 깊은 밤 속 백열등 아래 밝혀진 복도가 을씨년스럽다.

대병원 안, 복도를 걷는 송현 뒤로 멀찍이 간호사 한 명이 돌아다닌다. 그가 있는 복도 끝자락은 유독 적막하고, 불이 켜진 병실도 맨 끝의 하나뿐이다. 왜인지 이곳만큼은 누구도 얼씬하지 않는 듯, 버려진 듯하다. 그 유일하게 불 켜진 맨 끝자락 병실에 가까워지자, 송현은 걸음속도를 늦추고 구둣발 소리를 최대한 죽인다. 그리고 병실 문의 창을 통해 슬쩍 들여다본다.

병원 침대 앞에 무릎 꿇은 한 남자의 등이 보인다. 그 너머로 침대에 누운 환자는 남자 쪽으로 등을 보이고 있다. 남자가 그녀의 등을 닦아주고 있는 것이다. 송현은 그들이 누군지 안다. 고등학교 2학년 된 외동딸과 서른다섯의 홀아비, 종혁과 서연.

늦여름에 옷도 못 갈아입은 건지 종혁의 티셔츠는 군데군데 땀으로 얼룩져 있다. 묵묵히 딸의 등을 새하얀 수건으로 닦아주는 그의 뒷모습이 처량하다. 둘의 병실 안 분위기는 철근보다 무거워 문틈 사이로 복도까지 그 사무친 슬픔을 퍼트리는 듯하다. 마치 그 병실 하나가 나머지 15m 내에 있는 모든 병실의 불을 꺼버린 것처럼.

그 광경을 보는 송현의 표정도 한껏 무겁다. 그는 깊은 한숨을 콧바람으로 토해낸다. 마음 같아선 들어가 도와주고 싶지만 그럴 수가 없다. 야간 간호사가 해야 될 일을 굳이 제 손으로 하고 있다는 것은, 누구에게도 간섭받기 싫다는 뜻이니. 특히 종혁에게 있어 송현은 더더욱, 증오스러운 약팔이에 불과하니.

빡ㅡ!

훤한 대낮의 병원 안에서, 뺨이 주먹에 맞는 소리가 햇빛이 들다 만 어느 한적한 계단 한편을 울린다. 종혁에게 맞은 송현이 밀려나가 창문의 난간을 잡고 몸을 지탱한다. 그런 틈에 종혁은 그의 멱살을 거칠게 잡아들어 얼굴을 바짝 들이민다. 종혁은 이를 악물고 증오 어린 눈을 불태우며 송현에게 나지막이 일갈한다.

"야이 개새끼야, 남의 딸내미 들먹이니까 좋냐?... 니가 사람새끼야?"

송현이 한 마디만 더 하면 죽일 듯한 기세로 몰아붙이는 종혁. 송현은 그가 단단히 오해하고 있다고 말하고 싶지만 입을 떼지 못하고 있다. 겁이 난 게 아니다. 오히려 송현은 의연한 표정으로 멱살이 붙들린 채 종혁을 마주하고 있다. 그저 말할 타이밍이 전혀 아니기 때문이다.

"내가 막일 하니까 꼴통으로 보이지. 이빨 좀 잘 털면 넘어가겠다? 어디서 약을 팔어, 이...!"

종혁이 분에 못 이겨 주먹을 올리려는 순간, 송현은 특유의 저음으로 다급하게 한 손을 들어 올려 손사래를 친다.

"잠깐, 잠깐...!"

순간 종혁의 주먹이 멈춘다.

"아, 일단 이거 놓고 얘기하세요, 에? 겁나서 뭐 얘길 못 하겠네..."

송현은 태도를 바꾸어 표정을 풀고 다소 경박한 말투를 쓴다. 그는 일부러 종혁의 심기를 거스르지 않는 태도를 연기한다. 종혁보다 20년은 더 산 인생의 노련함으로 대처하고 있는 것이다. 송현의 멱살을 쥔 종혁의 손아귀가 점점 풀리고, 표정에 살기가 사그라든다. 종혁은 한참 동안 그를 노려보다가 멱살을 내려놓는다. 송현은 목 부근의 깃을 고치려 양손을 올리다 만다. 그는 숨을 차분히 가다듬고 입을 연다.

"후...... 제가 어떻게 보일지 압니다. 미친놈으로 보이겠죠, 수작 부리는 사짜 새끼로 보일만한 거, 또 그런 내용인 거 잘 압니다. 제가 다시 말씀드리자면... 담당의사한테 들으셨듯이, 정말 죄송한 말씀이지만 따님이 깨어날 확률은 없다고 봐야 돼요. 이게, 몸에 문제가 있는 게 아니라,"

송현은 자신의 관자놀이를 가볍게 두드린다.

"여기에, 여기에. 따님이 바보가 됐단 게 아닙니다, 뇌가 깨어날 생각이 없는 거예요. 그, 두꺼비집 차단된 것처럼. 그러니까, 두꺼비집을 다시 올려야 하는 일인 거죠."

송현의 말을 종혁은 낮은 톤으로 잘라먹는다.

"그래서 그쪽만 할 수 있는 치료로 내 딸을 어떻게 하겠다?"
"살려내겠다는 거죠."

송현은 눈을 지그시 감았다 뜨며 진정성을 담아 또박또박 말한다. 한 치의 흔들림도 없이 종혁의 눈을 바라보는 그의 눈동자.

"저 이것만 20년 넘게 팠습니다. 레지던트 되기 전에, 죽치고 책상 앞에서 의대 준비할 때부터 치면 40년은 돼요. 사람 뇌에 뭐가 있는지, 어떻게 사람 살리는 데 쓰는 지만 40년이요. 두뇌는 사람 몸 중에 가장 파악하기 힘들어요. 밝혀진 게 제일 없습니다. 다 추정만 할 뿐이죠. 제가 의대 나오고 유학 가서 박사 딴 지가 언젠데, 이 나이 먹도록 아직까지 인정을 못 받는 것도..."

송현은 잠시 눈을 내리깔고 한숨을 코로 세게 내쉰다.

"... 이 연구에 평생을 바치면서, 위아래로 무시당하고 이상한 인간 취급만 받아왔어요. 근데 종혁 씨, 전 확신합니다. 종혁 씨와 따님에게 있어 제 치료가 유일한 돌파구라고, 반드시 될 거라고."

송현은 고개를 잠시 돌려 헛기침을 한다. 종혁이 그 틈에 말을 꺼낸다.

"그러니까... 그 허가받지도 못 한 치료가 결국 우리 딸 가지고 실험한다는 소리 아냐?"

허를 찌른 종혁의 물음. 송현은 바닥을 보며 잠시 대답을 못 하다가, 한숨을 쉬고 고개를 든다.

"... 예."

다시 깊은 밤의 병원 복도, 송현은 병실 안에서 쓸쓸히 딸의 등을 닦는 종혁의 모습을 보고 있다. 살려낼 수 있다고 확신하지만, 아무도 믿어주지 않는다. 가장 절박한 당사자마저도 말이다. 평생을 바친 연구가 빛을 발휘할 수 있는, 기어코 그것을 사람을 치료하겠다는 꿈을 눈앞에 두고도 그 문턱 앞에서 바라만 봐야 하는 답답하고 갑갑한 상황. 병실 문은 그와 종혁을 가로막고, 그와 눈앞의 꿈을 가로막고 있다. 송현은 고개를 뒤로 한껏 꺾어 그 답답함과 서러움을 삼킨다.

송현은 병원장을 설득시키기 위해 자신의 인생 전부를 걸어야겠다는 판단이 선다. 그리고 발걸음을 돌리려던 차,

"끄흑... 흑..."

병실 안에서 들리는 울음소리에 멈춘 구둣발. 그 소리가 이어지자 다시 병실 문의 창에 고개를 내미는 송현. 종혁이 서연의 등을 닦다 말고 숨죽여 울고 있다. 숨죽였지만 선명하게, 어른의 목소리로 마치 엄청 서러워하는 어린아이처럼 운다. 한창 꽃다운 나이에 영영 깨어날 수 없이 잠든, 하나밖에 없는 딸이자 유일한 가족을 두고 어떻게 살아가야 할지 막막한, 그 복잡한 심정에 어쩔 줄 몰라하는 울음. 주체할 수가 없이 터져 나와 걷잡을 수 없이 커져간다. 그 누가 듣든 신경 쓰지 않고 자존심마저 다 내려 놓은 채.

송현은 차마 그 광경을 지켜볼 수가 없어 고개를 숙인다. 구둣발 소리를 죽이며 걸어 나가는 동안 가슴이 아프고 저려오는 걸 느낀다. 그는 괜스레 코를 훌쩍인다. 한숨을 쉰다.

의료침대에 누운 채, 불쾌한 듯 눈살을 찌푸린 채 고개를 이리저리 가누며, 닫힌 눈꺼풀로 눈알을 쉼 없이 굴리는 종혁. 뇌파와 맥박이 요동치지만 이전보다 안정적이고, 이내 다시 양호한 범위로 돌아온다. 이와 함께 편안해지는 종혁의 얼굴, 눈알도 천천히 돌리고 있다.

송현은 그렇게 열심히 잘 해내가는 종혁을 보며, 병실에서 울고 있던 그의 모습을 회상한다. 이 사람이라면 반드시 헤쳐나갈 것이라고 믿는다. 솔직히 그는 연구에 대한 가능성만큼의 확신은 안 들지만, 그래도 뚜렷한 믿음을 가진다. 아니, 가져야 한다. 종혁의 의지에 모든 사활을 걸고 있으니.

과정이 계속되는 가운데 송현은 또 새로운 사실을 알아냈다. 종혁의 뇌파가 요동치고 날 때마다, 서연의 뇌파에도 변화가 찾아온다는 것이다. 상당히 양호하던 서연의 뇌파가 조금씩 변동성이 높아지고 있다. 두뇌활동이 활발해진다는 것은 곧 그녀가 깨어 날 가능성과 연관된다. 동시에, 그녀의 무의식이 점점 흔들리고 있다. 종혁의 의식과 무의식에 영향을 받고, 주도권을 점점 빼앗길 수 있는 상황이라, 송현은 추론한다. 점점 불안해지는 서연의 뇌파와 달리, 종혁의 것은 점차 안정적이기 때문이다. 종혁의 두뇌가 내성을 갖고 익숙해져 가는 것이다.

하지만 궁지에 몰린 타자의 무의식이 어떻게 반응할지는 알 수 없다. 서연의 무의식은 그녀의 의식을 더욱 숨기려 들 것이고, 종혁의 의식을 무너트리고자 최선을 다 할 것이다. 서연의 무의식은 자신의 영역 속에 들어온 그녀의 의식이, 외부로부터 보호받아야 한다고 판단하기 때문에.

기억의 복도에서 종혁은 그중 하나의 문고리를 잡아 연다. 그 너머엔 허름한 임대아파트에 있는 집, 자신이 고등학교 2학년 때까지 살던 그 집의 현관 문턱을 두고 서 있는 자신과 예경이 보인다. 현관 밖에 선 그녀의 손엔 입고 있던 후드티가 들려 있고, 마른 체구에 비해 배가 불러 있다. 과거의 자신은 예경의 배를 보며 눈도 꿈뻑이지 못 하고 충격에 빠진 얼굴이다.

한 순간도 잊어 본 적 없는 기억이다. 애틋했던 여자 친구가 갑자기 잠적을 타더니 몇 달만에 배가 부른 채 찾아왔던. 한참을 멍하니 서 있던 과거의 자신은 이내 손을 내밀어 예경의 손을 꼭 잡는다.

종혁은 문을 닫는다. 그리고 반대편 문을 연다.

임대아파트에서 먼 동네의 단칸방, 얼마 없는 가구와 이부자리 밖에 없다. 화장실도 춥지만 작고 초라한 공간에서 과거의 자신과 예경은 행복을 품고 있다. 품 속에 곤히 잠든 아기를 보며 웃음이 끊이지 않는 과거의 자신에게, 예경은 그 볼에 가벼이 입을 맞춘다. 종혁은 그런 그들을 보며 예경에 대한 기억을 떠올린다.

동갑내기인 예경은 가출청소년이었다. 원래는 화목했던 가정이 사춘기에 접어들면서 집에 딱지가 붙은 이후로 점차 망가져버렸다고 했다. 허구한 날 풍비박산이 나는 집 안에서 술만 먹으면 같이 죽자는 친모와 자신을 여자로 보려는 친부에 못 이겨 가출을 택했다고. 중학생 때 가출한 그녀는 양아치 무리를 자신의 그늘로 삼았다고, 아버지에 대한 트라우마로 남자에 대한 두려움이 가득했다고.

그래서 종혁은 그녀를 첫눈에 보고 반했지만, 예경은 서클에서 떵떵거리는 그를 무서워했다. 그러나 초겨울날 버들버들 떨던 자신에게 외투를 입혀 준 이후로, 자신에게만큼은 목소리부터 태도까지 티가 나게 부드러워지는 걸 보며 마음의 문을 열었다고, 예경이 말했다. 그렇게 둘은 점차 서로가 서로의 것이 되었다.

종혁은 예경을 보며 처음으로 사랑을 경험했다. 여러 여자 친구를 사귀어봤지만, 사랑이란 건 허상이라 생각했다. 누군가를 좋아하게 되는 것도, 그 애정이 식는 것도 그저 몸이 가는대로, 마음이 가는대로 휘둘리는 것에 불과한 것이라고. 그러나 그녀를 통해 느낀 감정, 아니, 그 체험이 모든 걸 바꾸었다. 항상 생각이 나지만 정작 마주쳤을 땐 그저 보기만 해도 너무나 행복한 나머지, 차마 입을 열고 말을 꺼낸다는 것 자체가 버겁고 스스로에게 과분하다는. 그녀를 사랑하게 된 이후로, 종혁의 평소 성격과 태도는 눈에 띄게 달라져갔다. 마치 야성을 잃은 수사자처럼. 종혁이 마음먹고 아니고의 여부를 떠나서, 그냥 그렇게 되고 있었다.

그런데 연애의 1주년이 가까워졌을 무렵, 갑자기 예경은 잠적했다. 누구에게도 모습을 보이지 않고, 종혁의 연락도 받지 않았다. 그가 예경의 집에 몇 번을 찾아갔지만, 그때마다 예경의 부모로부터 문전박대를 당하기 일쑤였다. 종혁은 이해할 수 없었고, 난데없는 실연에 가슴은 슬픔조차 없이 공허해졌다. 그 공허감을 채우기 위해 더 막 나가고 더 개처럼 굴게 됐다. 자신은 그런 사랑 같은 건 전부 과분한 팔자라 자괴하며.

그러다 예경과 놀던 중에 그만 자기도 모르게 벌이고 말았던 일을, 그녀가 4달 만에 찾아왔을 때 알게 되었다. 불러진 예경의 배를 보며 종혁은 왜 그녀가 그랬었는 지 단박에 이해됐다. 그리고 그건 아무것도 중요하지 않았다.

임신한 채로 온 여자 친구를 봤을 때, 종혁은 어머니를 잃었을 때와 같은 충격을 느꼈다. 충격이 가신 자리에 가장 먼저 떠오른 건 죄책감, 그리고 책임감이었다. 자신 같은 꼴통에 의해 예경의 뱃속에 자라고 있는 아기에 대한 죄책감에 이어, 이 아기가 자신처럼 불행하게 살아선 안 된다는 생각에서 피어오른 책임감이 마음 깊숙이 묵혀두었던 한을 깨웠다. 온전한 가족, 남부럽지 않은 평범한 가족을 누리고 싶다는 깊고 깊은 갈망을.

예경도 마찬가지였다. 스스로가 임신한 걸 알자마자 두려움에 급급히 숨기며 불안에 떨었지만, 차마 지우는 것만큼은 할 수가 없었다고 했다. 어떻게 할지 모른 채 전전긍긍하다, 결국 더 이상 숨길 수가 없게 되자 종혁을 찾아와 그에게 판단을 맡겼다고 했다.

그리고 마침내 종혁이 손을 잡으며 함께 키우자고 했을 때, 예경은 자신 역시 어릴 때 누렸던 화목한 가정에 대한 갈망을 품고 있었음을 깨달았다고 했다.

종혁은 자신과 예경이 서로가 묵혀 둔 깊은 소망의 결실을 얻어냈을 때, 서연이가 태어났을 때 느낀 깃털 같이 가벼우면서 무엇보다 진한 그 행복감을 잊을 수가 없다.

그 허름한 단칸방에서 아기를 재우며 행복해하는 과거의 자신, 예경이 가볍게 과거의 자신의 볼에 입을 맞추고선,

"서연이~ 우리 서연이~"

아기에게 애정 어린 목소리로 속삭이는 그 기억을 바라보면서, 종혁은

기쁨과 눈물로 벅찬 가슴을 어쩔 줄 모른다. 그때 그 느낌이 살아나는 감격과, 예경에 대한 그리움이 어그러진 눈물.

'서연이라 짓자. 예쁜 딸이 생기면 꼭 서연이라고 지어주고 싶었거든.'

예경의 말 따마다 그대로 지은 이름, 서연. 종혁은 그 기억을 바라보며 그 말을 떠올린다. 둘에게 있어 서연의 존재란 단순히 가족이 아니었다. 삶에 다가 온 선물, 아니, 하늘이 내려다 준 한 줄기 빛이자 그들의 구원 그 자체였다. 지금 이 순간까지도.

종혁은 문을 닫고 다른 문을 연다. 밤이 된 달동네, 단칸방 앞 골목에서 야근을 끝내고 온 과거의 자신이 외할머니를 마주한 기억이다. 종혁의 외할머니는 자주 둘의 단칸방을 찾아왔고, 종혁이 없는 동안 예경에게 이것 저것을 가르쳤다. 종혁에겐 매섭고 엄한 외할머니는 예경에게만큼은 따뜻하고 사려 깊었다. 예경은 한 번도 외할머니에 대한 하소연을 한 적이 없었다. 오히려 말씀만큼 잘 못 하는 거 같아 속상하다고만 했다. 외할머니는 종혁에게 그랬다. 예경은 딱한 애라고.

그런 외할머니가 밤 10시가 되도록 집 앞 골목에서 종혁을 기다리고 있었다. 과거의 자신은 치킨을 들고 있다. 종혁이 매일 공사장에 나가느라 마주칠 일이 없었고, 외할머니를 거의 넉 달만에 본 상황이었다. 둘은 어색한 대화를 나누다가,

"그…"

과거의 자신이 머리를 긁적이며 운을 뗀다.

"… 죄송합니다, 할머니."

고개를 푹 숙이며 또렷이 던진 한마디, 그가 외할머니에게 처음으로 존대를 써 본 순간이다.

"암 맴매?"

외할머니는 표정을 찡그리고 목을 뒤로 빼며 핀잔을 준다.

"뭐가 죄송해?"

종혁은 떨군 고개를 들지 못한다.

"암 것도 모르는 며느리 꼬박꼬박 찾아와서 가르쳐주는 데, 감사하단 소린 안 나오고?"

"... 감사합니다..."

종혁은 기어가는 목소리로 떨군 고개를 더 숙이며 말한다. 외할머니는 애정 어린 한숨을 쉰다.

"됐다. 느 마누라한테나 잘해! 애기한테 쪽팔릴 짓 하지 말고."

종혁은 떨군 고개를 끄덕이며,

"네."

라고 대답한다. 잠시 정적이 흐른다.

"종혁아."

한층 편안해진 목소리로 부르는 외할머니에 종혁은 고개를 든다.

"힘드냐?"

"아뇨, 아뇨..."

종혁은 별거 아니란 말투로 고개를 조금 떨구어 젓는다.

"그게 가장이야. 힘들어도 처자식 주둥이에 한 숟갈이라도 늘는 거."
"... 이제 좀 느 애비같네."

지나가듯이 흘리는 퉁명한 칭찬, 외할머니로부터 들을 줄 몰랐던 그 말에 종혁은 웃음을 감추지 못한다.

"어여 들으가, 그거 식겄다."

외할머니는 웃음을 띤 얼굴로 고개를 집 쪽으로 까딱인다. 통닭을 든 종혁은 어색한 웃음과 함께 목례를 하자, 외할머니는 고개를 까닥이며 돌아선다. 종혁은 들어가려던 차, 멈춰 서서 외할머니의 뒷모습을 본다. 그리고 치킨을 내려놓고선 외할머니에게 성큼성큼 다가간다.

"할머니!"

그 말에 돌아선 외할머니. 종혁은 호주머니에서 돈봉투를 꺼내 허리를 살짝 숙여 건넨다.

"아유! 치워."

돈을 건넨 종혁의 손을 가볍게 치며 격하게 거절하는 외할머니.

"아이, 받으세요."
"아 됐어어."
"아, 받으라니까, 할머니!..."

종혁은 억지로 외할머니의 호주머니에 돈을 욱여넣고 재빨리 돌아가선, 바닥에 놓았던 치킨 봉지를 들고 도망치듯 집으로 들어간다.

부끄러움에 못 이겨 생애 처음으로 용돈을 외할머니에게 드려보고 얼른 도망친 과거의 자신을 보면서, 종혁은 미소를 머금는다. 다시금 보게 된 기억에 뿌듯함을 느끼며, 부끄러워하던 제 자신이 귀엽다고 느낀다. 무려 15년 전의 일이니, 현재로서는 과거의 자신이 그렇게 보일만도 하다.

종혁은 이 날이 기억난다. 팀장으로부터 보너스를 받은 날, 그걸 통째로 외할머니에게 드렸었다. 월세와 빚에 시달리던 날이지만 아깝단 생각은 들지 않았다. 막 나가던 자신의 뒷바라지를 하고, 학교를 나와 애를 키우는 상황에서도 묵묵히 제 편을 들어준 외할머니에게, 자신이 더 고생해서 벌면 그만이니 한 번이라도 제대로 감사를 표하고 싶었고, 그렇게 표현한 것에 만족했다. 그날 치킨이 유난히 맛있었고, 잠도 더 달콤했다. 종혁은 따뜻해진 가슴으로 문을 닫는다.

종혁은 훈훈한 마음으로 문을 열지만, 이내 표정이 어두워진다. 또 다른 장례식장이다. 그러나 외할머니가 아니다. 외할머니가 4살 된 서연을 안고 밖에 나간 사이, 과거의 자신은 예경의 환한 얼굴 앞에서 서럽게 울고 있다.

심장병이었다. 대출 빚을 갚고자 끼니와 집세만 겨우 버느라 건강검진도 못 받은 가운데, 육아와 가사를 병행하면서 연약한 몸이 혹사된 결과였다. 예경은 갑자기 쓰러졌고, 외할머니가 종혁에게 전화했으며, 그가 달려왔을 땐 이미 예경은 수술실에 들어간 후였다. 그리고 예경은 영영 눈을 뜨지 못했다.

환하게 웃고 있는 영정사진 속 예경, 그 앞에서 바닥에 머리를 박고 양손으로 머리카락을 싸매며 우는 과거의 자신. 종혁은 그 광경을 지켜보며 눈물을 흘린다. 팔등으로 얼굴을 닦곤, 시큰한 코를 훌쩍이며, 예경을 다시 가슴에 묻고자 문을 닫는다.

종혁은 다음 문을 연다. 그 안에 역시 장례식장이 있다, 외할머니의 영정사진이 놓인. 그 앞엔 10살이 된 서연과 과거의 자신이 있다. 과거의 자신은 눈이 퉁퉁 부은 서연을 다독이고 있다.

서연이 과거의 자신을 올려다본다. 과거의 자신은 눈물을 삼키고 의연한 척을 하려 애쓴다.

종혁은 그 광경을 보며 서연에게 미안함을 느낀다. 엄마를 잃고, 다 크기도 전에 또 가족이 떠나는 걸 봐야 되는 상황을 겪게 만든 것에. 자신과 같은 고통을 느끼게 될까 굉장히 두려웠다. 그래서 외할머니가 돌아가신 후로 서연에게 몇 년 동안이나, 사랑한다고, 아빠만 믿으라고, 아빤 서연이밖에 없다는 말을 했었다. 서연이만큼은 자신처럼 되지 않기를 바라며, 행여나 자신처럼 될까 봐 두려워서였다. 다행히도 서연은 안 그랬다. 오히려 외할머니가 돌아가신 후, 해가 갈수록 눈에 띄게 의젓해져갔다. 혼자 밥 먹는다고 투정 부리지 않고, 싫은 소리도 하지 않으며 늘 퇴근하고 집에 들어올 때마다 나와서 반겨주었다. 서연이도 아는 듯했다. 너무나 고맙고 또 고마웠다.

종혁은 딸에 대한 기억을 떠올리며 기쁨과 고마움을 가슴에 안고 문을 닫는다.

그때,

쿵!

갑자기 외부에서 무언가 크게 부딪친 소리. 그와 함께 기억의 복도가 휘청인다. 전등이 깜빡대고 종혁 역시 휘청인다.

끼이이이이이이익—

열차가 브레이크를 밟는 금속의 비명이 울리더니, 순간 공간이 뒤집어지고 종혁은 천장에 부딪친다.

꼬꾸라진 채 깨어난 종혁, 그가 있는 공간 내엔 전등 하나만이 깜빡이고 있다. 기억의 복도는 어느새 좌석이 가득한 열차 객실이 되어 있고, 천장과 바닥은 벽이 되어 있다. 열차가 옆으로 누워버린 것이다. 종혁은 금이 잔뜩 간 창문에 누빈 머리를 떼고 엉거주춤 일어선다. 그리고 배낭에서 손전등을 꺼내 주변을 비춘다. 객실의 한 구석에 있는 문이 열려 있는 걸 보고, 좌석을 발판 삼아 밖으로 빠져나온다.

사방으로 칠흑같이 어두운 안개뿐이다. 손전등을 비춰봐도 보이는 게 없다. 그나마 흙바닥에 빛이 닿는다. 그는 열차 밖으로 뛰어내려 흙을 밟고선, 배낭에서 권총을 꺼내 탄약을 확인하고 주변을 둘러본다. 공간은 새까만 밤이라기보단, 무색무취의 까만 안개가 아주 자욱이 깔린 듯하다. 그러나 그 혼자만 있다는 느낌이 들지 않는다. 안개 너머, 아니 안개 전체를 아우르는 뭔가가 함께 있는 듯 한 위압감이 든다.

"동수야!"

발이 닿는 대로 움직이며 괜스레 동수를 불러보지만 메아리만 칠 뿐. 대신 그의 눈에 어떤 커다란 기둥이 보인다. 손전등을 비춰보니 그것은 종혁을 한낱 쥐만 한 크기로 만드는 거대한 나무 탁상. 그 밑 부근에 3m 가량의 높이로 비어 있는 공간을 네 기둥이 떠받치고 있다.

쿵... 쿵...

아주 희미하게 멀리서 들려오는 묵직한 발소리. 아주 조금씩 가까워진다, 그 구조물 반대편에서. 종혁은 뒤돌아 그 소리의 진원지 되는 칠흑을 바라보다가, 정말로 자신에게 가까워진다는 확신이 들자 곧바로 구조물의 천장 밑으로 들어간다.

쿵... 쿵...! 쿵!

칠흑의 안개 사이로 보이는 커다란 두 발, 사람이 아니다. 세 개의 날카로운 발톱, 종혁의 허리만치 굵은 발목, 악어와 같은 가죽. 그 뒤로 허공을 둔탁한 춤을 추는 아주 두꺼운 꼬리가 보인다.

[그르르르......]

안개를 메우는 호랑이 같은 울음소리, 아가리를 닫은 채 목으로 내는 잔잔한 울음에 종혁은 피가 차가워지는 걸 느낀다. 구조물 앞에 다가 온 그것이 이내 양팔을 땅을 짚어 몸을 숙이자, 종혁은 그것의 상체를 보며 조금씩 소리 없는 뒷걸음을 친다. 거칠고 두꺼운 털과 우람한 덩치, 굵고 기다란 팔뚝과 두꺼운 손톱이 자란 우람한 손에 군데군데 흉터가 가득하다. 그것이 천장 밑으로 머리를 내려 보이자, 머리부터 목까지 덮은 거친 갈기를 시작으로 붉은 안광이 번뜩인다. 공룡의 하체와 곰처럼 두터운 상체, 호랑이의 울음소리, 사자 같은 갈기와 늑대 같은 머리를 가진, 전혀 본 적 없는 괴수.

[푸흑!]

그것이 뜨거운 콧김을 내뿜자, 사방으로 모래바람을 일으키며 종혁의 옷을 크게 펄럭인다. 종혁은 공포와 위압감에 온 몸이 미친 듯이 떨린다.

손전등과 권총을 쥔 양손에 바짝 힘을 주느라 손아귀가 저려 온다. 냄새를 맡으며 천장 아래 그늘 속을 붉은 눈으로 샅샅이 뒤지는 괴수. 종혁은 그것이 자신을 찾고 있는 걸, 그리고 자신의 왼팔의 물린 상처로 아직 핏방울이 맺힌 걸 눈치챈다. 당황한 그는 왼손으로 이를 닦아보려,

툭!

손전등을 떨군다. 놀라서 내뱉어버린 강한 숨소리. 그대로 다시 얼어붙은 채 손전등만 바라볼 뿐이다. 미친 듯이 뛰는 자신의 심장 소리 외엔 아무것도 들리지 않는다. 식은땀에 절어가는 종혁은 한참이나 그대로 얼어붙어있다가, 떨리는 고개를 아주 조금씩 가누어 다시 정면을 바라본다.

[후룩... 후룩...]

거칠게 숨을 몰아쉬는 그것의 눈과 마주친다. 종혁의 온몸이 공포로 젖어 떨고 있다. 이것이 꿈임을 자각하고 있지만, 그러기엔 괴수의 압도적인 공포감이 그를 짓이기고 있다. 괴수가 천천히 들어 올리는 제 왼팔을 보던 종혁, 이내 그 손을 자신을 낚아채려 하는 걸 가까스로 피한다.

허연 이빨을 드러낸 채 그르렁대며 연신 왼팔을 휘젓는 괴수, 그 칼 같은 손톱이 종혁의 상의를 찢는다. 배가 갈라질 뻔한 상황에, 종혁은 온몸을 파르르 떨며 질려버린 얼굴로 뒷걸음질만 치고 있다. 총을 쏠 엄두는 나지 않는다. 두꺼운 가죽을 채 뚫지도 못하고 화만 돋울 것 같다. 그 기다란 팔로도 더 이상 닿질 않자, 괴수는 천장 밑으로 몸을 욱여넣어 들어가려 한다. 굽은 등을 있는 대로 더 굽혀 늑대 같은 대가리로 허연 이빨을 드러내는 괴수. 그러나 그 커다란 덩치를 집어넣기엔 너무 낮은 천장. 결국 종혁에게 닿지 못 하자, 연신 으르렁대며 팔을 마구 휘젓던 괴수는 이내

몸을 뺀다. 다시 종혁에게 괴수의 하체만 보이는 사이, 그는 눈치를 보다 얼른 손전등을 줍는다. 그리고 갑자기 그와 괴수를 막던 앞쪽 천장이 부서지기 시작한다.

쾅!

주먹 쥔 양손을 망치 삼아 서너 번을 내려치자 천장이 내려앉는다. 이미 종혁은 겁에 질려버린 채 손전등만 겨우 비추고 있다. 괴수는 무너진 파편을 되는대로 집어 내팽개치며, 그 틈바구니로 몸만 욱여넣어 다시 기다란 팔을 휘두른다. 종혁은 공포의 단말마만 지르며 더 깊은 공간 속으로 들어간다.

콰직!

콰각!

괴수는 천장 밑으로 팔을 휘젓다가 천장이 내려치며 길을 트고 있다. 종혁은 앞뒤로 손전등을 비추며 떨리는 다리를 가누기 바쁘다.

야성 어린 괴수라는 압도적인 공포감, 그 속에서 어떻게든 정신을 차려야 한다. 그러나 머리로는 알 뿐 몸은 그렇지 않다. 요동치고 있는 심장, 간간히 들리는 놈의 울음에도 저려오는 온몸, 차갑게 식을 대로 식은 피까지. 아무리 스스로를 설득해도 오른팔이 그 손에 쥔 권총을 들어 올리질 못 한다.

쿵!

어느새 벽에 부딪힌 종혁. 탁상의 끝자락에 와 있다. 더 이상 물러날 곳도 없다. 놈은 천장을 부수어대며 거침없이 다가오고 있다.

콰지직!

기다란 팔로 종혁 대신 그의 바로 윗 천장을 손톱 박아 뜯어내는 괴수.

종혁은 훤해진 머리 위로 괴수의 전신을 본다. 굽은 등과 굵고 기다란 팔, 두꺼운 털로 덮인 상체, 악어 같은 가죽으로 된 하체와 꼬리, 사자 같은 갈기와 늑대 같은 머리로 호랑이의 소리를 내고 있는 괴수. 그것이 종혁을 내려다보며 허연 이빨을 드러내자, 질긴 침이 코 앞으로 뚝뚝 떨어진다. 생존본능이 자극된 종혁은 놈을 향해 아무렇게나 방아쇠를 당긴다.

피이이이이익...

총구에서 나간 건 불빛, 쏘아 올려지는 빛을 따라 놈이 대가리를 든다. 그 빛이 터진다.

파악—!

조명탄이 창공을 태운다. 총알 대신 나간 조명탄이 칠흑진 창공에서 눈부신 빛을 터트리자, 놈은 울부짖으며 눈을 질끈 감고 연신 고개를 흔들어댄다. 괴로워하는 놈을 보며 종혁은 공포와 안도 섞인 헛웃음을 친다. 역시 꿈은 꿈이다, 라는 생각과 함께 탁상 밖으로 달려 나온다.

창공에서 칠흑을 태우는 불빛은 아주 조그만 태양처럼 주변을 훨씬 훤하게 비춘다. 종혁은 빛이 밝힌 공간을 빠르게 훑는다. 공간은 다름 아닌 자신과 예경이 살던 단칸방과 아주 비슷하다. 싱크대와 서랍, 장롱이 일렬로 나열된 것이 정말 똑같다. 다만 종혁을 일개 생쥐로 만들어버릴 만큼 천장은 하늘처럼 드높고 가구도 거대하다. 마치 거인이 사는 듯이.

종혁은 빛에 괴로워하며 탁상 밑으로 숨으려는 괴수를 본다. 여기에 살 만한 거인에 비하면 그 커다란 괴수도 고양이만하다. 공간만큼 압도적이진 않지만, 두꺼운 손톱에 괴력을 더해 어디든지 올라갈 수 있을 것이다.

'올라간다...'

그 단어와 함께 종혁은 '천장'을 생각해낸다. 이 방이라면 분명 천장에 전등이 달려 있을 것이다. 그리고 종혁은 눈부신 빛 너머로 아주 가느다란 줄을 본다. 방의 천장에 달린 조명을 켤 기다란 줄, 그것은 줄 조명이다. 줄이 너무 작고 얇아서 잡아 매달리기만 해도 전등이 켜질 것 같다. 상황의 돌파구를 찾은 종혁은 재빨리 줄 조명을 갈 길을 눈으로 찾는다. 싱크대 옆으로 커다란 서랍과 장롱이 나란히 놓여 있다. 장롱까지 가서 몸을 던진다면 줄을 당길 수 있다.

괴물과 한 공간에 갇힌 상황에서도 종혁은 침착하다. 두려움은 그의 마음 한 구석으로 치우쳐졌다.

철컥!

그는 싱크대로 가기 전에 권총의 실린더를 연다. 아나나 다를까, 5발의 총알만 장전돼있다. 상황이 유리하지만은 않다. 조명탄은 앞으로 5번만 쓸 수 있다.

착!

종혁은 실린더를 닫고 곧바로 싱크대를 향해 달려간다. 괴로워하는 괴수의 아우성을 떠나 앞에 선 싱크대. 창공을 비추는 조명탄이 점차 사그라들고 있다. 곧 놈이 달려올 텐데 문제는 올라갈 방법이 없다. 그는 다시 줄 조명을 본다. 그러다 문득,

'줄?'

그는 손에 든 권총을 눈여겨본다. 이것이 조명탄을 쐈듯이, 줄을 쏠 수 있다면...

"줄을 쏜다, 줄을 쏜다...!'

그렇게 되뇌며 종혁은 싱크대의 윗부분을 향해 총구를 겨누고 방아쇠를 당긴다.

파악— 툭!

정말로 줄이 나갔다. 총구에서 발사된 기다란 줄이 싱크대 윗부분에 박힌다. 그가 다시 방아쇠를 꽉 당기자, 그의 생각대로 실린더가 빠르게 돌아가며 줄이 총구 속으로 감겨옴과 함께 그를 끌어당긴다. 빠르게 싱크대 끝자락까지 올라간 종혁은 그 끄트머리에 왼팔을 걸치고, 싱크대의 문을 밟아 올라간다. 총구에서 나온 줄은 제 역할을 다 하자 알아서 끊어진다. 이윽고 발 밑에서 들려오는 우렁찬 포효. 종혁이 내려다보자, 괴수는 제 손톱을 싱크대 벽에 박아가며 올라타고 있다.

"그럴 줄 알았다, 이 씨..."

살 떨리는 공포감에도 농담 어린 혼잣말을 중얼대는 종혁, 그의 두 눈만큼은 공포에 질리지 않고자 또렷함을 유지한다. 그는 서랍을 향해 달린다. 그 앞에 서자 위로 총을 쏜다.

파악— 툭!

허공을 뚫고 날아간 줄이 서랍의 위쪽 천장에 박히자, 실린더가 빠르게 돌아가며 종혁을 끌어당긴다. 괴수는 이미 싱크대로 올라와 빠르게 종혁을 서랍에 오른 종혁은 장롱을 향해 달려가며 총을 쏜다.

파악— 툭!

줄은 보다 더 빠르게 그를 당긴다. 걷잡을 수 없이 커지는 놈의 아가리가 그의 발을 물 뻔한다. 마침내 장롱에 오른 그, 방 안은 그 광경이 훤할 정도로 칠흑이 거의 다 걷혔다. 줄 조명이 선하게 보인다. 그리고 놈이 그를 따라 장롱 위로 올라오고 있다. 종혁은 긴장감에 찬 가쁜 숨을 쉬며 권총의 실린더를 연다. 2발이 남았다. 그는 실린더를 닫자, 이미 천장에 굽은 등을 대고 있는 괴수. 종혁에게 이를 드러내며 기다란 양손으로 바닥을 짚고 반쯤 기다시피 다가오고 있다. 그는 놈의 대가리에 총구를 겨눈다. 침이 뚝뚝 떨어지는 주둥이를 벌리며 다가오는 괴수, 놈이 우렁찬 포효와 함께 공격할 때 당겨지는 방아쇠.

픽, 파악!

혓바닥에 정통으로 불빛을 맞은 괴수가 비명을 지르며 나가떨어진다. 양손을 제 주둥이 앞에 허우적대며 미친 듯이 괴로워한다. 종혁은 고막이 터질 듯한 비명을 버티며 한 손으로 줄 조명과 그 사이의 천장에 마지막 한 발을 쏜다.

파악, 툭!

천장에 박힌 줄을 향해 달려가 장롱 밖으로 몸을 날린다. 줄을 뱉은 권총을 꽉 쥐고 허공을 날아 조명 줄을 단 번에 잡아 체중을 싣는다.

팍!

소리와 함께 천장의 전등이 온 공간을 밝힌다. 그가 당겨진 조명 줄에 매달리자마자 권총의 줄이 바스러지고, 괴수의 마지막 울음이 공간을 메운다. 온몸이 타버리는 듯 놈은 아무 벽에나 부딪치면서 괴로워한다. 이윽고 종혁이 매달리던 조명 줄이 한 번 덜컹이더니, 바닥까지 빠르게 늘어진다.

거대한 공간을 수직으로 내려와 흙바닥에 발을 디딘 종혁, 검어질 대로 검어진 괴수는 그 크기만치 커다랗고 새까만 타르 덩어리가 된다. 곧이어 그 속에서 사람의 손이 튀어나온다. 그리고 누군가가 그 속에서 고개를 뺀다.

"커헉!"

푹 눌러쓴 모자의 괴한이 타르 덩이 속에서 어깨까지 빠져나온다. 칼에 정통으로 맞은 듯 머리를 파르르 떨며 종혁을 향해 고개를 가누더니, 그와 눈이 마주치자마자 타르 덩이 속으로 비명조차 지르지 못하고 순식간에 잠겨버린다. 그리고 솟아오른 커다란 광대 가면, 그 가면을 쓴 살인마의 머리가 양팔을 힘겹게 빼 허공을 휘저으며 빠져나오려 하지만, 괴한과 같은 운명을 맞는다. 이내 타르 덩이의 표면으로 무수한 얼굴의 형태가 띄워진다. 괴로운 듯 입을 벌린 채 비명을 지를 것만 같은 얼굴들, 마치 좀비 떼와 같다.

그제야 종혁은 확신한다. 저 타르 덩이가 지금까지 자신을 위협한 그 무섭고도 해괴한 놈들의 원천임을. 힘을 잃고 벌거벗어진 채 제 본모습을 보이고 있는 것이다. 이내 타르 덩이는 더 쪼그라들며 단단한 형체를 잡아가더니, 땅바닥에 비참하게 엎드려 고개를 숙인 한 사내로 변해버린다. 군데군데 해어진 옷차림, 거칠게 몰아쉬는 숨. 고통이 잦아드는지, 그것은 한껏 굽힌 등을 피기 시작하며 힘겹게 숨을 들이켠다. 그리고 무릎을 꿇은 채 고개를 들어 종혁을 바라본다.

그것은 종혁이다. 종혁은 종혁을 보고, 종혁이 종혁을 보고 있다. 또 다른 종혁, 도플갱어는 악에 받친 눈으로 종혁을 노려다 본다. 도플갱어는 악질적인 인상으로 그를 바라보며, 입꼬리를 귀까지 걸 듯 소리 없이 소름 끼치는 웃음을 짓는다.

"끅... 끅... 끅..."

일어서지도 못하는 도플갱어는 없는 힘을 짜내며, 버거운 숨으로 소리를 내가면서까지 비웃고 있다. 종혁은 그 의미가 느껴진다. 내 발악은 이제 끝났고, 더 이상 니 발목을 잡진 못 하겠지만, 넌 절대 성공하지 못할 거라는.

치각—

종혁은 권총의 해머를 당겨 실린더를 돌리고, 그것의 이마에 총구를 겨눈다. 놈은 조금도 위축되지 않고, 오히려 두 눈에 쌍심지를 태운다. 쏠 거면 쏘란 듯이. 종혁은 그 조소가 제 화를 돋움과 동시에, 그 눈빛이 가슴속을 후벼 파며 들어 올려는 것을 느낀다. 그리고 방아쇠에 분노와 결의를 담는다.

탕!

소리와 함께 도플갱어의 머리는 골수와 피 대신 검은 파편을 튀김과 동시에, 박살난 두개골을 기점으로 삽시간에 온 몸이 까맣게 변해버린다. 그리고 종혁은 권총을 떨군다.

곧이어 울리는 지진, 공간이 무너지기 시작한다. 천장부터 시작해 가구와 벽이 유리파편처럼 무너지며 사라진다. 오로지 건조한 흙바닥만 남긴 채 무너진 공간 밖으로 펼쳐진 더 넓은 세상. 먹구름 사이로 햇빛이 비추는 우중충한 하늘 아래, 평탄한 흙바닥만이 놓여 있다. 그리고 숯처럼 까매진 도플갱어의 시체는 푹 꺼지면서 부질없는 잿더미가 된다.

잿더미에서 눈을 떼고 주변을 둘러보는 종혁. 돌아보자 어떤 엘리베이터가 있다. 황무지 한가운데에 놓인 엘리베이터의 문이 연한 자주색을 띤다. 서연이가 좋아하는 색깔이다.

"됐네?"

들려오는 목소리에 종혁이 정면을 본다. 동수가 서 있다. 운동장에서 봤던 그 30대의 모습, 동수는 무뚝뚝한 표정으로 아주 살며시 미소를 띤다. 종혁은 그를 보며 반가운 미소를 띠다, 이내 그 도플갱어에 대한 의문에 사로잡힌다. 도플갱어였던 잿더미를 권총으로 가리키며 동수를 보자,

"넌 너의 긍정적인 면이고, 그건 니 부정적인 면이고."

종혁은 이해가 잘 되지 않는다. 동수는 말을 덧붙인다.

"여기로 들어오면서 니 의식이 두 개로 갈렸어. 하나는 너, 하나는 저기. 넌 서연이를 구하고자 하는 니 의지, 저건 서연이를 구할 수 없다는 니 불안과 불신. 간단히 말해서 니 자신을 이긴 거야. 그래서 지금 이렇게 내가 나와서 얘기할 수 있는 거고."

이전엔 무언가의 눈치를 보며 이야기하던 동수가 이젠 거침없이 긴 말을 내뱉는다.

"여기...? 여기가 어딘데?"

"서연이 머릿속. 정확히는 서연이 무의식이야. 니 정신이 서연이 머릿속에 들어가면서, 둘의 머리가 약간 섞인 상태지. 그래서 내가 있을 수 있는 거고."

"그게 말이 돼?"

"몰라, 난 그렇게 알고 있어. 다 니가 그렇게 알아들은 거니까, 내가 그렇게 알고 있는 거야."

"니가 내 무의식이니까?"

"응."

동수의 말을 들으면서 종혁은 납득을 한다. 이 비정상적인 상황의 연속에 제대로 설명을 해주는 인간이 동수 밖에 없는 것도 맞지만, 동수의 답을 들을 때마다 까맣게 잊고 있던 기억이 떠오르는 걸 느끼기 때문이다. 이전에 동수에게 이야기를 물었을 때는 이해가 되지 않았던 동수의 말들이, 지금은 들을 때마다 거의 바로 이해가 된다.

"니 불안과 불신을 니가 이겨서 그래, 그게 니 생각을 가로막았거든. 어, 그런 생각을 못 하게 훔쳐갔다고 할 수 있겠지. 이해 돼?"

동수의 말을 들은 종혁은 잿더미를 멍하니 바라본다.

"이게 다 그럼... 가짜야, 진짜야?"
"가짜지. 근데 서연이 찾는 건 진짜야."
"왜?"
"사고당했잖아, 너랑 같이 가다가. 애가 몸은 멀쩡한데 못 깨, 눈을 못 떠. 그래서 그 박산지 뭔지 하는 사람이 여기로 보내 준 거고."

병상에 누워 있는 서연을 떠올린 종혁은 허공을 멍하니 응시한다.

"근데 서연이 무의식이 널 막아낸거고."
"...날 왜 막은거야?"
"침입자니까. 또 아마, 서연이가 자기 속에 있는 게 더 낫다고 판단해서일 수도 있고."

종혁은 미간을 찌푸리며 아주 미세하게 고개를 까딱이곤, 다른 질문을 던진다.

"그, 내가 궁지에 몰렸을 때 그런 총이랑 뭐... 운동장에 발전기, 그런 건 왜 생긴 거야?"

"니가 부른 거야, 그런 상황에서도 서연일 찾겠다는 니 의지가. 넌 몰랐겠지만."

"니가 도와준 게 아니고?"

"뭐, 너 무의식이? 왜? 애초에 난 내가 나선 적이 없어. 나도, 그 총도, 발전기도, 장도리랑 손전등까지 다 너가 만든 거야. 어차피 니 머릿속에서 다 불러 온 건데."

골이 지끈거리고 피곤한 나머지, 종혁은 눈쌀을 찌푸리며 한 손으로 신경질적이게 머리를 턴다. 그리고 잊고 있던 엘리베이터를 슬쩍 돌아본다.

"저건?"

종혁은 자신의 뒤에 있는 자주색 문을 가리킨다. 동수는 대답 대신 표정을 피는 것으로 대신한다. 저 엘리베이터 끝에 서연이가 있다는 무언의 의미, 그것이 종혁에게 전해진다. 종혁은 바닥을 응시하며 얼굴에 화색을 띄운다. 다시 동수를 바라본다. 마치 종혁의 거울처럼, 동수는 그 특유의 무뚝뚝한 얼굴로 화색을 띄고 있다.

종혁은 엘리베이터 앞에 걸어가 호출 버튼을 누른다. 엘리베이터가 올라오고 있다. 화색이 돌던 종혁의 표정에 의문이 피어오른다. 그는 다시 동수 쪽으로 돌아선다.

"이거 다 기억할까?"

"아니."

동수는 가볍게 고개를 떨듯이 저으며 대답한다.

"너는?"

동수는 무심한 표정으로 잠시 뜸을 들인다.

"뭐하러?"

동수의 단답으로 되묻는다. 종혁은 그런 동수를 보며 아쉬움을 느낀다. 그를 마주하며 진중하게 작별을 고한다.

"고맙다."

동수는 입꼬리로 희미한 미소를 지으며 가볍게 끄덕이곤, 고갯짓으로 문쪽을 가리킨다.

"가."

띠링―

도착의 알림음과 문이 열리는 소리가 나자 종혁은 승강기를 본다. 그리고 훤한 그 안을 보며, 무겁고도 떨리는 발걸음을 떼어 들어간다. 그 안을 잠시 둘러보던 종혁은 내려가는 버튼을 보고 누르려다 멈칫, 동수를 본다. 그 자리에 그대로 서서 종혁을 보고 있는 동수, 종혁 역시 그를 한참 바라본다. 그를 조금이라도 기억해내고자. 물론 부질없다는 걸 알지만, 그럼에도 동수만큼은 기억하고 싶다. 눈에 익힐 만큼 충분히 보고 나서야, 종혁은 버튼을 누른다.

두꺼운 문이 닫히고, 승강기가 지하로 내려가는 것이 느껴진다. 긴한 정적, 종혁은 정면의 문을 보며 생각에 잠겨 있다.

'서연이가 있을까?'

'...드디어, 드디어 보는 구나. 드디어...'

그동안 품어 온 기대감에 벅찬 종혁, 많은 생각이 든다. 서연을 마주할 순간을 상상하며 미소를 감추지 못한다.

띠링—

열리는 엘리베이터 문 절벽과 광활한 바다가 보인다. 먹구름이 낀 우중충한 하늘 아래 검은색 바위 절벽, 그 너머로 검푸른 바다가 펼쳐져 있다. 절벽 끝자락에 바다를 보며 서 있는 긴생머리의 소녀, 하얀 원피스 차림에 어울리는 단출한 샌들을 신고 있다.

"... 서연아."

종혁은 서연이를 부르며 다가간다. 파도가 절벽을 치는 시원한 소리 속에서 저벅저벅, 거친 바위를 밟는 자신의 발소리가 들린다. 10m가량을 걸어 그녀의 뒤에 선 종혁, 아직 돌아보지 않는 그녀.

"서연아."

돌아보는 그녀, 멍하니 슬픔을 담은 얼굴로 종혁을 본다. 이내 그 얼굴에 어색한 화색을 띄우며 웃음을 핀다.

"서연아... 서연이 맞지?"

서연은 말 대신 미소만 띨 뿐이다. 종혁은 조심스레 딸의 손을 잡아 부드러이 어루만진다. 살아 숨 쉬고 있는 딸을 보며 감격에 찬 종혁, 차오르는 눈물을 기쁜 웃음으로 무마하며 딸을 바라본다.

"아빠."

곱디 고운 딸의 목소리, 종혁은 기쁨에 어쩔 줄 모르며 손등으로 눈물을 훔친다.

"그래, 그래... 서연이, 우리 서연이. 그래... 아빠야, 아빠..."

종혁은 고개를 연신 굳건하게 끄덕이며 서연의 손을 꼬옥 잡는다. 감격에 찬 미소를 가득 머금고.

"서연아... 가자."

종혁은 서연의 손을 잡고 돌아선다. 그러나 마치 기둥처럼 꿈쩍도 않는 서연. 돌아 본 종혁의 얼굴이 그늘져간다. 서글픔 어린 서연의 얼굴, 그녀가 입을 연다.

"왜?"

단 한마디. 종혁은 이해할 수 없다는 표정을 짓는다.

"왜 왔어?"

그 한마디가 종혁의 모든 노력을 뒤집기 시작한다.

"그, 그게 무슨 말이야, 서연아... 너 찾으려고..."
"누가 찾아달래?... 멋대로 들어와 놓고."

서연의 말에 가시가 돋치기 시작한다.

"하긴... 제멋대로 사니까 이지경까지 왔지."

화색이 돌던 종혁의 얼굴은 빠르게 어두워져 간다. 당황감에 턱을 떨며 무슨 말을 해야 할 지조차 모를 정도로.

"서연아 너, 뭔 말하는 거야, 지금..."

이윽고 서연은,

"내 말이 틀려? 아빠 땜에 내가 이 꼴이잖아. 아빠만 아니었어도..."

증오로 물들어가는 서연의 눈, 그녀의 말이 차차 종혁의 가슴에 비수를 찌르기 시작한다.

"딸내미 식물인간 만드니까 좋지? 편하잖아. 이제 아빠 맘대로 살아, 그냥."

종혁의 얼굴은 좌절로 일그러진다. 그리고 서연의 폭언은 멈출 줄 모른다.

"내 몸 닦으면서 만진 거 모를 줄 알아? 딸년한테 욕정 품는 홀아비 새끼."

속부터 머리까지 다 뒤집어져버린 종혁, 그 말에 마지막까지 잡고 있던 이성을 놓아버린다.

"야 이 쌍년아!"

라고 욕지껄이를 내뱉어가며 분노한다.

"어디, 아빠한테 이 씨발!..."

분노와 억울함으로 울분을 토해내는 종혁. 딸에게 생각지도 못 했던 욕을 들은 것에 위태로운 정신이 무너지기 시작한 것이다. 단 한 번도 어긋남 없이 부성애로서 사랑해 온 유일한 혈육으로부터 들은 패륜적인 모욕, 이에 딸에게 생전 안 해본 욕을 해버린 자신에 대한 혐오감과 모멸감, 죄책감이 겹친다.

"아빠가... 아빠가 너를 어떻게 키워왔는데!"

종혁의 슬픔과 비탄은 그의 목소리와 함께 커져간다.

"너 때문에 사는 건데... 아빠가!... 아빠...!......"

분노를 넘어 억울하고 답답해서 소리치는 종혁은 말을 못 잇고 울먹인다. 이내 한 손으로 얼굴을 쎄게 쓸어내리지만 눈물은 멈추지 않는다. 종혁은 서연의 치맛자락을 붙잡고 늘어지며 사죄하듯이 무릎을 꿇는다. 딸의 치맛자락을 잡고 고개를 떨군 채.

"서연아, 아빤... 아빤 너보다 한참 어린 나이에, 할머니 할아버지가 돌아가셨어... 그래서, 그래서 쓰레기 같은 짓도 많이 했고... 정말 생각 없이 막 살았어..."

울음진 목소리로 하는 고해성사. 사랑하는 딸에게 있어 자신은 못 배워먹은 아빠라 어울리지 않는다는, 부끄러운 아빠라는 열등감이 터져버린 종혁. 차마 고개를 들지 못 한다.

"근데 네가 뱃속에 있었을 때부터 아빤... 아빤, 진짜 너만큼은..."

종혁은 고개를 들어 눈물을 훔치며 진심을 담아 딸을 올려다본다.

"너만큼은 나처럼 살지 않아야 된다고..."

그리고 붙들었던 딸의 치맛자락을 놓고 다시 고개를 떨군다.

"그래서 너 하나 먹여 살리겠다고, 너 태어나기 전부터, 학교도 빼먹고 공사판에 다녔어. 적어도 너만큼은, 너만큼은 행복할려고. 아빤... 아빠 진짜 노력 많이 했어, 서연아... 근데 니가 그렇게 말하면 안 되는 거잖아... 어?"

종혁은 울음으로 망그러진 얼굴로 서연을 올려다본다. 지금까지 극단적으로 치달은 상황에서까지 버텨왔던 종혁의 정신은, 그 모든 걸 이겨내는 단 하나의 희망에 의해 무너졌다. 딸이 자신에게 품고 있던 오만가지의 속내를 들은 종혁, 분노와 답답함, 배신감과 억울함을 느꼈다. 그리고 이내 미안함과 죄책감, 열등감이 온 가슴을 가득 채운다.

종혁은 다시 고개를 떨구고 좌우로 저으며 넋나간 채로 중얼댄다.

"미안해, 아빠가... 정말 미안하다, 서연아... 아빠가 못 나서...아빠가, 아빠... 아..."

그가 얼마나 울었을까, 서연이 차갑고도 가녀린 말투로 입을 연다.

"나...... 지쳤어, 이렇게 사는 거."

종혁은 눈물로 젖은 망연자실한 얼굴로 그녀를 올려다본다.

"엄마 없는 애라고, 양아치가 사고 쳐서 태어 난 애라고... 그런 말 들으면서 사는 거. 나도 다른 애들처럼 엄마 밥 먹고 살고 싶고, 지각할 거 같을 대 엄마가 깨워주었으면 좋겠어. 매일 혼자 깨서 밥해먹고, 밖에 있다가 집에 가면 나 혼자잖아..."

무너질 대로 무너진 종혁의 억장이 또 무너져간다.

"애들이 뭐라는 줄 알아? 나 막 낳은 년이래. 편부모 가정이라고, 엄마 없는 애라고... 내가 왜 그런 말 듣고 살아야 해?"

"... 나 그냥 이대로 있을래. 여기선 누구도 뭐라 안 하고, 걱정할 것도 없고 그냥 편하게 있으면 돼. 그러니까, 아빠도 그냥 나 놔줘."

서연은 종혁의 가슴에 수많은 비수를 꽂고, 속내를 이 잡듯이 헤집어버린다. 종혁은 눈가가 붉어지고 목이 메는 걸 느낀다. 서연이가 하는 말들, 그 모두가 종혁이 그녀에게 미안하게 생각했던 것이다.

"나... 이젠 현실에서 버티는 것도 싫어. 등수 떨어질까봐 불안해하고, 집에 가면 늘 나 혼자 밥해먹고 빨래하고, 청소하고... 늘 엄마 없이 사는 이 외로운 것도 다 지겨워. 근데 여긴 편해, 근심 걱정이 없어. 아무런 걱정도 안 해도 돼. 엄마도, 아빠도, 외할머니도 없어도 돼. 아무것도 필요 없으니까... 난 여기가 좋아. 근데 왜 아빠가 방해해? 아빤 내가 행복하길 바란다며... 난 여기가 좋다고... 아빠. 아빠가, 아빠가 정말 날 사랑한다면... 이대로 냅두는 게 맞지 않아?"

이에 아무 말도 못 하는 종혁, 눈물로 일그러진 얼굴을 땅으로 떨군다. 그렇게 울고 울다가 슬픔을 머금고 천천히 일어선다. 고개를 떨군 채 서연의 얼굴을 차마 보지도 못하고, 터덜터덜거리며 돌아서서 문으로 향한다. 천천히 엘리베이터 앞에 선 종혁, 걸음을 멈춘다. 호출 버튼을 가만히 바라보던 종혁, 눈물로 범벅이 된 얼굴에 절어 든 좌절과 우울. 그는 고개를 뒤로 꺾어 슬픔을 삼킨다. 그리고 긴 한숨을 내쉰다.

한참을 가만히 서 있던 종혁, 호출 버튼 앞에 손가락을 올리려던 차, 돌아선다. 그리고 쏜살같이 서연에게 달려간다. 그대로 서연의 옆으로 지나치며 절벽을 향한다. 그리고 몸을 던진다. 서연이 그의 왼 손목을 잡는다. 서연의 손아귀에 매달린 종혁, 가녀린 손으로 30대 장정의 무게를 버티고 있는 그녀. 그 손아귀가 마치 철근처럼 단단하다. 괴리감을 느낀 종혁의 눈에, 서연의 표정이 매섭게 살기를 띤다.

"깨우지 마! 깨우지 말라고!"

죽일 듯 한 표정으로 미친 듯이 소리치자, 하늘부터 바다까지 메아리로 가득 찬다. 서연의 머리는 마치 물속처럼 허공에 퍼져나간다. 종혁은 엘리베이터 앞에서 깨우쳤다. 그녀를 놓아주기로 하자, 슬픔이 어느 정도 걷어지며 진정된 마음에 정신이 점차 뚜렷해졌다. 서연이 아니라고. 서연의 모습을, 서연의 소리를 내고 있지만 실은 가짜라고. 다른 어떤 단서도 주어지지 않았다. 종혁의 피가, 종혁의 내면이 그렇게 호소했던 것이다. 그래서 무작정 달렸다. 서연을 행세하는 그것을 넘어 뛰어내려보았다. 그리고 그것의 태도에서 확연히 느낄 수 있었다. 서연의 무의식의 마지막 발악이며, 진짜 서연이를 가로막고 있다는 것을. 하지만 그것의 손아귀만큼은 도저히 제 힘으로 풀어낼 수가 없다.

이내 종혁은 자신의 힘에 한계를 느낀다. 그것을 서연이라 생각하며 진심을 얘기하기로 한다.

"서연아, 아빤 정말 네가 행복하면 좋겠어. 여기서 말고, 보란 듯이, 아빠보다 좋은 삶을 살면서. 아빤 너 밖에 없어. 서연인 행복하게 살 수 있어. 커서 연애도 하고, 좋은 남자랑 결혼도 하고... 행복해야지... 아빠보다... 아빤 볼 거야, 우리 서연이 행복한 거. 꼭 볼 거야..."

따스한 표정으로 시작한 말, 그 끝마디에서 종혁의 얼굴에서 부성애라는 이름의 결의가 드러난다. 그러자 종혁을 보는 그것의 표정에서 살기가 조금 사그라들며 복잡함이 묻어난다. 그래도 여전히 종혁의 왼팔을 꾹 잡고 있다. 종혁은 오른손으로 배낭에서 장도리를 꺼내, 자신의 왼팔을 망치질한다.

부서지다 만 뼈에 다시 망치질을 세게 한다. 부러진 왼팔 뼈, 근육과 살이 찢어지는 고통을 억누른다. 그렇게 종혁은 자신의 팔을 희생하고 떨어진다. 멍하니 두 눈을 동그랗게 뜬 채 미간을 찌푸린 그것의 표정을 보면서.

종혁은 검푸른 바다에 잠긴다. 차가운 수온이 온몸의 피부를 찌른다. 종혁은 이곳이 서연의 가장 깊은 무의식임을 안다. 떨어진 서연을 찾고자 눈알을 굴리지만, 자신 옆에 떨어졌을 그녀가 보이지 않는다. 종혁은 바닷물을 헤치고 더 깊은 곳으로 간다.

서연이 보인다. 그는 안간힘을 다해 빠르게 헤엄쳐나간다. 평온하게 잠든 서연은 점점 깊이 빠져들고 있다. 종혁은 깊이 빠져들어가는 서연의 손목을 잡는다. 그리고 다시 올라가려 하나, 수면이 생각보다 멀다.

종혁은 정신이 흐릿해진다. 마치 숨이 막히듯, 눈 앞이 흐릿거리며 정신이 깨어나려는 것을 느낀다. 종혁은 잘려진 왼팔의 통증 때문에 자신의 의식이 한계에 다다랐다는 것을 안다. 그는 발버둥 치며 어떻게든 정신을 꿈의 세계 속에 집중하려 하나, 현실의 감각이 점점 선명해진다. 종혁의 고군분투에도 그의 수영은 더디고, 또 수면은 좀처럼 가까워지질 않는다.

"종혁 씨...!"

바다 바깥, 아니 세상 바깥에서 들려오는 누군가의 목소리에 종혁의 시야가 흐려진다. 그는 어떻게든 머리를 세차게 흔들고 눈을 부릅뜨며 열심히 헤엄치지만, 몸에 힘이 빠져나감을 느낀다. 없는 힘을 쥐어짜 내며 물살을 가르니 어느 순간 근육에 힘이 안 들어간다. 손을 위로 뻗으려하지만 어깨만 들썩인다. 이내 수면 바깥의 빛이 희미해지고, 심해의 어둠이 그 자신을 삼켜오는 것을 느낀다.

"종혁 씨?"

완전한 어둠에 잠김과 함께 목소리는 어느 때보다 뚜렷해졌다. 그는 자신이 깨어났고, 감각이 또렷하며 눈을 감고 있음을 인지한다. 그러나 어떻게든 눈을 뜨지 않으려 한다.

"종혁 씨..."

의사의 말에 종혁은 꾹 감은 눈에 이를 악물고 있다. 그는 의사가 '성공했습니다'라는 말을 할 거라는 일말의 희망을 품지만, 그렇기엔 공기가 너무 무겁고 차갑다. 이내 그는 의사가 대답하지 않길 바라며, 자신이 눈을 뜨는 순간을 미룬다.

하지만 그러기엔 딸이 눈앞에 아른거리는 그 순간이 떠오른다. 종혁은 그 바다 밑에서 보았던 평온하게 잠든 딸이 눈꺼풀 안에서 아른거림을 느낀다. 그러나 점점 그 모습이 희미해지자, 그는 고개를 옆으로 가누어 눈을 천천히 뜬다.

역시나 딸은 눈을 감고 있다. 호흡기를 낀 채, 미동 하나 없이.

종혁은 이전과 똑같이 자고 있는 딸을 보며 참았던 눈물을 터트린다. 무언가를 잃은 어린아이처럼 서럽고 슬픈 울음을 주체하지 못한다. 눈물이 하염없이 그의 베개를 젖는 동안, 그는 고개만 가눈 채 딸에게서 눈을 떼지 못한다. 몸에 힘이 안 들어간다.

의사는 망연자실한 채 간이 의자에 풀썩 앉는다. 머리를 양손으로 싸매는 의사, 울고 있는 종혁. 진료실 안은 싸늘하고 무거운 분위기로 가득 찬다.

"... 빠..."

"... 아빠..."

"아빠..."

그들 뒤로 들려오는 희미한 목소리. 종혁은 눈물을 멈추고 돌아본다. 서연이 눈을 떴다. 산소호흡기를 낀 채, 종혁을 보고 있다.

"아빠..."

서연이 깨어난 지 이틀이 지났다. 같은 진료소의 같은 진료실, 그녀는 따스한 햇살이 비치는 창문을 끼고, 침대의 상부를 위로 젖힌 채 편안하게 책을 읽고 있다. 그 옆의 의료침대엔 종혁이 자고 있다. 이따금씩 잔잔하게 울리는 종혁의 코골이가 서연은 그리 나쁘지 않다. 종혁은 렘수면 상태에서 수 시간 동안 축적된 피로 때문에, 송현의 가벼운 케어를 받아 깊은 숙면을 취하고 있는 중이다. 아빠의 잔잔한 코골이에 서연은 책을 읽다 말고 그를 보며 나지막이 키득거린다.

곧이어 송현이 활짝 펴진 얼굴로 커피를 한 손에 들고 전화를 하며 진료실로 들어온다. 그는 전화를 마치고 통화기록을 본다. 방금 끊은 9분간의 통화 밑으로 수십 통의 부재중 전화가 가득하다. 그는 여유로운 웃음을 지으며 핸드폰을 진동으로 맞춘 후 주머니에 넣는다.

"일어났네?"

서연에게 말하며 의자에 앉는 송현, 커피를 홀짝인다.

"너도 마실래?"

서연은 미소를 띠며 가볍게 고개를 젓는다. 회복 가능성이 전무한 식물인간 상태에서 깨어난 지 얼마 지나지 않았는데도, 서연은 다른 경우의 환자들보다 훨씬 순탄하고 빠르게 호전되고 있다. 송현이 상황을 계속 지켜봐야 되겠지만, 서연은 몇 달 동안 가누지 않은 몸의 근육만 다 풀리면 바로 퇴원해도 좋을 수준으로 양호하다. 송현은 밝은 얼굴로 커피를 계속 홀짝이며 종혁과 서연을 번갈아 본다. 그리고 서연을 보며 나긋한 말투로 말한다.

"너희 아빠 괜찮아, 너 돌보느라 많이 피곤해서 그래. 걱정 마."

송현은 활짝 핀 인상으로 다시 커피를 홀짝인다. 그러다 주머니 속 핸드폰의 진동이 울려 꺼내려던 차,

"선생님."

서연이 말한다.

"응?"

"저 깨기 전에 꿈을 꿨어요."

송현은 사뭇 진지한 표정으로, 핸드폰을 집으려던 손을 내리며 커피잔을 손가락에 대충 걸친 채 귀 기울여 묻는다.

"무슨 꿈?"

광활하고 잔잔한 바다가 서연의 몸을 집어삼킨다. 점점 깊이 빠져들어가는 것을 느끼는 서연, 나와야 하는 걸 알지만 편안함이 영혼까지 스며드는 느낌에 점점 몸을 맡기게 된다. 그렇게 고요한 평안 속에서 가벼운 깃털이 된 듯 한 홀가분함과 편안함에 취한 채, 수면 밖으로 일렁이는 빛을 바라보며 지그시 눈을 감는다. 그리고 머지않아 가까운 데서 들리는 첨벙거림, 이내 뭔가가 물살을 가르고 다가오더니 그녀의 손목을 잡는다. 서연은 깊은 편안함을 제치고 살며시 눈을 뜬다.

아빠다. 물에 빠진 자신을 구하려는 아빠가 보인다. 그런데 헤엄쳐 올라가기엔 많이 깊은 것인지, 아빠는 힘들어한다. 편안함에 젖어든 서연은 아무 생각 없이 그저 바라 볼 뿐이다. 어느 순간 서연의 손목을 잡던 아빠의 손이 놓아지고, 그녀의 눈을 한 번 깜빡이자 아빠는 사라져 있다. 마치 원래 없었던 듯이, 아빠가 만들어 낸 잔잔한 물살과 거품만 남긴 채. 빛으로 일렁이는 수면에 어느 정도 가까운 채로 있는 그녀. 자신을 구하러 온 아빠가 사라지고, 자신 혼자 덩그러니 이 바닷속에 남겨졌다. 서연은 평온함 속에서 처음으로 감정을 느낀다. 아빠가 보고 싶다는 감정이.

문득 서연은 변화를 느낀다. 등 쪽 수온이 점차 따스해지고 있다. 수온은 마치 양손으로 부드럽게 밀어내듯이, 그녀의 등을 천천히 떠밀어 올린다. 희미한 빛이 일렁이는 수면에 가까워져 가며, 서연은 달콤한 편안함과 홀가분함으로부터 멀어진다.

모래사장에 누운 채 눈을 뜬 서연. 정신 차리고 보니 해변가다. 그녀의 뒤로 수평선까지 놓인 바다, 서연은 그 바다가 자신이 나온 곳임을 직감한다. 이윽고 바다로부터 시선을 떼고 주위를 둘러본다. 그리 멀지 않은 거리에, 바다를 마주하고 있는 조그만 별장. 아빠와 차를 타고 여행 가려 했던 장소다. 서연은 별장을 향해 해변가를 따라 맨발로 모래를 지르밟으며 걷는다.

별장에 가까워진 서연, 이윽고 별장의 문이 열린다. 그 안의 환한 빛 속에서 아빠가 나온다. 왜일까, 아빠를 보자마자 정말 너무나도 오랜만이란 느낌이 든다. 서연은 벅차오르는 가슴을 안고,

"아빠!"

를 부르며 달려간다. 그리고 달려감에 따라 별장도, 아빠도 점점 커진다. 10대의 서연은 어느새 네 살배기 서연이 되어, 아빠의 품에 안겨 올려진다.

서연을 보며 웃고 있는 아빠의 얼굴. 조그만 서연은 행복한 표정으로 말한다.

"아빠!"
"음?"
"나 꿈꿔써!"
"무슨 꿈?"
"어어, 내가아, 바다에 빠졌는 데에, 아빠가 나 구해줘써!"

그러자 아빠는 환하게 웃는다.

"그랬어?"
"응!"

아빠는 애정 어린 표정으로 서연의 볼을 가벼이 꼬집는다. 서연 역시
행복 가득한 표정으로 배시시 웃는다.

"가자, 엄마랑 밥 먹어야지."

아빠의 품에 안긴 채, 서연은 별장의 문 안의 찬란한 빛 속으로 들어간
다. 찬란하지만 고달프고, 고달프지만 아름다운, 아름답기에 찬란한 빛.
그녀와 아빠, 서연과 종혁이 함께하는 현실로.

김 진 호

세명대학교 디지털콘텐츠학과를 졸업하며
디지털 문화와 기존 도서들의 융화를 고민
하며 소설을 작필하고 있다. 작필한 소설로
는 〈호문클루스〉, 〈37대손 권〉 등이 있다.

인 유 어 드 림

당신은 하룻밤 사이에 유명인이 되는 상상을 해 본적이 있는가.

나 하르미뉴가 장담하는데, 그건 별로 좋은 경험은 아니다. 적어도 오늘 아침, 일어나서 겪은 소란들을 생각하면 절대로 추천하고 싶지 않다.

그러나 세상은 언제나 예측불가하고, 또 때로는 자신의 의지와 전혀 무관하게 타인의 일에 휩쓸려버리기도 한다. 내가 바로 그랬다.

내가 유명인이 되었다는 것을 알게 된 것은 내가 우리 가족 집의 2층 다락(내 침실이다)에서 눈을 뜬 직후였다. 아니, 정확히는 집 앞에 모여든 기자들이 만들어낸 소음 덕분에 강제로 눈이 떠졌다고 말해야 할 것이다.

창 밖 소음 덕분에 일어난 내가 집 앞 도로 쪽 창문을 열자 도로에 진을 치고 있던 기자들이 너나 할 것 없이 고함을 지르며 나에게 질문을 던졌고, 방금 잠에서 깬 나는 당연히 무슨 일인지 판단할 틈도 없이 황급히 창문을 다시 닫고 1층으로 뛰어 내려갔다.

1층으로 내려가자 아버지와 어머니가 격렬한 토론을 나누고 있는 모습이 눈에 들어왔다. 나는 대체 무슨 일이 일어난 것인지 알기 위해 그들에게 향했고, 내가 내려오는 걸 발견한 어머니는 아버지와의 대화를 중단하고 나에게 다가왔다.

"할아버지가 돌아가셨단다."

'젠장, 할아버지가?'

나는 올게 왔다고 생각하며 속보가 한창인 우리 집 텔레비전을 응시했다. 역시 지역 뉴스에서는 우리 할아버지가 돌아가셨다는 내용이 흘러나오고 있었다.

'속보입니다, 세계적인 제약회사의 임원이자 설립자였던 더글라스 2세가 오늘 오전 7시, 본인의 자택에서 숨 진채 발견되었습니다. 사망원인은 노환으로 추정되며, 지금으로부터 30분 전인 오전 8시에 더글라스의 유언장이 변호인을 통해 공개되었습니다.

현재 공개된 유언장에 따르면, 더글라스의 모든 재산은 더글라스의 유언에 따라 상속되며, 상속을 받을 수 있는 권리를 가진 사람들은... ... . 그리고 하르미뉴 씨로 알려져 있습니다.'

난 그만 마시던 물을 내뿜고 말았다.

"오 젠장, 저도 포함이에요?"

내 반응은 지극히 정상적인 것이었다. 내 할아버지, 그러니까 조금 전 뉴스에 속보로 나온 고 더글라스 2세는 그의 딸인 엘리자베스(우리 어머니의 이름이다)가 원치 않는 결혼을 한 이후로 부터 단 한 번의 안부 인사나 왕래를 한 적이 없는, 사실상 남이나 다름 없는 상태였기 때문이었다.

"근데 왜 엄마가 아니라... 저죠?"

내 당연한 질문에 우리 여사님은 난들 알겠냐는 듯 고개를 흔들며 팔짱을 꼈다.

"네 할아버지가 원래 좀 이상하신 분이긴 하단다. 아들아."

어머니는 그렇게 말하며 어깨를 한 번 으쓱 하고는 집 앞에 쌓여 있는 기자들을 처리하라며 아버지를 조종하기 시작했다.

"알았어 여보! 그렇게 프라이팬으로 밀지 않아도 간다니까!"

이후 아버지는 장장 1시간 동안 기자들과 처절한 사투를 벌인 끝에 기자들을 몰아낼 수 있었다. 다행스러운 점은 우리 가족이 살고 있는 지역이 워낙 외진 곳이라 아직 이곳까지 몰려온 기자들이 별로 없었다는 점이었다. 반대로 말하자면...

"도피 준비라도 해야겠구나."

가까스로 기자들을 몰아낸 아버지는 헉헉거리며 당장 짐을 싸서 플로리다로 여행을 떠나자고 주장했다.

"그래도 할아버지 장례식에는 가 봐야 하지 않을까요."

내 말에 어머니와 아버지 모두 인상을 찌푸렸다. 사실 우리 부모님은 할아버지를 별로 좋아하지... 아니 조금 많이 싫어하신다. 그렇지만 개인적인 감정은 감정이고, 유산은 또 별도의 문제가 아닌가?

"정말 유산을 포기하실 셈이세요? 못해도 억 단위는 될텐데."

그러자 어머니는 골치가 아프다는 듯 손으로 머리를 짚으며 중얼거렸다.

"감당할 수 없는 돈은 오히려 불행을 야기하는 법이란다."

아버지 역시 어머니의 의견에 동의한다는 듯 고개를 주억거렸다.

"내 사업도 잘 되고 있고, 우리가 내일 먹을 빵이 없어서 고민한다면 모르겠지만 그건 또 아니잖니. 내가 돈을 싫어하는 건 아니지만... 왠지 꺼려지는구나."

"좋아요, 그럼 할아버지 장례식에 가서 유산 상속을 포기한다고 말하죠. 그럼 기자들도 더 이상 오지 않을거에요."

물론 내 마지막 말은 결코 이뤄지지 않았고, 나는 이때까지만 해도 앞으로 어떤 일이 일어날지 전혀 감을 잡지 못하고 있었다.

* 미드 나잇 인 파리

내가 아버지와 함께 파리에 있는 할아버지의 집 앞에 도착했을 때는 어느새 자정에 가까운 시간이 되어 있었다. 우리가 미국에서 비행기를 타고 파리로 오는 동안 받은 기자들의 질문 세례는 일일이 세기도 지치는 수준이었고 그 중에는 우리 앞에 무작정 마이크를 들이밀던 3류 기자들도 있었다.

"그래 아들, 드디어 끝이구나."

아버지는 지친 기색이 역력한 표정으로 캐리어에서 짐을 꺼내며(아버지는 이 참에 파리에서 휴가를 즐기자는 생각으로 짐을 한 보따리 싸오신 듯 했다) 나에게 말을 건넸다.

"그래도 색다른 경험이었죠? 저희가 언제 이런 경험 해보겠어요."
"두 번 겪었다간 돌아가신 네 할아버지와 같이 묻히겠구나."
"재미없는데요."

내가 아버지와 함께 시시껄렁한 농담을 나누며 짐을 내리는 동안(물론 나도 관광 준비는 확실하게 하고 왔다) 어떻게 안 것인지 저택의 대문이 열리며 안에서 누군가 나오는 것이 보였다.

자정에 가까운 시간이라 정확하게 알 수는 없지만 저 정도로 커다란 덩치와 박력있는 걸음걸이, 그리고 깔끔한 슈트 차림으로 나타나는 사람의 직종은 반드시 보디가드나 경호원을 할 것 같다는 생각이 들었고 잠시 후 상대가 자신을 소개할 때 난 사람을 겉으로만 판단하면 안된다는 교훈을 얻게 되었다.

"안녕하십니까, 저는 이 저택의 지배인을 맡고 있는 윌리엄스라고 합니다. 오신다는 연락을 받고 대기하고 있었습니다."
'음, 역시 사람을 외모로만 판단하면 안 돼.'

나는 속으로 이런 생각을 하며 고개를 돌렸고 아버지의 당황한 모습을 볼 수 있었다.

"... 경호원이 아니셨군요?"

"예, 이 저택을 12년 째 관리하고 있습니다. 일단 오늘은 늦었으니 침실로 안내하겠습니다. 필요한 것이 있으시면 언제든 부르시고요."

우리 두 사람은 지배인의 안내를 받아 할아버지의 저택에 들어올 수 있었다. 할아버지의 집은 정말 과장이 아니라 안내를 받아야만 길을 잃지 않고 들어올 수 있을 정도로 엄청나게 거대한, 말 그대로 저택이었다.

아버지는 지배인이 우리들이 머물 방을 확인하러 사라진 사이 어이가 없다는 표정을 지으며 혀를 내둘렀다.

"너희 할아버지가 돈이 많은 건 알고 있었지만... 이 정도일 줄은 몰랐구나. 유산을 산속받는 사람은 정말 대단하겠는걸."

"오면서 알아보니 할아버지 재산이 8조가 넘어간다고 하더라고요."

"8조? 허... 감도 안오는군." 아버지는 깜짝 놀란 듯 혀를 내둘렀다.

"저택 구경을 하시다 침실로 들어 가시겠습니까?" 어느새 돌아온 지배인이 우리의 말을 들었는지 빙긋 웃으며 물었다.

"아, 아닙니다. 저택이 워낙 인상적이라 돌아오신 것도 미처 모르고 있었군요. 그래도 우선 방으로 들어가 짐을 풀고 쉬고 싶습니다. 저택 구경은 내일 해도 되겠죠."

아버지의 말에 지배인은 고개를 살짝 숙인 후 따라오라며 말하곤 복도 끝 쪽으로 걸어가기 시작했다.

아버지와 나는 서둘러 지배인을 뒤따라가기 시작했다. 집이 워낙 크고 복잡해서 지배인을 놓치면 다음날 아침 해가 뜨기 전까지 그를 찾지 못할 거 같다는 생각이 들었다.

한참동안 지배인을 따라 이동한 끝에 마침내 우리는 우리에게 배정된 침실에 들어갈 수 있었다.

"이곳에서 머무시면 될 것 같습니다. 유언장이 정식으로 공개되는 것은 12시 정각이니 늦지 않게 저택 중앙 홀로 와주시고요."

지배인이 떠나자 아버지와 나는 본격적으로 우리의 방을 구경하기 시작했는데 그 방이라는 것이 어지간한 집 한채와 맞먹을 정도의 규모를 자랑했다.

"와! 아들! 이리로 와 봐라! 샤워실 수도꼭지가 16개야!"
"아빠! 드레스 룸이 2개가 있는데요! 옷도 가득 차있어요!"

우리가 정신없이 방을 탐험하는 동안 시간은 훌쩍 흘러 어느새 2시가 넘어가고 있었다.

"아버지, 조금 있다 할아버지 유언식에 참여하려면 조금이라도 자야되지 않을까요?"
"그... 그래야지."

아버지는 무언가 많이 아쉽다는 표정을 지은채로 내 말에 수긍하며 잠옷을 꺼내 입으셨다.

'그나저나 어느 침대에서 자야되는거지?'

우리는 우리의 눈 앞에 있는 5개의 킹 사이즈 침대에서 한참을 고민하다 결국 가장 좋아하는 색깔의 이불이 있는 침대로 들어가 자기로 결정했다.

*

가까스로 늦지 않게 중앙 홀을 찾아들어온 사람들은 우리 뿐인 듯 보였다. 그러니까 숨을 헐떡이며 가슴을 부여잡고있는 사람이 우리 뿐이었단 말이다.

"자 그럼."

홀 한 켠에 있는 피아노에 몸을 기대고 있던 할아버지의 변호사가 우리가 오기만을 기다렸다는 듯 말을 꺼냈다.

"모든 참가자 분들이 다 모였으니 이제 고인의 유언장을 낭독하는 시간을 가지도록 하겠습니다."

변호사는 주변을 한 번 둘러보고 자신의 말을 모두가 알아들었다는 것을 확인 한 후 종이 한 장을 꺼냈다.

"고인이 직접 작성한 서류입니다."

변호사는 큼큼거리며 헛기침을 몇 번 한 뒤 천천히, 하지만 명확한 목소리로 유언장을 읽어나갔다. 유언장의 핵심 내용은 다음과 같았다.

> 1. 더글라스 2세의 재산은 현재 8조 1천억원의 가치를 가지고 있으며 이는 그가 소유하고 있던 부동산과 제약 회사의 주식, 그리고 현금을 모두 합한 것이다.
> 2. 이 유산을 상속받을 자격이 있는 대상은 생전 더글라스가 지목한 30인의 사람들이다.

3. 30인의 상속자들은 게임을 통해 그들이 물려받을 유산
   의 액수를 결정한다.

"... 게임이라고요?"

한 백인 남성이 믿기지 않는다는 듯 변호사의 말을 끊고 질문을 던졌다. 변호인은 예상했다는 듯 손을 들어 그를 제지한 후 흔들림 없는 목소리로 마저 유언장을 낭독했다.

"게임에 참가하지 않는 인물들은 500만원 상당의 현금을 지불받을 수 있다. 단 이 경우 그 외의 어떤 유산에도 소유권을 주장할 수 없다. 그리고 게임에 참가해 우승을 한 참가자는 그 몫을 제외한 모든 나머지 유산을 상속받는다. 이게 끝입니다."

변호인은 명쾌한 목소리로 낭독을 끝맞췄다. 물론 변호인의 말이 끝나자마자 조금 전까지 정숙에 차있던 홀은 시장판이라도 된 듯 사방에서 항의와 소란의 물결로 가득 차버렸다.

"정숙, 정숙해 주십시오 여러분."

변호인은 입꼬리를 살짝 올린 미소를 지으며 사람들의 소란을 가라앉혔다. 아니, 그러려고 노력했다는 말이 정확할 것이다. 하지만 당연하게도 소란은 가라앉지 않았고 결국 그 중에서 목소리를 높히는 사람들이 나타나기 시작했다.

"아니 그게 말이 되는 소리요! 유산이면 공평하게 분배를 해야 하지 않소! 난 고작 500만원 타려고 마드리드에서부터 비행기를 타고 이곳까지

온게 아니란 말이요!"

피부가 갈색으로 잘 태닝된 중년의 남성이 목에 핏대를 세워가며 버럭 버럭 소리를 질렀다.

"법적으로 아무런 문제 없이 작성된 유언장입니다. 만약 이를 받아들이시지 않으신다면... " 변호사는 말꼬리를 살짝 흐린 후 안타깝다는 표정을 지으며 뒷 말을 이었다.

"세계 최대 규모로 운영되는 저희 로펌에 소송을 걸어서 승소하신다면 가능성이 없진 않으시겠군요. 참고로 이 유언에 만약 소송을 제기하실 경우, 저를 포함한 유산 상속 전문 변호인 11명이 이 사건을 맡게 됩니다. 아시겠지요?"

"그... 그래서 그 게임이라는게 도대체 뭔가요? 설마 포커 같은 건 아니겠죠!"

소리가 난 쪽으로 고개를 돌려보니 이번엔 웬 금발 여성이 소리치고 있었다. 여성은 어지간히 흥분한 듯 말을 마치며 손을 바르르 떨었다.

"더글라스도 골치가 꽤나 아팠겠군. 유산을 노리고 저런 중독자까지 오다니."

"바론 남작님! 지금 무슨 소리를 하시는 건가요!"

"왜, 내가 틀린 말 했나? 지금도 여전히 손을 떨고 있는걸 보니 이제 완전히 제어를 못하는군. 그런지 좀 된건가?"

금발 여성에게 '바론 남작'이라 불린 중년의 남성은 유들거리며 여성의 손을 가리켰다. 그러자 여성은 금방이라도 그를 잡아먹을 듯 사나운 눈초리로 노려보았으나 그와 동시에 서둘러 자신의 손을 바지 주머니에 슬쩍 집어넣었다.

"자, 이제 어느 정도 진정이 된 것 같은데... 변호사 선생께서 마저 정리를 좀 해주시겠소? 대체 그 게임이라는 게 뭔지 말이요."

바론 남작의 말에 홀에 있던 대부분의 사람들의 시선은 다시 변호사에게 집중되었고 변호사는 그 틈을 놓치지 않고 더글라스 2세가 유언으로 남긴 게임에 대해 설명을 ○시작했다.

"그 게임이란 더들라스님의 삶 중 일부를 체험하고, 그가 숨겨놓은 정보들을 추적해 그가 최종적으로 숨겨놓은 것을 발견하는 아주 간단하고 단순한 일입니다."

"대체 어떻게 고인의 삶을 체험한다는 거요!"

누군가의 질문에 변호사는 마저 설명할 테니 잠시만 기다려달라는 제스처를 취한 후 지배인에게 '장치'를 가져와달라고 부탁했다. 잠시 후 지배인은 양 손에 옵스큐러 하나씩을 들고 돌아왔다.

"최근 기술이 발전한 덕분에 이런 새로운 유언을 실행시켜볼 기회를 얻은 것에 대해 감사해야겠군요." 변호사는 지배인에게 옵스큐러들을 받아들며 아주 기쁜 듯 말했지만 불행하게도 홀 내부에 있는 대부분의 사람들은 그 말에 전혀 동의할 수 없다는 표정을 지었다.

"바로 이 기계를 사용해서 고 더글라스씨가 구축해놓은 가상세계로 들어갈 수 있습니다. 마치 우리가 게임을 하는 것 처럼요."

"우리더러 그 기계를 사용해서 가상현실인지 뭔지 하는 곳으로 들어가서 그에 관한 정보를 일일이 찾으라고 말하는 거요? 나 참, 어이가 없어서 웃음이 나올 지경이군."

얼굴에 주름이 자글자글한 한 노인이 말도 안 된다는 표정으로 변호사에게 시비를 걸었으나 변호사는 얼굴색 하나 바꾸지 않은 채로 입을 열어 다른 사람들의 모든 불만을 잠재워버렸다.

"아, 그리고 이 게임에서 우승을 하게 된다면 우승자는 8조 가량의 유산을 모두 상속받게 된다는 점을 다시 한 번 상기시켜드립니다. 솔직히 저로써는 며칠 고생하고 8조를 버는 게임이 있다고 한다면 당장에라도 참여하고 싶어 미칠 지경이군요."

8조라는 액수가 가지는 영향력은 대단했다. 변호사가 그 액수를 입에 올리자마자 방 안의 열기가 후끈 달아오르는 것이 피부로 느껴질 지경이었다.

"난 게임에 참여하고 싶소."

콧수염을 맵시 있게 기른 남자가 홀의 중앙 단장으로 나서며 참여 의사를 밝혔다. 얼굴에 보이는 주름이나 머리 사이에 조금씩 섞여있는 회색 머리카락들로 봐서 어림잡아도 50대 이하로는 보이지 않았으나 균형 잡힌 몸, 그리고 슈트 너머로 살 짝씩 드러나는 근육들을 봤을 때 단순히 늙은 노인으로만 보이지는 않았다.

"아, 파울러씨.. 게임에 참가하실 겁니까?"

변호인에게 파울러씨라고 이름불린 남자는 왠지 냉혹해 보이는 미소를 지으며 대꾸했다.

"형님이 이 불쌍한 아우에게 돈 한 푼 남기지 않았으니 어쩔 수 없지. 여기에 서명하면 되는 거요?"

남자는 변호인이 건넨 서류를 대충 훑어보더니 양복 앞섶에서 만년필을 꺼내 서명을 대충 휘갈긴 다음 서류를 변호인에게 돌려준 후 다시 원래 있던 위치로 돌아갔다.

"뭘 놀란 듯 처다보는건가, 어차피 다들 궁해서 온 거 아니었나?"

파울러씨의 말이 신호탄이라도 된 듯 게임에 참여 할 의향이 있는 사람들이 한두 명씩 나오기 시작했다.

그 후로 10분 정도 지나자 게임에 참여하겠다는 사람들의 수가 어느새 7명이 넘어갔다. 그러자 변호사는 내일 오전 12시까지 참가 신청을 받을 테니 그 전까지 조금 더 고민해 본 다음 자유롭게 신청을 하라고 말한 뒤 어디론가 사라졌다.

"허, 생각보다 게임에 참가하려는 사람이 적더구나."

방에 돌아온 아버지는 놀랍다는 말을 나에게 털어놓셨다.

"8조가 걸려있는 게임이니 어려울 거라는 생각을 다들 하고 있을게 아닐까요."

아버지는 내 말이 일리가 있다고 생각한 듯 고개를 끄덕였다.

"그래도 다행이구나, 500 정도라면 받아서 나쁠 건 없겠지. 그 돈으로 집을 수리하던가. 내년 여름휴가에 보태야겠다."

"지난주에 얼핏 듣기로 엄마가 주방 용품을 바꾸고 싶다고 했던 것 같은데 잘됐네요. 그 돈이면 충분하겠는데요."

"그런데 어제부터 왜 너희 엄마는 연락 한 통이 없는 거냐. 우리가 전화하라 이건가? 아들아 엄마한테 전화좀 걸어봐라."

"... 안 받으시는데요."

나는 1분 정도 전화를 걸어보고 나서 어머니가 전화를 받지 않자 전화를 끊고 침대에 던져버렸다.

"샤워라도 하고 있나보지, 나중에 걸어봐라. 이참에 너희 엄마도 파리로 오라고 해봐라. 너희 할아버지 유산으로 이번 기회에 파리 관광이나 한 번 즐겨보자."

"유산은 언제쯤 받을 수 있을까요?"

딱히 대답을 기대하고 던진 질문은 아니었는데 대답이 돌아왔다.

"아까 중앙 홀에 사람들이 모였을 때 이야기하는 걸 들었는데 상속을 받는 건 이번 주 이내로 확실하게 정해지고 돈은 늦어도 다음 달 이전까지는 들어올 것 같다고 하더라."

"역시 부자라 그런가 그런 쪽 일처리는 확실하네요."

"아무튼 난 저택 구경이나 마저 해야겠다. 지배인님한테 들은 건데 정원 한쪽에 조그마한 동물원이 있다지 뭐냐!"

"같이 가요!"

우리가 돌아가신 할아버지의 저택을 구경하며 '집'이라는 개념과 테마파크의 개념이 혼동이 올 때쯤 갑자기 내 휴대폰이 울리기 시작했다. 전화를 열어 확인해 보니 어머니의 번호였다.

"아, 엄마. 저희 잘 도착해서 할아버지 집 구경하고 있는 중이에요. 좋은 소식이 있는데... 예?"

난 충격으로 정신이 멍해졌다. 내가 방금 무슨 말을 들은거지? 내가 갑자기 휴대전화를 떨어트리자 놀란 아버지가 달려오는 것이 보였다. 하지만 무언가 현실적이지 않았다. 대체 어떻게... 어떻게...

"예, 예, 제가 전화 대신 받았습... 예? 애 엄마가 수술을 받고 있다고요? 그게 무슨 소리십니까! 아니... 분명 엊그제만 해도 아무런 문제가 없는... 예, 분명 지난 결과에서는... 수술은 잘 된 겁니까. 예, 아 계속 치료받으면 문제없다고요. 네, 그럼... 예, 그나마 다행입니다. 제가 그럼 우선 돈을 보내드릴 테니... 감사합니다. 덕분에 목숨을 건졌군요. 예, 의식을 찾으면 연락 부탁드립니다."

"괜찮나, 아들."

통화를 마친 아버지는 휴대폰을 나에게 건네주며 잔디밭에 털썩 주저앉았다.

"어머니는... 괜찮아요?"

"그래, 수술도 잘 진행되고 있고 앞으로 계속 약이랑 검진을 받아야 하지만 일단 목숨은 문제 없을 거라 하시는구나. 옆집 몽테뉴 부인이 마침 그때 우리 집에 놀러와서 다행이다. 돌아가면 부인에게 인사라도 따로 드려야겠구나."

아버지는 얼핏 보기에는 침착해보였다. 그러나 아버지 역시 자신의 손이 계속해서 떨리는 것을 모를 정도로 많이 당황한 듯 보였다.

"그나저나 병원비가 걱정인데... 수술비만 몇 억 가까이 나온다고 하더구나."

아버지는 깊은 한숨을 내쉬며 애먼 잔디밭을 손으로 후벼 팠다. 그리고 그 때, 내 머릿속을 스쳐 지나가는 생각이 있었다.

"...하죠."

"응?"

"게임에 참가해서 할아버지의 유산을 전부 상속받죠. 그럼 엄마 치료비도 마련할 수 있을거에요."

"그거야 그렇지만..."

아버지는 혼란스럽다는 듯 말을 흐렸다. 하지만 내 머릿속에는 이미 상금으로 가득 차 있었기 때문에 아버지의 망설임이 답답하게 느껴졌다.

"다른 방법도 없잖아요, 엄마도 만약 아버지가 쓰러지셨다면 허락하셨을 거에요."

아버지는 알겠다는 듯 고개를 끄덕였다.

"그럼 서둘러서 신청하러 가야겠구나 벌써 11시가 넘었으니."

가까스로 마감 전에 신청서를 작성해 변호인에게 제출한 우리는 변호인에게서 더 자세한 설명을 들을 수 있었다.

"이 옵스큐러를 이용해 더글라스씨가 생전에 구축해 두었던 서버로 이동하게 됩니다."

변호인은 나에게 옵스큐러를 건네주며 말을 이어갔다.

"일단 서버에 들어가게 되면 서버 내부의 정보를 활용하여 더글라스씨가 마련해 둔 정보를 활용해 그가 숨긴 것을 찾아내게 되면 게임은 종료되고 숨긴 것을 찾아낸 사람이 게임의 승자가 됩니다."

"그럼 위험한 건 없는거요? 가령 서버 내부에서 문제가 생겼을 때 이 장치가 제대로 작동을 하지 않게 된다면…"

변호사는 아버지의 걱정을 이해한다는 듯 고개를 끄덕였다.

"걱정이 많으시겠지요, 이해합니다. 하지만 이 옵스큐러들은 모두 저희가 임상실험까지 전부 마친 안전한 것들입니다. 기계 때문에 아드님이 피해를 입을 일은 없을 겁니다."

"그러다면야 뭐…"

아버지는 변호인의 말을 듣고서야 어쩔 수 없다는 듯 물러났다.

"그럼 이제 마지막으로 참가서를 확인하신 다음 서명을 하면 게임에 참가하게 되는 겁니다."

나는 변호인이 건넨 서류를 대충 훑어본 다음 옵스큐러와 함께 다시 건네주었다.

"그럼, 이틀 후, 목요일 날 뵙는걸로."

*

아버지는 방에 돌아오자마자 다시 돌아갈 준비를 시작했다.

"미안하구나, 나도 남아있고 싶지만... 너희 엄마를 돌볼 사람이 필요하다니..."

나는 충분히 이해한다는 마음이 드러나는 표정을 지으며 아버지를 안심시켜드렸고, 아버지는 잠시 후 택시를 타고 공항으로 떠났다.

그리고 그 후 나는 빈둥거리며 이틀을 보냈다. 물론 이틀을 침대에서만 보낸 것은 아니다. 할아버지 자택에 있는 조그마한(그래도 어지간한 초등학교의 강당 수준 규모를 자랑하는) 도서관에서 할아버지에 관련된 책을 빌려 읽었다.

솔직히 말하자면 나는 이틀 전 내가 할아버지의 유산을 받을 수 있는 상속자로 선정되기 전까진 할아버지에 대해 아무것도 모르고 있었다.

내가 유일하게 할아버지에 대해 알고 있던 것은 그가 세계 최고의 제약 회사인 코프앤더글라스의 창립자 중 한 사람이라는 것뿐이었다.

"아, 네가 그 손자로구나."

읽은 책을 도서관에 반납하러 가는 길이었던 나는 우연히 마주친 갈색 머리의 아저씨와 대화를 나누게 되었다.

"누구십니까?"

상대는 자신을 '밥'이라고 소개하며 더글라스와 같이 일을 했던 사이라고 말했다.

할아버지에 대한 정보를 얻을 기회라고 생각한 나는 책을 반납한 후 그와 함께 근처 테라스에 자리를 잡고 대화를 이어나갔다.

"할아버지에 대해 잘 아시나요?"

"글쎄... 그 '잘' 안다는 것이라는게 조금 애매하구나. 내가 그와 같이 일한 건 고작 3개월 뿐이거든?"

"예? 내가 눈을 동그랗게 뜨며 반문하자 밥은 너털웃음을 지으며 자신의 말을 마저 이어갔다.

"그러니까... 내가 그를 만나게 된 건 순전히 우연이란다. 그가 퇴직해서 집에 돌아온 날 내가 키우는 고양이가 우연히 그의 집에 들어가 찾으러 간 거거든."

"그리고요?"

"고양이를 데리고 돌아오며 한 두 마디 나눠보니 생각보다 말이 잘 통하지 뭐니. 그래서 그 후로도 종종 이야기를 하다 같이 사업을 좀 해보면 어떻겠냐는 말이 나왔지.

"사업이라니, 어떤 종류의 사업인가요?"

"뭐... 별건 아니었어. 그냥 허브를 좀 길러서 유통하는 걸 계획하고 있었지. 내 아내가 허브를 제배하는데 도가 텄거든."

"허브요? 좀 이상하네요. 그런데 왜 3개월 만에 끝이 난거죠?"

"어... 그게 말이지..."

밥은 머리를 긁적이며 두루뭉술한 표정을 지었다.

"사실 아직도 잘 모르겠어. 갑자기 그가 사라졌거든. 1000만 원가량의 돈만 남겨둔 채 말이야."

"돈을 남겨둔 채 사라지셨다고요? 저희 할아버지가요?"

"그래! 아직도 영문 모를 일이지 뭐니! 물론 그 사업이 마음에 들지 않앉을 수도 있었겠지만..."

밥은 의문스럽다는 듯 고개를 저으며 무슨 말을 마저 하려했으나 그가 입을 열려는 순간 테라스 바깥쪽에서 무언가 쓰러지는 듯한 소리와 짧고 굵은 비명이 들렸다.

"무... 무슨 소리죠?"
"가보지"

우리 둘은 서둘러 테라스를 나와 소리가 난 곳으로 뛰어갔다.

"이런, 괜찮은가!"

밥은 테라스 앞 복도에 쓰러져 있는 웨이터를 발견하자마자 서둘러 그에게 달려가 그를 부축했다. 나 역시 반대쪽에서 웨이터를 지탱하려 다가갔다.

"너희들은 뭐야, 그 손때지 못해!"

밥과 내가 소리가 나는 곳으로 몸을 돌리자 그곳엔 웬 술에 취한 사내 한 명이 비틀거리며 우리에게 다가오고 있었다.

"뭘 봐! 내가 우습나?"
"취했군."

밥은 미간을 찌푸리며 한숨을 쉬고는 웨이터를 마저 일으켰다.

"괜찮습니까?"

웨이터는 고개를 살짝 숙여 우리들에게 감사를 표하고는 서둘러 바닥에 떨어진 쟁반을 주었다.

"이봐! 네 녀석 술이나 빨리 가져오라고! 내 말이 말처럼 들리지 않는 거야!"

"죄.. 죄송합니다 딜런씨 하지만 이미 충분히 드신 것..."

"이런 쌍! 네놈이 내 말을 무시해! 내가 누군지 몰라서 그러는건가? 다시 한 번 기억나게 해줄까?"

그는 고함을 지르며 웨이터에게 달려들었으나 밥과 내가 간신히 그를 제지하는데 성공했다.

"너희... 내가 누군줄 알고 감히!"

딜런이라는 사내는 몸을 뒤틀며 저항하려 했으나 다행스럽게도 잔뜩 취한 상태였기 때문에 우리는 그를 억제할 수 있었고, (솔직히 말하자면, 그냥 반쯤 깔고 누웠다는 표현이 정확할 것이다) 잠시 후, 그는 금세 골아 떨어졌다.

"후, 어디 다친 곳은 없는가?"

밥은 이마에 가득 난 땀을 훔치며 나에게 물었고 나는 괜찮다고 말하며 아직까지 안절부절못하지 못한 채로 서있는 웨이터에게 시선을 돌렸다.

"괜찮습니까? 이자는 누구죠?"

"감사합니다. 개인적인 일에 끼어들게 해버렸습니다."

웨이터는 옷새무매를 가다듬으며 말을 이어갔다.

"아, 이분은 딜런이라고 합니다. 돌아가신 더글라스 씨의 손자이시죠."

웨이터의 말이 도저히 믿기지 않아 나는 쓰러져 있는 사내를 다시 한 번 바라보았다. 나는 그동안 부자들은 어느 정도 자기 절제를 하며 굉장히 냉혹하고 냉철한 사람들일 거라고 무의식적으로 상상하고 있었다. 그래서인지 이 망나니가 내 사촌이라는 것이 믿기지 않았다.

"이 주정뱅이가 제 사촌이라고요?"

내 말에 웨이터는 깜짝 놀라며 그제야 나를 알아보고서 다시 한 번 죄송하다고 사과했다.

"아닙니다, 그나저나 이 사람은 어떻게 처리하면 좋을 지 모르겠군요, 일어나면 다시 깽판을 칠 것 같은데요."

나는 복도에 대자로 너부러져있는 내 친척을 가리키며 인상을 찌푸렸다. 그러자 웨이터는 어딘가 곤란해 보이는 미소를 지으며 자신이 처리하겠으니 두 분께서는 돌아가셔도 된다고 말했다.

"어디 그럴 수 있겠나. 시작한 일은 끝까지 하고 가야지."

밥은 끙 하는 소리를 내며 여전히 술에 취해 있는 친척의 어깨를 들쳐 매었다. 나는 서둘러 반대쪽을 지탱해 그를 조금 전까지 우리가 있던 실내 테라스 안쪽으로 밀어 넣었다.

"술이 완전히 깨면 나오는 건 알아서 하겠지. 그동안 거치적거리지 않을테니 방해될 일도 없을테고."

밥은 식당 문을 잠가버리며 중얼거렸다.

"밖에서 잠그면 나올 수 있나요?"

내 질문에 밥은 알게 뭐냐는 듯 어깨를 으쓱했다.

"그... 그래도 문은 열어둬야."

웨이터는 다급하게 식당 문을 다시 열어놓으려고 했으나 밥의 제지에 실패하고 말았다.

"어제 조식을 먹으면서 보니 저 안쪽에도 문이 있더군. 그리 나오겠지. 그나저나 저 사람은 대체 왜 대낮부터 고주망태가 된 건지... 쯧쯧."

"밥, 사실 제가 제 할아버지에 대해 잘 몰라서 그러는데 제 방으로 자리를 옮겨서 할아버지에 대해 더 설명해주실 수 있으신가요?"

상황이 어느 정도 진정되었다고 생각한 나는 밥에게 조금이라도 내 할아버지에 관한 것들을 알아내기 위해 밥의 의향을 물었고 밥은 고맙게도 흔쾌히 고개를 끄덕였다.

"그러니까... 자네 할아버지가 코프앤더글라스의 설립자라는 것은 알고 있겠지?"

내 방 의자에서 밥은 웨이터가 답례로 준 과자를 씹어 먹으며 말했다.

"예, 하지만 어떤 이유로 제 할아버지가 회사에서 나왔는지, 회사에서는 무얼 했는지는 전혀 모릅니다."

"뭐, 그건 많은 사람들이 대부분 모르는 사실이긴 하네. 나만 해도 그를 만나기 전까진 그에 대해 아무것도 몰랐으니까."

밥은 고개를 끄덕이며 이번엔 차를 한 모금 들이켰다.

"어쨌든 내가 그와 몇 번 대화를 나누며 알게 된 사실들은 그가 불미스러운 사건으로 인해 자리에서 내려왔다는 것이네, 세간에는 잘 알려지지 않은."

"어떤 일을 말씀하시는 겁니까?"

내가 도서관에서 읽은 책들은 그런 이야기가 전혀 없었기 때문에 나는 호기심을 느끼며 고개를 밥 쪽으로 숙였다.

밥은 몇 번 헛기침을 하고서는 군이 떠벌릴 이야기가 아니라고 서두를 단 후 말을 시작했다.

"사실 코프앤 더글라스는 코프라는 사람과 자네 할아버지가 동반 창업을 한 기업이지만 실상은 코프씨의 자본으로 설립한 것이나 다름없다네. 그가 자본과 회사 전반적인 재정을 도맡고 자네 조부가 신약과 백신을 맡았지."

"그런데요?"

"코프앤더글라스는 설립되고 난 후 무려 5번이나 최초로 백신을 만들어내었네, 덕분에 세계에서 가장 큰 제약회사가 될 수 있었지. 하지만 그런 행운도 영원히 이어지지는 않았지, 회사가 제작한 백신들이 다른 회사들에 비해 두각을 나타내지 못하자 주주들과 이사들은 회사의 능력을 점점 의심하기 시작했지. 그리고 그 일이 일어났네."

"그 일? 어떤..."

"회사가 발표한 신약이 바이러스에 거의 효과가 없다는 기사가 난 것일세. 그리고 실제로도 다른 회사들의 약에 비해 효과가 현저히 적었지."

"예? 하지만 책에서 그런 내용은 보지 못했는데요?"

"그야 코프와 이사회가 막았기 때문이지. 그는 막대한 돈을 뿌려 그 기사를 지우고 황급히 두 번째 백신을 만들었다네, 덕분에 회사가 망하지 않을 수 있었지."

나는 밥의 말을 들으며 할아버지가 회사에서 퇴출당한 이유를 알 수 있었다.

"할아버지가 책임을 지셨군요."

내 말에 밥은 고개를 끄덕였다.

"그가 약을 담당했으니 당연한 것이었지."

"할아버지에게서 직접 들은 내용인가요?"

"그렇다네, 물론 그의 말로는 당시 코프가 자신에게 지원을 충분히 해주지 않았고 여러 가지 압박이 심했다고 말했지만... 어쨌거나 그가 개발한 약이 충분히 효과적이지 않았다는 것은 틀림없는 사실이었어. 왜냐하면 그때 처음으로 이사회가 열렸었거든."

"그런 비밀이 있었군요... 그런데 상속자 명단 중에는 코프사의 직원 한 명이 끼어 있던데요. 저희 할아버지가 어째서 퇴출당한 회사의 직원을 "

나는 밥에게 그동안 나의 가장 큰 궁금거리였던 것을 물었다. 사실 유언장이 공개되었을 때 가장 큰 논란이 되었던 부분이기도 했었는데 더글라스의 유산을 물려받을 수 있는 인물 중 코프앤더글라스사의 직원이 들어가 있었던 것이다.

"글쎄..." 밥은 고개를 저으며 말을 이었다. "그건 잘 모르겠군. 어쩌면 그건 더글라스가 회사에게 보내는 메시지 같은 게 아닐까 싶네."

"메시지요?"

"말로는 할 수 없던... 솔직히 잘 모르겠네."

우리 두 사람이 대화를 나누는 동안 어느새 시간은 빠르게 흘러 지배인이 저택을 돌아다니며 저녁 식사가 준비되었다는 것을 알리는 소리가 들렸다.

밥이 자리에서 먼저 일어났고 나도 의자에서 일어나 식당으로 향했다. 다른 건 몰라도 할아버지의 요리사들은 내 입맛을 완벽하게 사로잡는데 성공한 것 같았다.

나는 그 후로 계속해서 규칙적인 생활환경과 밥과의 대화, 그리고 도서관 이 세 가지 요소를 반복하며 결전의 날까지 시간을 보냈다. 그리고 마침내 드디어 기다리던 그 날이 왔다.

*

"다 모이셨군요."

변호사는 11번째 사람이 중앙 홀에 들어오자 자리에서 일어났다. 그리고 변호사 앞에는 신기하게 생긴 장치 11개가 바닥에 놓여 있었다.

"여러분들은 이게 다 뭔지 궁금하시겠죠."

변호사는 우리의 마음을 짐작한다는 듯 씩 웃으며 장치에 대한 설명을 시작했다.

"이건 오큘러스라고 하는 겁니다. 가상세계를 체험할 때 사용하는 장치죠. 여러분들은 앞으로 한 달 동안 이 기기 안에서 가상세계를 체험하게 됩니다.

변호사가 잠깐 숨을 들이쉬는 동안 한 여성이 손을 들고 질문했다.

"한 달이라고요? 그럼 그 동안 생리현상은 어떻게 해결하죠? 중간 중간 나올 수 있나요?"

"아니오, 부인. 부인의 모든 생리현상은 이 최신 오큘러스가 해결해 줄 겁니다. 식사, 잠, 그리고 배변활동까지요. 사실 여러분들은 그런 생각 자체를 할 수 없을 겁니다. 그냥 편안하게 게임을 즐기다 보면 어느새 한 달이라는 시간이 흘러있을 테니까요."

변호사는 설명을 끝내자 '자' 하는 소리와 함께 우리에게 각자 하나의 오큘러스 안에 들어가라고 지시했다.

"자, 그럼 이제 모두 오큘러스 안으로 들어가 주시면 됩니다."
"자... 잠깐! 우린 아직 마음의 준비가!"

그러나 변호사는 우리의 말을 들은 채도 하지않은채로 이상한 리모컨을 조작하더니 오큘러스의 뚜껑이 닫혔다.

"모두 즐거운 게임 되시길 바랍니다."

얼핏 변호사의 목소리를 들은 것 같다는 생각이 머릿속을 스치며 점점 세상이 어두워졌다.

*

"...여긴?"

나는 눈이 떠지자 나도 모르게 중얼거리며 몸을 일으켜 세웠다. 그리고 살짝 어지러운 머리를 손을 지탱하며 주변을 둘러보았다. 그런데...

"뭐야, 이건 더글라스의 집이잖아! 실패한 건가?"

내 바로 옆 기기에서 누군가 내 생각을 그대로 내뱉었다. 왠지 귀에 익은 목소리여서 옆을 돌아보자 그곳에는 지난 번 술에 취해 행패를 부렸던 내 사촌 딜런이 보였다.

"뭘 쳐다봐!"

그는 나와 눈이 마주치자 소리를 버럭 질렀다. 나는 내 망나니 사촌을 무시하며 자리에서 일어나 기기 밖으로 나왔다. 주변 다른 사람들도 마찬가지로 하나 둘 기기 밖으로 나오고 있었다.

"무사히 들어온 것 같군. 다들."
"앗, 당신은!"

누군가 외마디 비명을 질렀다.

"뭐야! 당신 죽은 것 아니었나!"
"귀.. 귀신이다!"

홀의 입구, 그곳에는 죽은 내 할아버지, 더글라스가 양복을 입고 여유로운 표정으로 서 있었다.

"아니 더글라스 자네! 대체 어떻게 여기 있는 건가!"

놀란 것은 나뿐만이 아니었던 듯 밥 아저씨가 더글라스가 있는 곳으로 뛰쳐나가는 것이 보였다. 그러나 그는 더글라스를 만지지 못하고 더글라스를 뚫고 지나가버렸다.

"이런, 설마 홀로그램인가?"

누군가의 말에 더글라스는 고개를 끄덕였다.

"친해하는 참여자 여러분." 더글라스의 형체는 고개를 살짝 숙여 인사한 후 말을 이어갔다.

"여러분이 절 보고 놀랐다는 것은 제가 죽었다는 뜻이고, 제가 여러분을 보고 있다는 것은 제 유언이 제대로 실행되고 있다는 것이겠지요. 정말 놀랍습니다."

나는 다른 사람들의 반응을 살폈다. 다행히도 나만 놀란 것은 아니었는지 다른 사람들도 더글라스의 말에 집중하기보다는 서로의 눈치를 살피고 있었다.

"집중해주시길 바랍니다. 같은 말을 반복하기는 싫으니까요."

사람들의 관심이 흩어진 것을 눈치 챈 듯 더글라스는 다시 한 번 사람들을 집중시킨 뒤 말을 이어갔다.

"아무튼 제가 주최한 게임에 이렇게 많은 사람들이 참여해 주셔서 참 감사하다는 말을 드리고 싶군요. 여러분은 앞으로 한 달 동안 이 가상의 공간에서 저에 대해 연구하고, 실마리를 찾아 제가 숨긴 보물을 획득하시면 됩니다. 가상의 공간이긴 하지만 제 집을 그대로 옮겨온 만큼 여러분이 생활하시는데 있어서는 크게 불편함이 없을거라 생각합니다."

"뭘 하려는지 모르겠군."

더글라스를 통과한 밥이 혼란스럽다는 듯 내 옆으로 돌아오며 중얼거렸다.

"그럼 우린 뭘 해야 하는 겁니까?"

내 질문에 더글라스는 좋은 질문이라는 듯 손가락으로 나를 가리키며 말했다.

"보물을 찾아야지."

"보물?"

"그렇다네. 자네들이 게임에 참가한 이유 아닌가? 바로 내 유산과 보물을 찾기 위해서."

"그건 맞소만... 대체 뭘 하라는 거요? 홀로그램 양반?"

누군가의 질문에 더글라스는 미소를 지으며 대답했다.

"이 공간은 내 추억과 기억들을 모아놓은 장소라네. 자네들은 이곳에서 나에 대한 정보들을 모아 3 차례의 관문을 통과해야해. 가장 먼저 마지막 관문을 통과 한 사람은 보물을 받을 수 있지."

"그럼 유산도? 가장 먼저 문제를 다 맞힌 사람에게 돌아가는 거요?"

딜런이 시건방을 떨며 말했다.

"아, 그건 아닐세. 각각의 관문마다 점수가 매겨져 있고, 그 관문을 얼마나 빠르게 통과 하냐에 따라 점수를 얻을 수 있지. 내 재산은 그 점수에 따라 참여자들에게 분배가 되네. 물론 가장 마지막 관문을 통과하는 사람이 가장 많은 점수를 받을 확률이 크긴 하지."

더글라스는 잠시 헛기침을 한 후 마저 말을 이어갔다.

"필요한 정보들은 내 집 구석구석을 잘 뒤져보면 나올걸세. 현실에 있는 그대로 옮겨놓았으니 방이나 시설들은 그대로 쓰면 될 테고... 다들 뭐 하는 건가?"

더글라스는 영문을 모르겠다는 듯 우리들을 쳐다봤다.

"예?"

사람들이 얼빠진 반응을 보이자 더글라스는 마땅찮다는 듯 미간을 찌푸리며 말했다.

"당장 시작들 하라고!"

더글라스의 홀로그램은 화통하게 소리를 치며 우리를 다그치더니 이내 소멸했다. 어안이 벙벙한 우리들은 잠시 멍해있다 어느 남성의 의견대로 우선 현실에서 사용하던 방을 각각 사용하자고 합의한 후 저마다 방으로 돌아갔다.

"상황을 정리해보자면 우리는 더글라스가 만들어놓은 가상세계 안에서 그가 준비한 것들을 이용해 그가 만든 게임을 풀어야 하는 거군?"
"그런 셈이네요."
"도서관에 가야 할까?"

"글쎄요.. 그것보다 제 방으로 오는 길에 보니 다른 사람들도 저희처럼 팀을 짜려고 하는 것 같더군요, 혹시 그들에 대해서 좀 아시는 게 있으세요?"

나는 노트에 옮겨둔 참가자들의 명단을 툭툭 건드리며 밥에게 그들에 대해 물어보았다.

"그새 적어왔나? 어디 한번 보지."

나는 명단을 건넸고 밥은 집중을 하기 위한 것인지 미간을 살짝 찌푸리며 명단을 읽기 시작했다.

"흄, 파울러, 캐서린, 조엘, 엘린, 바우든, 윌 모건, 조한나, 그리고 나, 자네, 마지막으로... 딜런? 이자는 저번에 술주정을 부리던 자 아닌가?"

"그에 대해 아시는 게 있습니까?"

"내가 그에 대해 아는 거라곤 그가 자네처럼 더글라스의 손자라는 것과 사업을 하다 돈을 몽땅 날려버렸다는게 전부일세."

"그럼 흄씨는요? 흄씨에 대해 아시는 건 있으신가요?"

"흄씨가 바로 자네 조부 회사의 직원이야. 30살의 어린 나이에 벌써 능력을 인정받았다고 들었어. 내년에 이사로 결정될 수도 있다는 소문도 있을 정도지. 그가 대표로 이 게임에 참여했나보군."

"그럼 파울러씨와는 어떤 관계죠?"

"아, 그는 더글라스의 막내 동생일세. 부동산 투자의 귀재지."

"전 이제 왜 이 사람들이 이곳에 온 건지 모르겠군요. 다들 듣기로는 돈이 썩어 넘치는 것 같은데."

내 말에 더글라스는 피식 웃더니 전혀 아니라며 손을 내저었다.

"그자 역시 요즘 돈이 궁하다더군, 부동산이 잘 안된다나 뭐라나?"

"다른 사람들 역시 그런 사유로 저희 할아버지의 유산을 원하고 있는 거군요."

"그렇다네, 더글라스 아내의 사촌인 캐서린, 더글라스의 하녀였던 엘린, 더글라스의 다른 손자 바우든, 그의 이웃 요한나, 그리고 자네나 나 모두 돈이 궁하지."

"그럼 이 사람들은 왜 참여한 거죠?"

나는 할아버지와 관련이 없다고 생각되는 조엘이라는 사람과 윌 모건의 이름표를 가리켰다. 서류에는 조엘 - 기자, 모건 - 사무소 직원이라는 간단한 정보만이 기록되어 있었다.

"그 사람들은 나도 뭐 하는 사람인지 모르겠군. 나중에 한 번 물어보자고."

"그나저나 이제 어쩌죠? 아까 말한 대로 도서관에 가서 정보를 모아봐야 하나요?"

내 말에 밥은 다른 의견을 제시했다.

"그것도 하나의 방법이겠지만... 어쩌면 그가 굳이 이 집을 가상 세계로 만든 이유에는 다른 게 있지 않을까라는 생각이 드는데."

"좋은 생각이에요, 그럼 우선 집을 좀 둘러보죠."

나는 밥과 함께 다시 방에서 나와 집안 곳곳을 둘러보기 시작했다. 더글라스가 만든 가상세계는 놀랄 만큼 현실적이었고 디테일했다. 나는 가구를 붙잡고 무심결에 힘을 줬지만 가구가 뒤틀리거나 내가 부서지는 일이 일어나지는 않았다.

우리는 어느새 집에서 벗어나 저택 귀퉁이에 있는 동물원 쪽으로 향하고 있었다. 다른 사람들은 모두 도서관에 있는 것인지 도서관 쪽에 불이 환하게 켜져 있었다.

"그나저나 보물이 뭔지 짐작이 가는가?"

밥의 말에 나는 잘 모르겠다고 말한 후 아마 귀중한 보석이나 그런 것이 아니겠냐고 대꾸했다.

"아냐... 그럴 리 없어. 그가 아무리 회사에서 퇴출당했다고 하더라도 그동안 쌓아둔 재산이 얼만데, 내 생각에는 특별한 뭔가가 있을 것 같은데... 혹시 자네에게 그가 따로 한 말은 없었는가?"

"저에게요? 전 할아버지에게 생일 선물 받아본지조차 20년이 넘었는데요."

"그런가... 그럼 그건 아닌가보군."

밥은 중얼거리며 동물원의 입구를 지나쳤다. 입구 바로 너머에 있는 안내판에는 이곳에 있는 동물들의 개체와 수가 자세히 나와 있었다.

"호오... 역시 부자는 다르긴 하군, 코끼리가 집에 있다니."

나는 밥의 말에 놀라서 안내판을 다시 돌아봤다. 과연 분명히 동물원 가장자리에 코끼리가 서식하고 있다고 표기되어 있었다. 그리고 코끼리와 그 밖에도 각종 설치류와 갑각류, 포유류들이 표시되어 있었다.

"그럼 한 바퀴 쭉 둘러볼까요?"

밥과 나는 동물원 가장 바깥쪽부터 차근차근 둘러보기로 결정했다.

"유독 쥐랑 햄스터가 많군요. 할아버지가 이런 것들을 좋아하셨던 걸까요?"

"내 기억에 더글라스가 그런 것들을 좋아하지는... 아!"

밥은 무언가 떠오른 듯 서둘러 동물원의 출구 쪽으로 달려갔다. 나는 영문도 모른 채 그를 따라갔다.

"아주... 간단... 한... 헉, 헉, 추릴세."

밥은 달리느라 지친 숨소리를 내며 설명을 시작했다.

"내 생각에... 그가 이 세상을 만든 건 바로 백신을... 연구하기 위함이... 아닌가 싶은데."

"백신이요?"

나는 밥의 말이 이해가 되지 않아 반문했다.

"그래, 저 동물원에 있는 동물들. 그냥 동물들이 아니야, 임상실험에 사용되고 백신을 개발하는 재료들이지."

나는 밥의 말에 동물원에 있던 동물들의 종류를 다시 상기해봤다. 과연 동물원에 있던 동물들은 대부분 설치류나 포유류들이었다.

"그럼 저희 조부가 다시 백신을 개발하려고 하신 걸까요?"

내 말에 밥은 고개를 끄덕여 긍정하며 어쩌면 더글라스의 홀로그램이 말한 보물이 바로 새로운 '백신'이 아닐까 추측했다.

"그럼 일단 도서관으로 가서 한번 자세히 조사를 해보죠."

＊

우리가 동물원에서 나와 다시 도서관으로 들어갔을 때는 이미 다른 사람들이 모두 필요한 책들을 가지고 나간 후였다. 도서관 군데군데에는 빈 공간들이 꽤나 보였고(물론 도서관 자체가 워낙 큰 규모라 티도 나지 않기는 하지만) 어지럽혀진 곳도 있었다.

"정확히 뭘 찾아야 하는 거죠?"

"나도 정확하게는 모르겠지만 우선 백신과 치료제 개발 위주의 서적들로 들고 가세나. 단순히 더글라스에 대해서 찾아보는 건 의미가 없을 것 같네."

"그럼 구역을 나눠서 찾아보죠. 제가 오른쪽 끝부터 찾아볼 테니..."

밥은 고개를 끄덕인 후 헐레벌떡 반대편으로 뛰어갔다. 그 모습을 보자 나도 덩달아 급해져 서둘러 내가 맡은 구역으로 발걸음을 옮겼다.

"이보게 자네, 뭘 그리 열심히 찾고 있는 건가?"

등 뒤에서 들려오는 목소리에 나는 화들짝 놀라 몸을 돌려 상대를 확인했다. 상대는 사냥모자를 맵시 있게 눌러 쓴 남성이었다.

"누구... 십니까?"

"아, 실례. 나는 윌 모건이라고 하네. 탐정이지."

"아, 당신이 바로?"

나는 상속자 명단에 생뚱맞게 껴있던 그의 이름을 기억해내었다. 그나저나 그의 직업이 탐정이었다니. 탐정이라 하면 본디 의심스러운 구석이 있는 곳에 와서 추리를 통해 범인을 잡는... 그렇다면 할아버지의 죽음에 이상한 점이 있는 것인가?

"... 뭘 생각하는지는 대충 알겠는데 말이지. 아쉽게도 그런 건 아니야. 자네 할아버지는 노환으로 돌아가신 게 맞고, 내가 이곳에 온 이유는 내 대리인이 자네 조부의 유언에 대신 참석해 달라고 요청했기 때문이지."

"법적으로 가능한 일인가요?"

내 질문에 탐정 모건은 피식 웃으며 그러니까 이 게임에 참여한 것 아니겠냐고 대꾸했고 나는 할 말을 잃어버렸다.

"자... 그나저나 내 질문에 답을 해주지 않는군. 혹시 뭐 찾은 거라도 있는 건가?"

"그건 직접 알아보셔야 할 것 같은데요. 탐정이시잖아요."

내 대답에 모건은 한숨을 쉬더니 알겠다고 대꾸하며 어디론가 사라졌다. 나는 그가 확실히 이동한 것인지 확인한 후에야 다시 책을 찾아 나섰다.

정확히 30분 후 나는 밥과 다시 만나 서로 찾은 자료들을 보여주었다.

"그나저나 다른 사람을 만났다고? 그게 무슨 소리인가. 조금 더 자세히 말해보게."

나는 조금 전 상황에 대해 설명했고 밥은 마땅찮은 표정을 지으며 고심에 빠졌다.

"뭘 모건이라고? 탐정이라 그랬나? 정말 알 수가 없군."

"찾아보니 제법 인기 있는 탐정이더군요, 사건 해결 건수도 상당하고요."

"잘은 모르겠지만 일단 조심하기로 하지. 그나저나 쓸 만한 자료들은 좀 찾았나?"

"예, 찾아야 할 걸 확실하게 알게 되니 찾기 수월하던데요. 다른 사람들은 쳐다도 보지 않은 것 같더라고요."

"좋아, 방으로 돌아가서 살펴보도록 하세."

우리 둘은 서로 가져온 책들을 비교하며 분석하기 시작했다. 그리고 우리는 얼마 지나지 않아 놀라운 사실을 발견할 수 있었다.

"이거... 책의 내용이 이상한 것 같군."

"예?"

한참동안 같은 쪽을 펼쳐보고 있던 밥은 이상하다는 듯 중얼거렸다.

"분명 이 책, 예전에 본 적이 있어. 그런데 그 때 봤던 내용과 미묘하게 다른 것 같단 말일세."

"그럴 리가요, 착각하셨거나... 아니면 책이 재판되었을 수도 있지 않나요?"

내 말에 밥은 아니라며 고개를 저었다.

"더글라스가 예전에 줬던 책이라 명확하게 기억해. 이 부분이 달라."

밥이 가리킨 부분에는 더글라스가 회사에 있을 때 연구하던 백신의 프로토 유형들이 쭉 나열되어 있는 내용이 적혀있었다.

1차 프로토 타입 : 리커버리

– codid18의 발현을 복구하는 것에 성공, 성공률 27%, 모체
 의 에너지를 심하게 이용. 폐기–

2차 프로토 타입 : 리커버리2

– codid18의 발현 이후 점진적 복구, 성공률 77%, 모체의 에
 너지를 효율적으로 이용. 단기간에 과다 투여시 부작용
 발생. 폐기–

.

.

.

9차 프로토 타입 : 리커버리9

– codid18의 발현을 점진적 복구, 성공률 99.93%, 모체의 에
 너지와 외부 캡슐의 에너지를 융합해 사용. 시제품 생산 –

"이게 뭡니까?"

"글쎄... 아마 백신의 시제품을 테스트 한 기록이 아닌가 싶은데... 내 기억이 맞는다면 원본에서는 치료제 이름은 분명 '미라클'이었고 테스트 제품이 이렇게 많지도 않았어. 딱 2차례의 실험만으로 만들어서 '미라클 (기적)'인건데... 대체 무슨 영문인지 모르겠군."

"제 생각엔 이게 진짜 기록이 아닐까요. 그래서 가상세계를 따로 만들어 둔 것이 구요."

"그게 맞는 것 같군. 다른 책들 중에서도 미묘하게 내용이 수정되거나 달라진 것들이 있네. 가령 백신의 개발 과정이라던 지..."

"백신 개발 과정이요? 제가 알기론 백신에 관한 정보들은 모두 극비라 공개할 수 없는 걸로 알고 있는데..."

"... 잠깐 저게 뭐지?"

밥은 내 말을 끊더니 자리에서 벌떡 일어나 홀 쪽으로 뚫려있는 창문으로 다가갔다. 나도 그를 따라 창문을 내려다보니 홀 중앙에서 이상한 장치가 생성되고 있었다.

우리는 서둘러 홀로 내려갔다. 다른 사람들 역시 홀에 변화가 생기는 것을 눈치 챈 것인지 모두 홀에 모여 있었다.

"이게... 무슨 일이죠?"

할아버지의 예전 하녀였다는 엘린 양이 가장 먼저 입을 열자 다른 사람들도 저마다 수군대며 자신들의 추측을 내놓기 시작했다.

'식사를 만들어주는 장치가 아닐까요.'

'어쩌면 저희를 이용해서 실험을 하려는 건지도...'

"안타깝게도 모두 틀렸네."

어느새 다시 나타난 더글라스의 홀로그램이 홀 중앙으로 걸어오며 말했다.

"저게 바로 관문이라네. 먼저 통과하는 사람이 가장 많은 점수를 받을 수 있지."

"관문은 어떻게 통과하는 겁니까?"

누군가의 질문에 더글라스는 보여주겠다는 듯 오큘러스 앞으로 다가갔다. 그는 어디선가 케이스를 가져와 열었다.

더글라스가 연 케이스 안에는 조그마한 칩들이 가득 채워져 있었다. 그는 그것들 중 하나를 꺼내더니 우리가 가상세계에 올 때 사용한 오큘러스 중 하나에 칩을 넣었다.

"이 칩을 오큘러스에 넣으면 또 다른 가상세계로 들어갈 수 있지. 자네들은 그 가상세계에서 다른 체험을 하고, 적절한 해답을 내놓으면 된다네."

"이 가상세계 안에서 또 다른 게임을 하는 거라고?"

더글라스의 동생이자 부동산 부자인 파울러씨가 묻자 더글라스의 홀로그램은 빙긋 웃으며 그렇다고 말했다.

"그나저나 저건 갑자기 왜 생긴 건데? 누가 연거지?"

더글라스가 그의 동생과 대화를 나누는 중 끼어든 딜런이 술병을 흔들며 중얼거렸다. 더글라스는 그의 말을 들은 것인지 대화를 멈춘 후 딜런 쪽으로 고개를 돌려 그의 말에 대답해주었다.

"관문은 자네들 중 하나가 핵심적인 정보에 접근했을 때 생성이 된다네."

"그럼 누군가는 지금 뭔가 알고 있다는 말이군?"

더글라스의 홀로그램은 딜런의 말에 고개를 끄덕인 후 더 자세한 사항을 알려주었다.

"자, 그럼 지금부터 이 관문에 도전하고 싶은 사람은 칩을 오큘러스에 넣은 후 장치를 가동하면 되네, 그러나 개인당 기회는 2번씩이야. 한 사람당 2번씩만 도전할 수 있네, 기회를 모두 다 사용하면 탈락."

"그럴 경우 유산은?"

탐정인 딜런이 질문했다.

"만약 그 전까지 획득한 점수가 있다면 유산은 배분받을 수 있네."

"안에 무슨 내용이 있는지 모르니 사실상 한 번의 기회가 전부인 셈이로군."

"자, 그럼 나는 이만 다시 사라져야겠군, 다른 관문이 등장할 때 다시 등장함세. 이만!"

말을 마친 더글라스의 홀로그램은 순식간에 사라졌다.

그가 사라진 후 참가자들은 삼삼오오 모여 저마다 어떻게 할지 대화를 나눴다. 밥과 나는 다시 방으로 올라와 관문을 어떻게 통과할지 고민하기 시작했다.

'똑똑'

"누구요?"

내 방의 문을 노크한 사람의 정체는 바로 탐정 윌 모건이었다. 그는 밥이 문을 열어주자 마자 내 방으로 스윽 들어오더니 아무렇지 않게 의자에 털썩 주저앉았다.

"마실 것 좀 없나?"

"무슨 용무입니까 모건씨?"

"잠깐 용무가 있어서 올라왔습니다. 아무래도 이쪽은 말이 통할 것 같아서요."

모건은 내가 건네준 차를 받으며 고맙다는 인사를 한 후 한 모금 들이키며 자신이 이곳에 온 이유를 털어놓았다.

"제가 곰곰이 생각을 해보니... 아무래도 팀을 만들어야 저 관문을 효율적으로 통과할 수 있을 것 같더군요. 같이 하실 생각 있으십니까?"

"당신이라면 우릴 믿을 수 있겠소?"

밥은 모건의 질문에 질문으로 답했다. 그러자 모건은 예상했다는 듯 입꼬리를 들어 올리며 미소 비스무리 한 것을 지은 후 곧바로 입을 열어 밥의 질문에 대꾸했다.

"당연히 믿을 수 없죠. 그래도 8조가 눈앞에 있으면 감정보다 이성을 앞세워야 하지 않겠습니까. 저 역시 의뢰를 받은 만큼 의뢰인에게 유산을 많이 전달해야 하는 몸이니까요."

"자네 생각은 어떤가 하를마뉴?"

밥은 고개를 돌려 나에게 질문했고 나는 우선 탐정의 말을 끝까지 들어보자고 밥을 설득했다.

"좋은 태도군. 어쨌든 내 제안은 힘을 합쳐 저 관문을 통과할 때까지 만이라도 같이 활동하자는 걸세. 다른 사람들은 이미 저마다 2,3명씩 팀을 이루고 있어."

"그런데 탐정님께서는 왜 저희와 같이 하고 싶으신 겁니까?"

내 질문에 탐정은 대답 대신 내 방에 널브러져 있는 책들을 가리켰다.

"나도 저 책들을 읽었는데 아무래도 저기에 힌트가 적혀있는 것 같았거든. 내 생각엔 자네와 영감님이 현재로썬 가장 정답에 가까운 상태인 것 같단 말이지?"

나는 탐정에게 잠시 시간을 달라고 하고 밥과 상의를 한 끝에 우선 그를 받아들이기로 결정했다.

"좋아, 이걸로 이번 관문을 통과하기 전까지 우린 한 팀일세. 그나저나 두 사람이 대화를 나누는 동안 누군가 오큘러스를 사용했어."

"예? 대체 누가..."

"다들 고민 없이 도전하는 모습이더군. 벌써 4명이나 들어갔네."

"그럼 우선 저희도 도전 해보죠. 편한 마음으로."

"누가 들어갈 텐가?"

밥의 물음에 나는 내가 가는 게 좋겠다고 의견을 내놓았다. 그러자 탐정 역시 상관없다고 말하며 내게 순서를 양보했고, 잠시 후 나는 칩을 내 오큘러스에 장착한 후 오큘러스에 들어가 누웠다.

"잘 다녀오게나. 똑바로 보고, 최대한 많은 정보를 가져오길 바라네."

나는 탐정에게 그러겠노라고 말한 후 바로 장치를 작동했다. 이번에도 마찬가지로 온 세상이 어두워지더니 이내 다시 밝아지며 멀리서 웅성거리는 소리가 들려왔다.

나는 정신을 차리자마자 주변을 둘러보았다. 내가 탑승했던 오큘러스는 온데간데없이 사라져 있었고, 주위 환경은 더글라스의 집이 아닌 전혀 다른, 마치 실험실 같은 분위기를 풍기고 있었다.

'여긴... 어디지?'

잠시 후 내 혼잣말에 답변이라도 해주는 듯 흰 색 가운을 입은 사람 대여섯 명이 들어왔다.

"왓슨, 이번 실험에 사용하는 실험체들의 데이터베이스는 모두 준비가 된 거겠지?"

"예, 박사님. 안 그래도 코프 사장님께서 필요한 것들을 어제 모두 준비해놓았다고 문자를 보내주셨습니다. 아마 2, 3일 내로 다른 재료들도 들어올 겁니다."

박사라고 불린 사람은 그 대답에 만족한 듯 고개를 끄덕였다. 그리고 그 순간 박사와 내 눈이 정면으로 마주쳤다. 나는 황급히 몸을 숨기려 했으나 이미 그들과 눈이 마주친 상태여서 머뭇거리며 사과를 건넸다. 그러나 가운을 입은 사내들은 그런 나를 전혀 인식하지 못한 듯 계속해서 그들의 대화를 이어나갔다.

"그럼 슬슬 시작하도록 하지. 이번에야 말로 전염병을 없앨 치료제를 만들어보자고."

그 후 한참동안 가운을 입은 사람들은 이것저것 데이터를 분석하고 수
치를 계량하며 무언가를 설계하는 듯 한 대화를 나눴다.

"그나저나 맥켄지는? 맥켄지는 뭘 하고 있는 건가?"

"그러게요... 며칠 전부터 안 보이는군요. 일이 있는 걸까요?"

"그가 계산한 계산식이 필요할 텐데... 제가 지금이라도 코프 사장님께
연락을 따로 드려서..."

"아니." 박사는 다른 사람들의 말을 막으며 그만 하라는 듯 손을 들
었다.

"아직 시간이 있으니 괜찮네. 내가 따로 물어보지. 일단 오늘 테스트는
여기까지 하도록 하고... 자네는 오늘 했던 테스트 기록들 모두 정리해서
나에게 보내주게."

"예."

박사를 제외한 다른 사람들은 박사에게 인사를 건넨 후 그들이 모두 사
라진 후 어디론가 전화를 걸었다.

"아, 맥켄지. 어디인가. 뭐? 뭘 발견했다고? 알았네. 내가 그리 가지. 준
비해놓게."

박사는 누군가와의 전화를 마친 후 황급히 방을 떠났다. 그리고 박사가
방을 떠난 순간 내 모습이 변하기 시작했다. 내가 입고 있던 옷은 흰색 가
운으로 변했고 내 외모 또한 전혀 다른 사람으로 천천히 변했다. 그리고
마지막으로 내가 있던 장소가 변하기 시작했다. 새로 바뀐 장소는 조금

더 작고, 전문적인 설비가 많은 방이었다.

"그래, 맥캔지. 대체 뭘 발견했단 건가? 자네가 그렇게 뭐에 몰입하는 걸 들은 적이 없는데... 내게 보여준다는 게 뭐지?"

조금 전에 방을 나갔던 박사가 다시 방으로 들어와 바로 내 앞에 서서 질문을 던졌다.

"무... 무슨?"

나는 순간적으로 내 뒤에 누군가 서 있나 했지만 내 뒤에는 아무도 없었다.

'설마... 이젠 내가 보이는 건가?'
"맥캔지, 왜 그렇게 머뭇거리나? 나에게 보여줄 자료가 있다면서."
"저... 저 말입니까?"

나는 혹시나 하는 생각으로 스스로를 가리키며 묻자 박사라는 사람은 당연하다는 듯 고개를 끄덕이고는 뭔가 이상하다는 눈빛으로 나를 바라보기 시작했다.

"무슨 문제라도 있는 건가? 5분 전에 나에게 자료를 보여주겠다고 전화하지 않았나. 자네 요즘 태도도 그렇고... 뭔가 이상한데... 대체 자네가 말한 백신의 궁극적 목표라는 자료는 뭔가?"
"그... 그게 ... 그러니까..."

그리고 바로 그 순간 모든 것이 멈췄다. 박사의 옷깃이 펄럭이는 것, 그의 호흡, 조용히 돌아가던 선풍기, 그리고 한쪽 벽을 꽉 채운 기기들까지 모든 것이 멈추며 갑자기 내 눈 앞에 수 십 권의 이름표가 만들어졌다.

"이... 이게 무슨?"

그리고 난데없이 목소리가 들리기 시작했다.

> – 첫 번째 관문에 오신 것을 환영합니다. 당신은 지금, 40년 전 더글라스 박사가 회사 최초의 백신을 만드는 과정을 영상화 한 시뮬레이션에 들어와 있는 상태입니다. 당신은 박사의 부하 직원이며, 그가 원하는 자료를 넘겨주어야 합니다. 현재 당신의 눈앞에 떠 있는 이름들은 실제 박사가 백신을 개발하는 도중 최소 한 번 이상 참고한 자료들의 목록표이며, 이들 중 백신의 핵심적인 내용을 담고 있는 자료가 있습니다. 그것을 골라 박사에게 넘겨주어야 합니다.
> 만약 당신이 잘못된 자료를 건네준다면 이 시뮬레이션은 종료되며, 최대 2번까지 도전을 할 수 있습니다. –

그리고 정체불명의 말이 끝나는 순간 다시 시뮬레이션이 작동하기 시작했다. 선풍기는 다시 돌아가기 시작했고 기기들은 다시 소리를 내며 작동하기 시작했다. 그리고 박사는 슬슬 짜증이 난다는 듯 미간을 찌푸리며 나에게 손을 내밀었다.

"아 예, 이... 이겁니다."

나는 너무나 당황해 이름표에 적혀 있는 자료들 중 가장 이름이 긴 이름표를 건넸다.

"자네 무슨...? 이건 2차 실험 때 치명적인 오류를 일으켜 폐기한 자료 아닌가! 자네 지금 나와 장난하자는 게야?"

자료를 받은 박사는 제목을 슬쩍 보자마자 나에게 버럭 화를 내기 시작했고, 그 순간 다시 눈앞이 깜깜해지며 나는 원래의 나로 돌아왔다.

"이보게 괜찮은가?"

나와 눈이 마주친 밥이 걱정스러운 모습으로 말을 걸었다.

나는 살짝 어지러운 기분을 느끼며 일어나 오큘러스에서 빠져나왔다. 그리고 내가 들어간 지 얼마나 되었냐고 물어보았다.

"정확히 30분 지났군."

탐정의 말이었다.

"다른 사람들 중 통과한 사람들이 있나요?"
"아직은 없는 듯 하군. 점수표에 변동이 없어."
"그나저나 자네, 뭘 봤는가?"

밥의 물음에 나는 내가 보고 겪었던 것들을 둘에게 자세히 설명해 주었다.

"자료? 그러니까 상황에 맞는 자료를 박사에게 주어야 한다는 건가?"
"예, 그리고 아마 그 박사라는 사람은 제 조부님인 것 같고요."
"정리하자면 결국 더글라스가 백신을 만드는 것을 도와줘야 한다는 뜻이군."

탐정은 빠르게 우리의 말을 요약한 후 우선 책을 더 읽어보자고 말했다.

"내 생각이지만 저 관문이 열린 건 하를마뉴 자네와 밥 씨가 뭔가 찾았기 때문일 거 같단 말이야. 그러니 우리가 읽던 책을 좀 더 읽으면 그곳에 뭔가 힌트가 있을 수도 있다고 생각하네."

우리는 탐정의 말에 따르기로 했다. 우리는 그 날 계속해서 더글라스와 백신의 제조에 관한 책들을 읽었다. 그리고 사흘이 지나자 우린 몇 가지 단서를 발견할 수 있었다.

우선, 우리가 가장 먼저 알게 된 점은 코프앤더글라스 회사에서 개발한 백신들은 우리가 원래 알고 있던 개발방식과는 전혀 다르게 개발되었다는 것이었다. 책에 확실하게 적어놓은 것은 아니지만 어느 순간부터 회사의 개발 방식이 전혀 다르게 개편되었다는 것을 책 내부에서 느낄 수 있었고, 탐정은 그 순간이 바로 우리가 통과해야 하는 관문에 기록되어진 순간이라고 추측했다. 나와 밥 역시 그 생각에 동조하며 그렇다면 과연 우리가 전달해야 하는 자료가 무엇인지에 관해 논의하기 시작했다.

"하암... 이것 참, 소득이 너무 없는데요?"

나는 몰려오는 잠을 간신히 억누르며 책과 씨름해 침침해진 눈을 비비며 중얼거렸다.

"... 쉬울 거라고 생각하지는 않았지만 확실히 소득이 너무 없긴 하군."

밥이 기지개를 피며 내 말에 대꾸했다.

"그나저나 다른 사람들은 뭘 하고 있을까요?"

"다른 사람들 중에서도 얼추 감을 잡은 사람들이 있는 것 같더군. 대부분 1번 이상씩은 도전한 것 같다. 그리고 다른 사람들이 도서관에서 빌려가는 책들을 살펴보니 우리와 마찬가지로 백신에 관련된 내용의 책들을 많이 빌려가더군."

"그럼 다른 사람들도 웬만큼은 다 알겠군요."

"그래, 그리고 아직까지 정답자가 없다는 뜻은 어쩌면..."

"문제의 정답이 다른 곳에 있을 수도 있다는 뜻이겠군요."

나는 탐정의 뒷말을 마무리하며 읽고 있던 책을 내팽개친 채로 자리에서 일어났다.

"어디로 가야하지?"

"일단 집을 둘러보는 게 좋을 것 같아요. 밥은 그동안 계속해서 정보를 수집해주시고 모건과 제가 집을 돌아다니면서 다른 힌트가 있는지 살펴볼게요."

나와 모건은 아예 저택 밖으로 나와 넓게 펼쳐진 정원으로 향했다. 이미 날은 어두워져 잘 보이지 않았으나 별과 달까지 구현해둔 더글라스 덕분에 밤길을 걷는 것은 문제가 없었다.

"그나저나 달이 밝아서 좋군. 벌써 보름달이라니... 이곳에 들어온 지 사흘씩이나 된 건가?"

모건의 말에 나는 호기심이 동해 그에게 질문을 던졌다.

"달로 날짜를 알 수 있나요?"

"당연하지. 우리가 이 가상세계에 들어온 첫 날 달의 형태는 상현달이었잖나. 그리고 지금 벌써 거의 보름달이 다 되가니 우리가 이곳에 온 지 최소 사흘은 지났다는 걸 알 수 있지."

"신기하네요. 하긴, 옛날 사람들은 달이나 별을 보고 시간을 계산했다죠?"

"시간뿐만 아니라 위치나 계절도 알 수 있지." 모건은 자신이 아는 내용이 나와서 신이 난 듯 나에게 별자리와 달에 대해 여러 가지 이야기를 해 주었다.

"가령 저기 있는 북극성만 하더라도..."

"예?"

모건이 말을 흐리자 궁금해진 나는 그를 재촉했으나 그는 머리를 갸우뚱거릴 뿐 이었다.

"왜 그러세요?"

"어... 그게..."

탐정은 그 답지 않게 머뭇거리며 조심스럽게 하늘을 가리켰다.

그러나 탐정이 가리킨 밤하늘은 너무나 평화로울 뿐 전혀 특별한 것이 없었다.

"이상한데, 북극성이 없어."

"예?"

"저 자리에는 원래 북극성이 있어야 하는 자리란 말일세. 가장 밝은 별! 그런데 아니야, 이상한 별들만 보이는군."

그 순간 나와 모건은 서로를 마주봤다. 그리고 바로 다음 순간 우리는 더글라스의 저택 꼭대기에 있는 천문관으로 전력질주했다.

"헉헉, 여기가... 다음 힌트가 있는 곳일까요?"

나는 5층이 넘는 계단을 올라오느라 헉헉대며 탐정에게 질문했다.

"그러기... 만을... 바랄뿐일세. 헉헉."

탐정 역시 평소 운동을 꾸준히 하는 생활을 하지는 않았던 것인지 몹시 헉헉대며 갈비뼈를 부여잡은 채로 천문관의 문을 열었다.

"저걸 사용하면 될 것 같은데요."

한참동안 천문관을 둘러보던 우리는 마침내 망원경 하나를 발견할 수 있었다. 모건과 나는 망원경을 작동시켰고 우연의 일치인지 망원경은 조금 전 모건이 가리켰던 자리를 응시하고 있었다.

"누군가 의도적으로 이 자리에 맞춰놓은 것 같군."

모건은 별자리를 조금이라도 더 자세히 보기 위해 허리를 굽히느라 낑낑거린채로 중얼거렸다.

"뭐가 좀 보이세요?"

"글쎄다... 내가 별자리 전문가는 아니라서... 책을 좀 봐야 할 것 같구나."

나는 천문관 구석구석을 뒤적거린 후에 '밤하늘의 별자리'라는 책을 가지고 돌아올 수 있었다.

"아, 바다뱀자리군!"

얼마지 나지 않아 책과 망원경을 반복해서 쳐다보던 탐정은 손뼉을 탁 치며 드디어 별자리를 찾아내는데 성공했다.

"바다뱀자리요?"

"그래, 바다뱀. 다른 말로 하면 히드라(Hydra)라고 부르기도 하지."

다행스럽게도 히드라는 나도 아는 대상이었기에 별도로 모건이 설명을 해주지 않아도 되었다.

"그나저나 바다뱀자리라니... 대체 무슨 의미일까..."

탐정은 도저히 영문을 모르겠다는 듯 중얼거렸다. 나 또한 별자리에 관한 지식이 없기는 매한가지였기 때문에 따로 할 말이 없었다.

"차라리 밥 아저씨에게 돌아 가보죠. 지금쯤이면 다른 무언가를 알아내셨을 수도 있지않겠어요?"

모건과 나는 다시 우리의 방으로 돌아와 밥에게 우리가 천문대에서 알아낸 것을 말해주었다.

"히드라라... 내가 알기로 히드라, 그러니까 바다뱀은 헤라클레스와 싸운 괴물이지 불사와 엄청난 회복력으로 헤라클레스를 고전시킨 놈이야."

"불사와 회복력이라... 그게 백신과 무슨 관련이 있을까요?"

내 질문에 밥은 잠시 생각을 하더니 말을 이어갔다.

"정확하게는 모르겠지만... 지난 번 내가 시뮬레이션에 들어갔을 때 봤던 자료 이름 중 "라는 자료가 있더군. 이게 관련이 있을 수 있을 것 같은데."

"회복이라... 어쩌면 그럴 수도 있을 것 같습니다. 하지만 저희 기회는 각자 한 번씩 밖에 남지 않았는데요. 누가 모험을 해 볼 겁니까?"

탐정의 말에 밥이 자신이 하겠다고 말했다.

"난 어차피 유산에 크게 미련이 없네. 그냥 더글라스와의 추억을 한 번 되새기기 위해 온 것일 뿐이야. 대신 나중에 꼭 후기를 말해줘야 하네. 알겠지?"

밥은 우리에게 약조를 받은 후 그의 오큘러스에 들어갔다. 그리고 할 게 없어진 우리는 방에서 간만에 한적한 시간을 보낼 수 있었다.

그리고 정확히 30분 후 우리는 시간에 맞춰 오큘러스 앞으로 도착했다. 그리고 우리는 만면에 미소를 띤 상태의 밥과 조우할 수 있었다.

"밥! 해냈군요!"
"그래, 정말 운이 잘 따라줬네! 그리고 그 후의 이야기도 정말 재미있었고."
"그 후의 이야기요?"
"그건 나중에 설명해 주겠네."

밥과 우리가 대화를 나누는 동안 전광판에 서서히 밥의 이름이 쓰이고 있었다.

　　－ 밥 1000p 획득 －

"된 거군!"

밥과 나와 모건은 서로를 얼싸안으며 축하했다. 한참의 시간이 지난 후 약간 진정이 되자 우리는 서로의 오큘러스에 들어가 밥과 마찬가지로 관문을 통과하고 나왔다. 그리고 다시 돌아오자 대량의 포인트를 얻은 것이 명단에 떠올랐다.

"그러니까 맥캔지와 더글라스가 발견한 백신의 개념이 그동안의 것과는 전혀 다르다는 거군요."

우리는 방에서 관문을 통과한 것을 자축하며 관문에 대해 이야기를 나눴다.

"히드라라니... 치료가 아닌 복원을 백신의 개념에 도입하다니 정말 대단하더군요."

"병을 치료하는 게 아니라 병에 걸리기 직전의 상태로 돌아간다니... 우리 같은 범인들은 생각지도 못할 일이야."

밥의 탄성에 우리는 모두 고개를 주억거렸다.

"그나저나 정말 그런 식으로 백신이 만들어 질 수 있는 건가요?"

내 질문에 밥과 모건은 그건 자신들도 잘 모르겠지만 아무튼 그렇게 되지 않을까 하고 말을 나눴다.

"어쨌든 이로써 우리는 더글라스의 유산에 한 걸음 더 나아간 것 같군요."

"좋네, 그럼 오늘은 이대로 취하고 내일 다른 힌트들을 더 찾아보는 걸로 하지. 자 그럼... 더글라스의 유산을 위하여!"

"위하여!"

우리는 술잔을 들고 건배를 한 후 이곳에 온 이후 처음으로 편안하게 침대에 누울 수 있었다. 다음 날 일어날 끔찍한 일을 꿈에도 모른 채로.

김 종 혁

어릴 때부터 문예창작에 관심이 남달랐다.
대학교에 오기 전부터 교내외 글짓기 대회
에 참여하며 여러 작은 성과들을 거두었고
지금도 현재 진행형이다. 책을 출간한 이
경험이 앞으로의 문학생활에 발판이 되었
으면 한다.

36
시
간

*** 윤성민. 2020. 01. 30. AM 17:15, 성민의 저택

'어제 오후 3시경 송파구 A빌라 골목에서 발생한 월주살인사건의 용의자가 검거되었습니다. 용의자 서 모씨는 범행 동기에 대해 함구하고 있으며 검찰은 계속해서 조사를 진행할 것이라....'

잠자기 전 배고픔은 참기 힘들다. 부엌 선반에 있는 라면 한 봉지를 꺼냈다. 끓는 물에 넣기 전 면을 반으로 쪼갰다. 이건 거의 우리 집에 존재하는 유일한 균열이라고 할 수 있겠지. 누가 봐도 호화로운 저택 주방에서 매일 라면을 끓여먹는다는 사실을 누군가 알게 된다면 나는 그것을 창피해야 할까?

엄마는 바쁜 사람이다. 엄마랑 밥 한끼 제대로 차려먹은 지가 얼마나 되었나 기억도 잘 안 난다. 뭐 때문에 그렇게 바쁜 건지는 모른다. 어느 날은 하루 종일 방에서 잠을 자는가 하면 어느 날에는 밖에 나가 집에 들어오지 않기도 한다. 어렸을 때부터 익숙한 일이기에 지금은 혼자서 요리를 해 먹는 게 더 편할 정도가 되었지만, 방금 TV에서 들린 속보같은 일들은 지금껏 익숙해지긴 커녕 지긋지긋하다. 처음 월주살인사건을 본 건 내가 9살 때였을 것이다.

"엄마, 월주가 뭐야?"

"밤에 사는 사람들이 쳐들어오는 거야"

"넘어와서 사람들 막 죽여?"

"응, 그러니까 엄마 말 잘 듣고 밤에는 절대 집에서 나가면 안 돼. 알겠지?"

"네. 그런데 그 사람들 못 넘어오게 못해?"

"엄마는 그런 사람들이 우리를 해치지 못하게 하는 일을 하고 있어."

"우와, 멋있어! 우리엄마 짱이네."

"그럼, 아들도 멋진 사람 될 거지? 약속!"

"약속."

태어날 때부터, 세상은 밤과 낮 둘로 나뉘어있었다. 학교를 다니기 시작하면서 나는 우리 지구가 원래 24시간이었다는 사실을 배웠고 낮 사회와 밤 사회가 나뉘어있음을 배웠다. 1997년 이상 기후로 인해 갑작스레 하루가 36시간이 되었다는 내용. 인간의 생체 리듬보다 길어진 하루를 감당하고 조율하기 위해 밤과 낮 사회로 나누어 세상이 운영되고 있다는 것과 수업을 듣고 있는 우리는 낮 사람이라고 배웠다. 때문에 지구 과학에 대한 호기심을 갖는 학생들이 대부분이었지만 나의 경우 사회현상에 더욱 관심이 많은 학생이었다.

'세상은 왜 굳이 둘로 나뉘어 운영되며 월야, 월주 살인사건같은 범죄는 왜 발생하는 것인가?'

초등학생일 때부터 지금까지 풀리지 않는 의문의 답을 찾고 싶었던 나에게. 엄마는 아직 깊게 생각할 필요 없다고 말해주었다. 세상 사람들은 이미 뿌리내린 시스템에 그저 순응하여 살아가라고 했다. 그러나 난 언젠가 진실을 깨닫고 엄마처럼 평화를 지키는 사람이 되고 싶었다.

현관을 여는 소리가 들린다.

"성민아, 와서 이것좀 들어줘."

"엄마~ 오셨어요? 뭘 이렇게 많이 사 왔대?"

"네가 맨날 엄마가 해준 음식 좀 먹고 싶다고 자꾸 연락하잖아."

"웬일이래? 기대해도 돼?"

"쯧! 이거 냅두면 상하니까 빨리 냉장고에 넣고 저건 씽크대 위에 올려놔."

형제 누이 하나 없이 자란 나에게 엄마는 늘 친구처럼 대해주었고 바쁘지만 항상 나를 챙겨주려고 했다. 엄마의 눈빛과 표정은 언제나 피곤해 보였지만 나에 대한 말과 행동만큼은 누가 뭐래도 하나뿐인 우리 엄마였다. 사실 오늘은 내 생일이다. 엄마는 지금껏 내 생일만큼은 잊지 않고 찾아와 내 옆자리를 지켜주었다. 오늘처럼. 엄마가 부엌에서 식재료를 정리하는 뒷모습은 낯설면서도 포근하다.

"아 참, 내 정신 좀 봐. 성민아! 깜빡하고 이걸 빼먹었네. 참기름좀 사와라."

"엄마는 손이 참 많이 간다니까."

"조용히 하고 갔다 와."

참기름, 참기름을 사 오기만 하면 됐다. 사 와서 엄마가 해준 음식을 맛있게 먹을 생각뿐이었다. 집까지 3분 거리였기에 밤이 되기 전 참기름이 든 비닐 봉투를 들고 서둘러 뛰어왔다. 그때까지만 해도 나는 그저 엄마가 좋은 평범한 학생이었다. 문을 열고 이상한 것을 발견하기 전까지.

현관에 도착하자 집 복도에는 거뭇거뭇한 신발 자국들이 거실을 지나 주방까지 이어져 있었다. 신발 자국은 최소 5명은 되어 보였다. 발자국들이 향하는 곳으로 조심스럽게 걸어갔다. 그리고 그 끝에는 차갑게 식은 피투성이 시체가 된 엄마가 있었다.

"엄마! 뭐야!"

엄마는 이미 숨을 거둔 후였다. 처음엔 이게 현실이 아니라고 생각했다. 도저히 방금 일어난 일이라고 믿을 수 없었다. 경찰 조사결과는 밤 사람들이 엄마를 흉기로 수십 차례 찔러 죽인 것으로 추정되었다. 우리 집은 한 순간에 접근 금지 테이프로 둘러싸인 범행 현장이 되었다. 부정해도 이미 죽은 엄마가 돌아오는 건 아니었다.

'우리 엄마가 뭘 잘못했는데?'

덜덜 떨리는 손을 부여잡고 다시 담당 형사에게 연락했다.

"혹시... 휴대폰 감식 결과는 나왔나요?"

"명확한 증거자료는 검출되지 않았지만 일단 어머님께서 생전 남긴 메시지의 의미를 해독 중입니다."

"어떤 메시지인가요?"

"원래 조사 과정 중엔 안 보여드리는게 맞는데... 흠, 그럼 이 정도만."

형사는 내 표정을 보고 잠시 고민하더니 나에게 메시지의 내용을 옮긴 수첩을 보여주었다.

'밤낮의 경계선을 뛰어넘는 자의 운명은 죽음뿐이라. 숨기는 자의 운명은 살아 있지 않음이라. 오로지 분열 그것만이 살아있음 그 자체니라'

정확히 어떤 뜻인지 알기 어려운 이상한 메시지와 엄마의 갑작스러운 죽음, 월주살인사건을 직접 겪은 충격 사이에서 혼란에 빠진 나는 경찰서에서 나와 집으로 가던 길에 버티지 못하고 기절하고 말았다.

*** 2020. 02. 01. PM 00:30, 장례식장이 있는 병원

'엄... 엄마!'

잠에서 깨어나기 싫었다. 망할 현실은 엄마가 세상에 없음을 아무렇지 않은 듯 보여준다. 주변을 둘러보니 나는 병실에 입원하고 있었다. 그런데 뭔가 이상했다. 지금껏 내가 본 적이 없는 깜깜한 어둠이 병원을 채우고 있었다.

'이럴 리가 없는데?'

눈을 뜬 걸 확인한 간호사는 내가 입원하게 된 경위를 말해주었고 엄마가 안치된 장례식장으로 가는 길을 안내해주었다. 지금 시간이 몇 시냐고 간호사에게 물었고 그는 나에게 PM 00시 30분임을 알려주었다. 엄마의 죽음마저 믿기지 않는데, 이건 말이 안 되는 일이다. 낮 사람은 분명 낮 시간을 제외하면 본인의 의지와 상관없이 잠들고 깨어나지 못하는 게 정상이다. 나 또한 지금 시간에는 절대 잠에서 깨어날 수 없음을 알기에. 지금 이것이 꿈인지 현실인지 구분이 되지 않을 만큼 혼란스러웠다. 그러나 확실한 현실세계임이 틀림없었다.

낮 사람인 게 밝혀지면 사건이 커질 수도 있겠다는 생각에 아무 말도 하지 않기로 했다. 그러던 중 문득 그런 생각이 들었다. 엄마가 죽은 이유와, 밤의 세상이 어떻게 돌아가는 지, 밤과 낮의 갈등의 근원이 무엇인지에 대한 실마리를 잡을 수 있겠다는 생각. 차라리 잘 됐다는 생각이 들었다. 내가 밤 사람이 된 건지, 아니면 밤 낮 둘다 활동 가능한 인간인 건지 모르겠지만 지금 이것은 분명 하늘이 준 기회였다.

*** 같은 시각 윤성희. 골목길

"퉤"

네온사인 빛이 들지 않는 비좁은 골목에서 담뱃불을 붙인다. 작은 빛을 내다가 스르륵 사라지는 불씨처럼 희미한 존재. 그게 나다. 가족 없이 홀로 밤하늘을 보고 자란 나는 보호소 선생들이 별과 달을 보며 위로받으라는 같잖은 말들을 단 한번도 받아들인 적이 없었다. 별빛을 보기 위해선 하늘을 올려다봐야 했다. 나는 땅바닥에 흩날리는 담뱃불씨와 같기에 별빛은 말 그대로 별빛일 뿐이었다.

나는 엄마가 누구인지, 형제가 있는지도 모른다. 태어날 때 밤 시각에 태어났다는 이유로 밤 사람으로 낙인찍혀 이곳에 버려졌기 때문이다. 내 부모와 형제에 대한 정보가 없어 이것이 유전인지는 모르지만, 나는 특별한 능력을 가지고 있다. 어째서인지 낮에도 잠을 자지 않고 활동할 수 있는 사람이었다. 이 능력을 알게 된 건 커다란 증오심을 품은 이후였다.

삼십미터 정도 앞에 술 취한 아저씨가 혀 꼬부라진 말투로 한탄을 하고 있다.

"낮놈 쌍놈의 새끼들! 지들 다 해 처먹으려고, 쪽팔린 줄 알아야지. 내가 지금껏 어떻게 해 온 것들인데..."

낮 사람들은 밤 사람들과 맺은 협의를 무시하고 몰래 월야범죄 행위를 통해 밤 사회의 기술을 빼앗았다. 내가 태어날 때부터 그런 일들이 잦았다고 하지만 지금은 각 사회의 긴장이 곧 끊어질 만큼 팽팽해지고 전쟁을 준비하고 있을 정도로 혼란스러워졌다. 낮 사회의 주 동력원과 무기는 전기, 철강, 각종 농수산물 생산이라면, 밤 사회의 주 동력원은 IT, 경제 금융, 제조업이었다. 밤과 낮이 서로 도움을 주고 받으며 공존하기 위해 세운 협약은 사실상 의미가 없었다. 양 쪽으로 갈라져 서로 압박하고 약탈하는 행위는 어쩌면 인간의 본성 그 자체일지도 모른다.

하나뿐인 친구가 낮 사람들의 침입으로 죽음에 이르면서 생긴 나의 증오심은 내가 낮에도 활동할 수 있다는 사실을 가르쳐주었다. 당한만큼 되갚아주고 싶어. 그리고 무엇보다 이런 낮과 밤의 낙인 시스템 자체를 증오했다. 그 증오심은 나를 더욱 극단으로 몰아붙였다. 처음엔 낮 사회가 어떻게 돌아가는지 정보를 수집하고 정부 암조직에 팔아넘기는 식으로 시작했다면, 점차 어떻게 하면 낮 사회의 주요 인물들을 암살할 수 있는가에 대한 계획과 정보를 넘기는 정도로 바뀌었다. 그래서 나는 다른 또래들과는 다르게 스스로 살아가는 법을 일찍 배웠다. 비록 혼자였지만 남부럽지 않은 소득을 벌어들였고 밤 사회 정부 암조직의 지령을 완벽히 수행하는 전문 이중 스파이라는 나름대로의 직업을 갖고 있었다. 뭐, 남들만큼 행복하지 못한 것 말고는 다 만족스럽다. 뒤에서 내가 속한 팀의 리더 최태형이 나를 불렀다.

"야, 윤성희 무슨 생각하고 있냐?"

"뭐."

"쌀쌀맞기는, 다음에 우리가 갈 곳은 여기야."

태형 오빠는 휴대폰으로 지도를 보여주며 설명을 이어나갔다.

"2월 6일 18시까지 내가 말한 장소로 와. 꼭 와야 돼"

"오빠."

"어, 왜?"

"칼로 찌를까? 아니면 뒤에서 끈으로 목을 조를까?"

"네가 하라는 말은 한 적 없는데, 넌 손에 피 묻히지 마. 힘 좀 빼."

"뭐래."

그가 나의 눈을 바라보며 생각이 많은 표정을 지었다.

"난 네가 사람을 어떻게 죽이냐느니, 잔인하다느니 그런 말을 할 줄 알았는데. 많이 달라졌어. 대견하지만 좀 씁쓸하네... 너무 강한 독은 몸에 해로워. 우린 병든 사회의 바이러스 같은 놈들을 죽이는 약일 뿐이야."

"이상한 소리하지 마. 나는 내가 잘 아니까."

*** 윤성민. 2020. 02. 02. PM 07:30, 병원 외곽 도로.

밤에 운영을 하는 병원이었기에 해가 진 7시에도 출입이 자유로웠다.

그래서 나는 몰래 옷을 갈아입고 병원을 나왔다. 태어나서 처음 느껴보는 밤 공기와 귀뚜라미 소리가 신기했다. 하늘에는 반짝이는 별들이 수놓아져 있고, 지상에는 각종 고층 건물들의 형광등이 나를 봐달라는 듯 휘황찬란하게 켜져 있었다. 병원 외곽에서 시내 쪽으로 조금 더 걸어오자 눈부신 네온사인과 전광판, 건물에 붙은 대형 TV가 동네를 밝히고 있는 걸 볼 수 있었다. 하지만 밤의 아름다움에 취할 여유는 없었다. 자칫 들키기라도 하면 어떻게 잡은 이 기회를 거품으로 만들 수 있기 때문이었다.

일단 가장 먼저 가야 할 곳은 우리 집이었다. 수사 과정이 밤에는 어떻게 이루어지고 있는지 확인하고 싶었다. 휴대폰으로 확인하니 병원에서 집까지 가려면 버스를 타고 20분 정도 걸리는 거리였다. 정류장에서 버스를 기다리는데 나는 뭔가 특이한 점을 발견했다. 밤 사람들은 하나같이 하얀색 계열 색의 옷을 입고 있었다. 유행이라기엔 나 빼고 모든 사람이 하얀색 옷을 입고 있었다. 나만 검은색 패딩 점퍼를 입고 있어서 뭔가 불안했다. 서둘러 이동해야 할 것 같았다. 5분 정도 기다리자 버스가 왔다. 버스기사 역시 흰 옷을 입고 있었다. 그리고 교통카드를 찍었다.

"삐빅— 등록되지 않은 카드입니다. 정상 등록 후 이용해 주십시오."

내 카드가 안 찍힐 리가 없는데?

"삐빅— 등록되지 않은 카드입니다. 정상 등록 후 이용해 주십시오."

밤 사회는 전용 카드를 따로 등록해야 하는 모양이다. 버스기사가 나를 힐끗 쳐다보았지만 침착하게 주머니를 뒤져보니 다행히 지폐 2천원이 들어있었다. 저 기기 음성의 단어선택이 조금이라도 달랐으면 위험할 뻔했다. 재빨리 돈을 집어넣고 아무렇지 않게 자리에 앉았다. 그리고 집 근처

정류장에서 내렸다. 생각해보니 집 근처에 경찰이 대기중이므로 일단 가까이 가지 않고 굵은 가로수 뒤에 숨어 정황을 지켜보았다. 그런데, 이상하게도 경찰들이 보이지 않았다.

'낮에는 철통경계를 하던 사람들이 어디로 간 거지? 벌써 사건이 마무리 된 건가? 그럴 리가 없는데.'

혼자 생각에 빠진 채 집 쪽을 바라보고 있었다.

갑자기 누군가가 덥석 내 등 뒷자락을 세게 잡아당겼다. 정말로 깜짝 놀라 심장이 내려앉을 뻔했다.

"헉!"

"여기서 뭐해요?"

"아뇨, 그, 저... 이상한 사람 아니에요. 근데... 누구세요?"

그는 투박한 얼굴과 짧은 머리, 역시나 하얀 계열 색 옷을 입은 남자였다. 그가 차갑게 웃으면서 말했다.

"그런 말 하니까 더 이상해 보여요. 그냥 여기 사는 사람인데, 왜 이렇게 당황하지?" "아..."

여기서 잡히면 모든게 끝이라고 생각했다. 그래서 도망치기로 했다. 남자가 어쩌고 저쩌고 떠드는 동안 숨을 고르며 주위를 살펴보았다. 혹시나 다른 사람들이 도망치고 있는 나를 목격하기라도 하면 일이 더 피곤해질 수 있다. 도망갈만한 곳이 보이자마자 망설임 없이 남자를 뿌리치고 달아났다. 뒤에서 남자의 목소리가 들린다.

"어디가!"

나는 남자의 목소리가 더 이상 들리지 않을 때까지 온 힘을 다해 질 주했다. 숨통이 금방이라도 터질 것 같았다. 솔직히 살면서 이렇게 도망쳐 본 적이 없긴 하다. 저 사람이 신고라도 하면 어떡하지? 지금은 일단 이 자리에서 멀리 달아나는 게 중요했다. 나는 우리 집에서 3km 정도 떨어진 옆 동네 빌라 단지 주차장에 도착했다. 차량 뒤에 웅크려 앉아 주변을 둘러보며 다음 동선을 생각했다. 아무렇지 않게 병원으로 돌아가 누워있으면 되지 않을까, CCTV에 찍히는 건 아닐까 하는 여러 생각에 혼란스럽다.

어디로든 가야겠다는 생각에 안절부절못하는 동안 번쩍이는 사이렌 불빛이 다가왔고 그것은 나의 짧은 혼란마저 깨뜨리고 말았다. 방금 그 남자가 신고한 게 확실했다. 경찰차는 전방 10m쯤부터 점점 서행하더니, 내가 숨어있는 차량 앞에서 멈춰섰다. 무전기를 차고 야광등을 쥔 경찰 두 명이 차에서 내려 이쪽으로 뚜벅뚜벅 걸어왔다. 나는 숨을 참았다. 미친 듯이 뛰는 내 심장 소리가 들키지 않기를 바라며 입을 막았다.

'X 됐다.'

경찰들이 서로 속삭이며 다가온다.

"여기, 맞죠?"
"네. 맞아요."

그들과 마주하기 직전, 나는 내 뒤에 있던 담벼락을 뛰어넘었고 전력으로 도주하기 시작했다. 그러나 생전 운동과는 담을 쌓고 살았기에 더 이상 달리는 건 무리였다. 몸을 숨길 수 있는 골목으로 꺾어 들어갔고 나를 쫓던 둘은 무전으로 상황을 보고하거나 지원요청을 하는 것 같았다. 골목에 있던 망가진 상업용 간판 뒤에 간신히 몸을 숨겼고 그 뒤 10분 동안 사이렌 소리는 온 동네에 퍼지며 둘, 셋, 다섯으로 늘어났다. 막다른 길이었고 더 이상 도망칠 곳이 없었다. 일이 점점 커지고 있다. 두려움과 절망감에 마른 눈물을 훔쳤다. 그러나 유감스럽게도, 세상은 그럴 틈 조차 주지 않았다.

"박 순경, 이쪽도 확인해 봐."
"넵."

그들이 쥔 손전등에서 뻗어나온 빛 기둥이 내 옆을 수 차례 가로질렀다. 이윽고 나를 가려주고 있던 간판을 비추더니 그 빛이 그대로 멈췄다.

"확인해보겠습니다."
"아니야, 가만히 있어. 내가 갈 테니까 옆에 붙어있어."

그들은 공포에 떨고 있는 내게 빛을 사정없이 쏘아대었고, 그 불빛 뒤에 보이는 사람 형체들은 빠르게 불어났다. 철컥거리는 수갑 소리를 내며 누군가 다가온다.

"당신을 월야죄 현행범으로 체포합니다. 일어나세요."
"제가 뭘 잘못했는데요?"
"자세한 건 서에 가서 얘기합시다. 얼른 일어나세요."

경찰서에 도착하고, 그들은 신고받은 내용을 읊었다. 수상하게 검은 패딩을 입고 있는 옷 차림새, 얼마 전 낮 사회에서 살인사건이 일어난 주택을 나무 뒤에 숨어 관찰하고 있던 모습, 당황하며 도망가는 모습들을 보인 이유가 무엇인지 내게 물었다.

"그러니까, 제 말은…"

"잠을 잤더니 밤에 일어났다. 그게 말이 안 돼요. 당신이 전 세계 백만 명 중 한 명 꼴로 존재하는 하이브리드 인간이라는 겁니까? 솔직히 말하세요."

"저도 모르겠다고요, 제 신상을 전산에 입력해보세요. 분명 낮 사람이라고 나올텐데."

바로 옆자리에 앉은 다른 형사가 내 이름을 입력하고 있다.

"윤…성…민… 어!?"

내 앞에 앉아있던 형사가 말을 이어갔다.

"사태 파악이 잘 안 되는 것 같은데, 최근들어 월야범죄와 월주범죄같은 일이 잦아지고 밤과 낮이 초긴장상태에 있다는 건 초등학생도 아는 사실이에요. 그러니까 당신이 그 약을 먹고 온 사람인지 아닌지는 모르는거라구요. 솔직히 초월형 인간이라도 그쪽처럼 허술해 보이지도 않을 것 같고… 얼마전 일어났던 살인사건 현장에 머물렀던 점과 여러 정황상 당신은 계획적으로 월야범죄를 했을 가능성이 다분합니다."

"네? 약이요?"

"평소에 뉴스 잘 안 보죠? 아니면 낮쪽에선 방송을 안 했나?"

"아니요? 그럴 리 없는데… 죄송하지만 그게 뭔지 여쭤봐도 될까요?"

그가 한숨을 쉬었다.

"나는 선생님이 아니에요. 진술서나 마저 작성하십쇼."

진술서를 작성하던 중 다른 형사가 내 앞에 앉아있던 형사를 불렀다.

"뭡니까?"

"이것 좀 봐봐."

"...!"

그들이 갑자기 당황한 표정으로 모니터 화면과 나를 번갈아 쳐다본다.

"윤성민씨, 어머니 성함이 이지숙 맞습니까?"

"네. 그런데요?"

"왜 진작 말씀 안 하셨어요?"

"...경황이 없었어요."

"미안합니다. 심심한 위로를 건네드립니다."

"아... 네."

왜 말 안 했긴. 여기서 구태여 엄마에 대한 이야기까지 꺼내고 싶지 않았으니까. 나에 대한 정보는 최대한 숨기려고 했으니까. 내 일은 내 선에서 끝내고 싶었다. 아무튼 경찰이 진상을 알고 미안해하는 것 같으니 슬슬 풀어줄 기세다. 그나저나 약에 대해서 더 알아볼 필요가 있다. 조사해 봐야겠다. 일단 오늘은 병원으로 서둘러 돌아가야지.

"저, 이제 끝난 건가요? 나가고 싶어요."

"윤성민씨."

"왜요?"

"지금 나가시면 위험해요. 보아하니 밤 사회에 대해 아무것도 모르시는 것 같은데. 일단 서에 계시다 해가 뜨면 나가시죠."

"그럴 필요 없는 데... 그냥 원래 있던 병원으로 갈게요."

"안됩니다."

"괜찮으니까 좀 보내주세요."

"따듯하게 히터도 틀어드릴 테니 그동안 여기 계세요. 뭐 먹고 싶은 거 있어요?"

"아니 저 가고 싶다니까요? 왜 그렇게까지 하시는 거예요?"

"설명하자면 길어요. 들려줄 테니까 여기 앉아봐요. 짜장면 어때요? 박 순경! 중국집에 전화 좀 해봐."

"넵!"

여기서 시간을 지체할 여유가 없었다. 병원에서 내가 사라졌다는 게 들키기 전에 돌아가야 했다. 하지만 형사의 말처럼 나는 밤 사회에 대해 아는 것이 아무것도 없었다. 괜히 밖에 나갔다가 위험한 상황에 처해 뭔 일이 생길지 모른다. 무슨 이야기를 하는지 들어보기나 하자.

*** 최태형. 2020. 02. 06. AM 17:30. 어느 주택

곧 타겟들이 도착할 시간이 다 되어간다. 차 안에 숨어 쉬지 않고 언제 나타날지 감시하느라 눈에 핏줄이 벌겋게 서기 시작한다.

'아직 성희는 안 왔나 보군, 18시까지 이제 30분밖에 안 남았는데. 빨리 와라.'

나는 '점퍼'의 리더로서 이번에 주어진 임무를 반드시 완료해야 한다. 이미 그래야만 하는 몸이 되었으니까. 누군가는 우리를 복수심에 사로잡힌 불쌍한 존재로 여긴다. 난 그런 동정심을 혐오한다. 당한 만큼 되돌려주는 건 당연한 게 아닌가? 독기로 가득 찬 자신을 연민하는 것만큼 수치스러운 일도 없다. 최소한 점퍼의 멤버들은 모두 그렇게 생각할 것이다.

밤 사회에 대한 모든 걸 빼앗으려 하는 낮 사회 세력에 저항하기 위해 탄생한 조직이다. 우리의 역할은 밤 사회를 혼란에 빠뜨리는 낮 사회 주요 인물 수색, 암살이다. 점퍼는 밤 사회의 그림자 같은 존재. 덕망이 높고 선과 지혜를 가진 밤 사회 대표마저도 묵인하고 있을 정도의 필요악이라고도 할 수 있겠다. 우리는 왜 임무를 완수해야만 하는 몸이 되었나? 뭐라고 해야 할까. 우리가 독 그 자체이고, 또 독이 든 잔을 마셔버렸기 때문이라고 말하면 되려나. 멀리서 성희가 빠르게 걸어온다.

"오빠, 미안."

"야, 하마터면 늦을 뻔했잖아."

"그래서? 내가 늦었어?"

"휴. 자꾸 그럴래? 언제까지 철없이 굴 거야."

"나 쳐다보지 마. 놓치면 어떡하려고."

"됐고. 내가 말한 인상착의 기억하지?"

"코트에 곱슬머리를 한 건장한 체격."

"좋아. 조금만 기다리면 돼. 긴장하지 마."

"긴장한 적 없어. 빨리 끝내자."

시계가 오전 17시 45분을 가리킨다.

"슬슬 올 때가 됐군."

차 창문 앞으로 승용차 하나가 도착했다. 하얀 코트를 입고 파마를 한 듯한 곱슬머리에 키가 180 초반은 되어보이는 남자가 하차했다. 그가 집 현관으로 걷고 있다. 기회가 온다. 한 두 번 해본 일이 아님에도 습격하기 직전이면 가슴이 쿵쾅거린다. 매번 그랬듯 크게 호흡을 가다듬는다.

"준비해. 이제 간다."

"오빠, 이번엔 내가 할게."

"갑자기? 넌 그냥 지금까지 하던 것처럼 서포트만 해."

"매번 뒤에서 지켜보기만 했잖아. 보여줄게. 잘 봐."

"그건 나중에 나 없을 때 해도 돼."

"싫어! 내가 말했지. 그런 식으로 나 챙길 필요 없다고."

"말 들으라니까. 야, 윤성희!"

암살용 와이어를 한 손에 쥔 성희가 차 문을 조심스럽게 열더니 그의 집 현관 쪽으로 잠입하며 시야에서 사라졌다. 주택 담벼락 위로는 흰 코트를 입은 남자의 머리가 보였고 얼마 지나지 않아 그것은 외마디 '윽一' 하는 소리와 함께 무언가에 질질 끌려가며 담벼락 밑으로 자취를 감추었다.

누군가를 죽이는 일은 께름칙하다. 난 차 안에 있기 때문에 저 남자의 외마디 신음밖에 듣지 못했으나 성희 녀석 눈앞에 있는 남자는 분명 고통에 발버둥치며 꺽꺽거리고 있을 것이다. 나는 점퍼의 리더지만 원래 사람을 죽이는 걸 좋아하는 인간은 아니다. 아무리 그 사람이 죄를 갖고 있어도 죽이는 순간만큼은 기분이 더럽다. 점퍼들 사이에서 가장 경험이 많음에도 신음 소리와 죽음을 앞둔 표정을 마주하는 데 아직 완벽히 적응하지 못했다. 리더이기 때문에 티를 안 낼 뿐이지. 그래서 내가 죽일 땐 보통 짧으면 5분 이내로 빠르게 숨을 끊어준다. 나름대로 상대가 고통받는 시간은 줄여주겠다는 최소한의 인도적 처치인 것이다. 온몸에 피를 튀긴 성희가 돌아와 차에 탔다.

"끝났어. 가서 확인해 봐."

"너 이 피는 뭐야. 와이어로 질식시켜서 죽인 거 아니야?"

"뭐 어때. 저런 놈들은 칼로 찌르든 목을 조르든 상관없잖아."

"그건 그렇지. 근데 너... 아니다. 일단 보고 온다. 기다려."

주택 현관 앞에 남자가 쓰러져 있는 걸 보았다. 그의 목에 선명한 와이어 자국은 물론이고 칼에도 수차례 찔려 아직도 배에서 피가 불룩 뿜어져 나오고 있었다. 첫 시도에서 이렇게까지 할 필요가 있었나?

"성희야."

"응."

"처음이잖아. 기분이 어때?"

"'나도 할 수 있구나!'라고 생각해서 기뻤어. 그거 말곤 딱히 없었는데. 왜?"

"근데, 칼로 찌를 필요까진 없지 않았어? 혈흔이 남잖아."

"어차피 우리 밤으로 돌아가면 아무 문제 없잖아. 그리고 오빠도 나 못지 않게 피 튀기면서 죽여왔으면서 새삼스럽게 왜 그런대? 아무튼 칭찬해줘."

나는 아주 진하게 내린 블랙커피처럼 몹시 씁쓸한 마음을 숨긴 채 웃으며 말했다.

"예전에 내가 알던 성희가 맞나? 많이 달라졌다. 잘 컸네. 우리 성희."

"뭐야~ 고마워. 앞으론 오빠만 하지 마. 나도 같이할래. 다음 타겟은?"

"윤성민. 우리가 얼마 전 죽였던 이지숙의 아들. 원래 그때 윤성민도 같이 죽였어야 했는데, 걔가 마트에 나갔었잖아. 사진 다시 보여줄게. 이렇게 생겼어."

"음... 알겠어. 날짜 잡으면 말해줘."

"그래."

*** 윤성민. 2020. 02. 02. PM 13:30, 경찰서

그들은 우리 엄마가 월주살인을 당했다는 사실을 알고 나서 꽤 우호적인 태도로 바뀌었다. 나는 다시 약에 대해 물었고 그들은 자신들이 알려줄 수 있는 정보 내에서 설명해주었다.

"그러니까, 그 약을 먹으면 밤과 낮을 넘나들 수 있게 해 준다는 거죠?"

"네."

"부작용으론 한 달 주기로 약을 먹어주지 않으면 죽는 거고요."

"네. 그렇습니다. 그러니까... 지금까지의 조사에 따르면 밤 사회에는 월야범죄와 낮 국가에 대한 보복을 목적으로 창설된 조직이 있습니다. 점퍼라고 부르더군요. 그들이 해당 약을 복용한 자들이고요."

"그럼 죽지 않으려면 약을 다시 구해야겠네요. 어떻게?"

"바로 그 점이 세간에서 지적하고 있는 문젭니다. 해당 약 대부분은 그들이 소속된 정부 기관 암조직이 갖고 있습니다. 그들은 점퍼에 지령을 하달합니다. 임무를 완수하면 제한된 수량의 약을 지급해주죠. 점퍼는 그것에 의존할 수밖에 없고요."

"약을 다시 얻기 위해서 지령을 따라야만 하는 거군요."

"원래 그 약은 밤과 낮의 경계를 허물어뜨리고 서로 돕기 위해 밤 사회에서 한창 개발 중이던 약이었습니다. 그런데 낮 사회 대표 고승택이라는 놈은 욕심에 눈이 돌아서 아직 개발이 끝나지도 않은 약을 빼앗아갔습니다. 부작용을 해결하지도 못했는데 말이죠."

"당시엔 낮 사람들이 밤으로 어떻게 넘어갔어요?"

"하이브리드형 인간이 존재했으니까요."

"어렸을 때부터 가끔씩 말로만 들었는데 그런 존재가 실제로 있었군요."

"네. 성민씨도 약을 안 먹었는데 밤 사회에 왔다고 했죠? 불가능한 일이 아닙니다."

"그럼 제가 하이브리드형 인간일 수도 있다는 거예요?"

"그건 아직 확정 지을 수는 없지만, 정말로 약을 먹지 않은 게 사실이라면 그렇겠죠."

이야기를 듣고 잠시 생각에 잠겼다.

'그렇다면 우리 엄마가 암조직의 지령을 받은 점퍼에게 당한 건가. 암조직은 왜 엄마를 표적으로 삼은 거지? 무슨 죄를 지었다고? 이유가 뭔데?'

"혹시, 엄마가 당한 것도 점퍼들의 소행일까요?"

"그럴 확률이 매우 높습니다. 낮 사회에서 아직도 범인의 행방을 못 찾는 걸 보면 그림이 나오죠."

"...살해당할 만한 이유가 있었을까요? 알고 계신 거 있으시면 말씀해주세요."

모니터 화면만 쳐다보고 있던 형사의 표정이 한순간 어두워지더니 다시 원래 표정으로 돌아왔다.

"앗, 전화가 와서 잠시 일 좀 보고 오겠습니다. 그건 조금 있다가 말해드릴게요. 편하게 쉬고 계세요."

"네."

그가 나가있는 동안 엄마를 타겟으로 삼은 이유에 대해 곰곰이 생각해 보았지만 역시 감이 안 잡힌다. 짚이는 게 있다면 엄마의 생활 패턴이 일정하지 않았다는 점 정도? 어느 날은 자기만 하고 어떤 때는 집에 아예 없었으니까. 실마리도 찾지 못한 채 두어 시간이 지났고 형사가 돌아왔다. 아까 이야기하던 부분을 마저 물어보고 싶었다. 그런데 형사의 표정이 차갑다. 우호적이던 방금 모습과 다르게 서늘해보인다.

"형사님."

"예?"

"바쁘신가요?"

"아, 네네. 아까 뭐 물어보셨었죠?"

"네. 엄마를 표적으로 삼은 이유를…"

아무것도 모르는 내 표정을 보던 형사의 입꼬리와 콧구멍이 조금씩 씰룩거리더니 그가 푸하하하ㅡ 폭소를 터뜨렸다.

"왜 그러시죠?"

"미안합니다. 성민씨. 이 사건. 검찰 국가범죄과에 송치한다고 늦었네요."

"그게 무슨 말씀이에요?"

"신상 확인됐을 때부터 미리 연락해두었죠. 어디 안 가게 잡아놓는다고 남들은 이미 다 아는 약까지 설명해주느라 얼마나 애썼는지. 성민씨는 몰라."

"네...? 우리 엄마 사건을 검찰로 넘겼다는 거죠?"

"글쎄요. 자세한 건 그쪽에 가서 들어보세요. 강 경위! 얘 수갑 채우고 데리고 가."

"넵!"

손에 수갑이 채워졌다. 경찰차로 끌려가며 뒤를 돌아볼 때 형사는 콧노래를 부르며 고개를 끄덕거리고 있었다.

*** **2020. 02. 02. PM 16:10, 중앙 검찰청 출입구 앞.**

검찰 앞에 도착하자마자 방송국 기자들처럼 보이는 사람들이 우르르 몰려와 나에게 마이크를 갖다 대었다. 쉴 새 없이 터지는 카메라 플래시에 눈부셨다. 동시에 온갖 질문을 퍼붓는다.

'!#@^%&?'

'약을 먹지 않고도 밤 사회로 넘어온 게 맞습니까?'

'무슨 목적으로 밤 사회에 넘어온 건지 한 말씀만 해주세요.'

'어머니의 복수를 위해 넘어온 게 맞습니까?'

'잃어버린 가족을 찾기 위해 넘어온 게 사실입니까?'

'본인이 하이브리드형 인간이라고 생각하시나요?'

아직 무슨 일이 생기고 있는지 파악이 안 된 나는 '죄송합니다.'라는 말만 반복하며 인파를 뚫고 이동했다. 이 상황이 절망스럽다. 이렇게 반국가적 범죄자가 되는 건가?

난 검찰의 집요한 취조를 받고 나서야 상황을 뒤늦게 깨달았다. 그들은 내가 약을 먹고 넘어왔냐는 내용의 추궁이 아닌 하이브리드형 인간임을 언제부터 깨닫게 되었고 왜 밤 사회로 넘어온 것인지에 대해 물었다. 또 엄마의 이름을 꺼내며 아는 것을 다 털어놓으라고 했다. 나는 평소에 보던 엄마의 모습 그대로를 이야기했다. 그것 말고는 더 이상 아는 게 없다고 했다.

그리고. 그곳에서 엄마의 숨겨진 모습에 대한 이야기를 듣게 되었다. 엄마는 하이브리드 능력을 활용해 밤 사회에서 개발 중인 약을 훔쳐오는 데 일조했으며 이외에도 고유의 능력으로 밤 사회를 위태롭게 만들었다고 한다. 그건 내가 알던 엄마가 아니었다. 그들이 풀어놓는 사실을 들으며 넋을 잃고 말았다. 정신을 차려보니 구치소에 갇혀 있었고 그 안에서 난 혼란과 절망에 두들겨 맞듯 공포에 떨었다.

*** 윤성희. 2020. 02. 08. PM 03:20. 자택.

보일러를 틀어도 춥다. 창밖으로 함박눈이 내리고 있다. 이틀 전 내가 죽인 남자는 지금쯤 장례식장에 갔을까? 아니면 눈에 뒤덮인 채 얼어가고 있겠지. 당시 피투성가 되었던 내 손. 지금은 깨끗하네. TV를 보고 있는데 전화가 왔다. 태형 오빠의 목소리가 들린다.

'2월 12일. 15시. 헌법재판소 옆문. 방법 : 납치 후 약물 중독사, 유기. 통화 바로 끊을 것.'

전화를 끊고 휴대폰을 어루만졌다. 오빠. 오빠도 나한테 기대도 돼. 언제까지나 어렸을 때처럼 마음 약한 내가 아니니까. 내가 도와줄게. 오빠는 나에게 늘 고마운 사람이었어. 나도 오빠에게 그런 사람이 될 게. 더 이상 혼자서 힘들어하지 말고. 홀로 어둠을 짊어지지 마. 생각에 잠긴 동안 TV에 속보가 올라왔다.

'최근 월야 범죄 혐의로 윤 모씨가 구속되었습니다. 윤 모씨는 어떠한 악의도 없이 밤 사회에 왔다고 주장하고 있습니다. 김재현 기자입니다.'

'지난 2월 2일 25시 30분 경 낮사람 윤 모씨는 산책 하던 시민의 경찰 신고를 통해 도주 끝에 붙잡힌 뒤 검찰에 송치되었습니다.'

'무슨 목적으로 밤 사회에 넘어온 건지 한 말씀만 해주세요.'
'죄송합니다.'
'어머니의 복수를 위해 넘어온 게 맞습니까?'
'잃어버린 가족을 찾기 위해 넘어온 게 사실입니까?'
'죄송합니다.'

'윤 모씨는 약의 도움 없이 밤 사회로 온 점과 어떠한 악의도 없이 넘어왔으며 사죄를 표명한다고 진술했습니다. 조사결과 약을 투여하지 않은 것으로 밝혀졌으나 검찰은 다른 목적이 있는지에 대한 의혹에 대해 추가적인 조사를 할 것으로 입장을 밝혔고, 윤 모씨가 2월 12일 헌법 재판소에 출석하게 될 것이라 전망하고 있습니다. 국민 여론은 윤 모씨의 친어머니가 지난 이십여 년간 밤 사회를 위기에 빠뜨리는 데 일조한 이지숙 낮정부 국가존속위원회장관이라는 근거로 엄중한 처벌을 요구하는 목소리가 커지고 있습니다. 이상 GBC 김 기자였습니다...'

TV에 나온 남자는 태형 오빠가 이틀 전 보여준 사진의 그 인물이다. 그런데 뭔가 이상했다. 우리가 제거해왔던 수십 수백 명의 녀석들처럼 그냥, 그렇구나. 하고 여기면 되는데 왠지 이 사람에 관련된 것들은 계속 마음 한 구석이 찜찜했다. 평소에 뉴스도 잘 안보는 내가 왜 이렇게 눈여겨본 걸까.

지금껏 나는 점퍼 임무를 수행해오며 일 처리에 대해서는 사적인 감정이 없어졌다고 확신했다. 낮 사회와 낙인 시스템에 대한 증오심에 몸을 맡긴 난 그저 지령을 완벽히 수행해내는 밤사회의 칼이 되겠다고 결심한 뒤로 누굴 죽이든 그저 표적으로 여겼을 뿐이었다. 그게 옳으니까. 하지만 이 사람만큼은 자꾸 더 궁금해진다. 정말 이상하다.

그는 나와 묘하게 닮았다. 이름부터, 생김새와 특유의 분위기까지. 특히. 뉴스에서 '약을 안 먹고도 밤 사회에 왔다'던가, '잃어버린 가족'이라는 둥 말하는 걸 보면 내 혈육일 수도 있지 않을까? 싶은 생각이 잠깐 들었지만 고개를 저었다.

'근데, 설령 그렇다고 해도 어쩔 건데? 혈육이라고 해도 남이나 마찬가지 아닌가? 넌 엄마랑 같이 살아서 좋았겠다. 그치?'

사실, 마음만 먹으면 이지숙과 윤성민 그리고 나의 관계를 확인할 수 있다. 태형 오빠는 언제나 나를 믿으니까. 인물 파일쯤이야 얼마든지 열람할 수 있게 자료실에 업로드해 두었다. 표적을 알아보고 감정이 개입하면 안 되는 걸 누구보다 잘 아는데도 계속 고민했다. 살면서 처음 느껴보는 이 감정을 무시하기 힘들었다. 이왕 이렇게 된 거 그냥 눈으로 확인하자.

자료실에 접속했다. 우리가 제거해왔던 인물들과 앞으로 제거해야 할 표적들에 대한 정보가 리스트 형식으로 펼쳐져 있다. 마우스 스크롤을 조금 내리니 이틀 전 우리가 제거한 〈배재호 자료조사 파일〉이 보였고 더 내리니 〈윤성민 자료조사 파일〉을 찾을 수 있었다.

'자, 확인해볼까?'

*** 윤성민. 2020. 02. 12. PM 14:20. 헌법재판소.

"피고는 병원 입원 도중 2월 2일 25시 30분경 친모 이지숙 월주살인 사건이 있었던 자택을 찾아왔고 시민과 마주친 뒤 도주한 사실을 인정합니까?"

"네."

"피고 윤성민은 밤과 낮 간 사회적 냉전이 흐르는 시국에 월야가 중범 죄임을 인지하였음에도 활동했습니다. 피고 본인은 악의가 없었다고 주장하였으나 전 국가적 혼란을 야기하는 법을 어긴 것과 위법 행위임을 인지하고도 행동한 점에 대한 엄중한 처벌을 요구하는 바입니다."

"피고, 진술한 내용이 모두 사실입니까?"

"맞습니다."

재판소 안이 술렁인다.

"정숙하세요. 변호측, 주장 있습니까?"

"...없습니다."

"더 이상 이견이 없으면 판결 내리겠습니다. 피고, 마지막으로 할 말 없습니까?"

"..."

"그럼 판결을..."

'더 이상 할 수 있는 게 없어. 엄마, 나 어떡해야 돼? 무서워. 무섭다고. 다 그만하고 싶어! 그런데... 이렇게 처벌받고 감옥에 갇히면 뭐가 바뀌지?'

"자, 잠깐만요. 판사님. 솔직하게 다 말씀드리겠습니다. 한 번만 들어주세요. 부탁드립니다."

"말씀하세요."

"저는 하이브리드형 인간이 왜 위험하기만 한 존재인지 모르겠습니다. 낮 사회에서 그저 평범한 학생으로 살아가고 있었고 월야에 필요한 약의 존재를 몰랐습니다. 사회 현상에 관심이 많고 잘 안다고 스스로 생각했는데, 알고 보니 아는 건 하나도 없었어요."

고개를 숙인 채 계속 말했다.

"전 낮 사람인 줄 알고 평생을 살았습니다. 엄마의 죽음으로 인해 밤에 잠에서 깨어났고, 그 원인을 알고 싶은 의도로 활동했습니다. 존경하는 판사님, 제가 잘못인 걸 알면서 몰래 활동한 부분에 대해 정말... 정말 깊이 죄송합니다. 얼마나 심각한 범죄인지 더 깨닫고 뉘우치겠습니다. 하지만 판사님. 저는 아직 모르는 게 너무 많습니다. 진실을 깨닫고 더 이상 이런 일들이 일어나지 않는 세상을 만들고 싶어요."

재판소에 정적이 흘렀다. 내 얼굴은 눈물로 범벅이 되어있었다.

"피고, 고개 들어보세요."

내가 고개를 들자 판사가 말을 이었다.

"방금 피고가 이야기한 정황과 사실들은 사실 변호측에서 이미 다 전달한 내용들입니다. 하지만 진실을 깨닫고 세상을 더 낫게 만들고 싶다는 부분은 전달 받은 적이 없어요."

변호사가 준 휴지로 콧물을 닦으며 대답했다.

"...네."

"오늘 판결은 보류하겠습니다. 다음 재판 날짜는 추후 전달하겠습니다."

우여곡절 끝에 재판이 종료되었다. 왜 갑자기 내 말을 들어주는 건 진 모르겠지만 난 지금 제 정신이 아니었다. 이 상황에서 빨리 벗어나고 싶었을 뿐이었다. 너무도 복잡한 생각과 걱정들을 내려둔 채 구치소로 돌아가기 위해 경찰차로 향했다. 경찰 제복을 입은 두명이 나를 끌고 간다. 오늘은 경찰차가 아니라 승합차를 타고 가나 보다.

아무생각 없이 승합차를 타려던 순간이었다. 갑자기 호루라기가 삐익―하는 소리가 들렸다. 경찰로 보이는 사람들의 목소리도 들린다.

"당신들 뭐야!"

"씨발. 오빠. 안 되겠다. 그냥 버려."

"뭘 버려! 버리긴, 빨리 태워!"

"좆된다고! 버려!"

"쳇."

그들은 나를 밖으로 던져버린 후 도주했다. 차량의 뒷모습이 순식간에 시야에서 사라졌다. 얼떨떨한 나에게 검은 정장을 입은 여자가 다가왔다. 경찰들이 나를 데리고 가려고 하자 여자는 경찰들에게 은색으로 빛나는 뱃지를 보여주며 손사래를 쳤다. 그러자 경찰들이 물러섰다. 여자가 말을 걸었다.

"윤성민씨, 맞죠?"

"네, 그런데 누구시죠?"

"저는 밤사회 정부 기관 소속 인재관리부장입니다."

"무슨 일로 저를 찾아오셨죠?"

"일단 따라오시죠. 이런 곳에서 얘기 나누는 것보단 훨씬 나을 것 같네요."

여자가 귀에 착용한 마이크에 뭐라고 속삭이자 몇 분 지나지 않아 검은색 고급 승용차가 도착했다. 그리곤 차에 타고 있던 사람들이 내려 문을 열어주었다. 목적지로 가는 동안 그들은 나를 편안하게 쉴 수 있도록 배려해주었다. 뒷좌석에 앉아 창 밖을 보며 마음을 가다듬었다.

*** 2020. 02. 12. PM 16:30 어느 저택의 카페.

"생각이 복잡하시죠? 편한 곳에 앉아요.""아... 네. 괜찮아요. 일단 구해주셔서 감사합니다."

"할 일을 했을 뿐이에요."

"이제 얘기해주셔도 돼요."

"오늘 재판에서 마지막으로 남긴 말. 잘 들었어요."

"사실 뭐라고 말했는지 기억도 잘 안 나긴 하는데, 감사합니다."

"판사님은 성민씨의 그 말을 듣고 생각이 바뀌신 것 같아요. 이 시국에 이런 사건은 워낙 예민한 문제인 데다 빈번하게 벌어지기에 단호하게 판결을 내리시는 편인데도 말이죠."

"그런가요?"

"판사님은 성민씨에게서 뭔가를 보았는지 밤 사회 심상현 대표님께 오늘 재판소에서 있었던 일을 전달했어요. 그리고 심상현 대표님의 지시로 저희 인재관리부에서 성민씨를 구하러 온 거고요. 지금쯤이면 이미 언론에 퍼진 성민씨에 대한 의혹이나 여론들을 소멸하는 작업도 들어갔을 거예요."

"그럼 구치소에는..."

"안 가도 되죠."

"감사합니다..."

주문한 커피가 나오고, 여자는 커피 향을 맡으며 말을 이었다.

"다만, 성민씨가 우리에게 도움을 주었으면 해요. 또 저희 입장에서도 성민씨가 어떤 분인지 확인할 필요가 있고요."

"무슨 도움이요? 제가 할 수 있는 게 있나요?"

"있죠. 그것도 아주 많이요. 참고로 조금 있다가 심상현 대표님을 뵈러 갈 거예요."

"저 같은 평범한 사람이 어떻게?"

"평범하다뇨. 만나뵙게 되면 생각이 많이 달라질 거예요. 지금보다 비교도 안 될 정도로 멋진 쪽으로요."

'멋진 쪽...'

*** 최태형. 2020. 02. 13. PM 02:30. 점퍼 아지트 내부.

성민을 놓친 뒤 다시 전략을 세워야 했다. 회의를 시작하기 전부터 오늘따라 성희가 평소와 다르게 싸늘한 표정을 짓고 있었다. 무슨 일이라도 생긴 건지 물어보려던 참에 성희가 먼저 말을 꺼냈다.

"오빠. 나 할 말 있어."

"말해."

"나 이제 그만할래."

"헛소리하지 마. 어떻게 그만할 건데?"

"자료실에 있는 파일... 배재호. 봤어."

"왜, 거기 문제 있어?"

"가족 명단을 보니까 예전에 죽었던 내 친구가 딸이라고 적혀있더라."

"그래서 뭐."

"'그래서, 뭐?' 하... 씨발!"

"왜 갑자기 욕하고 난리야! 너 예전이랑 다르다며. 이젠 아무 감정도 못 느낀다면서."

"그래. 그저 내 친구가 오빠 손에 죽었을 뿐이야. 난 아무것도 모른 채 오빠를 따랐어. 며칠 전에 난 걔 아빠를 죽였고. 그러곤 칭찬해달라고 했어. 그치? 그것만으로도 진짜 토 나오고 좆같은데 내가 어떻게든 참아볼게, 근데 말이야..."

느낌이 안 좋다.

"뭐가 또 문젠데."

"윤성민 파일은 왜 잠궈둔거야?"

"..."

"대답 못 하지. 오빠는 나 믿는다며. 그래서 다 봐도 상관없다고 했잖아."

"하..."

"내가 곰곰이 생각을 해봤는데, 아무래도 걔네 엄마가 내 친엄마인 것 같아."

"좆같은 소리하지 마."

"그럼 왜 안 보여주는 건데? 뭐 때문에!"

성희가 나를 죽일 듯한 눈으로 쳐다보며 소리를 지른다. 나에게 이런 태도를 보이는 건 처음이었다.

"..."

"맞지? 오빠가, 아니 우리가 내 친엄마 직접 칼로 쑤신 거"

"아이 씨발! 닥치라고!"

"거봐. 맞네, 넌 진짜 괴물 새끼야. 아니? 우리 다 괴물 새끼들이지. 증오심에 영혼을 팔고, 약 따위에 몸을 내던지고. 난 나 자신이 혐오스러워질 거라곤 생각 못 했어. 이건 아닌 것 같아."

"그래서, 지금 와서 멈추겠다고? 너 약 없으면 한 달 뒤에 꼼짝도 못 하고 바로 뒤져. 알아? 아, 생각해보니까 너 그때 윤성민 차에 안 태우고 버리라고 한 것도 그거 때문이구나?"

"착각하지마. 최태형. 넌 내가 독해질 때마다 은근히 안타까워했어. 어떡하지? 지금은 오히려 너보다 심하면 심할텐데. 그딴 생각으로 걔를 버린다고? 좋까. 약? 안먹어. 그냥 뒤지고 말지. 난 이렇게는 못 살아."

밖으로 나가려는 성희의 팔을 붙잡고 뺨을 강하게 후렸다.

"죽고 싶냐...?"

"그래, 난 너네한테 그냥 도구에 불과할 뿐이었어. 내가 바보지. 너흰 그냥 어떻게든 약을 구하려고 발악하는 병신 새끼들이야. 이거 놔! 꺼져. 벌레들아. 한 번 더 건드리면 그땐 너희도 다 죽여버릴 줄 알아."

성희가 밖으로 나갔다.

'가지마. 너 가면...'

솔직한 내 심정은, 차라리 이게 나을 수도 있겠다고 생각했다.

'너를 볼 때마다 미안함이 솟구쳐. 11살 쯤 보호소에서 너를 처음 만났을 때부터 지켜봤지. 가족 없이 자란 고통을 나는 아니까. 더 챙겨주고 싶었고, 이런 말도 안되는 사회 시스템과 시스템을 만든 인물을 찾아내 뜯어고쳐 함께 세상을 구하자고 제안했던 거야. 네가 약을 먹게 한 것도 내 제안이었지. 그 때 당시에는 몰랐어. 이렇게 큰 죄책감이 나를 짓누를거라곤 예상 못했다고. 시간이 흐를수록 너는 점점 증오 그 자체가 되어갔지. 모든게 나 때문이라는 생각이 드니까 가슴이 미어져 죽고싶더라. 차라리 자유롭게 떠나. 널 이렇게 만들어서 미안해.'

상부에 연락을 취했다. 성희의 결정을 보고해야 했다. 점퍼는 자신이 원할 때 그만둘 수 있다. 다만 더 이상 임무를 수행하지 않아 약을 제공받지 못하기 때문에 한달 뒤에 고통스럽게 죽을 뿐이다.

"점퍼 9호, 탈퇴 선언."

'잘 가라...'

"점퍼 9호, 탈퇴 불가능. 반드시 복귀시킬 것."

"탈퇴가 안 된다뇨? 이건 계약 내용이랑 다르지 않습니까?"

"1시간 안에 복귀 못 시키면, 즉시 윤성희 제거 지령 하달."

"뭐? 이 씨발 새끼들아! 이유라도 말해달라고!"

전화가 끊어졌다.

*** 윤성민. 2020. 02. 13. PM 03:30. 성민의 집 근처.

어제 만났던 여자에게 받은 옷으로 갈아입고 집 근처에 왔다. 점퍼들은 나를 노리고 있는게 확실하다. 그렇다면 분명 우리 집으로 올 거다. 난 그들을 만나 암조직을 찾아낼 것이다.

그 날 심상현 대표는 나에게 그동안 낮과 밤 사회에 있었던 분란과 범죄에 대한 진실을 가르쳐주었다. 그의 눈빛과 말투, 품격은 인자함과 지혜로움이 스며들어 있었다.

간단하게 정리하면 낮 대표 고승택은 밤에 개발하던 약을 모조리 훔쳐와 노예들을 양성해 밤 사회의 모든 것들을 빼앗고자 했다고 한다. 밤 사회는 그들에게 약탈당하고 빼앗기는 것에 더불어 낙인 시스템으로 인해 태어날 때부터 가족과 생이별을 겪게 만든 시스템에 증오심을 가졌던 사람들이 많아졌다. 그들은 질서를 바로잡겠다는 명분으로 스스로 조직을 꾸리고 낮 사회 요주 인물 월주살인과 같은 일을 벌였던 것이다. 그리고 그 요주 인물 중 한 명이 불행히도 우리 엄마였다.

심상현은 고승택 뿐 아니라 이 시스템 자체를 만들어낸 누군가가 존재하고, 그가 낮 밤 관계를 악화시키고 결국 전쟁까지 이어져 서로 자멸하기를 바라는 것 같다고 말했다. 그리고 그동안 나 이전의 하이브리드형 인간들이 혼란 속에서 어떤 역할을 해왔는지에 대해 가르쳐주었다. 그들은 세상을 더 나은 곳으로 만들기 위해 능력을 사용했다.

마지막으로 그는 나에게도 아직 잠재된 능력이 있다고 했다. 하이브리드형 인간은 단순히 밤낮을 드나드는 수준을 뛰어넘은 각자 고유의 각성 능력이 있는데, 어떤 계기를 통해야만 발현될 수 있다고 했고 그것은 스스로 발견해야만 한다고 했다. 또 나라면 세상에 큰 힘이 되는 능력이 있을 거라고 격려해주었다. 그의 이야기를 다 들은 뒤 나는 이미 뭔가가 달라졌음을 느꼈다. 어디로 향해야 하는지 이정표가 세워진 기분이었다. 답은 스스로 찾아내야겠지.

집에 들어가보려 하는데 멀리서 누군가 내 쪽으로 빠르게 뛰어오고 있다. 심장이 빨리 뛰기 시작한다.

'저 사람이 점퍼인가 뭔가 하는 놈인가...? 근데 뭘 저렇게 뛰어와. 무섭게. 막대기라도 주워들고 있어야겠다.'

그가 힘겹게 거친 숨을 몰아쉬며 외쳤다.

"찾았다! 어휴."
"누구세요?"

"그건 나중에 설명할테니까. 좀 도와줘. 너네 누나 지금 잡혀있어."

"네?"

"생각할 시간이 없어. 따라와."

나는 영문도 모른 채 그를 따라갔다. 남자는 체격은 컸지만 점퍼라기엔 그렇게 위협적으로 생기지도 않았고 나한테 하는 행동을 보면 진심이 담겨 있는 것처럼 보였다. 지금 내 상황에선 의심하고 말고의 여지가 없다. 따라가봐야겠다.

'친누나라고?'

생각해보니 검찰청에 처음 도착했을 때 정신없어서 그냥 지나쳤던 질문이 있었다.

'잃어버린 가족을 찾기 위해 잠입한 게 사실입니까?'

"뭐 해. 빨리 와."

"앗, 넵"

'흠, 근데 저 남자. 체격이나 목소리를 보니까 전에 날 납치하려던 사람이 떠오르네. 몰라. 지금 그게 뭐가 중요해. 가보자.'

*** 2020. 02. 13. PM 4:10. 암조직 비밀 창고

남자가 데리고 온 장소는 음산하고 거대한 컨테이너형 창고였다. 역시 이 남자, 나를 함정에 빠뜨리려는 속셈이었구나.

"여기 맞아요?"

"어. 먼저 들어가 봐."

"왜요! 무서워요. 설마 저 막 해코지하려고 데려온 그런 거예요?"

남자가 자기 이마를 탁 치며 어처구니 없다는 듯 말했다.

"아오. 그런 거 아니야. 시발. 나도 여기 처음 와봐서 무섭다고."

"뭐야..."

"지금 비웃었냐?"

"자기가 데려와 놓고서는 먼저 들어가라고 하잖아요."

"어휴. 그래 내가 먼저 갈게."

"넵."

창고 안은 워낙 어두워서 위치 파악도 잘 안 되었다. 또 생각보다 고요하고 서늘했다.

"윤성희! 어딨어!"

'윤성희... 정말 친누나일 수도 있겠구나. 실제로 만나면 나를 어떻게 대할까. 그리고 우리 엄마에 대해선 뭐라고 생각하고 있을까.'

"야!"

"왜요!"

"지금 내가 장난하는 거 같냐? 네 누나 찾고 있다고! 딴 생각하지 마."

"넵..."

이 남자, 은근히 쓸데 없이 카리스마가 넘친다. 들을 땐 짜증나는데 막상 거부하기는 싫은 느낌. 그나저나 이 사람은 굉장히 심각해보이는 데 반해 나는 누나의 존재 자체를 몰랐고 갑자기 있다고 하니까 실감나지 않았다.

"윤성희!"

"성희 누나~ 있으면 대답해줘요."

몇 번을 불러도 아무런 반응이 없다. 순간 쾅~ 하는 소리와 함께 창고 문이 닫혔다. 그리고 창고의 불이 켜졌다. 10미터 앞쪽에는 온몸에 멍과 피가 얼룩진 상태의 여자가 드럼통에 묶인 채 움찔거리고 있었다. 여자 앞에는 칼을 든 남자가 서 있었다.

"누나!"

힘겹게 얼굴을 든 여자와 눈이 마주쳤다. 이 사람이 내 친누나구나. 그녀는 가까이 오지 말라는 듯 고개를 좌우로 젓고 있었다. 주변을 둘러보니 우리는 이미 서른 명이 족히 넘어 보이는 패거리에 둘러싸여 있었다. 그들은 각자 망치와 야구방망이를 쥐고 있었고 심지어 칼을 든 사람도 있었다. 살면서 처음 겪는 상황에 오금이 저린다. 온 몸이 굳어버려 움직일 수가 없다.

"성희야!"

나를 데리고 왔던 남자가 그녀를 향해 달려가자 패거리가 길을 막아섰다. 그는 패거리를 한명 한명 때려눕히며 여자에게 다가가지만 다리에 칼이 꽂히고 뒤통수에 방망이를 정통으로 맞았다. 그런 와중에도 나는 가만히 서 있었다. 순식간에 남자 여럿이 그를 둘러싸 마구 밟아대기 시작했다. 짧은 비명과 '성희야'라고 부르는 목소리가 번갈아서 들렸다. 그는 피떡이 되어도 여자의 이름을 부르며 기어갔다.

"으아악!"

기어가는 손을 그들이 짓밟았다. 누나는 그런 모습을 보고 울부짖는다. 나는 무엇을 할 수 있는가? 입도 떼지 못하는 공포 앞에서. 사람들이 무참하게 죽어가고 있다.

'누나...'

불행하게도 내가 할 수 있는 건 없었다. 어떻게 이 사람들을 제압하고 모두를 구할 수 있을까.

'내가 할 수 있는 건...'

그들 앞에서 무릎을 꿇고 눈물 콧물을 쏟아내며 싹싹 빌고 빌었다. 엄마의 죽음 이후 친누나에게도 아무것도 할 수 없는 나 자신이 한없이 비참했다. 나는 세상에서 제일 쓸모없는 새끼다.

"제발 살려주세요. 시키는 거 뭐든지 할게요."
"아, 네가 얘 동생이구나?"
"그만해주세요. 부탁이에요..."
"친구야. 재미있는 거 알려줄까? 너네 엄마 누가 죽였게?"
"으으으으읍! 우읍!"

그들의 질문을 듣고 누나는 비명을 지르며 몸부림쳤고, 그럴수록 그들은 더욱 깔깔거리며 웃었다.

"친구야. 잘 들어. 너희 누나가 말이야. 방금 쓰러진 저 형아 있지? 쟤랑..."
"아아아아악!"

누나가 미친 듯이 비명을 지르며 몸부림친다. 그녀가 묶여있는 드럼통이 쓰러질 정도로. 누나는 발로 남자들을 거세게 밀어 찼다.

"이런 씨발련이!"

그들이 누나의 머리를 세게 걷어찼고. 바닥에 세워져 있던 대못이 누나의 목을 뚫었다. 새빨간 피가, 피가 마구 솟구쳐 나온다.

"어라? 아이~ 거, 참. 조심하라고 했지. 새꺄. 뭐, 어차피 보낼 생각이긴 했지만."

누나는 눈을 감지도 못한 채 피를 뿜으며 축 늘어졌다. 창고에 도착한 지 불과 20분도 지나지 않아 일어난 일들이었다. 그들이 홀로 남은 나를 보며 실실 비웃는다.

'나보고 잠재된 게 있다며. 도대체 그게 뭔데. 내가 어떻게 해야 하는 거냐고! 무서워, 망할... 망할!'

"아가, 집으로 돌아갈래? 아니면 삼촌들이 놀아줄까?"

그들이 내게 다가오고, 나는 나자빠진 채로 뒷걸음질 쳤다. 식은땀이 등을 적신다. 이젠 물러설 곳도 없다.

팅— 소리를 내며 창고의 전등이 꺼졌다. 그리곤 몇 초 뒤에 켜졌다. 계속해서 깜빡거린다. 칠흑같이 어두워졌다가, 눈부시게 환해진다... 다시 꺼지는 순간이었다. 1초가 10분 같은 어둠 속에서 머릿속에 한 가지 질문이 떠올랐다.

'지금 내가 가장 뛰어넘고 싶은 것은? 밤낮을 자유롭게 드나들듯 해방되고 싶은 것은?'

두 가지 단어가 동시에 떠올랐다. 두려움. 그리고 나약함.

"대답 안 해? 야. 이 새끼 정신 나갔나 보다. 진짜 웃기네. 왜 그래?"

그들의 목소리가 점점 희미하게 들리고 주변이 점점 어두워진다. 이윽고 완전한 고요와 어둠 속 한 가운데 서 있는 나 자신을 발견한다. 여긴 마치 우주 공간같다. 아니면 내면세계인가? 내 앞에 끝이 보이지 않는, 푸르른 빛을 띄는 길이 광활하게 펼쳐진다. 앞으로 걸어간다. 걸어갈 때마다 과거의 내 모습들이 나타난다. 큰 충격에 고통받는 모습. 진실에 대해 아무것도 모르는 모습. 절망에 빠진 모습 등을 지나 마지막엔 두려움에 벌벌 떠는 나의 모습을 마주했다. 그 앞은 길이 끊어져 있다. 대신 그 너머엔 끝없이 뻗은 길이 찬란하게 빛나고 있었다. 가볍게 뛰어올랐다.

'생각보다 느낌이 더 좋아. 이대로면...'
'만약 이 사람들을 이기지 못 하면 어떡하지?'하는 걱정은 비워지고 그 자리에 집중력과 현명한 판단이 채워진다. 부들거리고 힘 없는 몸에 깊이를 알 수 없는 무한한 에너지가 차오른다.
"까불지 마."
"남매 아니랄까 봐 성격이 아주 똑같네. 응? 까불면 어쩔 건데. 이미 다 뒤졌는데 너도 같이 보내줘?"

나에게 시비를 걸던 남자가 쓰러져 있는 누나를 건드리려고 움직이려는 짧은 찰나. 망설임 없이 주먹을 내질렀다. 남자는 순식간에 창고 반대편 벽으로 날아가 쾅- 하는 소리와 함께 쳐박혔다. 주변에 있던 패거리도 단 한번 뻗은 주먹에서 나온 위력적인 풍압을 맞고 견디지 못한 채 뒷걸음질 쳤다.

"형님, 저게 말이 된답니까? 사람이 아닙니다."

"도망쳐... 쟨 아까 싹싹 빌던 그 녀석이 아니야. 초월했어. 능력을 찾은 거야."

뒤에서 누군가 방망이를 휘둘렀지만 나조차 믿을 수 없는 반응 속도로 피한 뒤 내뿜은 살기만으로 제압했다. 그의 바지 가랑이가 축축해졌다. 그 장면을 본 패거리 모두 슬금슬금 도망치기 시작했다. 내가 큰 기합을 넣어 창고 전체에 위압감을 내뿜자 그들은 뒤도 돌아보지 않고 도망쳐 사라져버렸다. 나는 곧바로 누나에게 달려갔다.

"누나... 죽지 마. 아직 인사도 못 했잖아."

"..."

누나의 눈을 감겨주었다. 숨은 이미 멈춰있었다. 아까 쓰러졌던 형은 의식만 겨우 붙어 있는 것 같았다. 나는 모두를 제압했지만 아무도 구하지 못했다.

'누나는 어떤 삶을 살았던 거야? 나도 들려줬으면. 나 아직 듣고 싶은 이야기가 많은데. 나 이제 이렇게 강해져서 앞으로는 지켜줄 수 있는데... 또 눈 앞에서 죽는 걸 지켜봐버렸어. 제발, 돌아와줘.'

"지금 하면 되지. 안녕? 내 동생."

"돌아 왔어!? 어떻게 된 거야!"

누나를 끌어안았다. 그러자 그녀가 겪었던 상황을 말해주었다.

"태어나서 처음 만났는데 이렇게 반겨줄 줄은 몰랐네. 기억이 잘 안 나는데, 의식을 잃었을 때 살고 싶다는 생각이 간절해지니까 막 우주공간

같은 곳에서 내 앞에 길이 펼쳐지더라."

"누나도 그걸 봤어? 지금은 괜찮은 거야?"

"응. 하나도 안 아파."

"저 형은 누구야?"

"아오, 저 바보. 무슨 생각으로 여기까지 온 거야."

바닥에 엎드려 의식만 살아있던 형이 피식하며 웃었다.

"누나, 도대체 어떤 삶을 살아온 거야. 힘들었지...?"

"별로?"

"미안해 누나. 그 동안 외롭게 해서 미안해..."

"너는 친남매가 있는지조차 몰랐잖아. 너무 미안해하지 마."

"살아와줘서, 정말 고마워."

"내 동생이 이런 사람이었구나. 다행이다. 사실 나도 네 존재를 알게 된 지는 얼마 안 됐어. 처음엔 네가 부럽기도 하고 밉더라. 근데 오늘 보니까 생각이 바뀌었어."

"그랬구나... 있잖아. 엄마가 며칠 전에 돌아가셨어."

"알아."

나를 기특하게 바라보던 누나는 엄마 이야기가 나오자 딴 곳을 쳐다보며 표정이 식었다.

"난 누나를 만나면 엄마가 어떤 사람이었는지 이야기를 해주고 싶었어."

"응. 나중에 천천히 해도 돼."

"궁금한 게 있어."

"뭔데?"

"엄마가 밤 사회에 정확히 무슨 죄를 저질렀던 거야? 그리고 누나는 여기 어쩌다 잡혀온 거야?"

"엄마도 우리처럼 초월 능력이 있었어. 낮밤 이동은 기본적으로 자유로운데. 필요한 경우 현실과 의식세계를 드나들 수 있었지. 문제는 그 능력으로 밤 사회의 주요 인물들에게서 기밀 정보를 꺼내 오거나 생각을 조종하는 등 심각한 문제를 초래할 만한 범죄를 저지르며 낮 사회의 이득을 위해서만 활동했어. 나는 그 여자가 우리 엄마라곤 생각도 못 했어. 두 번째 질문에 대한 답은 나중에 말해줄게. 춥다."

"응. 말해줘서 고마워. 맞아. 춥지? 돌아가자."

*** 2020. 02. 25. PM 15:40. 성희의 집.

누나가 사는 집은 넓진 않지만 아늑한 분위기였다. 귀엽게 생긴 소품들이 방 곳곳을 꾸며주고 있었다. 나는 태형이 형과도 아는 사이가 되었다. 형은 술을 참 좋아한다. 오늘은 유독 더 취해보인다.

"형. 괜찮아요?"

"끅, 야. 신경 쓰지 마. 짜식아. 근데 얘들아! 나 좆된 거 알지."

"왜 또 그런 말을 해. 술 마실 때마다 그러네."

"이제 열흘만 지나도 죽게 생겼어. 얼마나 아플까?"

"약은 어떻게든 또 구하면 되잖아. 성민이도 열심히 알아보고 있고. 자꾸 그럴래?"

"그런데 있잖아. 참 다행이야. 성희야."

"뭐가."

"너는 원래부터 약이 필요 없었던 사람이니까. 상관 없잖아."

"부럽다고 돌려서 까는 거야?"

"아니, 넌 그런거 없어도 살 수 있으니까. 내가 너무 행복해서..."

"뭐래."

누나는 뱉은 말과 다르게 볼이 빨개졌다. 귀엽네.

"나 없어도..."

"닥쳐라."

"쳇."

나는 창고 사건 이후 태형이 형이 약에 의존하고 있던 점퍼라는 사실을 알게 되었다. 그에게 엄마에 대한 일을 묻고 싶었지만 지금 당장은 누나를 구할 수 있게 도와준 것과 외롭게 자랐던 누나 곁에 있어준 게 고마웠다. 그래서 며칠동안 약을 구할 방법을 찾고 있었다. 그러나 역시 쉽지 않았다. 나는 결국 심상현 대표님께 찾아가 내가 겪은 일들을 털어놓으며 약에 대해 물었다. 그는 유감스럽게도 밤 사회에는 더 이상 남아 있는 약이 없다고 했다. 그나마 남아 있던 것들도 암조직이 점퍼를 양성하는 데 모두 소진해버렸고 그 외에는 모두 낮 사람들이 약탈해갔다고 한다. 덧붙여 고승택을 찾아가 되찾는 방법이 가장 빠를 수 있다는 이야기를 해 주었다.

"형, 우리가 할 수 있는 건 아직 남아 있어요."

"응?"

"낮 세계로 갑시다."

*** 2020. 02. 26. AM 16:00. 낮 사회 중앙정부기관.

주어진 시간이 많지 않다. 우리는 곧바로 고승택을 찾아갔다. 출입구의 삼엄한 경비는 태형이 형이 그간 점퍼로서 숙련해온 위장 잠입 실력으로 무난하게 뚫을 수 있었다. 대단하다. 얼마 지나지 않아 고승택이 있는 방을 찾아냈다. 그의 방은 컴퓨터와 각종 첨단 장비로 가득했다. 가래 낀 중년의 목소리가 들려온다.

"여긴 무슨 일로 왔어?"

형이 대답했다.

"네가 뺏어간 거 돌려 받으러 왔다."
"아, 약 말하는거야? 낌새를 보니 낮 사람들은 아닌 것 같네."
"어딨냐? 내 놔."
"그걸 내가 왜 말해줘?"
"형. 제가 나설게요."
"너희들, 밤 사람들이니?"
"말로 안 통할 것 같으니까 쉽게 간다."
"응? 으악!"

단순히 기합을 넣었을 뿐인데도 압도적인 기세에 그가 뒤로 나자빠졌다. 그러더니 그는 자빠진 상태로 웃기 시작했다.

"이야, 이 능력 오랜만에 만나보네. 얘기 들어보니까 밤 사회 암조직도 네가 다 털었다고 하더라."

"네가 그걸 어떻게..."

형이 대신 대답해주었다.

"이래뵈도 저 새끼. 낮의 대표자야. 손가락 까딱 안해도 웬만한 건 뭐든 알아낼 수 있다고."

"맞아. 난 네 엄마가 니 뒤에 있는 여자랑 남자한테 고통스럽고 잔인하게 뒤진것도 알고 있거든."

누나와 형이 눈을 크게 뜨고 입을 다물었다.

"성민아! 그건!"

고승택이 실실 웃는다.

"걱정 마. 충분히 예상했고... 이미 용서했어. 고승택 넌 내 손에 뒤졌다."

"!?"

"성민아.."

나는 고승택을 죽기 직전까지 두들겨 팬 뒤 묶어두었다. 그리고 그의 연구실을 뒤지던 중 서랍에서 약이 든 상자 하나를 발견했다.

"약을 찾았으면 어쩔 건데, 응? 어차피 그거 다 먹으면 끝이야."

누나가 대답했다.

"너는 그냥 닥치고 있어라."

발악하는 고승택을 보며 순간 피가 끓어오르는 분노를 느꼈다. 살기 가득한 눈으로 고승택을 노려보았다.

"니만 없었으면... 이 개새끼. 너 때문에 우리 엄마가..."
"나만 없으면 뭐. 뭐가 해결 돼?"

태형이 형이 말했다.

"너는 진짜 좀 처맞아야겠다."

*** 2020. 02. 26. PM 01:05. 점퍼 아지트 앞.

고승택으로부터 약을 되찾고 모든 것이 정상으로 돌아오는 줄만 알았다. 하지만 그게 끝이 아니었다. 점퍼의 멤버들은 아직 여유가 있지만 한정된 수량의 약을 차지하기 위해 내부 갈등이 시작되었고 낙인 시스템은 여전히 건재하기 때문이었다. 아직 갈 길이 멀다. 이전에 심상현 대표님이 말했듯 분명 지금 우리를 내려다보고 있는 누군가가 존재할 것이다.

"누나, 난 세상을 바꿀 거야."
"같이 하자."
"그래."

우리의 앞 길은 불투명하지만 괜찮다. 뛰어 넘어버리면 되니까. 그게 무엇이든.

김노은

현대를 배경으로 동양적인 요소를 추가하는 것에 흥미를 느끼고 독자들이 쉽고 가볍게 읽을 수 있도록 쉬운 문체를 쓴다. 글을 쓸 때, 먼저 대사를 적어서 틀을 잡고 그 후에 지문을 적어서 내용을 수정한다. 만약에 글이 막히면 잔잔한 음악을 듣거나 요리를 한다. 집필한 작품은 소설집 〈다크 판타지〉에 실린 〈악귀 퇴치〉가 있다.

아스라이

1. 풍랑

1935년 10월 초순이었다. 경성에 새로운 카페가 문을 열었는데, 70대로 보이는 여자 사장이 첫 장사를 기념으로 하루 동안만 커피를 무료로 제공했다. 카페 이름은 풍랑이었고 40대로 보이는 남성이 내려준 커피를 맛본 사람들은 단골손님이 되었다. 그중에는 서빙하는 20대로 보이는 여성을 흠모하는 이들도 있었다.

"아가씨, 저랑 같이 극장에 가실래요?"
"음, 저희 가게에 천만번은 오시면 같이 가드릴게요."

정중하게 데이트 신청하면 그녀는 상냥한 말투로 거절을 하지만, 무례하게 굴 경우에는 밖으로 쫓아냈다.

"오늘 시간 돼? 내가 쉽게 돈 버는 방법을 알려줄 수 있는데."
"어머, 진짜요? 마침 잘됐네요. 제가 일자리를 찾고 있었거든요."

간혹 쫓겨난 손님 중에서는 그녀가 밖에 혼자 있을 때, 불순한 의도로 접근하는 경우도 있었다.

'콧대만 높을 뿐이지, 의외로 순진한 여자 군. 오늘 밤에 어떤 표정을 지을지, 기대되는군.'

그녀와 약속을 잡은 손님은 어째서인지, 만남 이후에는 카페에 얼씬도 하지 않았고 우연히 마주치면 창백한 얼굴로 비명을 지르며 도망쳤다.

"대낮부터 소리를 지르다니, 이상한 사람이군."

"그러게요. 이상한 사람이죠? 저런 사람은 신경 쓰지 말고 커피 한잔하고 가세요."

"하하, 그럴까요? 미인께서 권유하시니, 커피 한잔하고 가야겠네요."

미인계에 넘어간 중절모를 쓴 젊은 남자는 가게 안으로 들어갔다. 미인계는 그녀의 영업방식이었지만, 화제를 돌리는 수단으로 쓰이기도 했다. 그날, 비명을 지른 손님에게 무슨 일이 있었는지는 아무도 알 수 없으나 대충 혼쭐이 났다는 것을 추측할 수 있다. 어지러웠던 시대에 총소리와 폭탄이 터지는 소리 그리고 사람들의 비명이 들렸지만, 가게는 운영이 되었다. 그렇게 번창하던 풍랑은 60년이 지난 후에도 사라지지 않고 서울에서 운영이 되었지만, 다른 곳으로 이사하게 되었다. 그래서 하루 동안 무료로 커피를 제공했는데, 마지막 손님이 핸드드립 커피를 마시고는 눈물을 뚝뚝 흘렸다.

"왜 울고 있어요?"

세월이 흘러 노인이 된 바리스타는 걱정스러운 눈빛으로 젊은 손님에게 물었다. 그러자 흰색 셔츠에 남색 니트 조끼를 입은 손님은 황급히 눈물을 닦고는 말했다.

"커피가 너무 써서."

"설탕 줄까요?"

"괜찮습니다."

손님은 괜찮은 척하며 뜨거운 커피를 마시다가 혀를 데어서 미간을 찌푸렸고 노인은 황급히 찬물을 주었다. 찬 물을 입안에 머금고 있다가 삼키는 것을 반복하는 손님을 인자하게 보던 노인은 말했다.

"총각. 내가 다 들어줄 테니, 근심거리들은 다 털어놓아요."

"어르신, 저는."

손님은 망설이다가 말문을 열었다. 고등학교 국어 선생님이지만, 소심한 성격 탓에 학생들을 가르치는 것이 어려워서 학교에 가는 것이 싫다고 털어놓자 가만히 듣고 있던 노인이 물었다.

"선생님, 이름이 어떻게 되십니까?"

"안범입니다."

"용맹한 이름이네요. 선생님이 변하기 위해 노력한다면 언젠가 결실을 볼 수 있을 것입니다. 저는 선생님이 훌륭한 스승이 되리라 생각합니다."

진심 어린 격려에 안범은 감사하다는 말을 다섯 번 정도 하고는 밖으로 나갔다. 이제 혼자 남게 된 노인은 문을 잠근 다음에 화장실 안으로 들어가서 오른쪽 손으로 왼쪽 손등의 피부를 뜯었다. 주름과 검버섯이 있던 손은 매끈한 피부를 가진 손이 되었고 뱀이 허물을 벗는 것처럼 자신의 피부를 전부 뜯어낸 다음에 세수하고 거울을 봤다. 거울 속에는 늙은 노인이 아닌 젊은 청년이 있었다. 달라진 자신을 마주하자 세면대에 있던 비누를 오른쪽 손으로 집어 들고는 거울을 향해 던지려고 했지만 누군가에 등장으로 행동을 멈추었다.

"이번이 처음이 아닌데, 괴로운 표정을 짓고 있네?"

남자 화장실 문 앞에서 젊은 여자가 팔짱을 끼고 있었다. 불청객을 본 그는 비누를 세면대에 던지고는 말했다.

"당신은 인간이 아니라서 모를 것입니다. 인간은 태어나서 나이를 먹고 죽는 것이 운명인데, 나는 죽지 않고 늙다가 젊어지는 것을 반복하고 있습니다. 나는 인간의 탈을 쓴 괴물입니다."

그가 괴로워하며 말하자 그녀는 입꼬리를 올리고는 말했다.

"인간의 탈을 쓴 괴물이라, 세월이 흘러도 너는 한결같네."

500년 전, 산에서 발견한 그가 그때와 같은 표정을 짓자 그녀는 웃었다. 인간들을 유희 거리로 보던 그녀는 도깨비였고 20대 초반에 외형으로 구미호처럼 사람을 홀리는 외모를 가졌으며 60년 전에 일했던 직원과 동일 인물이다. 도깨비는 오른쪽 손으로 그의 왼쪽 어깨를 잡고는 귓가에 속삭였다.

"인간의 탈을 쓴 괴물이라면 어째서 괴로워하지? 한때는 인간이었던 구렁아?"

경박한 웃음소리가 들리자 아랫입술을 깨문 그는 구렁덩덩 신선비 설화 속에 인물인 신선비였다.

옛날에 자식이 없던 할머니가 구렁이를 낳게 되었다. 구렁이가 성인이

된 후에는 이웃집 셋째 딸과 혼인하였는데, 첫날밤에 허물을 벗고 인간이
되었다.

"전생에 부모님께 불효를 저지른 죄로 구렁이로 다시 태어났지만, 염
라대왕께서 이승에서 인간으로서 살 수 있는 조건으로 허물을 태우지 말
라고 하셨습니다. 그러니, 부인께서는 소중히 간직해 주십시오."

"네, 소중히 간직하겠습니다."

부인은 남편의 말대로 허물을 소중히 간직했지만, 신선비가 과거를 보
러 가던 사이에 부인의 언니들이 찾아와서 허물을 태워버렸다. 부인은 집
에 돌아오지 않는 남편을 찾기 위해 떠났다. 우여곡절 끝에 만난 남편은
다른 여자와 살고 있었다.

"꿈속에 염라대왕께서 나타나시고는 다른 여자와 살라고 하셨지만, 만
약에 부인께서 찾아오시면 내기를 통해 같이 살 부인을 정하라고 하셨습
니다."

"서방님과 살 수 있다면 내기에서 이길 것입니다."

부인은 남편을 되찾기 위해 그의 새 부인과 내기했다. 3가지 내기를 하
여 이긴 부인은 남편과 재결합하여 행복하게 살았다고 전해졌지만, 실상
은 달랐다. 신선비는 죽지도 않고 살아남았다.

신선비가 허물을 벗기 시작한 것은 1495년 10월 초순이었다. 당시
100살이었던 신선비는 원인 모를 병 때문에 시름시름 앓고 있었다. 신선
비의 증손자는 그의 병을 낫게 하기 위해 고군분투했는데, 평소처럼 탕약
을 가지고 갔다가 신선비가 숨을 쉬지 않는 것을 확인하고는 곡소리를 내
었다.

"아이고! 증조할아버지!"

신선비의 얼굴을 어루만지던 증손자는 순간 공포감에 사로잡혔다. 손에 뱀의 허물과 같은 피부 껍질이 붙어있었기 때문이었다. 놀라서 비명을 지르자 숨을 쉬지 않던 신선비는 눈을 떴다.

"왜 소리를 지르는 거냐?"
"가까이 오지 마! 괴물!"

두려움이 가득한 증손자의 말에 당황한 신선비는 무심코 자신의 얼굴을 만졌다가 왼쪽 손에 피부 껍질이 붙어있는 것을 확인하고는 경악했다.

'허물이 왜 벗겨진 거지?'

더는 허물을 벗지 않던 신선비가 당황한 사이에 방에 있던 그의 고조손녀가 울음을 터뜨렸다. 그녀를 달래기 위해 손을 뻗었지만, 증손자에 의해 제지당했다. 상처받은 신선비는 곧바로 산으로 도망쳤고 그들 앞에 다시는 나타나지 않았다. 그 후, 백 년이 되면 허물을 벗게 된 신선비는 자신에게 일어나는 일이 현 부인을 버리고 전 부인에게 돌아가서 생긴 형벌이라고 생각했다.

"저승에서 핀 국화로 만든 차입니다. 당신이 잠든 사이에 저승사자께서 찾아오시더니, 저에게 주시더군요. 만약에 이혼을 하게 되면 국화를 차로 우려서 남편에게 먹이라고 하셨죠. 당신에게 무슨 일이 생길지는 모르겠지만, 불행해졌으면 좋겠네요."

자신에게 버림받은 여인이 준 차를 마시고 각혈했지만, 분노하지 않았다. 오히려 연민을 느꼈고 그래서 자신의 업보라 여기고 살려고 했지만, 남의 불행을 보고 즐거워하는 도깨비의 태도에 분노를 느꼈다. 당장이라도 도깨비의 목을 조르고 싶었던 신선비는 거울을 보고는 얼이 빠진 표정을 지었다.

"이 망할 각시 년아! 거기서 애를 괴롭혀!"

한복을 입은 할머니가 갑자기 나타나서는 도깨비의 등짝을 여러 번 때리고 있었다. 도깨비는 할머니를 밀치며 말했다.

"아파! 그만 좀 때려! 왜 이렇게 손이 매워!"
"갑자기 사라져서 여기 와봤다! 어휴, 내가 너 때문에 화병에 걸리겠다!"

그들은 티격태격하며 다투었고 그 사이에 있던 신선비는 의아한 표정을 지으며 말했다.

"어르신, 어떻게 들어오셨어요? 문은 잠갔는데."
"같이 살았는데도 몰라? 도깨비들은 잠긴 문 따고 들어가는 건, 쉬운 일이야."

그렇다. 할머니는 카페 사장이면서 도깨비였다. 즉, 풍랑 카페는 평범한 인간이 아닌 도깨비와 신선비가 오랫동안 운영하는 곳이었다.

2. 균열

6년 뒤, 2021년 4월 초. 대학교 후문에 간판에 풍랑이라 적힌 카페에서 각시 도깨비가 나왔다. 그녀는 배달원으로 일하고 있으며 흰색 티에 검은색 가죽 재킷을 입고 딱 붙는 검은색 바지에 발목까지 오는 검은색 가죽 부츠를 신고 오토바이를 탔다. 평소처럼 배달을 가니, 기가 막힌 상황과 마주했다.

"남자 친구 있으세요? 없으시면 전화번호 주시면 안 될까요?"

"너는 있니?"

각시 도깨비는 심드렁한 표정을 지으며 퉁명스럽게 물었다. 그러자 남자는 주위를 살피고는 싱긋 웃으며 말했다.

"저는 당연히 없죠."

헛웃음이 날 정도로 어이가 없는 상황에서 남자를 어떻게 할지를 고민하다가 건물 밖으로 나오는 여자를 발견하고는 싱긋 웃으며 말했다.

"커피 맛있게 드세요."

오토바이가 미련 없이 자리를 떠나고 나서 골치 아픈 일이 생기고 말았다.

"아니, 커피 가지러 갔다가 안 와서 나왔는데, 왜 나한테 헤어지자고 할 수 있어!"

손님이 각시 도깨비 때문에 애인과 헤어지고 이별 후유증으로 시험을 망쳤다는 것이었다. 할미 도깨비와 신선비는 차오르는 분노를 참고 손님들에 대화를 집중해서 들었다.

"그러게, 내가 만나지 말라고 했잖아. 명운이란 놈은 질리면 헤어지고 다른 여자 만난다고."

"나는 안 질릴 줄 알았지!"

최사랑의 말을 들은 이청연은 경멸하는 표정을 지었다. 대체 무슨 자신감으로 상대의 마음을 장담하는지, 10년 지기 친구를 이해할 수 없었던 청연은 노트북 옆에 있던 아이스 아메리카노를 한 모금 마시고 말했다.

"나한테는 안 그럴 것이다 혹은 내가 이 사람을 변하게 하겠다는 생각은 자기 합리화일 뿐이야! 그놈 때문에 울지 말고 정신 차려! 그런 쓰레기 때문에 시간 낭비하지 말고!"

"너, 어떻게 그럴 수 있어? 친구면 위로하고 내 편 들어줘야지! 너는 사랑 같은 걸 안 해봐서 모르겠지만!"

사랑이 일그러진 표정으로 열을 내며 말하자 어이가 없던 청연은 사도세자의 말을 들은 후, 세숫대야에 물을 받아서 귀를 닦았던 영조를 떠올리고는 가방에 있던 물티슈를 꺼낸 다음에 왼쪽 귀를 닦았다. 사랑은 기이한 행동을 보고 물었다.

"귀는 왜 닦아?"
"재수 없는 소리를 들어서 닦고 있는데."

청연이 태연하게 귀를 닦으며 말하자 사랑은 자리에서 일어나 사람들이 들을 정도로 큰소리로 말했다.

"야! 이청연!"
"왜! 최사랑아! 너, 계속 그러면 이걸 네 얼굴에 확 던진다!"

반대편 귀를 물티슈로 닦으면서 말하자 사랑은 삿대질을 하다가 밖으로 나왔다. 혼자 남겨진 청연은 물티슈를 내려놓고는 아이스 아메리카노를 다 마신 후에 아이스 초코를 시켰다. 자료조사를 위해 노트북 전원을 켠 그녀는 얼마 못 가서 노트북 전원을 꺼버렸다. 원래는 상처받지 않도록 좋게 말했지만 이번에는 강하게 말했다. 왜냐하면, 자신의 친구는 평판이 별로여도 좋아하기 시작하면 주변 사람에 만류에도 만나는 사람이기 때문이었다.

'조만간 나도 손절당하나? 아, 그러면 이제 혼자 다녀야겠네.'

잡념에 휩싸인 청연은 씁쓸한 표정을 지었다.

"삼촌은 사랑을 안 해봐서 몰라!"

아이스 초코를 마시고 있던 청연은 오늘 들었던 사랑의 말을 여자아이가 울상을 지으며 똑같이 말하자 얼이 빠진 표정을 지었다. 어린애가 벌써부터 사랑 타령이라니, 어이가 없어서 웃음이 나왔다.

3. 약속

"그래, 삼촌은 몰라! 너는 사랑을 알아?"

자신의 조카인 김정해의 말을 건성으로 듣던 성홍인은 코웃음을 치며 물었고 아이는 근엄하게 말했다.

"당연히 삼촌보다 많이 알지!"

자신만만한 정해의 태도에 홍인은 터져 나오는 웃음을 참았지만, 고작

일곱밖에 안된 조카가 좋아하는 아이에게 고백했다 차이고는 자신보다 사랑을 안다고 하는 것이 우스워서 참고 있던 웃음을 터트렸다.

"왜 웃는 거야!"

정해가 열을 내자 홍인은 웃음을 멈추고는 자리에서 일어나 자신에게 씩씩거리는 조카의 머리를 헝클어트리고는 말했다.

"당연히 나보다 잘 알겠지! 너는 경험이 있으니깐! 삼촌, 화장실 좀 갔다 올게!"

홍인이 먹고 싶은 것이 있으면 하나 더 시켜도 된다는 말을 덧붙이고 밖으로 나가자 남겨진 정해는 삼촌의 태도 때문에 화가 치밀어 올랐다.

'삼촌, 미워! 에잇, 비싼 거 먹어야지!'

정해는 카운터로 가서 카페 메뉴 중에 비싼 거로 달라고 했다. 토라진 아이가 돈은 삼촌이 낸다고 말을 덧붙이자 신선비는 친절하게 말했다.

"카페에서 비싼 건, 팥빙수지만 여름에만 판매해서요. 추천 메뉴로 초콜릿케이크 어떠신가요?"
"그걸로 주세요."

잘생긴 신선비를 보고 얼굴이 빨개진 정해는 재빨리 자리로 돌아갔다. 잠시 후, 할미 도깨비가 테이블 위에 초콜릿케이크를 놓고는 상냥하게 말했다.

"초콜릿케이크 나왔습니다."

"감사합니다!"

정해는 명랑하게 말한 후, 초콜릿케이크를 먹었고 이를 흐뭇하게 보던 할미 도깨비는 말을 걸었다.

"삼촌이 나빴다. 아가가 속상한데 위로해주지도 않고."
"다 들었어요?"

초콜릿케이크를 먹고 있던 정해가 포크를 내려놓자 할미 도깨비는 인자하게 웃으며 말했다.

"할머니가 귀가 잘 들려서 아가 말을 듣고 말았단다."

할미 도깨비가 엿들어서 미안하다고 사과하자 정해는 쉽게 용서해 주고는 삼촌에게 속상했던 일들을 말했다. 특히 자신을 아무것도 모르는 애 취급하면서 건성으로 듣는 태도를 열렬히 비판하였고 조용히 듣고 있던 할미 도깨비는 정해의 머리를 쓰다듬으며 말했다

"삼촌이 나빴네, 내가 삼촌 혼내줄까?"

그러자 정해는 할미 도깨비의 손길을 피하고는 고개를 좌우로 흔든 다음에 말했다.

"할머니는 큰 어른이잖아요. 할머니가 사랑이 뭔지 삼촌한테 가르쳐주세요."
"음, 어떻게 가르쳐줄까? 삼촌은 말로는 안 될 것 같은데, 그냥 할머니가 삼촌 짝을 찾아줄까?"
"네! 좋아요! 찾아주세요! 근데 어떻게 찾아줄 거예요?"

정해가 눈을 말똥말똥하게 뜨며 바라보자 할미 도깨비는 의미심장한 눈빛으로 말했다.

"아주 많지, 예를 들어서 마법으로 삼촌이 누군가를 사랑하게 만들거나."

"할머니, 마법도 쓸 줄 알아요?"

마법사에 존재를 믿고 있는 정해가 눈을 동그랗게 뜨며 물어보자 할미 도깨비는 상냥한 말투로 말했다.

"할머니는 오래 살아서 마법을 쓸 줄 알아요."

정해는 호기심이 가득한 얼굴로 바라봤지만, 이내 단호한 표정을 지으며 말했다.

"마법은 안 돼요! 그건 가짜잖아요!"

마법은 언젠가는 풀릴 수 있다는 이유를 대며 순진한 정해는 격렬히 반대했고 할미 도깨비는 고개를 끄덕이고는 말했다.

"아가, 말이 맞네! 내가 좋은 짝을 찾아주마!"

"정말이죠! 약속이에요!"

그들이 새끼손가락을 걸고 약속하는 것을 흥미롭게 보던 청연은 할미 도깨비와 눈이 마주치자 황급히 고개를 돌렸다. 자신을 향해 묘한 미소를 짓는다는 것을 모른 체, 청연은 딴짓을 했다.

"정해야, 나가자! 엄마, 아빠 곧 오신대!"

밖에 있는 화장실에 갔다가 누나와 2박 3일 동안 호텔에서 지낸 매형과 전화 통화를 끝낸 홍인은 초콜릿케이크 값을 계산하고는 정해를 데리고 밖으로 나왔다. 잠시 후, 청연도 컵을 카운터에 두고 밖으로 나왔다. 손님들이 나가고 한산해졌을 때, 할미 도깨비는 카운터에 있는 신선비에게 말을 걸었다.

"다시 태어나 만날 줄은 몰랐구나."
"그러게요."

신선비는 힘없이 대답했다.

4. 우연

1521년, 어느 가을밤이었다. 집에 오지 않는 각시 도깨비를 찾으러 햇불을 들고 가던 신선비와 할미 도깨비는 사람을 물고 있는 호랑이를 발견했다. 신선비는 햇불을 할미 도깨비에게 주고는 가지고 있던 화살을 활에 장전하여 공격 태세를 취하였다. 화살을 쏘자 정확히 호랑이 몸통에 박혔다. 호랑이는 물고 있던 것을 뱉고는 괴로워하다가 신선비를 발견하고 입을 크게 벌리고 달려들었지만, 목구멍에 화살이 박히고 말았다. 호랑이는 고통스러워하다가 그 자리에서 죽었고 신선비는 호랑이에게 물린 사람에게 다가갔는데, 열다섯으로 보이는 처녀였다. 황급히 눈을 감고 있던 그녀를 깨웠다.

"이보게! 정신 차리게!"
"나리께서 구해주셨군요."

눈을 뜬 그녀는 거친 숨을 몰아쉬었고 살아있는 것을 확인한 신선비는 안심하고 말했다.

"내가 치료를 해줄 테니, 조금만 버텨주시게."

상처가 난 부위를 지혈하기 위해 자신의 옷소매를 찢으려고 했는데, 그녀가 신선비의 오른쪽 손목을 잡고는 식은땀을 흘리며 말했다.

"더는 버티기 힘들 것 같습니다. 나리, 부탁이 있습니다. 제 남동생을 거두어주십시오."

"약한 소리 마시오! 내가 그대를 살릴 것이니!"

신선비가 미간을 찌푸리며 다급하게 말하자 그녀는 희미하게 미소를 짓고는 바싹 마른 입술을 달싹거렸다.

"왼쪽 손목에 국화 모양에 갈색 반점이 있고 키는 3척이며 나이는 여섯입니다. 이름은 홍이고 성은……"

그의 손목을 붙잡고 있던 그녀의 오른손이 힘없이 툭 떨어졌다. 작지만 거칠었던 숨이 끊기자 신선비는 오른쪽 손으로 그녀의 눈을 감겨주고는 땅에 묻어주고 명복을 빌었다. 같이 명복을 빌던 할미 도깨비는 물었다.

"찾을 것이냐?"

"찾을 겁니다. 그녀의 마지막 부탁이니까요."

"그래, 나는 집에 돌아갈 테니, 아침이 오기 전까지 찾다가 집에 오려무나."

할미 도깨비에게 횃불을 받은 신선비는 홀로 산에서 그녀의 남동생을 찾아다녔다. 새벽에 닭이 울기 전까지 아이를 찾다가 포기하고 집으로 돌아가려고 하는데, 사내아이에 울음소리를 들었다. 울음소리가 있는 곳으로 향하니, 여섯 살로 보이는 사내아이가 있었다. 신선비는 울고 있는 아이에게 다가가서 이름을 물었다. 아이는 울먹이며 말했다.

"홍입니다."

신선비는 조심스럽게 아이의 왼쪽 소매를 걷었다. 그녀의 말대로 아이의 왼쪽 손목에 국화 모양에 갈색 반점이 있었다.

5. 환생

'남매가 조카와 삼촌이 되다니, 믿기지 않는군.'

회상을 끝낸 신선비는 전생에 남매가 현생에는 삼촌과 조카가 되었다는 사실이 믿기지 않았다. 잡념에 휩싸인 체, 뜨거운 아메리카노를 한 모금 마시고는 할미 도깨비에게 등짝을 맞는 각시 도깨비를 봤다.

"악! 왜 때려!"
"이년아! 무슨 짓을 하고 다닌 거야!"

화가 난 할미 도깨비가 빗자루를 들자 겁을 먹은 각시 도깨비는 신선비 뒤에 숨어서 물었다.

"할매가 왜 나 때리는 거야?"
"그게 말이죠."

신선비는 각시 도깨비에게 할미 도깨비가 화난 이유를 친절하게 말해 주었고 사태 파악을 한 그녀는 손뼉을 치고는 말했다.

"아, 그냥 어린 게 개수작을 부려서 골탕 먹였어! 왜? 헤어졌데?"

각시 도깨비가 해맑게 말하자 기가 막혔던 할미 도깨비는 빗자루를 들고 분노하며 말했다.

"700년 전에 술 취한 양반 나리들을 홀리더니! 나가 죽어! 이년아!"

할미 도깨비가 빗자루를 들고 다가가자 각시 도깨비는 다급하게 말했다.

"그 얘기는 왜 나와! 나는 단지 배달원인 나한테 수작을 부린 짓을 애인한테 말하라고 세뇌를 걸었을 뿐이야! 내가 한 행동은 정당방위야!"

"정당방위는 아닌 것 같습니다만, 쓸데없는 짓을 한 것은 확실하네요."

"왜 이래? 이 정도면 봐준 편인데? 옛날의 나였으면 그놈 사지를 멀쩡하게 두지 않았을걸?"

"그렇긴 하죠."

각시 도깨비의 과거 행적을 알고 있던 신선비는 쉽게 수긍했다. 할미 도깨비는 빗자루를 내려놓고는 테이블 위에 있는 종이 두 장을 가리켰다. 각각 종이에 붓으로 그려진 청연과 홍인의 초상화가 있었고 할미 도깨비는 담담하게 말했다.

"자네들이 해야 할 일은 두 사람을 엮는 것이야."

"네?"

할미 도깨비의 말에 신선비는 당혹스러워하지만, 각시 도깨비는 흥미롭게 그림을 보다가 물었다.

"내 능력으로 둘을 엮으면 되는 건가?"

"세뇌는 사용해서는 안 돼! 아가가 가짜라고 했거든!"

"아가? 가짜?"

각시 도깨비가 의문을 품자 신선비는 있었던 일들을 정리해서 말했다. 그러자 사태 파악한 그녀는 말했다.

"할매는 인간 아이를 좋아해서 탈이야."

각시 도깨비가 순순히 말을 따르려고 하자 신선비는 착잡한 표정을 지으며 물었다.

"어르신, 꼭 두 사람을 엮어야 하나요?"

"웬일이야? 할매한테 반기를 들고? 혹시 그 여자한테 관심 있어? 세상에 600년 이상 묵은 구렁이가 새파랗게 어린애한테 관심을 가지다니! 최악인데!"

각시 도깨비가 호들갑을 떨면서 말하자 신선비는 경멸하는 표정을 지으며 말했다.

"구상유취군요."

"그게 무슨 말이야?"

"입에서 젖내가 난다는 뜻으로 당신이 어린애처럼 유치한 생각만 한다는 것입니다! 저보다 오래 사신 분이 사자성어를 모르실 줄은 몰랐네요!"

신선비가 눈웃음을 치며 얄밉게 말하자 각시 도깨비는 잠시 욱하다가 곧바로 평정심을 찾고는 여유롭게 말했다.

"유치하고 무식해서 미안하네! 그럼 왜 반대하는지 말해볼래? 말 못 할 이유라면 그 여자가 다시 태어난 신선비 아내인가? 그래서 아들처럼 키운 아이랑 엮이게 하기 싫은 건가?"

각시 도깨비가 홍인이 환생한 홍이란 것을 알자 신선비는 당황스러웠지만, 금세 단호한 태도로 말했다.

"당신이 그 아이를 기억할 줄은 몰랐네요. 그 남자가 홍이라고 해도 우리를 기억하지 못할 것이고 그 여인은 제 아내가 아닙니다."

"당연히 기억하지! 그 아이의 마지막을 목격한 것은 나니까!"

오래전 과거를 떠올린 각시 도깨비는 아랫입술을 깨물었다. 하늘에 회색 구름이 가득했던 날에 마을로 내려갔다가 산에 오르던 중에 급하게 내려오는 남자와 부딪쳤다. 남자는 사색이 된 상태로 사과도 하지 않고 산에서 내려갔다. 기분이 나빠진 각시 도깨비는 욕을 하고 산에 올라갔다가 열여섯은 돼 보이는 남자를 물고 있는 호랑이를 만났다. 남자의 얼굴을 본 각시 도깨비는 고함을 지르더니, 재빠르게 호랑이 등에 올라타서 비녀로 호랑이의 두 눈을 찔렀다. 호랑이는 물고 있던 남자를 뱉고는 몸부림을 치다가 각시 도깨비를 떨어뜨리고는 뒤도 돌아보지 않고 도망쳤다. 각시 도깨비는 다친 남자에게 다가가고는 붙들며 말했다.

"홍아! 정신 좀 차려!"

"누님이 호랑이를 쫓아내셨습니까? 역시 누님은 강하십니다!"

홍이 환하게 웃으며 말하자 각시 도깨비는 그가 의식이 있다는 것에 안심하고 아무렇지 않은 척하며 말했다.

"당연하지, 나는 강하다고! 그런데, 어쩌다가 호랑이를 만나게 된 거야?"

각시 도깨비의 물음에 홍은 동문서답을 했다.

"누님, 역적에 자식이었던 저를 가족으로 받아주셔서 감사했습니다. 누님이 인간이 아니라는 것을 알고 있었습니다, 누님은 어여쁘신 분이니, 앞으로도 인간을 어여쁘게 봐주시길......"

"홍아, 묻는 말에 답하지 않고 엉뚱한 소리를 하는 거니?"

각시 도깨비는 입꼬리가 올라간 상태로 눈을 감은 홍을 바라봤다. 평온한 그의 얼굴을 본 그녀는 처음으로 눈물을 흘렸다.

"그 망할 것을 찢어 죽였어야 했는데!"

회상을 끝내고 분노하는 각시 도깨비를 신선비가 진정시키고는 말했다.

"그 일은 이미 지난 일입니다. 각시께서는 한밤중에 그 사내를 찾아가서 목을 조르지 않으셨습니까? 저는 그때를 생각하면 아찔합니다."

각시 도깨비가 남자의 목을 조르는 것을 봤던 신선비는 치를 떨었다. 다행히 호랑이로부터 구해준 홍을 두고 도망친 남자가 무릎을 꿇고 머리를 조아리며 사과하자 순순히 물러가서 안심하던 그때를 신선비는 회상하며 말했다.

"제가 그때 따라가지 않았다면 그 사내는 무사하지 못했을 것입니다."

"맞아, 네가 안 왔으면 사내는 죽었어. 은혜를 원수로 갚은 망할 것! 산에서 부딪쳤을 때, 알아차렸어야 했는데! 아, 갑자기 기분 잡쳤어! 집에서 드라마나 봐야지."

기분이 나빠진 각시 도깨비는 곧바로 밖을 나왔다. 고작 10년을 같이 산 인간 아이를 잊지 못했다는 것이 그녀답지 않다고 신선비는 생각했다. 그의 기억 속에 유일한 혈육을 잃은 아이는 구슬피 울고 있었다. 무덤 앞에 두 번 절을 한 아이는 신선비를 따라갔다. 당시 그가 머물고 있는 거처에 도착한 아이는 각시 도깨비와 마주했다. 그녀는 아이를 보고는 비꼬며 말했다.

"가족이 그리워서 인간 아이를 주운 건가?"
"성인이 되면 돌려보낼 것입니다."
"흠, 그래? 뭐, 상관없어. 나한테는 재미를 줄 것 같거든."

각시 도깨비가 입꼬리를 올리자 홍은 겁을 먹은 표정을 지었고 신선비는 한숨을 푹 쉬고는 말했다.

"아이를 괴롭히지 마세요."
"알겠어, 안 그럴게."

각시 도깨비가 순순히 물러나자 신선비는 의심의 눈치로 봤지만, 다행히 심하게 괴롭히지 않았고 순식간에 10년이란 세월이 지나갔고 죽은 누님을 보러 갔던 홍은 우리 곁을 떠났다.

'그 애는 그녀에게 어떤 존재였을까?'

의문을 가지게 된 신선비는 홀로 가게 안을 정리했다.

6. 변화

'산은 산이고 물은 물이로다.'
"너, 뭐 하냐? 설마 명상?"

바닥에 앉아서 명상하던 하던 홍인은 화장실에서 나온 명운이 말을 걸자 미간을 찌푸리고는 노려봤다. 홍인의 자취방에 온 명운은 그의 시선을 무시하고 풍랑 카페 배달원에 관해 얘기했다.

"배달원이 참 예뻤는데, 이상하게 눈을 보면 홀리는 기분이 들었단 말이야."
"여자 친구 있는 애가 한눈을 파냐?"

홍인이 핀잔을 주자 명운은 휴대폰을 보며 아무렇지 않게 애인과 이별했다는 것을 알리고 곧바로 비난을 들을 발언을 했다.

"내가 그 배달원한테 첫눈에 반했나 봐? 곧바로 배달원에게 작업 걸었던 것을 최사랑에게 말한 것을 보면 말이야."

명운의 말을 들은 홍인은 침대 옆에 두었던 가방에서 물티슈를 꺼내더니, 자신의 왼쪽 귀를 물티슈로 닦았다. 정성스럽게 왼쪽 귀를 닦고 물티슈를 한 장 더 뽑은 후에 반대편 귀를 닦던 홍인은 싱긋 웃다가 정색하고는 명운의 얼굴에 귀를 닦은 물티슈를 던졌다. 자신의 돌발행동 때문에 명운이 당황하자 차분한 어조로 말했다.

"우리 아버지께서 재수 없는 말을 들으면 자신은 귀를 씻으신다고 하셨지, 그래서 나는 아버지처럼 행동하는 거야. 재수 없는 놈아!"

급발진한 홍인이 아직 던지지 않은 물티슈 한 장을 명운에게 던졌지만, 아쉽게도 맞추질 못했다. 홍인은 명운을 노려보며 말했다.

"너는 내 말을 잘 들으면서 연애 쪽으로는 내 말을 안 듣고, 네가 크게 데어봐야 정신을 차리지? 언제 정신 차릴래? 선생님, 생각도 안 하냐?"

"어우, 배고프다! 배달이나 시킬까?"

명운은 전단지가 붙어있는 냉장고로 향했다. 명운의 아버지는 홍인의 고등학교 1학년 때의 담임 선생님이셨다. 중학교 때부터 친구였던 명운은 밥 먹듯이 가출했고 홍인의 집에서 지낼 때가 있었다. 아버지 얘기를 하면 명운은 언제나 회피했지만, 선생님은 명운의 근황을 자주 물었다. 홍인은 명운의 연애사를 제외하고 선생님께 알려드렸다. 괜히 알려드렸다간 갈등만 커지니, 선생님께서 명운이 애인이 있는지, 물어보면 모른다고 답변했다.

"뭐 시켰어?"

"토스트랑 청포도 에이드 그리고 블루레몬에이드."

"야식 치고는 소박하네? 차라리 치킨을 시키지."

"내가 사는 거니깐, 불만 없이 먹어."

"하하, 알겠습니다."

화가 누그러진 홍인은 허우대는 멀쩡하지만, 어딘가 불안정해 보이는 명운을 바라봤다. 끊고 싶어도 끊을 수 없고 미워하고 싶어도 미워할 수 없는 친구가 변하기를 기도했다. 그러나 바람은 쉽게 이루어지지 않았다.

"두 분이 드세요? 토스트를 다섯 개 시키셔서 다섯 분이 드실 줄 알았어요!"

"하하, 그래요? 시간 되시면 같이 드실래요?"

"2만 원입니다!"

홍인은 수작 부리는 명운을 아무렇지 않게 차는 배달원을 멍하니 봤다. 검은색 티셔츠에 검은색 가죽 재킷을 입은 여자가 현재 명운이 관심을 가지고 있는 인물이란 것을 알았다. 신입생 시절부터 가끔 배달원과 마주쳤던 홍인은 그녀에 대한 소문을 알고 있다. 그녀에게 관심을 가진 남자들은 대차게 까였다는 소문을 말이다. 확실히 TV에 나온 여자 연예인보다 예쁘기는 했다. 홍인은 그녀를 빤히 보다가 눈이 마주쳤다. 그녀가 눈웃음을 치자 왠지 모르게 몽롱한 기분이 들었다.

"맛있게 드세요!"

배달원이 문을 닫자 정신을 차린 홍인은 자신의 양쪽 뺨을 때렸다.

'잠깐 마주쳤는데, 왠지 멍해지네.'

홀리는 기분이 들었던 홍인은 현관문 앞에서 가만히 있는 명운의 왼쪽 어깨를 치고는 말했다.

"거기서 왜 가만히 있어?"

"얼른 먹자....... 배고파......."

원래라면 하이텐션인 명운이 힘없이 말하자 당황했지만, 그래도 다음 날에는 원래대로 돌아올 거라고 합리화를 했다. 다행히 명운은 평소대로 행동을 했다. 다만 달라진 것이라고는 홍인이 한 달에 한두 번 가던 풍랑 카페를 자주 가게 된 것이었다. 그곳에 가면 왠지 모르게 편해지는 기분을 느꼈다. 명운의 전 여자 친구의 친구인 청연과 마주칠 때, 어색하고 불편했지만, 자주 마주치는 것에 익숙해져서 신경을 쓰지 않게 되었다. 조카랑 왔을 때도 아는 척을 안 했고 무시하면 그만이었는데, 우연히 청연의 말을 무심코 듣게 되었을 때, 신경 쓰이기 시작했다.

7. 애증

사람의 인연은 시간과 관계없이 허망하게 끊어지는 것인지, 청연은 찰나에 순간을 잊을 수 없었다.

"명운이가 다시 만나자고 했어, 거절하려고 했는데."

우물쭈물하던 사랑은 사과와 함께 폭탄 발언을 했고 눈빛이 날카로워진 청연은 분노하며 말했다.

"너, 미쳤어? 그딴 놈은 왜 다시 만나는데?"
"청연아, 사람은 실수할 수 있잖아, 그래서 기회를 주려고."

사랑은 청연을 진정시키고는 차분하게 명운이 무릎을 꿇고 사죄하며 자신만을 바라보겠다는 각서를 줬다고 말했다. 사랑이 각서를 보여주겠다며 휴대폰을 꺼내려고 하자 청연은 경멸하며 말했다.

"너는 그 사람을 신뢰하니? 아니면 신뢰하지 않는데, 단순히 좋아서 그냥 넘어가는 거니?"

청연은 사랑이 만났던 남자들의 쓰레기 짓과 멀어져 간 주변 사람들을 언급했다. 심적으로 벼랑 끝까지 간 사랑이 고통스러워하며 양쪽 귀를 막으려고 하자 청연은 그녀의 양팔을 잡고는 집요하게 계속 말했다. 그러자 사랑은 청연의 팔을 뿌려 치고는 밀쳤다. 밀쳐진 청연은 뒤로 넘어졌지만, 다행히 머리가 땅에 닿지 않아서 뇌진탕에 걸리지 않았다. 청연이 다시 일어나자 사랑은 움찔거리다가 말했다.

"명운이가 너랑 어울리지 말라고 했어. 청연아, 부탁할게! 네가 찬성만 한다면 내가 명운을 설득할게! 나는 너를 잃고 싶지 않아!"
"너는 내가 뒤로 넘어졌는데, 그 말이 나와?"

어느새 눈시울이 붉어진 청연은 사랑을 바라봤다. 상처받은 청연의 얼굴을 본 사랑은 사과는커녕 갑갑한 상황에서 벗어나기 위해 머리를 굴렸다. 그런 사랑의 태도에 실망한 청연은 돌아섰다.

"미안해."

청연을 붙잡지 않은 사랑은 결국 명운을 택했다. 혼자가 된 청연은 머리를 한 대 맞은 기분이 들었다. 이제 5월 중순이고 곧 있으면 기말고사를 봐야 하는 데, 시험공부를 하기 위해 아이스 아메리카노를 2잔 마셔도 집중이 되지 않았다. 노트북을 켠 상태로 근심이 가득한 표정을 짓자 할미 도깨비가 말을 걸었다.

"학생, 근심이 가득한 표정을 짓고 있어? 무슨 일이라도 있어?"
"아무 일도 없었어요."

청연은 애써 웃으며 말했지만, 인자하게 자신을 바라보는 노인의 눈을 보자 결국 쌓여있던 감정을 말했다, 후련하면서도 씁쓸한 기분이 들었다.

"그 애는 저보다 그 사람이 좋은가 봐요. 왠지 분하네요. 함께한 시간이 별거 아닌 게 되어서."

"그 친구가 돌아왔으면 좋겠니?"

청연은 넌지시 들어온 질문을 듣고는 빨대를 휘저으며 뜸을 들이다가 말했다.

"반반이라고 해야 할까요? 돌아왔으면 좋겠다는 마음이랑 그냥 이대로 끝냈으면 좋겠다는 마음이 충돌하고 있어요."

청연은 빨대를 휘젓는 것을 멈추고는 아메리카노를 한 모금을 마신 후에 말을 이어갔다.

"애증일까요? 그래서 그 애를 놓을 수 없는 걸까요? 정말이지, 저는 미련한 사람이에요."

눈시울이 붉어진 청연이 말하자 할미 도깨비는 안타까운 표정을 지으며 위로의 말을 해주려고 했으나 소란스럽게 각시 도깨비가 등장했다.

"아, 왜 이렇게 더워지려고 하는 거야? 이러면 가죽 재킷을 입기 힘든데, 더운 건 딱 질색이야!"

더위를 잘 타는 각시 도깨비는 자신을 노려보는 할미 도깨비를 무시하고 카운터에 있는 신선비에게 가서 말했다.

"더워! 시원한 것이라도 줘!"

"손님이 있는데, 존댓말을 해주시겠어요?"

손님이 있다는 신선비의 말을 들은 각시 도깨비는 주변을 살피다 홍인과 청연을 발견했다. 홍인을 향해 싱긋 웃어준 후에 신선비에게 작은 목소리로 물었다.

"둘은 진전이 있는 거야?"

질문을 받은 신선비는 고개를 좌우로 흔들었고 각기 도깨비는 혀를 차고는 카운터에 있는 초콜릿 쿠키를 꺼내서 먹었다. 판매하는 상품을 함부로 먹자 미간을 찌푸린 신선비는 말했다.

"돈 내고 드세요."
"줄게, 다 먹고 나서."

그들이 티격태격하는 사이에 청연은 물었다.

"두 분 많이 친하신 것 같아요."
"하하, 아주 친하지, 가족 같은 사이니까."

대답한 할미 도깨비는 해탈한 상태로 그들을 바라봤다. 참을성 있는 신선비의 분노를 유발하는 각시 도깨비가 그가 열 받는 모습을 보고 즐거움을 느끼자 한숨이 절로 나왔다. 그래도 신선비가 각시 도깨비를 도발할 정도로 내면이 성장하여 맞대응을 할 수 있게 되어 나름 안심을 했지만, 현재 중요한 것은 청연과 홍인을 맺어주는 것이었다. 카페에 둘이 있는 기회를 놓치지 않으려고 했는데, 앉아있던 홍인이 자리에서 일어나 카운터에 가서 얼음이 든 컵을 두고 나가자 다음을 기약했다.

8. 충돌

홍인은 길을 걷다가 청연의 말을 곱씹고는 중얼거렸다.

"충돌, 충돌이라."

홍인도 청연처럼 마음에 충돌을 겪었다. 헤어지면 다시 만나지 않던 명운이 사랑과 재결합한다고 했을 때, 당황스러웠지만, 그냥 넘어갔다.

'저 녀석을 왜 좋아하는 거지?'

좋은 남자가 아닌 명운과 재결합한 사랑을 이해할 수 없었지만, 재결합을 반대한 청연과 절교를 했다는 것을 알게 된 후로는 불편한 감정이 들었다. 게다가 사랑을 보면 씁쓸한 표정을 지은 청연이 떠올라서 미칠 것 같았다. 애써 신경 쓰이는 청연을 머릿속에서 지우려고 했지만, 그럴수록 주변 환경이 방해했다. 어느 날, 시내에 있는 은행에 갔다 온 홍인은 자신의 자취방에 들어갔다. 집은 원룸이라서 현관 앞은 싱크대가 있었고 부엌과 거실 그리고 침실이 한 공간에 합쳐진 구조로 혼자 살기에는 나름 쾌적한 공간이었는데, 자신의 영역을 침범당하는 것을 좋아하지 않는 홍인은 그들을 보자 미간을 찌푸렸다.

"안녕하세요."

인사를 하는 사랑의 붉은 얼굴과 키스 마크를 본 홍인은 자신의 집에서 거사가 이루어졌다는 것을 파악하고 분노가 차올랐지만, 참고 모르는 척했다. 그들이 나간 후, 결벽증이 아님에도 불구하고 홍인은 이불을 다섯 번이나 세탁하고 걸레로 바닥을 열 번이나 닦았다. 그들을 생각할수록 구역질이 나서 결국 화장실에서 구토했다.

"아, 그냥 거기서 욕이나 하고 쫓아낼 걸 그랬나?"

속을 게워낸 후, 홍인은 참았던 자신의 행동에 후회했다. 다음번에도 이런 일이 발생하면 멱살을 잡거나 머리채를 잡아서라도 명운에게 욕을 하리라 다짐했는데, 더욱 골치 아픈 사건이 찾아왔다.

"안명운씨가 최사랑하고 헤어진 것을 알고 계시나요?"

자신의 집에서 거사를 치른 지, 일주일도 안 돼서 헤어졌다는 사실에 어이가 없어진 홍인은 할 말을 잃었다. 풍랑 카페에 갔다가 청연과 마주쳐서 대화하게 되었는데, 혈압이 오를 정도로 골치 아픈 말을 들었다.

"헤어진 지가 일주일이 되었는데, 이별을 받아들이지 못한 안명운씨가 최사랑한테 추태를 부렸데요, 그래서 최사랑이 저한테 안전 이별을 할 수 있도록 도움을 요청했어요."

"그런 일을 저에게 말하는 의도가 무엇인가요?"

홍인은 애써 분노를 참으며 말하자 청연이 차분하게 자신이 말을 건 의도를 말했다.

"경찰에 신고해도 문제가 완만하게 해결될 것 같지 않아서요. 성홍인씨가 안명운씨를 수단과 방법을 가리지 않고 이별을 인정하라고 설득 시켜 주세요."

청연의 말이 끝나자 홍인은 정신이 나갈 것 같았지만, 애써 정신을 붙잡고 말했다.

"와, 거지 같네요. 그쪽도 거지 같지 않나요?"

"당연히 거지 같죠. 도와달라고 부탁을 하는데, 거절할 수 없더라고요."

청연이 한숨을 쉬며 말하자 홍인은 미간을 찌푸리다가 무심코 자신의 속내를 말했다.

"당신은 바보같이 착해요. 그래서 안쓰러워요."

안타까운 눈빛으로 말하자 청연은 잠시 멈칫하다가 옅은 미소를 지으며 말했다.

"저를 그렇게 생각하신다면 도와주실래요?"

청연의 갑작스러운 부탁을 들은 홍인은 순응에 의미로 고개를 끄덕였고 그날 밤에 자신의 집에 찾아온 명운을 붙들고 말했다.

"이청연씨한테 다 들었어! 추태 같은 건 그만 부리고 다른 사람한테 민폐 끼치지 마!"

올라오는 화를 억누르며 말하자 명운은 홍인을 빤히 보다가 뜬금없는 말을 했다.

"너, 그 사람한테 관심 있냐?"
"미쳤어? 왜 그런 말이 나와?"

놀란 홍인의 얼굴과 귀가 붉어지자 명운은 싸늘하게 말했다.

"잠시 다툰 것뿐이야, 괜히 그 여자 말에 휘둘리지 말고 내 연애에 간섭하지 마."

명운은 홍인의 왼쪽 어깨를 두드리고 밖으로 나갔다. 설득에 실패하고 자신의 머리를 헝클이고 고민을 하던 홍인은 결단을 내렸다.

9. 대화

"명운과 헤어졌어."

"그래서?"

"헤어졌는데, 명운이 자꾸 연락하고 내가 있는 자취방에 찾아와."

"경찰에 신고해."

청연이 무심하게 말하자 사랑은 그녀의 두 손을 잡고 울먹이며 말했다.

"신고는 하고 싶지 않고, 해도 그냥 알아서 해결하라고 할 것 같아. 내가 잘못했어! 나를 좀 도와줘!"

명운이 좋다며 자신을 버린 사랑이 이제는 잘못을 빌고 도움을 요청했다. 청연은 애절한 친구의 부탁을 외면할 수 없었다. 그래서 우연히 풍랑 카페에서 만난 홍인을 무작정 붙잡아서 도움을 요청했다. 충동적으로 저지른 짓이었지만, 후회하지 않았다. 다만 그의 말이 잊을 수가 없었다.

"당신은 바보같이 착해요. 그래서 안쓰러워요."

청연은 홍인의 말을 곱씹었다. 무뚝뚝해 보이던 홍인이 자신을 진심으로 안쓰러워하는 것 같아서 기분이 묘했지만, 도움을 요청했다. 의외로 쉽게 순응하고 전화번호를 알려주어서 청연으로서는 안심이 되면서도 의구심이 들었다.

'도와달라고 했는데, 과연 해결될 수 있을까?'

도움을 요청한 지. 이틀이 지난 후에 청연은 불안과 기대를 안고 카페에 있었다. 잠시 후, 아이스 아메리카노를 시킨 홍인은 어두운 표정으로 말했다.

"설득에 실패했습니다. 죄송합니다."

"괜찮아요. 저야말로 앞뒤 생각 안 하고 부탁해서 죄송해요."

청연이 정중하게 사과하자 홍인은 머뭇거리다가 말했다.

"저에게 해결책이 하나 있습니다."

"무엇인가요?"

"명운의 아버지께 최사랑 씨가 겪었던 일을 사실대로 말씀드리는 겁니다. 명운의 아버지께서는 고등학교 1학년 때 제 담임 선생님이셨기에 제 말은 믿어주실 겁니다."

"그래서 같이 다니셨군요."

성향이 다른 두 사람이 같이 다니는 이유가 궁금했던 청연은 궁금증이 해소되자 곧바로 다른 것을 물었다.

"혹시 이런 비슷한 일이 있었나요?"

청연의 물음에 부정한 홍인은 명운과는 같은 중학교를 나왔다는 것과 명운의 아버지 부탁으로 같이 다닌다는 사실을 털어놓고선 한숨을 쉬며 말했다.

"그 녀석은 제 말은 잘 듣지만, 연애 쪽은 듣지를 않고 오히려 간섭받는 것을 싫어해요."

"최사랑도 마찬가지예요, 연애 상담을 해줘도 결국 본인 마음대로 하더라고요."

경청하고 있던 청연은 곧바로 사랑에 관해 얘기했다.

"그 애는 이상한 사람들만 만나는데, 아무리 말려도 소용이 없더라고요!"

차분해 보이는 인상에 청연이 툴툴대며 말하자 홍인은 피식 웃었다. 비슷한 처지라는 생각에 내적으로 친밀감이 조금은 오른 것 같은 기분이 들었을 때, 문득 무언가를 떠올리고는 말했다.

"그러고 보니, 그 녀석이 이상해졌을 때가 그때였던 것 같아요!"

홍인은 풍랑 카페 배달원이 왔을 때, 일을 얘기했고 듣고 있던 청연의 표정이 일그러졌다. 카운터에서 그들에 이야기를 듣고 있던 신선비의 표정도 일그러졌다.

10. 유희

"무슨 짓을 한 겁니까!"

카페 마감 시간에 신선비는 각시 도깨비에게 따졌다. 홍인에게 들었던 것을 전부 말하자 영문을 모르던 각시 도깨비는 경박하게 웃고는 말했다.

"나는 그 여자의 소원을 들어준 것뿐이야!"

각시 도깨비는 일그러진 신선비를 두고 다시 경박하게 웃다가 자신이 했던 일을 순순히 말해주었다.

청연과 말다툼을 하고 카페에서 나왔던 사랑이 길에서 주저앉아 울고 있는 것을 우연히 본 각시 도깨비는 오토바이를 세워두고 다가가서 말을 걸었다.

"왜 그러고 있어요?"

그러자 고개를 든 사랑이 자신을 말없이 노려보자 의아했던 각시 도깨비는 물었다.

"나한테 화났어요? 왜 노려봐?"
"당신 때문에 그 사람하고 헤어졌어!"

다짜고짜 자신을 탓하는 사랑의 행동에 황당해하던 각시 도깨비는 물었다.

"그래서 책임지라고?"
"그래! 책임져!"

사랑이 어린애처럼 떼를 쓰자 각시 도깨비는 고민하다가 재미난 것이 떠올랐는지, 음흉하게 웃고는 활기차게 말했다.

"그 남자와 다시 합치는 게 소원이라면 내가 들어줄게! 그 남자가 당신만 바라볼 수 있도록!"

그렇게 사랑과 약속을 하고 실행에 옮겼다. 일은 생각보다 수월하게 진행됐다. 홍인의 집에 배달하러 갔을 때, 명운에게 사랑만을 바라보도록 세뇌를 걸고 잠깐 눈이 마주친 홍인에게는 풍랑 카페에 자주 오도록 세뇌를 걸었다. 그 후는 보시다시피 각시 도깨비의 세뇌대로 두 사람은 행동했다. 그 결과에 만족감을 느꼈는데, 그 결과물의 원인을 들은 신선비는 기겁하며 말했다.

"제정신입니까? 당신 때문에 피해를 보는 이들이 있습니다! 어서 세뇌를 푸세요!"

"알겠어, 적당한 때에 풀어줄게."

두 팔을 들으며 항복한다는 제스처를 취했지만, 신선비는 믿을 수 없다는 표정을 지었다. 두 팔을 내린 각시 도깨비는 자신의 말을 신뢰하지 않는 신선비를 무시하고 재미있었던 기억을 떠올렸다.

힘없이 다리를 절뚝거리며 가는 사랑을 본 각시 도깨비는 오토바이로 상대방의 앞길을 막았다. 오토바이에서 내린 자신을 보고 미간을 찌푸리는 상대를 흥미롭게 본 각시 도깨비는 말했다.

"행복해? 그 사람이 너만 바라봐서? 고마우면 우리 가게 매출을 올려주던지."

"당신, 뭐야?"

사랑은 다짜고짜 각시 도깨비의 멱살을 잡고 물었다. 아무 말도 하지 않자 다그치며 재촉했다.

"당신 무슨 짓을 한 거야?"

"음, 최면이라고 해야 하나? 내가 그런 쪽에 재능이 있거든."

"최면이든, 뭐든, 상관없어! 돌려놔! 제발 그 사람을 원래대로 돌려놔!"

"내가 왜? 그쪽이 원하는 대로 내가 그 남자를 당신만 바라보게 했는데?"

"내가 바라는 건, 이게 아니었어!"

명운의 마음을 원했지만, 계속되는 집착과 속박에 갑갑해진 사랑은 각시 도깨비를 붙들고 원래대로 돌려놔달라고 부탁했다. 그러자 각시 도깨비의 표정이 굳어지더니, 멱살을 잡고 있던 사랑을 밀치며 말했다.

"싫어, 내가 왜 그래야 해? 우정을 버리고 사랑을 선택했으면 끝까지 가야지?"

각시 도깨비는 사랑의 왼쪽 어깨를 잡고 세뇌를 걸었다.

'당신은 2분 동안 움직일 수 없고 내가 사라진 후에 조금 전에 일을 기억하지 못합니다.'

오토바이를 타고 그 자리를 떠난 각시 도깨비는 카타르시스를 느꼈다. 인간이 괴로워하는 것에 즐거움을 느끼는 도깨비라서 고통스러운 인간의 끝을 보는 것에 기대감을 한 체, 빨리 고통스러워하는 사랑의 모습을 보고 싶었다. 그런데 신선비가 심기를 불편하게 만들었다.

"혹시 그 남자가 그 애를 죽게 만든 자의 환생이라서 그런 건가요? 만약 그렇다면, 큰일이 일어나기 전에 세뇌를 풀어버리세요! 그 남자는 전생에 일을 기억 못 합니다!"

자신의 기분을 초치는 신선비의 말에 질색하였다. 물론 홍을 죽게 만든 남자의 환생이 명운이라는 것을 알고 있었다. 전생과 환생 때 얼굴이 같아서 쉽게 알아볼 수 있었고 죽여 봤자 괜히 껍데기만 같은 사람에게 화풀이하는 것에 불과하기에 살려두었지만, 신선비의 말을 들으니 스트레스가 새로 쌓이는 것 같았다. 각시 도깨비는 미간을 찌푸리며 말했다.

"내가 말했지? 적당한 때에 풀어주겠다고! 그러니, 잔소리는 그만하라고 듣기 싫으니까!"

각시 도깨비가 화를 내고 나가자 신선비는 한숨을 쉬었다. 산으로 둘러싼 대학교 근처에 카페를 차리면 여유로울 줄 알았는데, 오히려 머리 아픈 일들이 발생하자 피로가 계속 쌓였다. 시간이 지나면 괜찮을 줄 알았는데, 골치 아픈 일이 발생했다.

쨍그랑!

'어째서 왜 저 아이가 있는 거지?'

접시를 깨뜨린 신선비는 경악했다. 그가 본 중년의 남성은 자신을 괴물이라고 불렀던 증손자와 닮은 얼굴을 하고 있었다.

11. 날벼락

"선생님, 일찍 오셨네요?"

홍인은 아이스 아메리카노를 시키고는 자리에 앉았다. 명운의 아버지인 선생님께 전화를 걸었다가 얼떨결에 5월 마지막 토요일 오후 3시에 풍랑 카페에서 만나는 것으로 약속을 잡고 말았다. 약속 시간이 되기 10분 전에 왔을 때, 선생님이 계시자 당황했지만, 티를 내지 않았다.

"어쩌다 보니, 일찍 도착했구나."

답변을 한 선생님은 커피를 물끄러미 보고는 말했다.

"드립 커피를 시켰는데, 젊었을 때, 카페에서 마셨던 커피 맛이랑 비슷하구나."

"그래요?"

선생님은 인자하게 웃으며 옛날 기억을 떠올리고는 말했다.

"그때에 나는 소심한 성격 탓에 학교를 가기 싫어했지."

"말도 안 돼."

홍인은 놀란 표정을 지었다. 학생들에게 호랑이 선생님이라 불리며 카리스마가 넘쳤던 안범선생님이 과거에 소심했다는 것이 믿기지 않았기 때문이었다. 그런 제자의 반응을 보고 피식 웃은 범선생님은 자신의 젊은 시절 얘기를 해주었다.

"그때가 선생이 된 지가 얼마 안 됐을 때라서 적응하기가 힘들었지. 밤에 산책하다가 카페를 발견했는데, 어르신이 밀대로 바닥을 닦고 계셨지. 그러다가 우연히 나와 눈이 마주쳤고 나는 허리를 숙여서 인사했지."

범선생님은 드립 커피를 한 모금 마시고 잔잔하게 미소를 지으며 말했다.

"어르신은 밖으로 나오시더니, 커피 한잔하고 가라고 하셨지. 그때 나는 거절을 못 했던 성격이었기에 카페 안으로 들어갔지. 그때 드립 커피를 마셨는데, 나도 모르게 눈물을 흘렸지. 어르신이 무슨 일이 있냐고 물었을 때, 부끄럽게도 커피가 써서라고 말했어."

부끄러운 과거에 얼굴을 붉힌 범선생님은 옛날 기억에 취한 체, 말을 이어갔다.

"어르신의 위로 덕에 용기를 얻고 선생 노릇을 했지. 어르신께서 커피값은 안 받는다고 하셨지만, 그래도 드려야겠다는 생각에 찾아갔는데, 카페가 문을 닫았더구나."

"카페 이름은 기억하세요?"

자신의 이야기를 듣고 있던 제자가 물어보자 범선생님은 잠시 고민을 하다가 말했다.

"글쎄, 그 카페를 간 지가 25년 이상 돼서 기억나지 않는구나."

범선생님이 예전에 갔던 카페의 이름을 생각하고 있을 때, 청연이 카페 안으로 들어왔다. 청연은 홍인을 발견하고는 발걸음을 옮겼다.

"아, 오셨어요?"

홍인이 청연을 반갑게 맞이했다. 청연은 홍인과 범선생님께 가볍게 인사를 하고 요점을 말했다.

"안녕하세요, 아드님의 전 여자 친구에 친구인 이청연입니다, 아드님과 같은 대학을 다니고 있습니다."

청연의 소개를 들은 범선생님은 당황하여 자신의 제자를 바라봤다. 대충 선생님의 반응을 예상했던 홍인은 곧바로 말했다.

"이분은 명운의 문제와 연관이 된 분이세요."

명운의 문제를 듣기 위해 온 범선생님의 눈은 휘둥그레졌고 청연은 간단하게 상황 설명을 해주었다.

"아무래도 상황을 모르시는 것 같아서 말씀드리겠습니다. 아드님과 제 친구는 연인 관계였지만 헤어졌고 아드님은 이별을 받아들이지 못하고 몹쓸 짓을 저질렀습니다. 자세한 것은 오늘 오기로 한 제 친구가 알려드릴 겁니다."

상황 설명을 차분하게 듣고 있던 범선생님은 두 눈을 지그시 감고는 사과했다.

"죄송합니다, 제가 아들을 잘못 가르쳤습니다."
"그런 말씀 마세요. 잘못은 아드님이 하신 거니까요."

청연은 냉정하게 말한 후에 휴대폰으로 시간을 확인했다. 오후 3시임에도 사랑이 오지 않자 다섯 번이나 전화를 걸었지만, 부재중이었다. 화요일 밤에 홍인의 연락을 받은 청연은 사랑에게 전화를 했었다.

"이번 주 토요일 오후 3시까지 풍랑 카페에 가면 돼."

청연이 약속 시간과 장소를 알려주자 사랑은 머뭇거리며 말했다.

"나, 못 갈 것 같아."
"왜 못 가는데?"
"선약이 있어서."
"무슨 선약인데? 이것보다 중요한 거야?"
"그날, 기말 과제 때문에 선배들과 만나기로 했거든."

"언제 만나서 언제 끝나는데?"

"오전 10시이고 언제 끝날지는 모르겠는데."

청연은 불확실한 사랑의 말을 듣고는 화를 내며 말했다.

"얼른 마치고 튀어와! 만약에 오지 않으면 내 손에 죽을 줄 알아!"

그렇게 으름장을 놓고 끊었음에도 약속 당일에 30분이 지나도록 사랑의 그림자조차 보이지 않자 청연은 화가 치밀어 올랐다. 인내심이 한계점에 도달했을 때, 사랑과 연락이 되었고 화를 억누르며 말했다.

"너, 어디야? 왜 안 오는 거야?"

"청연아, 큰일 났어! 명운이가 저수지에 빠져 죽겠데!"

"뭐?"

청천벽력 같은 소식에 당황한 청연에게 사랑은 자신이 막겠다는 말을 남기고는 전화를 일방적으로 끊었다. 전화를 다시 걸어도 받지를 않자 청연은 망설임 없이 말했다.

"큰일 났습니다! 안명운씨가 저수지에 빠져 죽겠다고 합니다!"

그러자 놀란 홍인이 다급하게 물었다.

"진짜로 저수지에 빠져 죽겠데요? 지금 어디 저수지에 있데요?"

"어디 저수지인지는 설명해주지 않았지만, 대학교 후문에서 좀 떨어진 곳에 저수지가 있는데, 아마도 거기에 있을 것 같아요."

청연과 홍인이 대화를 하는 사이에 충격을 받아 가만히 있던 범선생님은 정신을 차리고 다급하게 말했다.

"제가 차를 가지고 왔습니다. 그것을 타고 어서 찾으러 갑시다!"

그렇게 그들은 카페를 빠져나왔다. 컵을 치우지 못하고 나간 자리를 빤히 본 신선비는 한숨을 푹 쉬었다. 컵을 치우고 테이블을 닦던 그는 자신을 보는 할미 도깨비에게 희미하게 웃어주었다. 그러자 10분 전에 휴식을 취하고 있던 각시 도깨비가 자리에서 일어났다.

"따라갈 건가요?"

"가야지. 걱정하지 마. 해결하러 가는 거니깐."

신선비의 물음에 각시 도깨비는 상냥하게 답하고는 밖으로 나왔다.

12. 돌발

"어디에 있는 거야?"

홍인은 머리를 헝클어트렸다. 차로 20분 만에 저수지에 도착하여 흩어져서 찾았다. 근처에 있는 화장실도 가보고 주차장에 있는 차 안까지 봤지만 사랑과 명운을 찾을 수 없었다. 다시 뭉친 그들은 고민에 빠졌다.

"이상하다? 갈만한 저수지는 여기밖에 없는데?"

청연이 의문을 품었을 때, 가만히 있던 홍인이 갑자기 깨달음을 얻은 표정으로 말했다.

"아, 여기 말고 다른 저수지가 있는데, 거기 간 것 아닐까요?"

"다른 저수지라면 아, 맞다! 거기도 있었지? 왜 그 생각을 못 했지?"

4년 동안 기숙사 생활을 하면서 근방에 지리를 대충 알고 있던 청연은 장소를 쉽게 알아차렸다. 반면 근방에 지리를 모르는 범선생님이 물었다.

"거기 가려면 얼마나 걸리죠?"

"차로 가면 아마도 10분 정도 걸릴 거예요!"

홍인이 대답하자 범선생님은 곧바로 주차장으로 향했다. 청연과 홍인도 주차장에 가서 시간을 지체하지 않고 범선생님의 차를 탔다.

"속력을 내서 갈 거니깐, 꽉 잡아라!"

범선생님은 과속을 하며 운전했다. 덕분에 10분 안에 다른 저수지에 도착했고 주차된 명운의 차를 발견했다. 그러다 담배를 물고 있는 명운을 발견한 홍인은 차를 세우기 전에 내렸다. 평화롭게 담배를 피우던 명운은 홍인을 발견하자 도망쳤다. 청연은 차가 세워진 상태에서 홍인을 따라 명운을 쫓아갔다.

"야! 안명운! 거기 안 서!"

얼떨결에 시작한 추격전은 5분이 지나도 계속되었다. 계속 쫓아가던 그들 중 청연이 넘어지고 말았다. 놀란 홍인은 걸음을 멈추었지만, 청연은 단호하게 말했다.

"저는 괜찮으니까, 얼른 쫓아가세요!"

홍인은 청연의 말에 순응하고 명운을 쫓아가는데, 계속되는 추격전에 짜증이 나서 신경질적으로 말했다.

"야! 이 망할 자식아! 당장 멈추지 못해! 해 떨어질 때까지 추격전을 해야 속이 후련하냐?"

거리를 좁히기 위해 열심히 달리다가 체력이 떨어져서 걸음을 멈춘 홍인은 달아나는 명운을 보다가 청연에게 전화를 걸었다.

"청연씨, 미안해요, 놓쳤어요."
"괜찮아요, 방금 지원군과 함께 가고 있어요!"
"무슨 말씀이신지?"

영문을 모르던 홍인은 자신을 지나간 오토바이를 보고는 할 말을 잃었다. 잠시 멈춘 오토바이에는 각시 도깨비와 청연이 타고 있었다. 각시 도깨비는 큰 소리로 말했다.

"뭐해? 빨리 안 오고? 우리 먼저 간다!"

오토바이가 미련 없이 출발하자 홍인은 허망하게 그 자리에 있었다. 오토바이는 빠르게 명운을 따라잡아 앞을 막으려고 했지만, 명운은 곧바로 반대 방향으로 돌아섰다.

'어머, 돌아서 가겠다고?'
"아무래도 정면 돌파하려나 봐요!"
"흐음, 왠지 재미있어지겠는데?"

각시 도깨비는 명운을 따라 유턴을 하고 속력을 내어 쫓아갔다. 도망자 신세가 된 명운은 정신없이 달렸지만, 자신의 아버지를 보고는 멈추었다.

"명운아!"

자신의 아버지가 뛰어오자 명운은 왼쪽 바지 주머니에 있던 라이터를 꺼내고는 말했다.

"가까이 오지 마! 오면 죽어버릴 거야!"

아들이 라이터를 켜고 윗옷에 불을 붙이려고 하자 놀란 범선생님은 다급하게 말했다.

"명운아, 제발! 부탁이다! 그러지 마라!"
"숨 막혀! 당신을 보면 숨이 막힌다고!"

흥분한 명운은 진저리를 치며 큰 소리로 말했다.

"착하고 강한 아들? 나는 못해! 차라리 성홍인을 아들로 삼아! 당신은 나보다 걔를 많이 좋아했잖아."

어릴 때, 유약했던 자신을 강하게 키우려고 한 아버지에게 불만이 있었다. 겁을 먹고 울면 다그치던 아버지는 명운을 억지로 권투 학원에 보냈고 만약에 가지 않을 경우에 회초리를 5대 정도 때렸다. 성인이 되어서도 홍인과 비교하는 아버지를 미워했다. 중학교 2학년 때, 가출을 할 정도로 삐뚤어졌던 명운은 자리에 주저앉아 눈물을 글썽이는 아버지를 싸늘하게 보며 말했다.

"당신이 울어도 나는 아무렇지 않아! 내가 죽는 모습이 싫으면 얼른 사라져 버려!"

아들의 말에 충격을 받은 범선생님은 홍인에게 뒷일을 부탁하고 자신의 차를 타고 떠났다. 아버지가 떠나는 것을 확인한 명운이 경계심을 풀었을 때, 상황을 지켜보던 각시 도깨비가 가까이 다가갔다. 명운은 라이터를 켠 상태로 말했다.

"가까이 오지 마! 확! 죽어버릴 거니까!"
"그렇게 죽고 싶으면 내 손에 죽을래?"

각시 도깨비는 라이터를 낚아채고는 명운의 목을 오른쪽 손으로 잡고 힘을 주었다. 명운이 괴로워하자 옛날 기억을 떠올리고는 쓴웃음을 지었다.

'기억은 못 해도 같은 인물이니깐, 묵혀 두었던 한을 풀어도 괜찮겠지?'

각시 도깨비가 직접 명운을 죽이기로 결심했을 때, 청연이 다급하게 말렸다.

"멈추세요!"
"어째서 말리는 거야?"

어금니를 꽉 깨문 각시 도깨비가 물어보자 청연은 차분하게 말했다.

"모르시겠어요? 그 사람한테는 가족이 있어요. 그 사람이 죽으면 가족들이 슬퍼할 거예요. 그러니까 살려주세요."

"슬픈 일인 것은 알고 있지, 아는데 녀석에 얼굴을 보면 화가 치밀어 올라! 내 가족을 죽게 만든 이와 닮아서!"

과거의 일을 떠올린 각시 도깨비가 분노하자 듣고 있던 홍인은 옆에 있던 청연을 자신의 뒤로 숨기고는 말했다.

"무슨 일이 있었는지, 모르겠지만, 그래도 놓아주세요, 당신이 증오하는 사람은 명운이 아니에요."

각시 도깨비는 오른쪽 손에 힘을 풀고는 이해가 안 된다는 표정을 지은 체, 물었다.

"너는 이 녀석에게 정이 남아있는 거니?"

"정이 있든, 없든. 나는 눈앞에 사람이 죽는 것을 원치 않은 것뿐이에요."

사람이 죽는 것을 원치 않다는 홍인을 본 순간 각시 도깨비는 그의 전생인 홍으로 보였다. 홍을 통해 조금씩 연민이란 감정을 알게 되었을 때, 갑작스러운 그의 죽음으로 슬픔이란 감정이 생기고 꿈도 꾸게 되었다.

"누님, 저는 제 행동에 후회하지 않습니다, 그러니, 부디 그를 용서해 주세요."

꿈을 꾸면 같은 말을 하던 홍을 떠올린 각시 도깨비는 어금니를 깨물었다. 수명이 다할 때까지 함께 희로애락을 즐기며 살고 싶었던 홍이 꿈에서조차 타인을 걱정하자 야속하게 느껴졌다. 환생해도 여전히 타인을 생각하는 것이 싫었지만, 아끼던 사람의 부탁이기에 각시 도깨비는 명운의 눈을 빤히 보다가 놓아주었다.

"네가 그렇게 애원한다면 그만둬야지."

마음이 약해진 각시 도깨비가 말한 후, 홍인은 명운의 상태를 확인했다. 다행히 기절한 상태였고 명운은 응급실에 도착했을 때, 정신을 차렸지만, 두 달 동안에 기억이 사라진 상태였다.

13. 끝과 시작

　명운의 차에서 발견되었던 사랑은 각시 도깨비가 저지른 일을 묵인하는 홍인과 청연에게 화를 냈다. 당시 사랑은 택시를 타고 명운이 있는 곳에 갔다. 택시에 내린 사랑을 명운은 자신의 차에 태우고는 울면서 다시 만나 달라고 애원한 후에 키스했다. 사랑은 거부하려고 했지만, 명운과 하는 키스가 불쾌하지 않고 오히려 좋아서 멈추지 않았다. 급작스럽게 늘어난 명운의 관심과 스킨십이 낯설고 무섭기도 했지만, 좋았던 순간들이 많아서 사랑은 흔들리고 말았다. 키스를 끝낸 후, 생각할 시간을 달라고 부탁했지만, 명운이 30분 동안 생각할 시간을 주겠다고 하고는 차에서 나왔다. 명운이 담배를 피우면서 자신을 기다리고 있을 때, 청연과 홍인 그리고 범 선생님이 와버려서 나올 타이밍을 놓치고 계속 차 안에 있었다. 각시 도깨비가 저지른 일을 목격했던 사랑은 청연에게 해서는 안 되는 말을 했다.

　"너는 내가 필요할 때, 도움이 되지 않는구나. 역시 너한테 도움을 요청하지 말았어야 했어."

　조용히 있던 각시 도깨비는 헛소리하는 사랑에게 세뇌를 걸었다. 그러자 사랑은 청연에게 곧바로 사과하고 병원에 나왔다. 홍인과 청연은 의아해했고 각시 도깨비는 모르는 척했다. 사건이 일어나고 나서 일주일이 지난 후에 사랑은 청연에게 말했다.

　"나, 명운이랑 다시 만나려고."

명운에게 미련이 남아있는 사랑의 말에 청연은 어이가 없었다. 사랑이 이유를 말하려고 하자 듣는 것을 거부했다. 변명을 듣는 것이 지겨워진 청연은 말없이 돌아서려고 했는데, 홍인이 갑자기 나타났다.

"당신의 친구는 당신을 위해 저에게 도움을 요청했는데, 당신은 친구의 뒤통수를 치네요."

홍인이 미간을 찌푸리며 말하자 사랑은 그의 시선을 외면했다. 홍인은 곧바로 말을 이어갔다.

"당신은 이제 소중한 인연을 잃었으니, 이제 외톨이가 될 것이고 결국 자신의 선택에 후회할 것입니다, 당신의 소중한 인연은 제가 데려가겠습니다."

홍인이 청연의 손을 잡자 놀란 사랑은 말했다.

"그쪽은 명운의 친구 아닌가요? 그러면 저랑 마주칠 수도 있는데."
"친구 같은 건, 그만 둘 겁니다. 그러니, 당신과 마주치는 일은 없을 겁니다."

홍인은 청연을 데리고 그 자리를 떠났다. 침묵을 지키며 건물 밖으로 나왔을 때, 청연은 눈치를 보다가 물었다.

"혹시 저랑 같은 이유인가요?"
"무슨 말을 듣고 싶으신 건가요?"

홍인이 걸음을 멈추고 물어보자 청연은 잠시 뜸을 들이다가 말했다.

"저처럼 지치신 것 같아서요."

"지친 것도 맞지만, 그 아이에게 변화를 바라는 것은 관두려고요."

홍인은 덤덤하게 말하고는 자신이 잡고 있는 청연의 손을 바라봤다. 상대가 놓아달라고 할 때까지만 손을 잡아야겠다고 생각한 홍인은 조용히 침묵을 지켰다. 그런 홍인의 속내를 모른 체 청연은 생각했다.

'역시 이 사람도 나와 같은 생각을 했구나.'

오랜 친구와 연을 끊겠다는 홍인에게 동질감을 느낀 청연은 미소를 짓고는 말했다.

"고마워요."
"고마우면 시험이 끝나고 나서 팥빙수라도 사줄래요?"

홍인이 무뚝뚝하게 말하자 청연은 고개를 끄덕였다.

14. 인연

기말고사가 끝난 6월 중순에 한 테이블에서 어색한 침묵이 흘렀다. 청연과 홍인은 서로 눈치를 보면서 팥빙수를 먹었다. 청연은 침묵을 깨기 위해 먼저 입을 열었다.

"이제 여름방학이네요."
"네, 이제 내년에 졸업하시죠?"

3학년인 홍인이 물어보자 4학년인 청연은 고개를 끄덕였다. 내년이면 보기가 어려운 상황이었기에 청연은 아쉬운 감정을 숨기며 말했다.

"홍인씨는 내년에도 학교에 다니시죠?"

"네, 맞아요. 2학기 때는 저랑 같이 다니실래요?"

예상치 못한 홍인의 말에 놀란 청연은 조심스럽게 물었다.

"괜찮겠어요? 우리 관계가 친하게 지내기에는 애매하잖아요?"

한때는 친구 애인의 친구였기에 청연은 조심스러웠다. 자신과 친해지는 것을 망설이자 홍인은 팥빙수를 한입 먹고는 직설적으로 말했다.

"뭐, 어때요? 둘 다 친구랑 연 끊었는데? 친하게 지낼 수도 있죠."

홍인이 주위 시선을 신경 쓰지 않고 말하자 청연은 피식 웃고는 동의하는 표시로 고개를 끄떡였다.

"그래요! 같은 처지에 사람끼리 친하게 지냅시다!"

청연이 왼쪽 손을 내밀며 말하자 홍인은 입꼬리를 올렸다. 자신보다 작은 청연의 손을 잡은 홍인은 속으로 그녀와 함께하는 다음 학기를 기대했다. 그렇게 그들이 악수하는 것을 목격한 신선비와 각시 도깨비는 조용히 숙덕거렸다.

"둘이 잘 된 건가?"

"글쎄요? 일단은 알아가는 단계일지도?"

조용히 관찰하던 두 사람은 토론하다가 배달 주문이 오자 잠시 대화를 멈췄다. 신선비는 에스프레소 머신으로 아이스 아메리카노 6잔을 만들고는 커피 캐리어에 담아서 각시 도깨비에게 주었다. 각시 도깨비는 나가기 전에 신선비에게 말했다.

"우리는 할 일을 대충은 했으니, 나머지는 두 사람 몫이겠지?"

각시 도깨비가 밝게 말하고 나가자 신선비는 청연과 홍인을 바라봤다. 친밀해 보이는 그들에 모습에 오묘한 감정을 느꼈고 말없이 지켜보고 있을 때, 할미 도깨비가 말을 걸었다.

"둘이 잘 어울리지?"

신선비는 조용히 고개를 끄덕였고 할미 도깨비는 조심스럽게 물었다.

"예전에 저 아이가 아내가 아니라고 했는데, 혹시 고조 손녀인가?"
"그걸 어떻게......."

청연이 환생한 고조 손녀라는 것을 알고 있던 신선비는 할미 도깨비가 알아차리자 당황했다. 할미 도깨비는 호탕하게 웃으며 말했다.

"오래 살다 보니, 눈치가 빨라지더군."
"그렇군요."

자신이 알고 있던 것을 들킨 신선비는 허탈해서 헛웃음이 나왔다. 도깨비들에게 휘둘리는 자신이 우습게 느껴졌다. 하지만, 그들이 없었다면 자신은 고독감 속에 방황했을 것이다. 그들에 도움으로 자신은 신분을 바꾸고 살 수 있었고 커피를 맛보고 카페를 차리자는 말을 순순히 따랐다. 언제가 저승에 가는 그날까지 자신을 거두어준 그들에게 은혜를 갚고 살겠다고 다짐까지 했던 신선비는 환하게 웃고 있는 청연과 홍인을 바라보며 말했다.

"언젠가 이 순간을 그리워하는 날이 오겠죠?"

"그렇겠지. 볼 수 있을 때, 많이 보도록 하렴."

"네, 많이 보겠습니다."

할미 도깨비의 말에 답한 신선비는 옅은 미소를 지었다. 비록 청연과 홍인이 연인이 될지는 미지수이지만 좋은 인연으로 남았으면 좋겠다고 생각했다.

"부디 그 아이들이 행복하기를……"

아스라이 떠올린 신선비의 바람은 오랜 시간이 지나서야 이루어졌다.

1년 뒤.

7월 말에 풍랑 카페에 초등학생이 된 정해가 찾아왔다. 아이는 할미 도깨비에게 안겼고 홍인과 청연이 그 모습을 흐뭇하게 바라봤다. 무더운 여름 날씨였기에 반팔 티를 입은 홍인의 왼쪽 손목에 국화 모양에 작은 갈색 반점이 있었고 팔찌를 차고 있었다. 팔찌는 청연이 차고 있는 팔찌와 같은 디자인이었다.

김 정 진

계간지 문학과창작의 평론신인상을 받으
며 문단에 나왔다. 조선일보에 소설이 당
선 되었고, 현재 평론가 겸 작가로 활동 중
이다. 발표된 소설로는 〈석탈해〉, 〈제왕의
탄생〉, 〈창해신궁〉 그리고 〈다크판타지〉
등이 있다. 지금은 그리스신화나 반지의
제왕과 같은 스케일이 큰 한국형 판타지를
집필하고 있다.

용이 된 청년

제천행

소나타 택시는 잠실대교로 올라서서는 파도를 가르는 돌고래처럼 한강을 지나쳤다. 하남과 곤지암 일대를 빠르게 벗어나 고속도로로 접어들었다. 뉴스에서는 고위공직자재원지원처 신설로 국회의원과 장관들이 한해 수백억을 마음대로 주무르는 법이 김패인 의원의 발의로 국회에서 통과되었다는 뉴스가 나오자 기사가 라디오를 껐다.

"에이! 개새끼들!"

"왜 그러세요? 아저씨?"

"김패인! 저 개잡놈이 나랏돈을 다 거덜 내잖아요, 에이! 씨!"

아영과 소영은 뒷좌석에서 터프한 기사의 뒤통수만 바라보고 있었다. 그는 두 승객 어머님의 고교 제자였기에 서울에서 제천까지 공짜로 택시를 태워주는 거지만 운전 중에 큰 소리로 정부 욕을 해대서 사실 버스보다 불편하기 짝이 없었다.

제천 아이씨를 통과한 후 엔진소리가 커지면서 비탈길이 나타났다. 솔숲이 늘어선 의림지 호수 위로 조경된 폭포가 세련되어 보였다. 제천대 후문 부근의 솔밭공원으로 택시가 미끄러지듯 진입하여 주차되었다.

"공부 열심히들 하고 선생님께 안부 전해줘요!"

"예! 조심해 가세요. 아저씨, 고맙습니다!"

"그리고 학생들! 공부 열심히 해서 정치인들 못된 짓 좀 못하게 해줘요!"

자기 할 말만 해버리고는 총알처럼 가버리는 택시기사의 뒤통수를 망연자실 바라보는 소영의 등을 툭 치며 아영이 말했다.

"여긴 낯설지가 않네?"

"하긴! 오 년 전부터 엄마가 제천의 청풍영재고 단전호흡교사로 부임한 후 매년 방학 때마다 오던 제천시가 제이의 고향이지 뭐!"

"소영아. 엄마 학교가 기숙학교라 다행이야. 아니면 매일 엄마랑 단전호흡한다고 고생 좀 했을 텐데…. 안 그래?"

"유아영! 명상호흡이 건강에 무지 좋은 거야!"

"알았어…내가 뭐라디?"

소영이 아영에게 눈살을 찌푸린다.

"야! 너 이십 년 만에 만난 누나한테 말이 짧다!"

"겨우 삼분 빠른 누나라며! 그렇게 대접받고 싶냐?"

"아이구…."

투닥거리던 두 사람은 매우 익숙하게 짐을 풀고 각자의 방에 옷과 책과 노트북 등을 정리하고는 외출준비를 한다. 아영이는 한 손에는 핸드폰 다

른 손에는 오래된 책자를 들고 방에서 나온다. 소영은 그 책이 눈에 확 들어온다,

"아영아! 그 책 뭐야?"

"아! 그냥 들고 다니면 폼나는 거 같아서...."

"신선국풍류도선인계보? 이게 뭐야?"

"고아원에서 나올 때, 내 소지품이라고 준 거야. 나를 고아원에 맡긴 이운규 할아버지가 주신 거래."

"이운규? 우리 할아버지는 친구?"

"응. 신기한 게 이십 년이 지나도 종이가 헤지지도 않아."

"그 책 그냥 집에 두고 가자. 비싸 보이는데 잃어버리면 손해가 막심하겠다."

"알았어."

둘은 아직 삼월의 찬바람이 쌀쌀한 길거리로 나섰다.

"소영아. 열한 시에 줌으로 입학식하고 학과에 얼굴 비친 다음 캠퍼스나 둘러보자."

"그래."

띠리리리리

정문에 승천하는 용을 상징하는 교문의 모습을 보고 가슴이 뛰는 걸 억누르며 아영이 폰을 받는다.

"엄마!"

"유아영, 유소영의 대학 입학을 축하한다."

"근데 입학식이 엄청 시시해! 코로나 때문에 대합입학식도 줌으로 했어."

"그래? 주말에 엄마 학교로 와."

"알았어. 엄마!"

엄마의 전화를 받고 기분이 좋아진 아영과 소영 쌍둥이 남매는 제천대학교 캠퍼스를 이리저리 돌아다닌다.

"아영아, 우리 학생회관에 가보자."

"왜?"

"전통무술 동아리 가입하려구."

"오케이."

유아영과 유소영은 학생회관 정문에서 개량 한복을 입은 여자와 마주친다. 서로 동시에 같은 방향으로 길을 막아서는 그들이 마주 보며 웃는다. 한복 입은 여자가 두 사람을 유심히 바라본다.

"혹시 21학번?"

"맞아요."

"전통무술 동아리 가입하려고?"

"네..."

"나는 풍류도법 동아리의 일 년 선배예요."

"풍류도법이요?"

"고운 최치원 선생님의 풍류도를 몰라요? 풍류도법 동아리에서는 전통무술을 가르쳐요."

그녀는 당돌하고도 똑 소리 나는 사람이었다.

"악수할까? 난 팽귄이라고 해."

"뭐? 진짜 본명이?"

"물론!"

우하하하!

낄낄낄!

"이름이 진짜 팽귄이라구요?"

"그래! 팽! 귀! 인!(彭貴人)"

팽귀인은 유아영 유소영의 쌍둥이 남매와 이런저런 이야기를 나누면서 이층의 동아리방으로 올라간다. 그녀는 능숙하게 가지고 온 벽보에 풀칠하고는 동아리방 문에 붙인다.

내용은 대략 이랬다.

– 풍류도법동아리 신입생 가입 알림 벽보 –

코로나로 말미암아 동아리방이 폐쇄되었음.
용두산의 정기 받은 풍류도법 동아리 가입을 원하는 학생
들은 학교 앞 의림지 무인카페로 와서 등록하기 바람.
동아리 총무 팽귀인 연락처 010 XXXX– XXXX
아래는 약도

벽보를 붙이고 양손 바닥을 털고 나서 그녀는 두 남녀의 얼굴을 찬찬히 들여다보다가 문득 두 사람의 기에 대해 이야기했다.

"그런데 둘은 과거에 기수련을 했나봐?"

"왜 그렇게 생각해요?"

"기가 좀 느껴져서...."

"그래요? 근데 바로 말을 놓네요?"

"한 살 많은 선배니까. 난 20학번이야?"

슬슬 웃으면서 유아영이 팽귀인에게 이죽거린다.

"우리도 재수해서 동갑일걸요?"

"어쩐지 내공이 좀 있어 보이더라구? 후후 영혼의 에네르기가 남달라...."

"그거 도를 아십니까 혹은 영혼이 맑으십니다. 뭐 그런 수법 같은데요?"

"내가 느네들한테 사기쳐서 뭐 하겠어. 돈이 생기는 것도 아닌데! 어머? 저것들이 또 왔네?"

팽귀인은 선마교라는 한자가 새겨진 개량한복을 입은 남자 둘을 향해 소리쳤다.

"야! 느네들 학교에서 당장 안 나가?"

하지만 두 남자는 느물거리면서 실실 웃었다.

"이 학교가 학생 거야? 흐흐흐."

"그래 내 거다!"

"그래? 엄청 부잣집 딸래미네? 히히"

"어쭈! 웃어?

팽귀인이 두 남자를 밀쳐내자 둘을 순간적으로 그녀의 팔을 잡으며 가볍게 어깨를 쳤고, 그녀가 반격하면서 일 대 이의 싸움이 벌어졌다. 그리고 그 순간 바람처럼 나타난 유아영이 개량한복 입은 남자들의 종아리를 재빨리 걷어차자 둘은 그대로 나동그라졌다.

"으윽!"

"저건 또 뭐야?"

한 남자가 주머니에서 삼단봉을 꺼내 들고 유아영을 공격하려는 찰라 곁에 있던 유소영이 그의 목 뒤를 쳐서 쓰러뜨렸고 호되게 당한 두 남자가 서둘러 도망쳐버렸다.

"느네 싸움 좀 하네? 동아리 가입할 거지?"

"근데 용두산 정기가 뭔 말이에요?"

"우리학교 뒷산이 용두산이야. 그 아래 비룡담이라고 호수가 있어서 용의 정기가 서린 거야. 동아리 가입할 거지?"

"그럴까요.... 히히!"

동아리에 가입하고 들뜬 쌍둥이는 웬일인지 기분이 좋았다. 팽귀인은 두 사람을 데리고 의림지 카페로 향한다. 같은 여자라서 그런지 유소영은 팽귀인과 금세 친해졌다.

"우리는 선도술의 대가이신 문박님 등의 선인의 무술을 공부하는 동아리야."

"문박이라니요?"

"단군이 신선이 된 이후 그 도맥이 문박에게 전해졌으며, 문박에 의해서 향미산에 있던 영랑에게 전승되고 그후로 후학들에게 이어졌다고 해."

단군의 선도는 아사달 산에서 살고 있던 문박씨(文朴氏)에게 이어졌다는 이야기를 듣던 유아영은 무언가 가슴 속에서 덜컹하는 느낌을 받았다. 그가 오늘 몇 번이나 심장이 쿵쾅거리는 경험을 한 일을 생각하고 있던 중에 일행은 의림지 부근 동아리 카페에 도착했다.

"자. 카페로 들어갑시다."

팽귄인의 안내로 들어간 의림지 무인 카페는 생각보다 넓었다. 창고형 건물에 큰 주방도 있고 홀에는 테이블이 열 개나 되었다. 그런데 일단의 사람들이 이미 와 있었다. 그들은 팽귄인을 보고는 일어서서 인사를 했다.

"안녕하세요? 선배님."

"오! 예상대로 미리 와 있었군요?"

"우리가 올 줄 어떻게 아셨지요?"

"그야 내가 예지력이 좀 있으니까? 호호."

"대단하시네요?"

"농담이구요. 사실은 지도교수님이 저에게 문자를 주셨어요. 오전 중으로 카페에 동아리 가입할 학생들이 올 거라고 하셨거든요."

팽귄인이 동아리 가입원서를 나누어주면서 각자 자기소개를 하라고 했다.

"에헴!"

유아영이 영감처럼 기침을 하고는 제일 먼저 앞으로 나섰다.

"저는 유아영입니다. 재수해서 이번에 제천대 문콘학과에 들어왔고 단전호흡과 전통무술에 관심이 있어서 동아리 가입을 하게 되었습니다. 잘 부탁합니다."

"박수!"

"와! 짝짝짝!"

유소영에 이어서 김지민이라는 여학생이 유아영에게 대담하게 윙크를 하면서 말했다. 간호학과 신입생이고, 태극권과 한국 전통 무예를 익힌 고수라고 했다. 윙크를 받은 아영은 순간 가슴이 철렁했지만 애써 관심을 숨기며 그녀를 눈여겨보았다. 그녀의 몸매와 서 있는 자세로 보아 무술을 배운 티가 역력했다. 다음으로 용조안은 한의대 신입학생으로, 조부와 부친이 모두 한의사 침술 대가 가문의 후손이다. 그의 9인승 카니발을 타고 일행이 모두 학교에서 의림지 카페로 이동했다고 한다. 그리고 엽정청이라는 여학생은 중국 교환 학생으로 역사학과 재학생이고 중국어를 잘 했다. 왕치명은 중국어학과 신입생이고, 홍콩에서 자란 한국인이다. 마지막으로 안반수는 컴퓨터공학과 학생으로 해킹을 잘하는 게임 마니아라고 자신을 소개했다. 신입생들의 소개가 끝나자 팽귀인이 앞으로 나왔다

"풍류도 무술동아리에 온 것을 환영합니다."

팽귀인은 동아리 일년 선배로 지금은 휴학 중인데 동아리 총무이고 체육학과 출신으로 단전 호흡강사로 알바 중이었다.

"자! 모두 주목!"

별안간 그녀의 어투와 자세가 달라졌고 진지한 그녀가 동아리 소개를 할 때에는 눈빛이 빛나기까지 했다.

"우리 동아리에서는 용호결 호흡법과 창해무술을 연마합니다. 지금 나누어주는 프린트를 잘 읽고 동아리 활동 가부를 알려주세요."

그녀가 프린트 유인물을 신입 동아리 회원들에게 나누어주고 읽어보라며 삼십 분간의 시간을 주었다. 그리고 그녀는 손수 내린 드립 커피를 원하는 학생들에게 따라주었다. 마치 카페의 손님들처럼 둘러앉은 동아리 신입회원들은 사뭇 진지하게 유인물을 읽어 내려갔다.

"에이! 별거 아니네!"

제일 먼저 내용을 읽은 이른바 자칭 세계적인 해키 안반수가 앉아서 다리를 꼬고 그 다리를 흔들면서 말했다.

"그냥 청학집 읽고 용호결로 호흡하고 창해 무술을 배우면 되는 건데, 뭐가 어렵다는 거야?"

"후후, 과연 그럴까?"

팽귀인이 안반수의 코앞까지 다가섰다.

"그것들을 끝까지 마칠 수 있는 자신이 있는 사람만 동아리 활동을 한다 이 말씀이지!"

안반수가 그녀에게 되물었다.

"그거 다 마치는 데 얼마나 걸리는데요?"

"보통 일년."

"그럼 팽귄선배는 다 마쳤어요?"

"물론!"

"그럼 뭐, 나도 할 수 있겠네!"

"근거 없는 그 자신감은 어디서 왔나?"

팽귄인은 안반수의 이마를 슬쩍 밀어버리더니 전체 학생들을 향해 말했다.

"좋아! 자신이 있으면 입회원서를 제출하고 수련 내용이 어렵다고 느끼는 학생을 지금 돌아가도 좋아요!"

하지만 참가한 학생들은 전원 입회원서를 냈고 팽귄이 서류를 정리하는 데 의림지 카페의 문이 열리고 중년의 신사와 무술인처럼 생긴 학생이 따라가 들어왔다. 어깨에 힘을 주고 있는 팽귄인이 별안간 급 공손모드로 변하면서 중년남에게 허리 숙여 반절을 했다,

"교수님!"

중년 남자는 머리는 하얗지만 피부는 소년처럼 곱고 투명해 보이기까지 했다. 얼굴에서 환한 광채가 나는 그 남자가 시익 웃으면서 학생들을 행해 공손히 목례를 했다.

"모두 반가워요. 동아리 가입을 환영합니다. 나는 풍류도 동아리 지도교수 문박입니다."

"예!"

"그리고 이 친구는 어제 동아리에 가입한 염다인 학생이고 경호학과 소속이에요. 서로 인사하고 잘 지내도록!"

학생들이 문박 교수의 등장에 모두 감탄하는 표정들이었다. 학생들은

그토록 온화하고 다정다감하며 좋은 기운이 얼굴에서 뿜어져나오는 중년의 아제는 처음 보았기 때문이었다. 동아리 지도교수는 문콘학과의 교수로 나이는 육십이지만 이십대의 초롱초롱한 눈빛을 가지고 있었다. 문교수가 아영에게 다가왔다.

"자네는 누구지?"
"예, 저는 신입생 유아영입니다."
"유아영? 아앰올드...후후."

팽귄인이 키득거리며 웃음을 참고 있었지만 모두들 아재 개그에 떨떠름한 표정이다. 농을 건네고는 유아영을 유심히 살피는 문박 교수가 문득 그에게 손을 내밀어보라고 한다. 다짜고짜 유아영의 맥을 짚던 문교수가 상당히 놀란 눈빛을 하더니 그에게 나중에 남아서 이야기를 하라고 하고는 전체 학생들에게 묻는다.

"누구, 동아리 총무를 시켜줄까?"
"팽귄인 선배가 총무 그만둡니까?"
"아니, 오늘부로 팽귄인이 동아리 회장이다."

유아영이 씩씩하게 나섰다.

"저에게 총무를 시켜주시고 친구들에게는 자장면과 탕수육을 시켜주시죠."
"하하하하. 오케이!"

파안대소를 터트린 문교수는 아이들에게 자장면과 탕수육을 시켜주었다. 식사 중에 문박교수가 학생들과 대화하는 중에 현재 한국의 깡패집단과 사이비종교 세력이 정계와 법조계 선거관리위원회 등을 좌지우지하는 것에 대한 불만들이 터져나왔지만 문교수는 아무런 코멘트가 없었다. 하지만 학생들은 정의로운 사람들이라는 중지가 모이면서 그들의 얼굴에 환한 기운이 감돌았다.

"자네가 제천의 청풍 고아원 출신이라구?"

"예, 고아원의 골칫덩이였죠. 문제아로 자랐지만 고등학교에 가면서 고아원 아이들을 돌보아주었어요."

"그래? 후후후, 내가 거기 원장을 잘 아는데 고아원 뒷산에 산불이 나고 불을 끄기 위해 화재현장으로 달려가 불을 끄면서 온몸이 불타는 것도 몰랐다고 하더군. 그 아이가 바로 자네였구! 하하하!"

"왜 웃으세요?"

"좋아서, 하하하하."

"뭐가 좋으세요?"

"그냥 다 좋아, 하하하하하."

유아영은 어리둥절했지만 문박교수는 그야말로 파안대소했다.

"교수님은 안 믿으시겠지만 불에 몸이 타지 않아서 불을 입으로 먹거나 호흡하고 불을 다시 내뿜는 화염방사기 같은 엄청난 능력을 깨달았어요. 못 믿으신다면 지금 여기서 보여드릴까요?"

"아니! 나는 자네 말을 믿네!"

"어려서는 고아원 원장님 몰래 가스레인지를 켜 놓은 다음 발가벗고 그 불 위에 앉아서 사우나를 즐기고, 혼자서 놀 때는 불로 장풍 놀이를 하곤 했지요. 아이들한테는 마술이라고 거짓말을 했구요."

"반갑다. 유아영, 그리고 잘 왔다. 우리 한번 나라를 위해서 큰일을 해보자구! 오케이?"

"예!"

하하하하

문박 교수의 웃음소리에는 알 수 없는 기운이 느껴졌지만 유아영은 잠자코 있었다.

한편 종로의 선마교 빌딩에서 예배를 올리던 심진 대장로가 향나무 통에 심지를 올린 초에 불을 붙이고 있다. 그는 성냥이나 라이터 없이 양손에서 나오는 희한한 기운으로 촛불에 불을 붙인다. 그가 불에 집중하자 촛불이 바람도 없이 저절로 일렁거리며 춤을 추는 듯 타오른다. 순간 심진 대장로가 예언을 듣고 전율한다.

"이십 년 전 태어나자마자 죽은 줄 알았던 아이가 살아 있다!"

"용두산으로 가서 악의 씨앗을 제거하고 선인국풍류도선인계보 책자를 회수하라!"

심진은 제단 위에서 저절로 손이 움직여 적어 내려간 예언을 보고 경악한다.

"살귀인(殺貴人)!"

심진은 곧바로 장로회의를 소집했고 배화교 대사제인 왕마인과 사제들 열명이 선마교 빌딩에 모였다. 예언을 따라 움직이는 사람들은 미리사전에 준비된 사람들처럼 일사분란하게 움직였다. 심진 대장로가 중앙에 앉은 대제사장에 예를 갖추어 보고한다.

"귀인이 용머리 위에 현현했습니다. 미리 악의 씨앗을 제거하라십니다!"

"용머리라면.... 그래! 용두산이다!"

흰 도포를 입은 왕마인 대제사장은 수염을 매만지다가 인터넷 검색을 한다.

"용두산(龍頭山)은 부산광역시 중구에 있고 또 충청북도 제천시에 그리고 대구광역시에도 있는 산이로군!"

"이런! 제길!"

심진 장로가 눈을 부릅뜨고 노기를 보인다,

"예언에 따르면 귀인을 보호하는 칠룡이 있다고 했다!"

"사제들은 부산, 대구 그리고 제천의 칠룡에 대해 알아보라!"

"존명!"

그때 회의실 입구가 열리고 조폭 두목 이찬수가 들어온다.

"그런데 그 귀인을 예전이 죽이지 않았나요?"

심진이 이찬수의 뺨을 툭툭 치면서 말한다.

"자네도 이십년 전에 아이를 죽일 때 함께 있지 않았나?"

"예, 그때 분명히 죽었는데....."

심진과 왕마인은 적지 않게 당황한다. 왕마인이 눈치를 살피다가 이찬수에게 묻는다.

"김회장님께서 오셨는가?"

"물론."

하얀 양복과 흰 구두에 눈이 매우 날카로운 남자가 회의실에 들어서자 누가 먼저랄 것도 없이 모든 사람이 그를 향해 머리를 조아린다.

"교주님을 뵈옵니다!"

교주 김패인이 섬뜩한 목소리로 나지막하게 읊조린다.

"그때 아이가 왜 안 죽었는지 궁금한가?"
"예!"
"바로 너희 머저리들이 그때 다른 놈을 죽인 거다!"
"예? 그럴리가요?"

심진, 이찬수 그리고 왕마인이 어리둥절한 표정들이다. 그러자 분기를 억누른 김패인이 외친다.

"제천으로 가서 귀인의 화신을 찾아 없애고 풍류도선인계보를 가져 오라!"
"존명!"

제천역전 도인당

풍류도 임시 동아리 사무실인 의림지 카페에서 삼주일 동안 용호결 호흡과 창해무술을 연습한 유아영은 벌써 몸이 근질근질했다. 문박 교수는 물론 팽귀인이나 다른 아이들도 유아영의 무술 습득 속도에 모두 혀를 내둘렀다. 이미 고등학교에서 각종 무술을 거의 다 겪어본 염다인도 유아영의 실력을 인정할 정도였다. 아영이 불장난 같은 마술을 보여주며 아이들의 지겨워하는 무술 공부에 활력을 불어넣어주기도 했다. 창해무술 중 권법과 발차기 구 단계를 다 연마한 유아영은 아무나하고 시비가 붙으면 자신의 무공실력을 보여주고 싶었다. 시빗거리를 찾던 유아영 앞에 동아리방에 늦게 나타난, 자칭 세계적인 해커 안반수가 헐레벌떡 뛰어 들어온다.

"반수야! 너 왜 이리 늦었어?"

"응! 말도 마! 기차역에서 내렸는데 웬 남녀 둘이 날 잡고 안 놔주는 거야!"

"왜?"

"왜긴 왜야? 그것들이 잘생긴 건 알아서..."

"너가 잘생겼다구? 놀구 있네!"

"사실은 도를 아십니까 하는 그 사이비 족속들이더라구! 한 마디로 이 사회에 쓰레기들이야. 남의 조상 제사를 지내준다고 하면서 돈 몇백씩 뜯어낸다고 하더라구 에이! 나쁜 시키들!"

안반수의 이야기를 곰곰 듣던 유아영이 아이들에게 속삭인다.

"얘들아! 우리 걔네들 혼내주러 갈까?"

"어떻게?"

"따라가서 깽판 놓는 거지 뭐. 어차피 사기꾼들이라 경찰에 신고도 못 할걸?"

이야기를 듣던 염다인이 입맛을 다시면서 말한다.

"스읍, 야! 근데 남녀라고 했지? 여자애는 이쁘냐?"

유아영이 은근히 바람을 잡으면서 안반수에게 윙크를 한다. 유아영의 윙크를 본 안반수가 별안간 큰 소리로 말한다.

"으응! 엄청 이뻐! 그런데서 사이비 도인 노릇 하기에는 정말 아깝더라."
"그래? 안 아까우려면 어디 가서 일해야 하는데?"

염다인이 이죽거리자 안반수가 얼떨결에 입을 연다.

"그야 뭐 룸싸롱이나 이쁜 아가씨들이 일하는 까페?"
"그래? 그 정도로 이뻐? 빨랑 가보자!"
"좋아! 나도 갈래!"

경호학과 염다인과 한의학과 용조안이 선뜻 유아영을 따라나선다.

"동작 그만!"

그때 유소영이 점잖게 한마디 한다.

"얘들아! 공부 안 하고 어딜 가려고?"
"이쁘다잖아..."

유소영이 시익 웃는다.

"여기도 이쁜 애들 있거든!"
"그래! 우리가 있잖아!"

김지민이 엉덩이를 실룩거리면서 모델 워킹을 하는 유아영 옆에 선다. 그러자 남학생들이 모두 토하는 척하며 여자애들을 외면하고 뒤돌아선다.

"됐거든!"

유아영이 유소영와 김지민의 만류를 뿌리치고 남자 셋을 데리고 의림지 까페를 나선다.

"가자! 가서 다 박살을 내주자!"

유아영은 대학 입학 후 동아리 모임 아이들과 함께 무술과 호흡 공부한지 삼주밖에 안되었지만 오래 사귄 친구들처럼 그들이 든든하고 믿음직했다.

제천역 주차장에 내리자마자 때마침 개량 한복을 입은 남녀나 지나가는 사람들에게 말을 걸고 있었고 지나가는 사람들은 걸음을 재촉하면서 그들을 피해버렸다. 그들을 발견한 용조안이 안반수를 다그친다.

"야! 쟤들이야?"

"어? 다른 애들인데...."

"상관없어! 저 사기꾼들! 혼을 내주자구!"

제천역 앞 광장 시계탑으로 슬슬 걸어가던 네 사람이 이윽고 사기꾼 도인들과 맞닥뜨렸다.

그런데 먼저 여자가 유아영을 보고 감탄을 한다.

"어머나! 영혼이 참 맑으시네요?"

"내 영혼이 보여요?"

"정말 상근기를 타고나신 귀인이세요."

"상근기라니요?"

"상근기라 함은 도를 듣도 보도 못한 사람이 도의 말씀을 듣는 첫 순간에 바로 깨달음을 얻는 귀인을 일컫는 말이지요. 호호호."

그때 좀 떨어진 데에서 염다인이 안반수의 머리통을 툭툭 친다.

"야! 인마! 저게 뭐가 이뻐!"
"내가 말한 애는 쟤 아니야."
"그래? 알았어."

여자가 넷에게 다가오면서 적극적인 자세를 취한다.

"거기 미남자분들! 바쁘지 않으시면 우리하고 이야기를 좀 나누시지요."
"네. 그러죠. 딱히 할 일은 없고, 제천의 오일장이 서서 시장구경이나 하려던 참이었어요."
"좋아요. 그럼 어디 조용한 데 가서 이야기를 나눌까요?"

두 남녀는 역 부근의 식당가를 이리저리 둘러보다가 수제 햄버거집 앞에 섰다.

"우리가 좋은 말씀을 해드릴테니까 버거와 커피는 그쪽에서 사시는 걸로!"
"예?"

다짜고짜 차와 점심식사를 사달라는 여자와 남자가 뻔뻔했지만 유아영 일행은 버거와 커피 셋트를 두 개 시켜준다. 두 사람은 허기가 졌는지 허겁지겁 먹으면서도 계속 유아영을 바라보고는 엄지척을 해 보인다.

"영혼이 정말 맑으세요."
"다 먹고 말씀하세요. 맑은 내 영혼 구경하다가 햄버거가 입에서 도로 튀어나오겠어요."

"어머! 죄송!"

먹는 두 남녀 앞에서 용조안이 또 특유의 비아냥거리기 신공을 선보인다.

"아이고! 밥도 안 먹이고 일을 시키나봐요?"

"시키다니요? 누가요?"

"그쪽 보스, 아니 짱인가?"

"아네요! 우리가 자발적으로 선풍도골이나 상근기를 타고나신 분들을 찾는 거예요!"

"그래요?"

식사를 마친 두 사람은 유독 유아영에게 질문을 해댄다. 이름, 본관, 부모, 고향을 묻고나서 손목의 맥을 짚었다. 여자가 뭐가 이상한지 고개를 갸웃한다.

"이거 좀 이상한데요?"

"뭐가요?"

그때 한의대 용조안이 끼어든다.

"혹시 한의학도 배우셨어요?"

"아니요."

"그런데 맥을 보세요?"

"잠깐만요!"

여자가 심혈을 기울이는 듯한 표정으로 눈을 감고 집중하다가 외친다.

"와! 드디어! 제가 바로 이런 맥을 찾고 있었어요!"

"뭐라구요? 어떤 맥인데요?"

"저희와 함께 가시지요."

"어디로요?"

"요앞 도인당으로요."

네 남자는 서로 눈을 쳐다보면서 암묵적으로 동의하고 두 남녀를 따라나섰다. 그런데 그 앞에 유소영과 김지민이 이미 와있었다.

"어어? 느네? 언제 왔어?"

"으응, 안반수가 말한 여자들이 얼마나 이쁜가 궁금해서.... 근데 별로잖아?"

"쉿! 잠자코 따라와!"

하필 오일장이 서서 거리가 무척 번잡했지만 요리조리 걸어가는 두 남녀를 따라 그들은 매우 낡은 집 앞에 도착했다. 여자가 휘파람을 불어 따라 들어오라는 신호를 한다.

"가자!"

사이비 단체를 응징하는 사명감으로 여섯 명은 보무도 당당하게 허름한 건물로 들어갔다. 밖에서 보기완 딴판으로 허름한 집의 내부는 화려하고 심지어 엄청나게 넓었다. 여기저기 방과 홀이 있고 미로처럼 좁은 길이 이어져 개인주택이 아니라 회사처럼 여겨졌다.

"모두 이리로 오세요."

앞서가던 여자가 커다란 방문을 열고 안으로 안내했다. 벽에는 선마교(善魔敎)라는 황금빛 액자가 중앙에 높이 걸려있었다. 그리고 그녀가 고개를 주억거리더니 큰 책상 앞에 앉아서 명상을 하고 있는 노인에게 다가가 귀엣말을 속삭였다.

"도인님! 화룡맥이에요!"

"뭐? 확실해?"

"확인해보세요."

흰 수염이 십 센티 정도 턱밑으로 내려온 도인이 유아영을 다가오라고 손짓을 했다. 그리고는 다짜고짜 맥을 짚고는 곧바로 고개를 끄덕였다. 도인의 얼굴에서 일순간 강한 광채가 돌았다. 노인의 얼굴을 보고 놀란 아영에게 그 노인은 옆 방문을 열어주면서 다른 노인들에게 아영을 소개한다. 그곳에는 선마교라는 글자가 프린트된 검은 단체복을 입은 노인들 수십 명이 모여 단전수련을 하고 있었다.

"귀인이 오셨소이다."

"과연 그렇군 !"

십여 명의 노인들은 제법 그럴싸하게 도인처럼 허연 두루마기를 단체 유니폼처럼 입고 있었다. 그런데 얼굴에서 광채가 나는 그들은 실제로 진짜 도인의 풍모를 보였다. 홀 안에는 중간 사이즈의 화로가 놓여있었고 한 노인이 아영에게 잘 보라고 말하고는 화로 앞으로 걸어 나왔다. 항아리 모양의 향로에는 신비한 향신료들이 타고 있었다. 그런데 그 향신료들은 대개 장작 같은 나무토막들이어서 불이 엄청 강하게 타는 것이었다.

"ㅇㅇㅇㅇㅇ."

그 도인이 억지로 열기를 참으면서 가까스로 향로에 손을 대고 그 강렬한 열기를 참고 십초 정도 기도를 했다.

"으아아악!"

그가 괴로워하며 손을 놓았고 살점이 탔지만 그는 개의치 않았다.

"에헴!"

다음으로 족히 팔십은 넘어보이는 노인이 나와서 양손에 침을 뱉고는 양손으로 향로를 한번 살짝 들었다가 다시 내려놓았다. 그런데 그는 거의 화상을 입지 않는 것이었다. 그리고는 그 노인이 아영에게 윙크를 해보였다. 안반수가 아영 앞을 막아서면서 작은 소리로 뇌까렸다.

"느낌이 안 좋다! 아영아. 근데 저 노인네, 불타는 향로를 맨손으로 잡다니! 어떻게 저게 가능하지?"

그런데 자연스럽게 십여 명의 노인들이 아영을 쳐다보면서 다음이 유아영의 차례라고 묵시적으로 말하는 것 같았다. 아영은 자신도 모르게 그 향로를 한 손으로 들어보았다. 사람들이 기겁을 했지만 곧바로 유아영은 그 뜨거운 향로를 머리 위로 번쩍 들어올렸다. 순간 향로에서 불길이 치솟았다.

"우와! 대단한데!"

"아영아! 안 뜨거워?"

"전혀! 이건 초보 마술이야. 후후."

유아영이 향로를 다시 내려놓자 향로에서는 강한 불빛이 쏟아져 나왔다. 실제로 뜨거운 불이 활활 타고 있는 향로는 아영이 들기 전보다 강한 불을 쏟아냈다. 잠시 후 향로에서 쏟아져 나온 불빛이 공중에서 너울너울 변하더니 한 마리 용처럼 커다란 방 위를 날아다녔다.

"우와! 용이다!"

"저게 뭐야? 진짜 용처럼 생겼는데?"

염다인이 안반수를 툭 치면서 핸드폰을 꺼낸다.

"동영상을 찍어봐! 페북에 실시간으로 올리자!"

"오케이!"

"어라?"

안반수와 염다인이 서로의 얼굴을 바라보며 외쳤다.

"와! 여기 와이파이도 없고 엘티이도 안 터져!"

"그럴 리가?"

"진짜 이상하네?"

그 도인당은 스마트폰이 터지지 않는 이상한 지역이었다. 그리고 잠시 후 이방 저방과 커다란 홀에서 몰려온 도인들과 일단의 무리들이 유아영이 들고 있는 향로 근처 몰려들었고, 도인당 전체를 통제하는 검은 옷을 입은 사람들이 불 근처로 모여든 사람들을 흩어지게 했다.

"이보시오! 그만하시오! 당신 누구야?"

유아영은 자신을 통제하는 흑인들을 앞에서 일단 향로를 내려놓았다. 그런데 하얀 도복을 입고 흰 머리가 다리까지 내려온 엄청난 기도의 도인이 유아인을 데리고 옆방으로 들어갔다. 그는 다짜고짜 유아인의 눈동자를 들여다보면서 물었다.

"자네 이름이 뭔가?"
"예. 저는 유아영이라고 하는데요."

그러자 그는 놀라 눈을 더 크게 뜨고 또 물었다.

"유씨라....그럼 유세명과는 어떤 관계인가?"
"그분이 누구죠?"

그때 방에 따라 들어온 유소영이 마치 유아영을 데리고 나가려다가 도인에게 물었다.

"우리 할아버지에 대해 왜 물으시죠?"
"너는 누구냐?"
"저는 이 아이의 쌍둥이 누나에요"
"그러면 니가 유세명의 손녀냐?"
"그렇습니다."
"음, 그렇군...."

노인은 순간적인 동작으로 두 사람의 맥을 짚은 다음 동시에 두 사람의 팔을 훑어 내리면서 깜짝 놀랐다.

"역시! 용의 비늘이로군. 흐음."

그가 손가락을 하나 탁 하고 튕기자 어디선가 복면을 한 흑의인이 날아들어왔다.

"부르셨습니까?"
"문선인께 연통을 넣어라! 귀인이 나타나셨다!"
"존명!"

그는 세 사람이 보고 있는 가운데 그야말로 바람처럼 사라져 버렸다. 아영은 자신도 모르게 자신도 저런 경공술을 쓰고 싶다는 강렬한 욕망이 들끓었다.

"도인님, 저건 어떻게 하는 거죠? 정말 배우고 싶어요!"
"그대는 몇배나 더 빠르고 멀리 경공을 할 수 있다네. 흐흐흐흐."

그는 흰색 도포의 도인의 눈과 표정을 보면서 그가 악인이 아니라는 안도를 했고, 도인당 교리를 알고싶어 했다. 아영은 그들과 대화를 나누다가 아영이 문득 전율을 느꼈다.

"어어어...."

향로 안에서 타고 있는 불을 보고 아영은 순간적으로 기절을 하고 잠시후 그의 전신 피부에 광채가 나면서 온몸에 돋아난 비늘에서 엄청난 에너지가 나와 뜨거운 기운을 느낀다.

"아아아악!"
"어머! 얘가 왜 이러죠?"

"괜찮네. 금방 가라앉을 거야. 내가 다 설명을 해주지."

도인은 괴로워하는 유아영에게 과거 신라 백화교의 지체 높은 귀인이었다고 말하고는 신라와 당나라의 마교라고도 하는 그 악마의 단체에 맞서는 백화교의 일원임을 확인시켜주겠다는 도인은 자초지종을 들려준다.

도인당의 기인들

흰 도포의 도인은 아영을 앞에 마주 앉히고는 눈을 감으라고 한 다음 명상에 들어갔다. 두 사람이 동시에 마주보는 명상은 다소 기이하기는 했지만 유아영과 김지민이 집중해서 두 사람을 보고 있고 친구들과 다른 도인들도 유심히 바라보고 있었다. 이윽고 흰 도포의 도인이 입을 열었다.

"자네는 여기 두명의 여자에게 무척 신경을 쓰고 있군.?
"예? 아니 어떻게 그걸...."
"무슨 관계인가?"
"한명은 누이고 다른 한명은 여자 친구입니다."

좌중이 술렁이었고 소영과 남학생들이 배신감을 느끼는 표정으로 물었다.

"느네 둘 언제부터야?"
"일주일 되었어."

김지민이 당당하게 말했고 도인이 좌중을 조용히 시켰다.

"모두 조용! 이제 자네는 다른 생각을 일체 하지 말고 머리를 비우게."

"네, 알겠습니다."

유아영의 호흡이 가다듬어지고 비로소 두 사람은 삼매진화에 든 것처럼 미동도 없었다.

"흐으음."

한동안 침묵을 지키던 도인이 물었다.

"자네는 스스로 화룡화신인 것을 알고 있었겠지?"
"화룡화신이라니요?"
"화상 상처가 빨리 낫는다든가 불에 타지 않는 체험을 해봤을 텐데?"
"네에."

지민이 나섰다,

"맞아요. 제가 화상치료를 해주었는데 금세 상처가 아물더라구요? 정말 신기했어요. 아영이는 그게 아영이는 그게 마술이라고 하더라구요!"

지민이 남친 자랑하는데 하얀 머리카락이 허리까지 내려온 도인이 어디선가 나타났다. 그리고 유아영에게 한마디 했다.

"그대가 도인들을 만나니 모두에게 행운이나 곧 불어닥칠 소란에 골치가 아프겠구먼. 서둘러 신지신인을 찾아보게. 허허허허."

말을 마친 그는 연기처럼 사라졌다. 아영은 그가 어디선가 본 적이 있는 것 같았다

"도인님, 지금 가신 저 도인은 누구시지요?"

"저분은 영랑선인일세. 도인당의 원래 주인이시지."

"영랑이요?"

"그래."

"저 양반이 신라사선 중 하나라구요?"

"그렇다니까,"

도인의 말을 완전히 믿지는 않았지만 전설상의 도인들을 만나게 되면서 아영은 신라시대의 여러 가지 일들이 미세하게 느껴지기도 했다. 영랑에게 예를 올린 후 흰 도포의 도인은 아영을 데리고 계단을 올라 높은 좌대에서 서책을 베고 누워 와선을 하는 도인을 보고 인사를 드렸다,

"안녕하세요? 저는 유아영이라고 합니다. 영랑선인께서 신지선인님께 가보라고 해서 왔습니다."

"요런 뱀 같은 놈! 너는 누가 가란다고 가고 오란다고 오나?"

"네? 무슨 말씀이신지 저는 도통...."

신지선인은 예언을 하여 사람들의 존경 받는 인물인데 늘 수수께끼 같은 이야기인 신지비사를 남기는 선인이었다. 역시나 그가 아영에게 수수께끼 같은 말을 했다.

"나라 곳간에 커다란 쥐구멍이 뚫렸으니 무엇으로 메우랴?"

신지선인과 흰 도포도인은 물론이고 주위의 사람들이 모두 유아영을 바라보았다. 말하자면 그 수수께끼를 풀라는 의미였다. 난감한 표정의 유아영이 어깨를 한번 으쓱해 보이더니 아무렇게나 말을 했다.

"그 구멍을 용의 아가리로 삼으면 쥐가 못 드나들겠지요."

소영과 지민은 아무말 대잔치라며 웃어제꼈다. 그런데 신지선인이 무릎을 탁 치는 것이 아닌가.

"과연 화룡의 새끼로구나! 팽우(彭虞)선인께 가서 길을 열어달라고 하거라!"

"예?"

영문을 몰라 어리둥절하고 있는 아영을 흰 도포 도인이 잡아끈다.

"팽우선인께 가자꾸나!"

"그분이 누구예요?"

"팽우선인님은 지리, 도로, 홍수에 관여하는 선인으로 그분이 단군왕검 시절 고조선에서 예맥 지역까지 닿는 길을 열었다. 차후에 창해역사에게 길 닦고 굴 파는 비술을 가르치기도 하셨지."

그들이 걸어가던 홀 안 한 구석에서 키 작은 노인이 나오더니 유아영을 가리켰다.

"화룡아, 이리 오너라."

"예? 누구....."

"내가 바로 팽우이니라! 시끄러워지기 전에 가거라. 길을 내주겠다."

"네에? 그게 무슨 말씀이시온지...."

팽우선인의 말이 끝나자마자 나이가 수천 살이라고 하는 선인들 중 여수기(余守己)선인과 배천생(裵天生)선인이 아영에게 손짓으로 인사를 하고는 연기처럼 사라졌다. 잠시 후 여러 선인들이 다시금 바둑을 두거나 명상에 잠기거나 담소를 나누는 와중에 커다란 폭발음처럼 굉음이 나고는 일단의 무리들이 우르르 몰려 들어왔다. 그들은 아마도 문을 부수고 들어온 모양이었다. 큰소리로 외치는 그들은 대개 선마교의 교도들이었지만 깡패나 조폭들로 보이는 불량스런 사내들이 수십 명씩 떼를 지어 들어와 도열했다.

그중 가죽옷을 입은 얼굴에 칼자국이 있는 자가 도인들을 향해 소리쳤다.

"모두 주목! 선마교의 심진 교주님 오셨습니다!"

선마교 교주의 등장과 함께 먼지를 흩날리며 깡패들이 달려 들어와 도열했다. 그러자 여러 방에서 쉬면서 담소를 나누던 도인들이 하나하나 사라지기 시작했다.

"위대하신 선인님들 그리고 여러 도인님들! 강령하신지요! 지난번에 통고한 바와 같이 오늘부로 이곳 도인당은 선마교의 제천시 지부로 운영합니다."

"뭐라고?"

"도인들께서는 당장 방을 비워주시고 지하의 명상 토굴로 이동하시기 바랍니다. 그럼 곧바로 우리 선마교의 이삿짐을 들여보내겠습니다. 얘들아! 집기를 들여라!"

"예"

수십 명의 선마교 제복을 입은 청년들이 사무 집기와 가구들을 들고 도인당으로 들어오기 시작했다. 커다란 홀이 일순간에 이삿짐으로 온통 소란스러워졌고 나머지 도인들도 하나둘 사라져버렸다. 이내 홀과 수십 개의 방에서 떠들고 바둑을 두던 도인들이 거의 자리를 떠버렸다. 흰 도포 도인은 유아영과 친구들을 데리고 지하로 내려갔다.

"우와! 동굴이 어마어마하네요?"

선마교 교도들이 말한 지하 토굴이라는 곳은 그야말로 엄청난 동굴광장과 수많은 미로들로 이루어진 초대형 동굴이었다.

"제천에 이렇게 큰 동굴이 있다니 고씨동굴이나 온달동굴보다 더 크네?"
"그러게! 엄청나군!"

안반수와 염다인은 동굴을 구경하느라 여념이 없었다. 잠시 후 그들이 들어온 문으로 여러 도인들이 들어오고 뒤따라 일단의 조폭들이 마구 몰려들었다. 흰 도포 도인은 아영 일행에게 반대편 출구로 가라면서 두 팔을 걷어붙이고 조폭들을 하나둘 때려 쓰러트렸다. 그가 싸우면서 계속 먼저 가라고 해서 아영과 친구들은 하는 수 없이 동굴의 광장 반대편에 있는 문으로 달려갔다.

광장이 끝나는 곳에 여러 굴과 문들이 보였고 사람들이 뒤엉기면서 동굴이 변에서 먼지가 일었다. 그러다가 안반수가 출구로 보이는 문을 발견했다.

"저기 문이야! 빨리 가자!"

그런데 동굴 끝에 일단의 사람들이 나타났다. 그리고 어둠 속에서 서로 엉켜 싸우는 대혼란이 생기면서 동굴 속이 먼지로 가득 찼다.

"이야 !"

"으윽!"

"핫!"

"아아악!"

습기가 가득한 동굴에 먼지가 나는 것은 실제 먼지가 아니라 안개와도 같은 작은 물방울이 포말을 이룬 것인데 사람들의 싸움 때문에 바닥에서 올라오는 것이었다.

"아니 저분은?"

"왜? 누군데?"

먼지 속에서 십여 명의 흑인들과 싸우고 있는 사람은 다름 아닌 문박 교수였다. 유아영은 문 박 교수가 십 대 일로 싸우는 광경을 보고 급하게 달려갔다.

"교수님! 괜찮으세요? 제가 왔어요!"

문박 교수는 가까이 오지 말라고 외치면서 소매를 휘두르는 이상한 전통 무용 같은 자세를 취했다. 그러더니 그의 손에서 바람이 나오기 시작했고 그를 둘러싼 자들이 순간 모두 나동그라졌다.

"이야압!

문박 교수는 바로 그 순간 오른손을 앞으로 뻗으면서 기합을 넣자 그의 손은 곧바로 검으로 변했다. 그러나 외팔이 무사처럼 한쪽 팔은 허리춤에 두고, 나머지 한팔은 칼이 되어 적들을 베어나가기 시작했다. 적들의 고통 어린 비명과 함께 십여 명의 무사들이 그야말로 일순간에 널브러졌다.

"안 다치셨어요? 교수님?"

"그래, 너희들은 여기 어떻게 온 거냐?"

"사이비 도사 혼내주려고 왔는데요....."

"일단 여기를 빠져나가자!"

문박 교수의 뒤를 따라 동굴 앞에 방문을 여니 그것은 또 다른 미로로 이어졌고 그 반대쪽에서 다시 일단의 무리들이 쳐들어왔다.

"하앗!"

문박 교수는 다시 적들 앞에 서서 기합을 외쳤다. 이번에는 양팔을 뻗어 순식간에 두 팔을 쌍검처럼 만들고는 다가오는 적들을 하나둘 베어나가기 시작했다. 이윽고 이십여 명의 무사들이 다 쓰러졌을 때 뒤쪽에서 커다란 굉음과 함께 문이 열리고 일단의 무사들이 발검을 한 채 달려오기 시작했다. 문박 교수는 앞으로 나아가 아영이와 학생들에게 외쳤다.

"모두들 내 뒤에 숨어라. 소영이와 지민이는 내 허리를 잡고 꼼짝하지 말고 있어라!"

문박 교수의 두팔이 점점 길어지더니 긴 장검이 되어버렸다. 그런데 몸의 일부분이 없어지는게 아닌가! 유아영은 믿을 수 없는 그 광경에 놀라 입을 다물지 못할 지경이었다.

"교수님! 큰일 났어요!"

"뭐냐?"

"교수님의 몸이 점점 사라지고 있어요."

"알고 있다."

문박교수의 왼쪽 몸을 서서히 사라지면서 오른쪽 손만이 오른쪽 칼이 되어 적들과 싸우고 있었다.

"이게 어떻게 된 일이죠? 교수님?"

"내 몸은 지금 이동을 하고 있다."

"그게 무슨 말씀이세요?"

"신라의 기운이 나를 부르는구나."

"저희는 무슨 말인지 도통 모르겠어요."

"잠시만 기다려라!"

말을 하면서도 쉬지 않고 장검으로 적을 무찌르던 문박 교수의 몸은 이제 삼 분의 일 정도가 남았다. 오른팔 끝과 오른 허리 그리고 오른팔 얼굴도 코 옆으로 오른쪽 귀만 남은 상태로 적들을 베어나갔다. 그리고 마지막에 총을 든 자들이 나타났을 때에는 그의 모습은 거의 사라졌다. 그는 마치 새처럼 날아올라 총을 든 자들의 손목을 쳐서 총을 어두운 동굴바닥에 떨어뜨리게 하고는 그자들을 모조리 가격해 쓰러뜨렸다. 희미한 그의 형체가 아영 일행을 데리고 동굴 속에서 비상통로로 나왔다.

그런데 출구에는 조폭 여러 명이 길을 지키고 있었다. 유아영이 먼저 앞으로 나서며 조폭들을 때려눕혔다. 그리고 친구들을 불렀다. 삼주간 배운 창해권법은 실제로 엄청난 파괴력이 있었다. 안반수와 염다인 그리고 용조안이 모두 조폭들을 해치우자 몸이 희미해진 문박이 외쳤다.

"얘들아! 서둘러라! 뒷문으로 나가라!"

목소리만 들리고 그의 몸이 겨우 보이는 상황에서 그들은 모두 제천시장 공터에 세워둔 안반수의 카니발 차량에 올라타 의림지 카페동아리로 향했다.

"팽귄! 어서 문 열어라!"

문박 교수의 급박한 목소리에 팽귀인이 문을 열었고 문박 교수의 형체가 거의 다 사라져갈 즈음에 유아영이 맥없이 기절하고 말았다.

"아영아! 정신 차려! 얘가 왜 이래?"

염다인이 급하게 그를 부축했고 뒤이어 유소영과 김지민이 쓰러진 아영을 부축하고는 싱크대 속에 만들어진 비밀공간 속 침대에 눕혔다.

"얘들아. 안심해라. 아영이는 괜찮다. 소영아, 내 말 잘 들어라."
"말씀하세요."
"너는 아영의 방에서 한문으로 된 고서를 보았느냐?"
"네."
"책 제목이 선인국풍류도인계보가 맞나?"
"네에...그런 거 같아요."
"알았다. 집이 어디니?"
"솔밭공원 원룸이요 용두타운 302호요."
"알았다."

문박 교수는 거의 백 분의 일 정도 그의 흔적이 남았지만 목소리만큼은 뚜렷하게 들렸다.

"얘들아. 내가 잠시 아영의 영혼을 데려갈테니 너희들은 이 아이의 몸을 잘 지키거라. 혹시 모르니 부엌의 싱크대 속에 아영이가 있다는 걸 비밀로 해라. 내가 외부인이 침범하지 못하게 결계를 쳐둘테니 너희들도 조심하거라. 특히 팽귀인, 너는 동아리방을 잘 잠그고 누구도 이 아이를 건드리지 못하게 해야 한다. 알았지?"

"예! 교수님!"

"좋아, 그럼 다녀오마."

잠시 후 문박 교수의 몸은 흔적조차 사라지고 말았다.

문박 교수의 정체

용두타운 원룸에서 선인국풍류도선인계보 책자의 기운을 흡수한 문박 교수의 양신은 아영의 영혼을 데리고 방에 좌정한다. 그리고 책에서 신라 시대 최치원의 이름이 적힌 페이지를 찾아 편 다음 정신일도를 한다.

후르르르르

주위에 별안간 오색 영롱한 기운이 퍼지면서 커다란 동굴이나 터널 같은 모양으로 바뀌고 문박과 아영의 영혼이 그 속으로 빨려 들어간다.

"으아아아아아아!"

온통 강한 불빛으로 만들어진 통로를 이동하면서 엄청나게 강한 압력과 초고속으로 이동하는 속도감에 깨어난 유아영의 영혼이 비명을 지른다.

"아아아아아아!"

그의 비명이 그치면서 두 영혼은 비로소 형체를 갖춘 모습으로 땅바닥에 떨어졌다. 그들은 희한하게도 회색의 승려복을 입고 사찰로 보이는 건물 앞에서 일어섰고 유아영은 사방을 둘러보면서 어리둥절해한다.

"교수님, 여기가 어디예요?"

"내토땅 창락사(蒼樂寺)."

너른 들에 칠층모전석탑과 거대한 금동불상이 버티고 서 있는 창락사는 규모가 상당히 큰 사찰이었다. 선덕여왕이 세웠다는 창락사는 규모가 사방오리에 달하는 사찰이었다. 절은 오보마다 석등이요, 십보마다 불상이고, 백보마다 가람이었다. 대웅전을 중앙으로 하여 사방으로 회랑이 연하여 승려들이 눈비를 안 맞고도 수도할 수가 있었다. 삼천 명의 승려가 목탁과 바라를 치고 법요식을 거행하고 있었다.

"고운에게 가자꾸나!"

문박이 앞서 걸어가자 뒤를 따라가던 아영은 어리둥절해서 질문을 한다.

"교수님, 어디로 가시는 거예요?"

"따라오너라. 암자에서 도인들이 기다리고 있다."

"저는 무슨 일인지 아무것도 모르겠어요."

"괜찮다. 네가 다시 너의 자리로만 되돌아가면 크게 어려울 일이 없느니라."

"예?"

"일단 가서 내 말을 듣고 그대로 행하면 될 일이다. 마음을 편하게 먹어라."

웅대하고도 넓은 창락사 뒤편의 오색암이라고 쓰인 커다란 암자에 들어선 두 사람을 보고는 방에서 기다리던 두 사람이 일어서서 문박 교수에게 예를 올린다.

"삼가 문박 선인님을 뵈옵니다."

"다시 보니 반갑네, 그간 평안하셨는가. 길을 뚫을 용을 데려왔네."

"지금 도선대사가 칠층모전석탑과 그 주변의 금동불상의 오행결계를 조정하고 있습니다. 바로 들어올 겁니다."

최치원의 말이 끝나기 무섭게 벽을 통과하는 괴인이 방으로 들어와 문박에게 절을 한다.

"소인 삼가 문박 선인을 뵈오이다!"

"그래! 오행자리가 제대로 됐겠지?"

"예! 선인님!"

문박은 도선에게 반말을 했고 도선은 매우 겸손한 표정과 자세를 취했다. 아영은 비로소 문박교수가 단군시대의 문박 선인이라는 것을 직감했다. 그 동안 동명이인이라고 생각했다가 그제서야 그의 정체를 깨달은 것이다. 나이가 가장 어린 최치원이 아영에게 온화한 미소를 지으며 모든 설명을 해주었다. 내용은 믿을 수 없는 일이었다

현재 신라의 국운이 몹시도 쇠하였는데 그건 국가의 기운을 소위 용석(龍石)이라는 두 개의 바위가 막고 있어서 그런 것이고 그 국가의 기운이 내토땅 창락사의 우물로부터 감포의 기림사의 폭포까지의 물흐름을 막아

가물게 했다는 것이다. 그런데 애초에 그 길은 신문왕와 효소왕대에 거대한 용이 뚫어놓은 지하수맥이었다. 그리고 그 국가의 기밀인 수맥을 지키는 애국세력이 바로 백화교인 것이었다. 그런데 충성집단인 도교 계열의 백화교가 불교가람인 창락사 안에 있다니 놀라울 따름이었다. 불교와 도교가 공생하는 형국이었다.

도교의 도인들과 불교의 스님들이 모두 함께 공부하는, 말하자면 학자들인 셈이었다. 그리고 다시금 그 막힌 수맥을 뚫을 수 있는 존재는 용밖에 없었다. 그런데 현재 가용되는 용이 없고 천년만에 용이 인간으로 환생한 그 사람이 바로 유아영 자신이라는 것이었다. 아영은 아연실색했다.

"그래서 저보고 지하수맥을 뚫으라구요?"

"오냐!"

"제천에서 경주는 수백 리 떨어졌는데 그게 가능한 얘기에요?"

"가능하다!"

"와! 미치겠네? 도대체...."

"자, 준비합시다!"

"예!"

문박은 유아영을 똑바로 바라보면서 매우 진중하게 말했다.

"지금부터 우리가 너의 본 모습을 되살릴 것이다."

"예?"

"너는 잠시 용이 되어서 이곳 내토땅 창락사에서 감포의 기림사까지 지하수맥을 따라 한번 갔다 오면 되느니라!"

"내가 용이 된다고요? 도대체 말이 되는 소리를 하셔야지....."

"아영아! 좌정하고 절대 움직이지 말거라!"

"예...."

문박의 마지막 목소리는 도저히 거부하거나 부정할 수 없는 엄청난 기가 실려 있었다. 아영은 문박이 시키는 대로 미리 마련된 가운데 자리의 방석 위에 가부좌를 했다. 문박 선인과 물계자 도인 그리고 최치원과 도선대사가 각각 자신의 오행 해당의 목, 화, 금, 수 위치에 앉아 중앙토에 위치한 유아영에게 각자 자신의 기를 방사하기 시작했다.

후우우우욱

사방에서 몰려드는 도인들의 기운 덩어리들은 연기나 구름처럼 일대를 휘감았다. 그리고 짙은 안개 속에 한 치 앞도 보이지 않는 상황이 되어 버렸다.

우우우웅

아영은 몸이 커다랗게 부풀어 오르는 느낌이 들었고 네 방향에서 몰려오는 기운은 점점 변하더니 집채만한 용들로 변신하는 것이 아닌가. 네 마리의 용들이 다가오자 놀라 몸을 움츠린 아영이 그 용들을 찬찬히 바라보았다. 그런데 그 커다란 용들이 조금씩 작아지는 것이 아닌가.

"어? 저 용들이 왜 작아지지? 아니? 이이런!"

용들이 작아지는 것이 아니고 자신이 점점 더 커지는 것이 아닌가. 순식간에 커다란 용의 기운이 자신에게 가득 차는 것이 느껴졌다. 투명하고 거대한 덩어리가 점차 형체를 갖추기 시작했다. 그것은 화룡이었다. 아영은 다른 용들 중 가장 화려한 모습으로 변한 것이었다. 용으로 둔갑한 아영은 호흡이 수증기가 되고 그 김이 무럭무럭 자라나 점점 거대한 용으로 몸이 탈바꿈되었다. 불과 수초만에 검붉은 비늘이 출렁이는 어마어마한 크기의 화룡 주위에 수증기가 무럭무럭 일어나더니 마침내 아영은 다섯 용 중에 가장 크고 강한 용으로 변신하여 창락사 대웅전 앞 광장에 나타나 그 위용을 자랑했다.

"과연 훌륭한 화룡이로군!"

"엄청나군!"

창락사 뒤켠의 오색암 주위에는 다섯 금불동상이 오행의 결계를 치고 있어서 아무도 암자로 들어올 수가 없다는 것을 용이 된 아영은 알 수 있었다. 그리고 신라에서 지금 무슨 일이 일어났고 자신이 해야 할 일이 무엇인지도 환하게 알게 되었다.

"출발!"

문박의 고함을 출발 신호로 네명의 신선들과 함께 창락사 우물로 들어간 아영이 순식간에 지하수맥을 뚫고 경주의 기림사 폭포 아래의 지하수맥을 향해 초고속으로 전진했다. 중간 중간에 누군가 바위로 수맥을 막아둔 것을 알고 모두 네 개의 바위를 산산 조각낸 아영 즉 거대 화룡은 불과 반나절도 지나지 않아 경주 인근 감포의 기림사 폭포수 아래의 지하수맥을 뚫었다.

콰과과광!

폭포수 아래에서 폭포 위로 솟구친 화룡은 일대에 엄청난 물보라를 일으키며 기림사 위의 창공으로 날아올랐다.

피잉피잉 피이잉

그런데 난데없이 수백 개의 화살들이 날아오고 용이 된 아영은 그야말로 혼비백산했다.

"화룡이여! 지상으로 내려오라!"

문박의 호출과 함께 아영은 수많은 화살들을 튕겨내며 지상으로 내려왔다.

"마교 무리다! 저들이 이미 우리가 올 줄 알고 감포에 자리를 잡은 모양이로군!"

마교 집단과의 싸움이 전개될 급박한 상황에서 도선대사가 양손을 펴서 하늘로 만세를 부르듯 올리더니 이내 외친다.

"대기하라! 진법이 설치되었느니라! 그러나 그 결계는 화룡에게는 무용지물이로군! 화룡이여! 공격하라! 저 숲 건너편 촛불을 수없이 밝혀놓은 커다란 집에 검은 힘이 응집되어 있다! 저기가 마교집단의 사당이다! 쳐라!"

화룡이 날아올라 활을 쏘는 자들을 그냥 무시하고 집 바로 위에서 입으로 불을 쏟아내었다.

"후아아악! 화르르르르!"

목조 건물은 화룡의 강력한 화염에 불타고 그 안에서 사람들이 빠져나오기 시작했다. 그 공간에 출몰하는 괴 인물들은 당나라의 옷을 사람들이 보였고 아영이 보기에 심지어 현대식 복장을 한 사람들도 보였다.

화룡과 마교집단 간의 혈투는 아영의 생각보다 훨씬 큰 규모로 벌어졌다. 독화살과 불화살을 마구 쏘아대는 궁수대의 진용이 어림잡아도 수백 명에 달했다. 숲 건너편의 저택에 누군가를 보호하기 위해서 수백 명의 궁사들 앞에 진을 친 마교 측의 기마병들도 수십 명이 넘어 보였다. 저택 주위에는 이중의 중층진법으로 결계가 쳐져있었고 그 안에 다시 무사들이 검을 들고 무리 지어 있었다.

한편 신라 측에서도 마교와의 전투 참가 연통을 받은 도인들이 모여들기 시작했다. 수많은 도인들과 마교 집단 간에 엄청난 전투가 벌어지자, 신라와 후고구려 그리고 후백제에 숨어있던 백팔 도인들이 나타나 마교 군사들을 무찌르기 시작했다. 마교의 궁수들이 독극물을 사용하여 엄청난 공격을 감행했지만 화룡의 등장으로 판세가 뒤집힌 것이었다.

"후르르르 화아악!"

화룡의 불길은 진법을 무너뜨리고 화살 공격 특히 불화살과 독화살을 모조리 튕겨내고는 그 비밀의 집까지 태워버렸다.

"마교의 교주! 그 마왕놈이 저 집에 있구나! 후후후."

물자계가 기운을 집중해 마왕의 존재를 확인했다. 그리고는 순간적인 경공술로 이동을 했고 도선대사와 최치원도 그 뒤를 따랐다. 그리고 불에 탄 건축물 잔해를 살펴보던 최치원이 외쳤다,

"아뿔사! 놈이 도망쳤군요!"

세 도인이 문박 선인에게 돌아와서 면목 없는 표정을 짓자 그는 이미 다 알고 있었다는 듯한 미소를 지었다.

"이보게들 신라를 떠난 마교의 마왕은 저 아이가 살던 곳으로 갔네. 어차피 저 아이가 그를 다시 잡을 걸세."

"그렇군요"

신라 당대 마교의 교주, 그는 미래에서 온 김패인이었다. 그는 신라와 현대를 자유롭게 드나드는 모양이었다. 마교 집단과 김 패인 일당은 진성여왕을 시해하고 왕위에 올라 마귀의 나라를 세우고자 했다. 실제로 진성여왕이 죽고 나면 38년 후에는 신라가 멸망하고 고려가 개국한다. 그 틈새를 노려 김 패인이 새로운 신라의 왕이 되고 마교를 국교로 삼아 영원한 마교의 제국을 만들려고 했다. 그런데 그의 음모를 꿰뚫어 본 문박 선인과 여러 도인들이 그를 막은 것이다.

그 마교 일당들이 신라 생명의 물줄기인 내토땅 창락사에서부터 경주 기림사의 수맥을 끊고 국가의 생명줄을 없애려고 했다. 그런데 막힌 수맥을 화룡인 유아영이 연결시켜버리자 마교가 총력을 다해 전투를 벌인 것이다.

그리고 화룡과 백팔도인이 모여들고 거의 마교 측의 패색이 짙어지자 김패인은 현대로 도망쳤다. 사실 신라 진성여왕 때 국가의 권력이 가장 취약해 있고 2021년 미국 중국 일본 러시아의 강압과 북한의 핵무장으로 남한의 국력 또한 최저치에 달했을 때 김 패인이 정가에 진출하여 국회의원과 장관을 역임하고 재벌과 조직폭력배와 법관, 검찰, 경찰 등을 장악하여 마침내 선거관리위원회까지 손에 넣었다. 이제 부정선거로 그가 대통령이 되면 개헌을 하고 입헌군주제로 바꾸어 그가 영원한 왕이 되면 진성여왕 때 이루지 못한 마교제국을 만들기 위해 이미 포석을 다 마친 뒤였다.

문박이 담담하게 도인들을 불러보았다.

"이보게들, 이제 화룡을 불러들이세."
"예! 선인님."

문박 선인과 세 사람이 정사각형의 꼭지점에서 서로 마주 보고 앉아 기를 운용하자 기림사 인근에 무럭무럭 구름 같은 안개가 피어나고 잠시후, 하늘 위에서 날아다니던 화룡이 지상으로 내려오더니 자연스럽게 도인들을 향해 고개를 조아렸다.

"화룡이여! 우리가 주는 호기를 받아마셔라!"
"후으읍!"
"흡기로 마신 그 기운을 너의 몸 전체로 운기하라."
"예!"

화룡이 안개와도 같은 기 덩어리를 들이키고는 기분 좋은 표정을 지었다.

"자 이번에는 그 운기한 흡기의 기운을 호기로 뱉어주게!"
"푸후우우....."
"잘했다. 그렇게 다섯 번을 더 호흡하시게."

화룡이 총 여섯 번의 기운 호흡을 하자 별안간 거대한 용이 인간 즉, 유아영으로 줄어들어버렸다. 인간으로 되돌아온 아영은 신기한 듯 인간이 된 자신의 몸을 눈으로 두 번 세 번 확인하며 흥분을 감추지 못했다.

"우와 내가 용이 되다니? 와우! 엄청나네?"

"아영아, 진정하거라."

"와! 흥분이 가라앉지 않아요! 교수님!"

"심호흡을 하고 마음을 평안하게 하거라."

"와! 흥분이 아직도 그대로에요"

"다시 호흡을 해보거라."

"예...."

마침내 유아영이 완전하게 마음도 가라앉게 되자 문박선인 마교와 김패인에 대해 아영에게 설명을 해준다.

"잘 들어라. 마교 교주 김패인은 득도한 강철이니라."

"강철이요?"

"강철이는 요괴다. 용이 되는 데 실패한 이무기요괴이지, 어느 지역에서는 꽝철로도 불리지."

"꽝철이요? 이름 한번 웃기네요? 히히."

"강철이는 몸에서 엄청난 열기와 불을 내뿜는다. 그 열기가 얼마나 뜨거운지 나무와 풀을 말려버리고 구름을 증발시켜 가뭄을 일으키는 무서운 존재야. 승천하지 못한 분노를 세상에 화풀이하는 것이겠지."

"그렇군요."

"네가 돌아가 이운규를 만나거든 그의 스승인 청림도사가 너와 힘을 합하여 마교마왕을 잡으라고 했다고 전하거라."

"네, 알겠습니다."

"오냐. 이제 돌아갈 채비를 해보자꾸나."

문박과 세 도인은 유아영을 가운데에 앉히고는 현대에서 가지고 온 선도국풍류도선인계보라는 책자의 기운 덩어리를 펼쳤다. 문박 선인은 아영에게만 그 책을 만지게 하고는 조선의 이운규도인 쪽을 펴라고 했다.

"우와! 글자가 모두 한자라 제가 확실하게 모르겠는데요?"

"이런! 눈뜬장님이 있나? 선도국풍류도선인계보에서 맨 뒤쪽 조선시대의 이운규의 페이지를 펴라."

"예? 그게 그러니까, 한자가 어려워서...."

"에헴! 맨 마지막 페이지이니라."

"아, 예...."

해당 쪽으로 펼쳐 들고 있는 아영에게 문박 선인의 목소리가 다시 들렸다.

"용의 호흡을 통해 다시 인간이 될 수 있다. 아까 니가 용이었을 때의 그 호흡을 아홉 번 반복하거라."

"예."

다시 현실로 가는 길은 그 책의 이운규 도인의 페이지를 펴서 이동한다. 이운규 도인이 현재에 머물고 있는 2021년으로 가는 것이다. 한순간 기를 단전에 주입하면 순간적으로 돌아갈 수 있었다. 빛의 동굴 같은 엄청난 공간으로 빠른 속도로 통과하여 현대로 되돌아가는 것이었다.

"아아아아아!"

아영은 마침내 현실 세계로 되돌아왔다.

"어? 여기가 어디야?"

사방을 둘러보다 이미 해가 진 경주 시내의 첨성대 부근이 야경을 확인한 아영이 소리쳤다.

"와! 도로 경주로 왔네? 여기 이운규 도인이 계시다고?"

사방을 둘러보니 아영이 서 있는 곳은 경주역 인근의 모텔 옥상이었다. 그때 누군가 바람처럼 다가와 아영의 뒤통수를 때렸다.

"이놈아!"

딱!

"아얏!"

"너 지금 여기서 뭘 그리 궁시렁대느냐?"

"어? 할아버지?"

"니가 여기 웬일이냐? 대학에 입학했으면 공부는 하지 않고 경주에 놀러 왔느냐?"

"아니 그게 아니구요!"

"내가 고아원 원장하고, 니 어머니에게 너 대학에 들어갔다고 확인했는데 아니긴 뭐가 아냐?"

"아이고! 아파라! 할아버지가 무슨 힘이 그렇게 쎄요?"

"뭐? 한 대 더 맞을래?"

"아뇨. 할아버지 존함이 이운규?"

"그래!"

"맞군요?"

아영은 별안간 좌정을 한다. 그리고는 근엄하게 말한다.

"이운규 도인은 들으라. 청림도사의 명이다."

"어? 스승님?"

이운규는 아무런 의심이나 저항 없이 아영의 바로 앞에 무릎을 꿇는다.

"청림도사가 명하노니, 화룡인, 유아영과 힘을 합하여 마교의 마왕을 잡으라."

"예, 명을 받드옵니다."

이운규는 한참을 멍하게 서 있다가 아영을 바라보고는 공손한 자세로 조심스레 말한다,

"혹시...."

"뭐요?"

"스승님이세요....."

"예?"

"스승님이 이 아이로 변신하신 건가요?"

"뭐라구요? 우하하하하하 "

아영은 손가락을 하나 펴서 이마 위에서 빙빙 돌리면서 정신이 돌았냐는 시늉을 한다. 그래도 이운규는 대단히 조심스러운 자세로 서 있었다. 계면쩍어진 이운규가 아영과 청림도사와의 관계나 내용을 더 이상 묻지 않고 그동안 자신이 알아본 내용을 설명했다.

"내가 경주박물관을 조사한 바로는 마교 교주 김패인이 신라도 갔다가 현실로 돌아오는 시간 이동을 할 수 있었던 것은 선인계보 책자 중에 처용랑의 페이지를 잘라서 그렇게 할 수 있었던 거야."

"네?"

"네가 간수하고 있던 선인국풍류도선인계보에서 처용랑의 페이지가 잘려 신라 진성여왕대로 이동할 수 있었는데 그것을 되찾고 마왕 김패인을 제거하지 않으면 지금의 한국과 진성여왕대의 신라가 모두 망할 수도 있는 거지!"

"정말이요"

"그럼, 스승님의 분부를 받들어 우리가 최선을 다해보자구! 어때? 할 수 있나?"

"네!"

"그런데 니가 진짜 화룡이라구?"

"못 믿으시겠다면 잘 보세요!"

아영은 심호흡을 여섯 번 하면서 용이 되는 상상을 했지만 기대와 달리 아무런 변화가 없었다.

"어? 왜 변신이 안 되지?"

"뭐가 잘못되었느냐?"

"문박 선인님이 옆에서 도와주어야 하는 건가?"

몇 번이고 반복했지만 변신은 이루어지지 않았고 아영은 답답해서 죽을 지경이었다. 용의 호흡법으로 인간으로 되돌아온 후 그 강력했던 용의 에너지, 그 엄청난 파워가 그리웠다.

"이거 야단났네? 그럼 마왕을 죽이지 못하는 건가?"

"괜찮다. 애야, 나중에 다 잘 될 거다."

계속 어리둥절해하는 아영을 데리고 이운규 도인은 모텔방으로 들어가서 그를 재운다. 그리고 무언가 너무나도 기특하고 뿌듯하다는 듯이 잠든 아영의 모습을 한동안 바라보았다.

현실의 문제들

한편 현실의 제천에서는 선마교 일당들이 의림지 카페에 찾아와 행패를 부리자 팽귀인은 문박 교수가 설치해둔 진법 안에서 밖으로 나오지 않고 친구들과 버텼다. 마교 일당과 조폭들이 모여들어 결계를 도끼와 빠루 같은 철제기구로 강타했으나 결계가 지탱해주었다. 한참 후에 이찬수라는 조폭이 포크레인을 몰고 와 의림지 공원 화장실 뒤의 동아리 카페를 무너뜨리기 시작했다

"우지끈!"

결계가 부서지는 소리와 함께 건물이 흔들거렸다. 그야말로 일촉즉발의 위기였다 무엇보다도 잠들어 있는 유아영의 몸을 지킬 수가 없는 형편이 되자 염다인이 나섰다.

"안돼! 그만해라! 이 새끼들이 정말!"

결계가 깨지고 친구들이 다칠까봐 걱정이 된 염다인이 카페 밖으로 나가 선마교 일당과 조폭들을 상대로 싸운다. 그러나 십여 명의 깡패들을 상대하기에는 역부족이었다.

"우리도 있다! 덤벼라!"

팽귀인과 유소영도 염다인 옆으로 와서 깡패들을 쓰러뜨렸다. 그리고 모든 친구들의 싸움 참전으로 그야말로 혈투가 벌어졌다. 가장 싸움을 잘하는 경호학과의 염다인이 조폭들과 선마교의 흑의인들을 상대로 멋지게 싸웠지만 적들의 숫자가 점점 불어났다. 염다인의 입에서는 저절로 욕설이 나왔다.

"이런 개새끼들! 끝이 없네! 씨발!"

승합차 5대 분량의 오십명 명의 조폭들이 동아리 카페를 지키던 팽귀인 일행과 결국 전면전이 벌어졌다. 보통 전통 무술을 배운 풍류도 동아리들은 한두 명의 깡패를 상대할 수 있었지만 팽귀인과 염다인 그리고 유소영은 군계일학의 싸움꾼들이었다. 그들이 수십 명의 깡패들에게 맞서서 험난한 싸움을 벌였지만 막상막하였다. 한 시간 정도 오십 대 삼의 싸움이 대등하게 벌어졌다. 그런데 벤츠 세단이 주차되고 흰백색 바탕에 금실로 수를 놓은 한복을 입은 자가 차에 내렸다.

"교주님, 오셨습니까?"
"잠시 기다리시게."

조폭 두목 이찬수가 그에게 고개를 숙이고는 명령을 기다린다. 심진 교주가 양손을 허공에 대고 기의 감응을 하고는 일 분 후에 외친다.

"여기로군! 귀인이 여기에 있다."

그런데 한창 싸움이 벌어지고 있는 광경을 바라보던 이찬수와 심진 교주가 부하에게 명령을 내렸다.

"저 세 놈을 쏴라!"

"예? 총으로요."

"마취총을 준비했다."

"예."

소음기가 달린 마취 총알 중 세 발이 발사되고 팽귀인과 염다인 그리고 유소영이 차례로 쓰러졌고 전세는 급격하게 기울었다. 조폭들이 일방적으로 나머지 학생들을 때려눕혔고 한 시간 정도의 싸움은 끝이 났다.

"놈을 찾아라!"

이찬수가 팽귀인의 얼굴과 몸을 보더니 발로 차버렸다. 그리고 그 옆에 쓰러져있던 유소영과 염다인의 팔뚝을 잡고는 피부를 손바닥으로 훑었다.

"둘 다 공력이 상당하군! 둘 중 하나일 텐데...."

"왜 그러세요? 교주님?"

"흐음, 이상하네? 예상보다 공력이 약한데?"

"그야 이놈들이 기절해서 그럴테지요."

"그런가? 여하튼 다 데려가자."

조폭들이 떠나고 난 의림지 카페는 그야말로 엉망진창이 되어버렸다. 아이들의 신음 소리가 잦아들 무렵 이윤규와 유아영의 영혼이 택시에서 내려 동아리 카페로 달려왔다.

"이게 어떻게 된 일이야?"

"ㅇㅇㅇ, ㅇㅇㅇㅇ..."

아이들이 몹시 얻어맞고 고통에 신음하고 있었다.

"얘들아! 정신차려."

유아영은 먼저 자신의 여친 김지민을 부여안고 흐느꼈다.

"지민아! 괜찮아?"

하지만 그 누구도 아영의 말에 반응을 하지 않았다. 그때 이운규가 아영에게 소리쳤다.

"어서 니 몸을 찾아 백회혈로 들어가거라!"
"아 참!"

영혼 상태의 아영은 문박 교수가 카페의 커다란 싱크대 속에 비밀 침대를 만들어 눕혀둔 자신의 몸을 찾았다. 다행히 아무런 충격이 없는 것으로 보아, 누구에게도 공격을 받지 않은 모양이었다.

"몸은 괜찮아?"
"예"

이운규가 재빨리 아이들의 동태를 살펴 있고, 다행히 골절이나 불구가 될 정도로 몸이 상한 아이는 없었다. 이운규는 기방사를 통해 아이들에게 진기를 불어넣었다. 아이들은 하나둘 기력을 회복했다. 그러다가 별안간 유아영이 소리쳤다.

"소영이가 없어! 염다인도 안 보이네. 어떻게 된 거지?"

뒤늦게 정신을 차린 팽귀인 모든 사실을 말해주었다.

"그놈들이 둘을 잡아갔어."

"뭐야? 정말이야?"

"그....으음...."

조폭들은 염다인이 청학집 책자를 지니고 있어서 그가 유아영인줄 알고 잡아간 것이다.

"놈들이 아이들을 데리고 어디로 갔을까?"

이운규가 생각에 감겨있는 바로 옆에서 아영이 소리를 질렀다.

"맞아! 도인당으로 가자!"

도인당에는 이미 조폭들이 철수하고 선마교의 노인들만 그득했다. 도인당 안채로 진입한 아영 일행은 기도하는 선마교 도인들과 시비가 붙었고 광분한 유아영이 선마교들을 몰아붙이자 양측간에 시비가 급기야 싸움으로 확대되었다. 도인당이 소란스러워지자 이윽교 선마교의 흑의들인 십여 명이 아영 일행에게 돌아가라고 협박했다

"곱게 말할 때 돌아가라. 아니면 모조리 다리를 부러뜨려주겠다."

"소영이와 다인이를 내놓아라. 안 그러면 도인당을 쑥밭으로 만들어버리겠다."

"이 어린 자식들이 정말 명줄을 재촉하는군!"

"글쎄, 누가 명줄을 재촉하는 걸까? 늙은이들이 아닐까?"

"이야!"

"얍!"

십여 명의 선마교 흑의인들은 무술을 익힌 자들이었다. 그들이 선공을 감행했으나 과거에서 각성한 유아영은 이미 초고수의 반열에 올랐다. 그는 한 호흡만에 십여 명의 흑의인들을 모조리 쓰러뜨렸다. 그리고 소영과 다인을 내놓으라고 소리치자 도인당의 각방에서 선마교의 무리들이 꾸역꾸역 나왔다 어림잡아 오십 명은 되어 보였다. 그중 팔십대로 보이는 도인이 점잖게 말했다.

"우리 선마교의 신도들이 참선하는 장소에 와서 이렇게 행패를 부린다면 경찰을 부르겠소."

그러자 이운규가 나섰다.

"도인께서 경찰을 부르신다니, 우리도 멈추겠소이다. 다만 아아들을 찾으러왔으니 돌려주기 바라오."

"도대체 무슨 씀이신지요?"

"선마교 흑의인들이 한 시간 전에 의림지에 와서 패싸움을 벌이고 학생 둘을 잡아갔소이다."

하지만 그 도인은 딱 잡아뗐다.

"나는 의림지 싸움 사건에 대해서는 결단코 아무것도 알지 못합니다."

"흐음, 말로 해서는 안 되겠구먼"

이운규가 아영의 어깨를 툭 치면서 말했다.

"아영아!"

"예!"

"저들에게 뜨거운 맛 좀 보여주거라."

"이야압!"

아영이 몸을 날려 솟구쳤다가 내려오면서 대여섯 명을 발차기로 강타하고 그자들을 차면서 생긴 반발력으로 다시 날아올라 또 대여섯 명을 차는 식으로 몇 번 반복하자 오십 명 중 사십여 명 도인당 바닥에 나뒹굴었다.

"아이고, 으으윽! 악!"

"안되겠다."

도인이 턱짓으로 누군가에게 명령을 내리자 별안간 엽총 같은 긴 소음기총을 든 자가 나타나 아영에게 조준하고 바로 쏘아 맞추었다.

픽!

"으윽!"

흑의인들과 싸우느라고 마취총 발사를 알아차리지 못한 아영이 그대로 마취총에 맞았다. 그는 반사적으로 마취 바늘을 뽑아들고 다시 적들과 싸웠다. 그러나 잔당들과의 결투가 진행되면서 마취 기운이 퍼진 아영이 나머지 흑의인들을 가격하다가 비틀거렸고 결국 쓰러지고 말았다.

"아영아!"

팽귀인과 용조안 그리고 안반수가 그를 부축했으나 이미 잠들어버린 후였다. 두루마기를 입고 있던 이운규가 옷을 벗고는 느긋하게 싸울 채비를 한다. 그때 굉음과 함께 두 사람이 도인당 문을 박차고 바람처럼 달려들어온다. 그들은 중년의 두 남녀로 몸놀림이 무척이나 가벼웠다.

"아영아, 소영아, 엄마가 왔다."

절대절명의 위기 순간에 아영과 소영의 모친인 박일도와 검술의 대가이며 외삼촌인 박구도가 등장하여 마취총을 든 자를 가격하여 쓰러뜨리고는 나머지 흑의인들을 모두 제압했고 그러는 사이 늙은 도인이 슬그머니 옆방으로 도망갔지만 비밀 통로가 있는지 그를 다시 찾을 길이 없었다. 기절한 아영과 친구들을 살피는 이운규가 두 사람에게 손을 흔들어 보였다.

"오랜만에 어르신을 뵙습니다."

아영의 어머니와 외삼촌이 이운규에게 예를 표했고 이운규는 밝은 표정을 그들을 반긴다.

"너무 걱정하지 마시게. 아영이는 잠시 후 깨어날 걸세."
"감사합니다. 어르신."

아영의 어머니께 인사도 드리고 그동안의 자초지종을 들은 팽귀인이 선배로서 동아리 후배들에게 한마디 했다

"우리가 서울로 가서 소영이와 다인이를 구해오자. 선마교 본부가 서울 종로에 있다고 핸드폰에 있는데 그리로 가보자."
"그래요! 아영이가 깨어나면 같아 가자구요!"

하지만 이운규 도인이 흥분한 그들을 말리면서 선마교에 대해 알려주었다. 선마교라는 단체는 허울뿐이고 실제로는 김패인의 비밀조직인 진짜 마교의 위치는 사실상 비밀이었다. 서울과 경기도 강원도에 수련원이

여럿 있고 서울 시내에도 선마교 소유의 건물이 십여 개 있는 걸로 알려져 있었다. 그래서 소영과 다인이 어디에 있는지 아직은 알 수가 없었다.

한편 선마교 총본부의 부속건물인 선마교 도서관의 회의실에서 쓰러져 있는 다인과 소영을 본 김패인이 이찬수와 심진에게 욕을 해댔다.

"이런 한심한 놈들! 쓸모없는 것들!"

"교주님 아닙니다! 얘들에게 공력이 있습니다."

하지만 이찬수와 심진은 오히려 반박을 하려다가 김패인의 눈빛에 그만 오금이 저려 고개를 떨군다.

"귀인의 공력을 가늠하지도 못한단 말이냐? 바보 같은 자식들!"

"교주님, 이 남자아이를 다시 한번 살펴주시죠?"

"이 아이는 아니다."

"네? 이들 손목에 기운이 느껴지는데요?"

"그건 수련한 아이들에게서 나타나는 공력 반응이다."

심진이 김패인에게 대들지는 못하지만 그래도 겨우 대꾸를 한다.

"교주님! 바야흐로 교세 확장과 모든 행정부처는 물론이고 국회와 선관위는 그리고 법원도 장악한 마당에 왜 그렇게 그 귀인이라는 아이에게 집착하시나이까?"

"그 아이에게서 불의 능력을 흡수하지 못한다면 아예 그놈을 죽여야만 한다."

"예? 그럼 이놈들도 죽이나요?"

"그래! 아니 잠깐만...."

김패인은 두 아이를 보고는 잠시 고민하다가 생각을 바꾼 모양이었다.

"일단 살려두자. 두놈에게 최면을 걸어 우리 사람으로 만들어라."

"존명!"

심진의 특기 중 하나가 바로 최면술이었다. 일주일간 최면을 반복하면 누구든지 자신이 원하는 사람으로 영혼을 바꿔버리는 능력이 있었다. 그는 한마디로 오버마인드 능력자인 것이다.

김패인의 부하가 된 염다인와 유소영은 그의 밀착 경호원으로 프로그램되었다. 그리고 두사람은 유아영을 보게 되는 그 즉시 죽이라는 명령을 수행하도록 되어 있었다. 현재에는 또다시 최면을 걸어 검은 정장을 입고 브이아피 경호임무를 수행하게 되었다.

마교의 거대한 음모는 실로 엄청난 것이었다. 부정선거로 국회를 장악한 선마교가 개헌하여 입헌군주제가 되고 김패인이 황제가 되면 결국 이 나라는 마교의 국가가 되는 것이 그들의 목표였다. 정치계와 법조계와 검찰을 장악한 김패인 아직도 만족하지 못하고 있었다.

"이제 언론만 장악하면 뉴스와 언론조작으로 마교국 탄생의 서막을 열 것이다! 흐흐흐흐"

김패인의 소름끼치는 목소리와 그 목소리에 마력이 실려 있어서 주변의 선마교 교도들이 귀를 막으며 괴로워했지만 염다인과 유소영은 공력을 끌어올려 그 순간에도 김패인을 경호했다. 무언가를 결심한 김패인이 참모들을 집합시켰다.

"잘 들어라!"

"존명!"

"심진과 이찬수는 전원 동원령을 내려라! 내가 국회로 가서 개헌에 박차를 가할 것이다."

"그럼 이제 이 나라는 입헌군주제가 되는 겁니까? 흐흐흐 경하드리옵니다! 마왕이시여!"

"오냐, 먼저 갈테니 국회에서 보자! 그리고 가짜 일호에게 경호팀을 붙여서 언론에 노출시키거라."

"존명!"

한편 마취에서 깨어난 아영은 용변신술에 몰두했다. 여러 번의 시도에도 불구하고 변신술을 시전하지 못하는 아영의 전투력은 믿음직하지가 않았다.

"현재 너의 능력은 인간들에게는 그러저럭 먹히겠지만 본시 이무기요괴 같은 김패인에게는 소용이 없을 게야."

"그럼 어쩌죠?"

"문박 선인님과 함께했던 순간을 기억해내서, 부단히 연습을 해보거라. 우리는 김패인의 위치를 알아보마."

이운규 도인의 부탁을 맡은 팽귀인과 용조안 그리고 안반수가 머리를 맞대고 아이디어를 내다가 안반수가 먼저 나서 컴퓨터 작업을 시작한다.

"안반수의 해킹 실력을 비로소 확인할 수 있겠는데?"

"오케이! 내가 김패인의 스마트폰 번호를 알아볼께요."

"그게 가능해?"

"그럼, 대개의 조직들이 웹 스크래핑 혹은 데이터 스크래핑에 노출되어 있지. 조직의 해킹 공격의 시초가 바로 웹 스크래핑이지. 공개된 문서와 게시글에서 메타데이터를 추출함으로써 레드 팀은 직원 이름, 추측한 사용자 이름, 전번, 이메일 포맷 등을 알아낼 수 있어."

과연 안반수는 한 시간이 되지 않아 선마교와 국회 시민단체 그리고 청림교에 소속되어 있는 김패인의 전화번호를 네 개나 알아냈다.

"이상하네? 사용 중인 핸드폰이 네 개라니? 분신술이라도 쓰나?"
"분신술?"

곁에서 그의 말을 듣던 이운규가 무릎을 친다.

"그놈은 스승님이나 내가 잡으러 올 줄 알고 가짜를 만들어놓았군!"

김패인의 행적은 동에 번쩍 서에 번쩍했는데 거의 동시간대에 경상도와 제주도에서 포착이 되기도 했다.

"일이 점점 어려워지는군! 가짜 세놈에 진짜 한놈을 잡아야겠군! 일단 청림교로 가보자!"
"예!"

최후의 일전

이운규 일행은 경기도 하남시에 있는 청림교 본부를 방문했다. 청림교의 창시자는 동학교도였던 남정이란 사람이다. 그는 동학혁명이 비밀 포교활동을 했다. 일제강점기에 청림교가 합법화되고 나서 북간도 지방까지 교세를 확장되었다 전성기에 교도의 수는 30만 명을 헤아렸다. 그러나 2대 교주가 총독부에 의해 검거되어 교세는 급격히 하락했다. 그 후 교인의 수가 줄었고, 교단 자체가 완전히 사라져버렸다. 그런데 최제우의 가르침을 계승한 이백초라는 사람이 갑산으로 유배되어 청림도사라고 칭하면서 청림교를 재건하려 했는데 그가 강철이라 이무기를 구하여 부하로 삼았다는 전설이 내려오고 있었다. 종교의 이름처럼 청림교 도당은 푸른 솔밭 속에 위치해있었다.

문앞에 누군가 나와 이운규를 기다리고 있었다. 이운규를 알아본 청림교 교주는 구십세의 노파였다.

"도인님 오랜만입니다. 저를 찾아오실 때에는 용무가 있으시겠지요?"

"그래, 자네는 무탈하시군. 난 김패인을 찾고 있네."

"그 사람은 이제 여기 오지 않습니다. 남한산성 아래의 송파라는 곳에 이십 층짜리 빌딩을 짓고 온갖 서적을 모아 도서관을 만들었다고 들었습니다."

"서적이라구?"

"선인국풍류도선인계보 같은 책들이겠지요."

"그렇군, 고맙네."

서울로 향하는 차 안에서 아영이 이운규에게 조심스레 질문을 한다.

"할아버지."

"왜?"

"구십이 넘어 보이는 할머니에게 왜 반말을 하세요?"

"난 이백오십살이란다."

"푸훗!"

"농담이 아니란다."

"그래요! 그렇다고 쳐요. 송파에 다 왔어요. 내릴 준비나 하세요! 히히."

"이런 의심 많은 놈!"

선마교 대도서관이라는 빌딩은 엄청 높은 건물이었지만 인근의 엘타워의 위용에 눌려 작은 건물처럼 보였다. 현관은 출입 패쓰를 대고 모두 통과되었다. 해킹전문가 안반수와 서류 복제를 할 줄 아는 용조안의 활약으로 건물 출입패스를 만들어 온 덕분에 일행은 모두 건물 안으로 진입을 했다. 그러나 도서관이 몇층이고 김패인이 어디에 있는지는 감을 잡을 수가 없었다.

"아영아, 나를 따라오너라."

홀을 지나 소파가 즐비한 휴게실로 들어온 이운규가 아영을 불렀다.

"잠시만 내 앞에 정좌를 하거라."

"예."

불과 이삼분의 운기조식 후에 이운규는 아영의 정수리 위 백회혈에 손바닥을 대고 중얼거리기 시작했다.

"이십층이 도서관이고...흐음......거기에 마력이 강한 놈이 있는 걸 보니, 그 놈이 바로 마왕 김패인이로군!"

이운규가 일어서자 아영이 물었다.

"할아버지! 그런데 혼자서 좌정해서 감지를 하시면 되지, 왜 내 머리통을 잡고 운기를 하세요? 아직 공력이 좀 모자라시나봐요?"

"뭐 인마? ...흐음, 조금.... 그렇다."

"흐흣."

"웃지 말거라. 사실 내가 하는 것보다 용의 능력을 빌리는 것이 더 빠르고 쉬워서 그랬느니라."

이운규는 뭔가 민망한 표정으로 계속 말을 이었다.

"나의 스승님께서 나에게 도법을 전수해주셨고 차후에 이백초를 만나 이무기를 활용하여 항일단체를 만들게 하셨지만 이백초가 오히려 이무기에게 당하고 말았다. 이백초의 몸으로 들어간 강철이 요괴가 김패인이란 이름으로 시공을 초월하는 수준에 이르자 창락사 우물 속의 다른 이무기인 너를 용으로 승화시켜 그를 잡을 요량으로 유세명 도인의 손자로 만들어버리셨지."

"뭐라구요? 내가 원래 이무기였다는 말씀이에요?"

"지난 일을 말해 무엇하냐? 나는 전생에 지렁이였느니라. 너는 지금 인간이고 동시에 드래곤이지 않느냐?"

"그건 그렇지만 뭔가 찝찝하네요....."

"이제 김패인을 상대할 고수가 다 사라지고 현대에 이르러 그를 처단할 도인들이 역부족이 되고 말았단다. 그리고 그는 선인국풍류도선인계보 책자를 통해 시공초월술을 익혀서 그와 같은 뿌리의 존재가 막아주지 않으면 안 된다."

"그게 바로 저에요?"

"그렇다. 어여 이십층으로 가자꾸나!"

이십층은 예상외로 대단히 넓었다. 19층과 이십층이 층 구분 없이 층고가 높고 전체 층이 다 도서관이었다. 겉으로는 도서관으로 위장되었지만 서고 외에 수많은 방들이 있었다. 때문에 김패인을 찾을 길이 묘연했다.

"다시 한번 놈의 위치 감응을 해보자."

"제가 또 도울까요?"

"아니다. 근거리에서는 쉽다. 이백초 도인의 공력과 강철이 요괴의 공력이 합쳐져서 그는 어마어마한 공력을 갖게 되었다. 기감이 쉽게 느껴질 것이야."

이운규가 이상하다는 표정으로 고개를 갸웃한다.

"아영아, 너는 빨리 일층으로 가봐라. 거기에서도 강력한 기운이 감지되고 저쪽 도서관장실에서도 기운이 느껴지는구나."

"예!"

"우리도 같이 가자 아영아!"

친구들이 따라붙었고 그들은 엘리베이터를 타고 일층으로 내려갔다. 도서관에 남은 박일도, 박구도 그리고 이윤규가 김패인를 찾기 위해 마력이 강하게 뿜어져 나오는 도서관 원장실 문을 열었다.

"누구냐?"

김패인이 소파에 파자마 바람으로 앉아서 햄버거를 먹고 있었다. 그를 보자마자 박구도가 날아올라 목검으로 그의 목을 치자 그는 곧바로 고꾸라졌다. 바닥에 나뒹구는 그에게 다시 일격을 가하려는 박구도를 이운규가 막아섰다.

"그만하시게! 이럴 줄 알았다."

"왜 그러시죠? 도인님?"

"이 김패인은 그의 아바타요."

"예?"

"그와 같은 얼굴 그리고 전신 성형을 한 가짜 인물이란 말이지."

"그렇군요. 어라?"

그런데 화장실에서 또 다른 김패인이 팬티차림으로 나오는 것이 아닌가?

"여기 또 다른 가짜가 있네? 이런 미친놈들!"

박구도는 자신도 모르게 두 번째 가짜를 목검으로 후려쳤고 그는 곧바로 기절하고 말았다. 그리고 엘리베이터로 달려가며 이운규가 외쳤다.

"서둘러 진짜는 일층에 있다!"

아영 일행이 승강기에서 내리자마자 일층 대형홀로 나와 여기저기 찾는 동안 마침내 로비에 나타난 김패인과 보디가드들이 일층 주차장으로 나가려 했다. 그런데 팽귀인이 누군가를 알아본다.

"아니? 쟤들은 소영과 다인이 아냐?"

검은 정장의 남녀는 김패인을 중심으로 양쪽에서 그를 경호하고 있었다. 그리고 그 뒤로 열 명 정도의 선마교 사제들이 조폭들처럼 줄지어 김패인을 따르고 있었다. 그들을 향해 팽귀인이 소리쳤다.

"얘들아! 나야! 그리고 아영이가 돌아왔어!"

그러나 그들은 눈길조차 주지 않고 로비를 가로질러 빠르게 걸어갔다.

"어머? 저것들이 나를 몰라보네?"

아영 일행이 김패인 일당의 앞을 가로막자 김패인을 에워싼 보디가드
들이 싸울 준비를 했다. 그런데 소영과 다인이 유아영을 보고는 들입다
달려드는 것이 아닌가. 아영은 처음에 그들이 반가워서 그러는 줄 알았는
데 한 대씩 펀치를 맞고서야 그것이 장난인지 아닌지 헷갈릴 정도였다.

"우욱! 소영아! 다인아! 장난이 너무 심한 거 아냐? 무지 아픈데?"
"이야압!"

소영과 다인은 연거푸 아영을 공격했고 아영은 겨우 그들의 공격을 피
하면서 엄마와 이운규를 쳐다보았다.

"이게 어찐된 일이죠? 엄마! 도인님!"

소영의 엄마가 무척 당황했다, 하지만 이운규는 침착했다.

"걱정 마시게! 아이들이 최면에 걸린 모양이야."
"이얍!"

이운규는 둘의 혈도를 찍어 일단 움직이지 못하게 했다. 그리고는 아영
과 합세해 나머지 보디가드들과 한쪽 구석에 엎드려 벌벌 떨고 있는 김패
인을 발로 차버렸다.

"이놈도 가짜로군!"

"세 번째 가짜 김패인이라.... 어이가 없네?"

"도대체 가짜가 몇 명이야?"

아영과 친구들이 황당해하고 있을 때, 안반수가 자랑스러운 표정으로 랩탑을 들어 보인다.

"알아냈어!"

"뭘 알아내?"

"지금 여의도 선마교 본부에서 여당 국회의원들과 선마교 측과 개헌 세미나가 있다는군요. 여기 진짜 김패인이 있을 거에요. 지금 가면 우리도 들어갈 수 있어요."

"오케이! 당장 출발하자고!"

종로에서 여의도로 가는 길은 차량이 그다지 막히지 않았지만 아영이 마음이 급했다. 한강을 건너자마자 눈에 들어오는 국회의사당에서 두 블럭 떨어진 빌딩이 바로 선마교의 새로운 본부였다.

입구에서는 경찰들이 동원되어 교통정리를 하고 있었고 세미나에 참석하러 온 국회의원들과 세미나 방청객들이 인산인해를 이루고 있었다. 자칭 세계적인 해커인 안반수가 다급하게 외쳤다.

"얘들아, 방송실이나 통제실을 찾아봐."

용조안과 팽귀인이 건물 안내를 보고는 모두 방송 통제실로 향했다. 그곳에 비치된 프로그램상 세미나는 여당의 국회의원들이 주관하고 있었지만 최고층의 통제실에서 김패인이 CCTV로 조정을 하고 있었다.

"건물 꼭대기 층으로 가자!"

엘리베이터가 십팔 층까지 운영했지만 뛰어서 통제실에 올라간 일행은 조폭들과 맞닥뜨렸다. 상황을 파악한 이운규가 재빨리 명령을 했다.

"모두들 저놈들을 막고 아영이는 김패인에게 가라!"
"예!"

문을 박차고 들어가자 대여섯 명의 선마교도들이 비명을 질렀고 아영은 숨쉴 틈도 없이 그들을 모조리 때려 쓰러뜨렸다. 그런데 김패인의 입가에 미소가 흘렀다.

"아이고! 고마워라! 이놈이 제발로 찾아왔구나! 허허허허허."

엄청난 싸움을 기대하고 공력을 최대한으로 끌어올려 김패인에게 몸을 날린 아영은 그의 강력한 공력 앞에 쓰러지고 말았다. 재차 공격을 해보았지만 그의 발차기는 무위로 끝났고 오히려 그가 오 미터 이상을 날아가 대리석 바닥에 나뒹굴었다.

"아영아!"

박구도와 박일도가 어느틈엔가 선마교 조폭들을 물리치고 통제실로 들어왔다. 초고수 검도인 남매의 합공이 이루어졌지만 그들 역시 보기 좋게 나가떨어졌다. 이윽고 이운규가 두루마기를 벗고 양손에 공력을 끌어올려 김패인에게 풍차 돌리기와도 같은 수도를 날렸다. 엄청난 권법이 시전된 것이었다. 그런데 김패인은 한두번 피하더니 이내 반격에 나섰고 이운규가 일방적으로 밀리기 시작했다. 두 사람 사이에서는 강한 전기 스파

크가 일어났다. 그러다가 속절없이 밀리던 이운규가 김패인의 결정적인 권법에 맞아 쓰러져버렸다

"우욱!"

김패인의 위력 앞에 박구도와 박일도의 패배하고, 이운규마저 쓰러지고 나자 아영은 더 이상 믿을 사람이 없었다. 그가 어떻게 해서라도 혼자의 힘으로 마왕 김패인을 죽어야만 했다.

"후으으읍!"

아영은 신라에서의 호흡을 떠올리면서 용으로 변신하려 했지만 전혀 되지가 않았다. 그는 용이 되는 법을 확실하게 기억하지 못했다. 그가 용이 되는 법을 알기 위해서 이운규에게 변신술을 도와달라고 부탁하려 해보았지만 실제로 어찌할 방도가 없었다. 청림도사 혹은 문박 선인을 찾을 길이 없기 때문이었다.

"이야압!"

다시 한번 내공을 모아 김패인에게 달려들었지만 그는 마치 철벽이나 바위와도 같았다.

"네놈이 목숨줄이 길구나? 하지만 오늘 네놈 제삿날이다. 하하하하하"

아영으로서는 도저히 이길 수 없는 싸움이었다. 내력에서 밀리고 근력도 아영이 김패인에게 상대가 되지 않았다. 게다가 빈틈을 노려봐도 전혀 공격할 약점이 보이지 않았다. 이운규가 아영의 친구들에게 도우라고 하고는 소영과 다인의 혈도를 풀어주었다. 기억이 되돌아온 두 사람은 아영

을 돕기 위해 김패인에게 맞서려 했다.

"이야!"

김패인이 장풍으로 소영과 다인을 쓰러뜨렸다

"펑! 퍼펑!"
"으악 !"
"으윽!"
"소영아, 안돼!"

소영의 엄마 박일도가 절규했고 아영도 눈이 뒤집히는 것 같은 분노로 김패인에게 발차기 공격을 감행했다. 그러나 그의 반탄강기에 부딪쳐 그대로 바닥에 나동그라졌다.

"으아아악!"

아영은 극도의 분노로 치를 떨었다. 분기탱천의 기운이 머리끝으로 솟구쳐올랐고 자신도 모르게 그 기운을 자신의 몸속에서 폭발시켜버렸다.

"와아아아아아!"

아영이 몸이 드디어 화룡으로 탈바꿈하기 시작했다. 유소영이 죽는 순간 각성한 유아영이 화룡으로 변신하자마자 엄청난 파워로 김패인에게 달려들었다. 김패인 역시 이무기요괴로 변신했지만 크기나 공력에서 밀렸다.

유아영과 김패인의 싸움, 아니 화룡과 이무기요괴 간의 싸움은 하늘로 날아올라 구름 속에서 번갯불이 튀듯 엄청난 폭발음과 여러 음파의 충격이 한동안 계속되었다. 하지만 구름속에서 나온 두 용은 두배나 큰 화룡이 이무기요괴를 제압하는 형국이었다. 결국 강력한 공력의 불기운 덩어리가 김패인의 가슴에 그대로 적중되었다. 과연 화룡이었다. 불덩어리가 기로 충만하게 가해진 공격은 가히 경천동지할만했다.

퍼벅!

"으으윽!"

"강철이요괴여! 잘 가거라!"

화룡의 무지막지한 화공 공격이 강철이 요괴에 복부에 강타되면서 그는 속절없이 추락하고 만다. 그리고 땅바닥에 떨어지자 그 모습이 인간 김패인으로 변하였고 과다출혈로 기운을 차리지 못하고 괴로운 표정으로 숨을 거두고 말았다.

사실상 소형과 아영은 친 남매가 아니었다 실제로 아영과 김패인이 오래전 의림지의 용추폭포 아래서 한 배로 태어난 이무기 즉 용이 되지 못한 친 형제였던 것이다. 아영이 소영을 구하고 김패인을 죽인 것은 아이러니했다. 쌍둥이 누나 소영은 실제 혈육이 아니고 그가 방금 죽인 김패인이 그의 친 혈육이었다.

허공중에 구멍이 생기고 찬란한 불빛이 현란하게 빛나더니 이윽고 누군가 그 휘황찬란한 문에서 나왔다. 문박 교수의 등장이었다. 그를 알아본 이운규가 엎드려 절을 올린다

"스승님을 뵈옵니다"

"오냐, 일어나거라."

"예 "

"아영이도 이리로 내려오너라!"

하늘 위를 날고 있는 화룡 즉 아영은 문박의 명령을 듣지 않고 분풀이를 하듯 거친 비행을 계속했다. 처용랑의 해당 쪽 종이를 찾은 문박이 선도국풍류도선인계보 책자를 폈다. 그가 주문을 외우듯 공력을 모았고 이운규와 마주앉아 화룡을 불러들이려 할 때까지도 유아영은 소영과 다인의 죽음에 비통한 마음을 금할 길 없어 공중에서 미친 듯이 비행하면서 지상으로 내려오지 않았다. 그런데 문박 교수와 이운규가 공력을 주위에 흩뿌리자 죽었다고 여겼던 소영과 다인이 마치 물에 빠졌다가 숨통이 트인 듯한 다급한 호흡과 함께 되살아났다.

"푸후!"

"후우흡!"

소영의 엄마인 박일도가 뛸 듯이 기뻐했다.

"아이들이 살아났다!"

"감사합니다! 선인님!"

아영과 다인이 살아났다는 소리를 들은 화룡이 급하게 지상으로 내려왔다. 집채만한 화룡이 억지로 몸을 숙여 아이들이 살아 있는 걸 확인하고는 온화한 미소를 머금는다. 아영은 거대한 용의 모습이었지만 얼굴에서 묻어나는 미소는 영락없는 아영의 표정이었다. 그리고 문박교수의 목소리가 공중에서 들려왔다.

"잘들 계시게. 우리는 원래의 자리로 돌아가네."

그의 말이 끝나자마자 한바탕 회오리바람이 불고 허공중에 커다란 동굴과도 같은 웜홀이 열리더니 문박과 이운규와 화룡 그리고 쓰러진 이무기요괴마저 집어 삼켜버렸다. 넷이 감쪽같이 사라지며 동시에 하늘 문이 닫히고는 사방이 고요해졌다. 그걸로 끝이었다. 소영과 친구들은 그들이 사라진 공중을 망연자실 바라볼 뿐이었다.